Best Time

白 马 时 光

榜下贵婿

全3册

上

落日蔷薇——著

江苏凤凰文艺出版社
JIANGSU PHOENIX LITERATURE AND

图书在版编目（CIP）数据

榜下贵婿：全 3 册 / 落日蔷薇著 . -- 南京：江苏凤凰文艺出版社，2022.12
ISBN 978-7-5594-7303-5

Ⅰ . ①榜… Ⅱ . ①落… Ⅲ . ①言情小说—中国—当代 Ⅳ . ① I247.5

中国版本图书馆 CIP 数据核字 (2022) 第 218155 号

榜下贵婿：全 3 册

落日蔷薇 著

责任编辑 刘洲原
特约编辑 陈乐意
出版发行 江苏凤凰文艺出版社
南京市中央路 165 号，邮编：210009
网 址 http://www.jswenyi.com
印 刷 三河市金元印装有限公司
开 本 880 毫米 ×1230 毫米 1/32
印 张 27.75
字 数 1120 千字
版 次 2022 年 12 月第 1 版
印 次 2022 年 12 月第 1 次印刷
书 号 ISBN 978-7-5594-7303-5
定 价 89.80 元（全 3 册）

目录

目录

第一章 桂榜题名时

秋闱后的第三个月，初雪刚过，纷纷细雪薄铺街巷，两旁青石黛瓦、白墙朱柱都成了画中水墨。伴着咯吱咯吱的轧雪声响起，无瑕积雪被碾出辙痕，一辆马车缓缓地驶过静谧石巷。

马车小窗上悬着的毡帘厚重密实，冷不丁被挑开一线缝隙，一只女人的手破开遮挡，随意搁在窗框上。那手白如嫩藕，在寒峭的空气里又似玉石，纤细的手腕上戴着只小指宽的薄金镯，看去无甚重量，细看又能发现，这只看似镂空的镯子实乃累丝而成，是难得的精工之作，非大富之家不能有。镯上又坠下一枚指甲盖大小的铃铛，叮叮当当地随着马车行进作响，惹来过街的行人瞩目，转头望来，只瞧见微掀的毡帘后少女模糊的侧影。

江南多美人，女子婉约温柔，声音也一个赛一个的动听。

“今日秋闱放榜，娘子不去县衙前看榜？”清脆的声音响起。

原来车里坐着两个人，一个是主子姑娘，一个是贴身丫鬟。问话人便是这丫鬟。

“既是放榜，必定人多，我才不去凑这热闹。”那双手的主人开了口，削葱似的手指轻轻敲着窗框。她这一开口，说的虽是官话，却透着南方水乡的独特韵味，声音绵长而妩媚。

“您不想知道陆家郎君中榜没有？”

“以他的才学，即便不中解元，也必定在桂榜头三。”女子无一丝犹豫道。

“我可听说，今年参加乡试的学子里有好几位都是名气在外的大才子，别说江宁府，单咱们县就出了三位少年天才。陆郎君虽然学识过人，中榜无虞，但若说桂榜头三……娘子就这般信任他？”丫鬟哧哧笑着，意味深长道。

“我是相信自个儿的眼光。”她声调微扬，自信满溢。

“那看来老爷与娘子同样有眼光。”丫鬟又打趣道。

“去！”她却不乐意了，“莫拿我同阿爹比。他那是凿渠挖塘地养鱼，哪条鱼长得肥美就捉哪条，我不一样……”只听言语间顿了一顿，说话人似乎坐直了腰杆，“陆徜可是我打小就一眼相中的，除了他我可再没瞧上过别人。”

她与她爹不同，是真心喜欢陆徜。

“娘子，您这么死心塌地待他，难道就不担心他……他……”丫鬟压低声音，欲言又止，有几分看破不点破的意味。

“担心什么？担心他看不上我？”她并无丫鬟的诸多顾虑，接话道。

陆徜看不上她，都已经写在脸上了，她又何须别人点破？更不必他人来劝。

可那又如何？

“人总该为自己想要的东西争上一争，我也没做什么见不得人的事，堂堂正正地争取，若他陆徜真不愿意，我还能强抢不成？谋事在人，成事在天，尽力便可。”她说得敞亮潇洒，没有怨气亦无担忧。

说话间，马车行速渐缓，长康巷到了。

江宁县长康巷，贫苦百姓的聚集地，豆腐块似的屋舍密集地挨着，院里随意围出鸡笼鸭舍，用来围挡的木栅栏经不住风吹雨打，早已腐坏，眼下俱被薄雪覆盖，不见了平时的脏乱，倒也生出些陶公笔下世外桃源般的淡泊宁静。

陆徜的家就在这长康巷巷尾老槐树旁边。

长康巷狭窄，马车进不去，只能停在巷口。风有些大，马车檐角挂的两盏铜灯被吹得乱晃，上头漆金的“简”字十分打眼。不消说，这是江宁府简家的马车，车上坐的那位正是简家的姑娘简明舒。

马车上的人已经下来，地上的薄雪被她们踩得嘎吱嘎吱响，夹杂着几声风中的铃音，很是悦耳。

这趟出来，除了车夫，简明舒只带了丫鬟小蜻蜓。两个人手里都没空着，各自提了几盒点心、补品，沉甸甸的，名家闺秀不免走得有些艰难，没几步简明舒额上就见了汗。

“娘子既备了这些礼，也不带些小厮随行。”小蜻蜓边走边抱怨。礼带得多了，她一个人拎不动，好在简明舒不拿主子架子，也帮着拎。

“曾姨和陆徜都喜静怕闹，人来多了不好。”简明舒口中的“曾姨”，就是陆徜的母亲曾氏。

更重要的原因是，陆徜那人本就不喜简家素日里财大气粗的做派，她若带的人多了，难免显得咄咄逼人，是以每回探望陆徜他娘，她都轻车从简。

“陆徜是个什么人物？还要娘子这般委屈迁就！”小蜻蜓替自家主子不值。

“几步路的事，委屈什么？”她可没那么娇气。

因着陆家近在眼前，小蜻蜓没再接话，却免不了鼻子里“哼”了两声。陆家比巷子里前几户人家看着还要贫寒些，外头仅用木栅栏围了个院子，养了几只鸡鸭，院前翻着两小畦菜地，里头是一间平房隔出三间屋，陆徜和他娘各住去一间，剩下那一间垒灶摆桌，既是灶间又是饭堂，还兼着会客的厅室。

眼下院里没人，积雪已经被清理干净。简明舒来过几次，对这里熟稔，自己开了栅门，带着小蜻蜓往里边走，瞧见墙根下泛潮的柴火，心里又想该给他们送点儿炭过来御寒，但是前一阵子忙忘了。可转念一想，陆徜那脾气，怕也不会收，只得摇摇头作罢。

“可稀奇了，简家姐姐今儿没去衙门前看榜，竟跑来了这里？”老槐树底下忽然传来一声嗤笑。

简明舒转头望去，只见槐树下走出个纤瘦的小娘子，模样颇俊，眼角挑得正高，边说边绕过栅栏进院来。

这人简明舒认得，是东明私塾里赵夫子的女儿赵娴。

“简老爷去了衙门看榜，预备来个榜下捉婿，简姐姐却来这儿守着。

你们简家真是撒了天罗地网，叫人逃都没处逃。”赵娴笑吟吟地进来，虽是打趣，但话里话外全是奚落嘲讽。

大安朝崇文轻商，十年寒窗只盼一朝榜上有名，于是也不知从哪年哪月起，坊间兴起榜下捉婿的习气来。各地乡绅富户欲以金银之势，在发榜当日争抢榜上仕子为贵婿，借此跻身名流之列，是以称其为“捉”，被相中后与女家结了亲的女婿也称“脔婿”。

简家是江宁府颇有名气的老字号金铺，财大气粗金银不缺。简家老爷不甘心一辈子做个商贾，只可惜发妻早亡，膝下长成的就只有一个嫡女简明舒，便心生捉婿之意。

不过简老爷这捉婿技高一筹，与其叫捉，不若称之为“养”。江宁府每年都有好些贫寒学子因囊中羞涩，油米难继，简老爷就从这些学子中挑选几位以金银资助栽培，待桂榜题名再从中择婿——至于为何在乡试桂榜就动手而非来年金榜，那不是废话嘛，等人进了京，哪儿还有他的份，现在出手，他最不济也能捞个举人做女婿。

女儿如今待字闺中，今秋的这场乡试，正是他收网之机。

而陆徜……正巧是他鱼塘中的一尾鱼。

简明舒望望屋内灯火，也跟着笑道：“我道是谁，原来是赵家妹妹。我记得令尊也是这届的考生，今日放榜，妹妹怎不去看榜，反也跑到这里来？”

赵娴之父已逾四旬，只过了童试，是位秀才，家里一穷二白，金榜题名的心思却从没放下过，可惜乡试考了三年又三年，仍旧没有结果。

“我阿爹寒窗苦读不为沽名钓誉，我自然当以平常心待之。”赵娴说话间走进小院，瞥了眼简明舒手上拎的礼，掩唇一笑，“又来给曾姨送东西？陆哥哥那头行不通，就打起曾大娘的主意？这般纠缠可有意思？”

赵娴与简明舒虽有贫富之差，但自恃秀才女儿的身份，看不起出身商贾的简明舒。

简明舒只是笑：“所以赵妹妹来这儿是平常心，我来就是死缠烂打？我以为你同我一样的心思呢。噢，不，你连礼也出不起，打算空手套白狼？”

都是为了陆徜来的，谁又比谁清高？

心思被揭穿，赵娴面上一红，正要反驳，眼角余光扫过槐树阴影，忽改主意，人往简明舒面前走了几步，伸手要抢她手中的礼物。小蜻蜓正站边上，眼见对方动手，护主心切，急忙一步拦在二人中间。

只闻哗啦啦一声，小蜻蜓手里的礼掉了一地。赵娴却好似被人推搡一般，脚步不稳往栅栏门处跌去。

颀长人影正缓缓而来，才进门，便见纤细柔弱的女人迎面跌来，掐着时机往他怀中钻。

伸个手就能将温香软玉入怀，那人却倏地往旁边一闪，叫赵娴扑了个空，假摔变成真摔，她噔噔几步扑在栅栏上。

又闻咔嚓两声，腐朽的栅栏被她撞断，赵娴连人带栅栏一起摔在地上，疼得两眼冒星。

简明舒的目光在半空中与来人交会，还没品出情绪来，就听见他的声音。

“你们在我家做什么？”

——陆徜回来了。

赵娴犹未死心，抬头梨花带雨道：“陆哥哥，我来瞧曾姨的，正巧遇上简姐姐，见她主仆二人手里拎得多，有心帮忙，可她却指使丫鬟将我推倒。”

“娘子，我连她的指甲盖儿都没碰着！”小蜻蜓气坏了，急对简明舒说道。

简明舒点点头却不急着分辩，只看陆徜。

陆徜的目光与她再度撞上。

雪时天光阴沉，将长巷陋屋照出了几分萧瑟，简明舒站在那里，一身的鹅黄，胸口压着沉甸甸的黄金璎珞，红扑扑的脸蛋儿明艳俏丽，仿佛能将周围照亮一般。与她一比，还倒在地上的赵娴便纤弱得叫人生怜，惹人心疼。

可惜，陆徜不懂怜香惜玉，亦无心为她断案，连扶也不打算扶，只道：“你阿爹中榜了，不过因为太过兴奋晕在榜前，如今已被人抬回家中。”

几句话就让赵娴跳了起来，满面喜色，再顾不上和简明舒争风吃醋，嘴里说着担心父亲的话，人已匆匆往外走去。

“等等！”陆徜却叫住她，“撞坏的栅栏，记得让你阿爹明日找人来修！”

赵娴的脸色便又不好，恨恨地看了简明舒一眼，羞愤而去。

简明舒扑哧笑出声——在铁面无私上，陆徜从没让她失望过。

陆徜听到笑声望过去，清冽的眸子有了两分情绪，眉头微蹙：“‘空手套白狼’？谁是狼？”

“……”简明舒笑不出来了。

这话怎就叫他听了去？

陆徜盯着她——陆家这对父女一个将他当鱼，一个将他当狼，争相给他下套，着实可恨。

陆徜的问题，简明舒一下子不知如何作答，只能干眨眼。

他身上穿着套浅青襕衫，这是明德书院入学前发的仕子服，已经穿了三年，洗到泛白；脚上是曾姨纳的千层底布鞋，身上则连个扇袋都没挂；头发规规整整束在网巾中，露出利落清俊的脸庞，一双眼尤为明亮通透。

简明舒就爱看他，这人虽通身无半分贵重之物，可干干净净看着就舒服。

小蜻蜓却替自家主子不值。

在家里明明是个有主意的人，嘴皮子功夫也不弱，偏偏一到陆徜跟前，纵有十八般武艺，一样也使不出来。也不知陆徜给她灌了什么迷魂汤，叫人看着干着急。

简明舒沉默了一会儿才讪笑着岔开话：“怎么还穿旧衣，我前两天不是让人给你拿了两身新衣？”

陆徜很少收简家馈赠之物，简明舒知道他的脾气秉性，也不大送，就连今日过来，带的也都是曾姨常用的药材、爱吃的点心。因想着今日放榜，是他的好日子，前几天才让人送了两套他平日也穿的棉布衣裳过来，没挑贵重面料，就怕他拒绝。

陆徜还没回答，小蜻蜓已神色古怪地凑到她耳畔小声道："娘子，衣裳昨日被退回去了。"

"那你不早说？"简明舒顿感尴尬，咬牙小声回道。

"怕您伤心没敢说。"小蜻蜓愁道。

陆徜瞧见这主仆二人互相咬耳朵，也没当回事，迈开步子往屋里走去，边走边问："你们来我家有事？"

简明舒忙把衣裳的事丢开，只道："听说曾姨老毛病犯了，来看看她。"一时又看着他后背问道，"陆徜，你停停，衣裳上都是灰，哪儿蹭的？"

陆徜便扭头看了眼，肩背那处确实蹭了一大块灰。他抬手就拍，不免有难以触及之处，简明舒便伸手——岂料手没够着衣裳，却已被他挥开。

"不劳费心。这灰……"陆徜神色不佳道，"你爹闹的。"

她简直哪壶不开提哪壶。

县衙张榜他去看了，不想被守在榜下的简老爷逮住，差点儿当即被连哄带骗拐到简家。他窥个时机好不容易溜出来，路上逃得急，不留神就蹭了灰，搞得一身狼狈。进家前收拾了一番，不想仍有遗漏。

"我爹？"简明舒眼珠子一转，眼神一亮，"你中榜了？第几名？"

陆徜脚下一顿——简明舒这脑瓜和别人不太一样，别人被这么说，怕要臊一鼻子灰，她倒好，听不懂人话似的。

他不想回答她，径直往家里走，道："劳你挂心，我娘的病已经无碍，只需要静养便可，你请回吧。"

简明舒自然不是看不懂脸色的人，长眉微垂，有些落寞地停步。却听陆徜叫住自己："等等！"她眼眸便又亮起来，急忙抬头望过去。

"有几句话要同你说清。这些年多谢简家照拂，陆某深感于心，来日必当相报……"陆徜在心里斟酌了一番才开口，待撞见她明光四射的眼眸，后面的话忽有些说不出口。

细数数，从他搬到江宁县那日起，他与简明舒已经认识了十年。

他轻咳一声，硬下心肠道："只是你我……"

可惜话没说完就被打断——

“是阿徜回来了吗？”

屋门被从里面打开，说话的人扶门而立，穿一身素淡的衣裳，罩了件沉褐的褙子，发上包着同色头巾，容貌却是出奇地美。眼前人细眉杏眸温柔如水，虽已年近四旬，但风华犹存，正是陆徜的母亲。

“阿娘。”陆徜快步上前。

曾氏却一眼看到简明舒，当即笑开：“明舒也来了，快进来坐，外头冷。”

“哎，好。”简明舒笑吟吟地上前挽了曾氏的手，亲亲热热地扶她进了屋。

简明舒认识曾氏还在认识陆徜之前。

说来话长，曾氏是芜湖人，年轻时丧夫，独养陆徜。陆徜七岁那年，芜湖水灾淹了全城，曾氏带着陆徜逃难，两年颠沛流离，最终到了江宁县。刚来江宁的头几年，曾氏白天支摊子在街巷卖馄饨糊口，夜里做绣活儿卖钱，过度操劳损伤了身体，没几年就累倒了。所幸那时陆徜已能帮衬家中，人又特别争气，以头名的成绩过了童试，被明德书院破格收为学生，不仅免去束脩，还得了个替书院抄写书籍的活计，以此，母子两人方熬过那些年。

简明舒认识曾氏就因她的那手绣活儿。

那时明舒母亲尚在人世，看中曾氏绣工，又怜曾氏母子孤苦，便将家中绣活儿交给曾氏。后来她母亲病重，曾氏感念她母亲的恩，常入简家看望，陪她母亲说话解闷，也帮忙照顾过她一段时日，连带着她和陆徜也熟稔起来。

犹记九岁那年，她母亲病故，父亲忙于丧事顾不上她，她怔怔地站在母亲灵前，还是陆徜瞧出她的惶惑，把她拉到后院，抹了她的泪，细声劝慰……他也曾是那般温柔的人，只是那些柔情被揉碎在岁月里，恐怕连他自己都忘了。

母亲去世后，简家只剩简父与明舒，曾氏为避嫌，便不再入简家，她与他们见面的机会就少了，也不知从何时起，她与他便也不再如从前般亲近了。

扳着指头数数，她和陆徜认识已经有十年了吧。

垂髫之岁相遇、相交，如今她已过及笄，他也将弱冠。

十年匆匆，曾经两小无嫌猜，如今也日渐疏远。

曾氏喜欢简明舒，那是摆在脸上看得出来的，一点儿也没藏。

简明舒进屋后就被按坐在椅子上，曾氏喊陆徜烧水、端茶，拿他当个小厮使唤。陆徜在外对人不苟言笑，待寡母却极温和，收起冷淡颜色，给两人烧水沏茶。

两人闲话了几句，陆徜就把茶水端来，曾氏看着简明舒偷眼瞧陆徜，微不可察地叹了口气。孩子们的心思，她如何看不出来，只是陆徜小事上虽对她言听计从，但在大事上却从不愚孝。

他的终身之事，她这当母亲的做不了主。

"陆哥哥桂榜题名，可喜可贺。只不知名次如何？"同曾氏说了半天家常，简明舒才将话题引到陆徜身上。

"阿徜，你中榜了？"曾氏此时方记起今日放榜。

陆徜把手里一小盘剥了壳的栗子摆到桌上，看了曾氏一眼——这可能不是他亲娘，简明舒倒像她闺女。

"中了，解元。"

"解元？解元是第几名？"曾氏一时未能反应，疑惑地看向简明舒。

"解元是……桂榜头名……"简明舒有点儿晕有点儿飘，瞧陆徜那副云淡风轻的神色，让她也错觉这好像不是什么大事，及至出口后她才突然回神，从椅子上站起，"陆哥哥中解元了！"

桌子上的栗仁差点儿被她撞翻，陆徜用力按稳桌子——她这样子，活像中解元的是她。

"头头头……名？"曾氏结巴了，也跟着站起，"我得去上炷香！阿徜，你陪明舒坐会儿。"

曾氏说走就走，把陆徜和简明舒留在屋里。

陆徜不语，分明是大喜的事，眼下气氛却又冷了下来。

沉默片刻，简明舒才道："会试在来年三月，现下已经入冬，时间所余无几，你准备几时赴京？年前还是年后？"

"我会在年前启程，怕途中雨雪多，路不好走，耽误了日子。"陆徜把那盘栗仁往她面前一推，"吃栗子吧。"

"也对，早动身早安心。盘缠可够？"简明舒拣了颗栗仁放入口中——栗子粉糯香甜，是他亲手剥的，内皮剥得很干净。

"这些年攒了些，再加上州府补贴的车马费，尽够。"陆徜回道。

"此去汴京路途遥远，又逢岁末寒冬，你可得多备些厚衣裳；应急药也得备上，免得路上病了无处投医。曾姨我会代为照看，你就放心吧。"简明舒替他筹谋起来，忽又想到一事，道，"不对呀，你既中解元，按往年惯例，州府要送你们赴京，你何须自行上路？"

"因为我打算带我娘一起进京，早些过去早些安顿。"

只这一句话，就叫简明舒的手顿在半空，指尖拈起的栗仁又落回盘中。

"带曾姨一起？"她重复了一遍，"你不打算再回江宁？"

"不回来了。"陆徜静道，"我适才要同你说的，便是此事。"

简明舒低头看着那碟被他剥干净的栗仁，不再言语。

"得简家照拂这么多年，陆某无以为报，在此先行谢过，他日若有机会，此恩必还。"他说话间已站起，冲她拱手作揖，一拜到底。

虽说他有书院的差事，但所得银钱也只够勉强度日而已。曾氏病重时延医问药的钱不是小数目，都是从简家借的，虽然皆已还上，但借钱的人情还在，更别提当初明舒母亲在世之时对他家的诸多帮助，再加上后来简老爷为了培养贵婿，在明德书院捐资扶助了一批学子，里头就有他陆徜。

甭管简老爷有何企图，陆徜受他之恩是事实。滴水之恩，当涌泉相报，他也愿还此恩，只是恩义归恩义，若以终身大事身不由己为代价，他不愿。

"陆徜，你我之间，已经生分得只剩恩情了吗？"简明舒缓缓抬头，墨黑的瞳眸仍旧明亮，"还是在你眼中，我与我阿爹一样，是个贪图荣华富贵的人，只想替自己寻个贵婿，才对你百般示好？”

这时便换陆徜垂头——简明舒目光清透，瞳眸似镜子般映出他的身影。

“我没这么想，你莫多心。”

“是吗？”简明舒笑笑，“陆徜，我们认识十年了，你心里怎么想的，难道我真不知？我承认这些年我阿爹确有攀权附贵之心，你怕他挟恩图报，不愿被他利用也是人之常情。可我们是打小相识的情分，你也不信我，处处疏远，避我如蛇蝎。”

“我没有。”陆徜抬头，直直地望向她，“男女七岁不同席，何况你已过及笄，我们本就该避嫌。”

“那我问你，”简明舒与他对望，目光毫无避闪，“撇开从前种种，若我不是简家女儿，你可愿意娶我？”既然话已说开，那就说个清楚。

“你是金供玉养的女儿，不论过去还是现在，陆某都配不上你，亦无心高攀。”陆徜想也未想就开了口。

“我懂了。”简明舒面容未改，只用力攥攥襟口，方捧起桌上那杯他刚刚沏好的茶，敬道，“君有远志，妾无留意，以茶代酒敬君，此别再不相逢，祝君余岁如竹，节节高升，年年顺遂。”

语毕，她将那茶一饮而尽。

陆徜蹙了眉，刚想说话，屋外传来敲锣打鼓的喧哗声响。他推门一看，原来是刚才在县衙榜前自己跑得太快，县衙的人来不及给他道喜，此时和百姓一起蜂拥至他家道贺。

他瞧了两眼，转头再寻简明舒。

身后陋室中已空无一人，只余桌上空了的茶杯。

简明舒已绕到屋后离开。

十年光阴，江宁仍旧不是他的故乡，而她，也只是他的过客。

第二章 此别不再逢

转眼十日，天气愈冷。

简府院里厚厚的积雪才刚扫清，两只雀鸟落在廊下撒了稻谷的普度台上啄食，匆促的脚步声传来，惊走了鸟儿。小蜻蜓带着两个手捧托盘的丫鬟走过长廊，停在挂着厚实毡帘的屋外。

“娘子，铺子里的老师傅打了几件新鲜的玩意儿，老爷让送过来给您瞧瞧，若是得心就留在屋里赏玩。”小蜻蜓道。

“进来吧。”简明舒恹恹的声音传出。

帘子掀起，小蜻蜓带着两个人鱼贯而入，一抬眼就看到趴在八宝流水缸旁看鱼的简明舒。自与陆徜说清之后，简明舒并未哭哭啼啼，只是再没出过门。前几天因为榜下捉婿的事，简明舒和简家老爷吵了一场，简老爷当场砸了杯，幸好那杯子是镏金的，没碎。

父女两个闹僵，几天没说话，最后还是当爹的先低了头，给简明舒送宝贝来了。

錾花的赤金香粉盒、精致的火镰套、炸珠的耳珰，虽说不是成套的首饰，但件件金光璀璨，精致夺目，市面上可不多见，都是简家金铺新打的。

简家的招牌祖上传下来的，在简老爷手上发扬光大，二十多年时间成了江宁府颇有名气的老字号金器店。铺面子里聚了班手艺人，前两年太后寿辰，还有皇亲国戚专程来到江宁，点名要简家打造金器当寿礼。

要说这简老爷，那是个不折不扣的商贾，做的又是金器生意，俗气得很，手上银钱不缺，置了大宅子，吃穿用度，举凡能上金子的，绝不用银器，不是漆金就是镏金，生怕别人不知道他做金器买卖——江宁县的文人都看不上他这做派，私下里议论过好几次，也有人提醒过他，但简老爷依然我行我素。

既是俗人，自然免不了世俗之情，简老爷对女儿简明舒是真疼到了心坎上。简夫人早逝，就给他留了这么个女儿，为了简明舒，简老爷连继室都没敢找，把女儿金尊玉贵地养大，要星星不给月亮地宠着。这些年简明舒在家里无须看人眼色，活得舒坦自在，多亏有这个爹。

不论外人觉得简老爷多市侩粗鄙，在简明舒心里，自己的爹都是天底下最好的男人。

父女两个吵架闹僵，这么多年还是头一回。

“行了，搁下吧。”简明舒懒洋洋抬头，“去把灶上的绿豆莲子炖乳鸽端来，陪我去看看我爹。”

小蜻蜓知道这是和解的前奏，甜甜地应声“哎”，转身就要去端。这时帘子却被人掀开了，裹着厚实大毛氅衣的男人腆着肚子进来，手上一枚嵌着鸽子蛋大小绿翡翠的金扳指，走动间着实晃人眼。

“老爷可放心了？我说咱家的明舒是个孝顺的好女儿，心里有您，您还不信？如今亲耳听到了吧？”男人还没说话，身后有个穿桃红衣裳的女人跟进来，笑眯眯道。

“阿爹，姨娘。”简明舒起身行礼——来人正是她爹简金海和姨娘周氏。

由于家里没有女主人，内宅事务无人料理，加之简明舒渐大，不能总跟着当爹的跑，因而五年前，简金海才纳了这房良妾，约莫也有想生个儿子承嗣的心思，否则老来家产旁落，简明舒又无人照拂，都是麻烦。周氏进门五年，直到去岁才生了个儿子，原指着母凭子贵，不想简金海仍没扶正她的心思，只把这个儿子记到了简明舒已故的母亲名下。

周氏也没说什么，面上仍旧一团和气，待简明舒客客气气。

“哼。惯得你越发娇气，还同我置上气了。我做这些为了谁？还不是为了你！”简老爷还拿着架子，嘴里抱怨着径直进屋，一屁股坐在罗汉榻上，又道，“不是有汤要给我，还不去端？”

简明舒挥挥手，让小蜻蜓去端汤，自己则坐到父亲对面，又让周氏坐了下首，这才道：“晓得爹是为我好，只是那些文人迂腐，这么一闹，外头多少看笑话的都盯着咱们家！强扭的瓜不甜，阿爹这又是何苦？”

榜下捉婿哪是那么好捉的，都是叫人指着脊梁骨说一辈子的事。

“也不全为着你。这些年咱家的买卖也到头了，要想再进一层，还得朝里有人，靠谁比得上靠自己的女婿好？”简老爷用戴着金镶玉扳指的手叩叩桌子，不无感慨道，“再说了，普通人你看得上？要是看得上，能惦记陆徜这么些年？我瞧陆徜那小子就是个没心的，我这不是想着既然都是读书人，天涯何处无芳草？陆徜不成咱再换个就是！”

“咳咳。”周氏咳了两声权当提醒——简老爷和女儿说话向来没有分寸，把简明舒都带歪了，什么叫“天涯何处无芳草”？简明舒又不是男人。

“咳什么咳，我说错了吗？”简老爷完全不觉得自己说错，“也罢，不成就不成。女儿你别担心，你的婚事，爹给你想法子，大不了嫁妆再添上去些，我就不信寻不着像样的男人做我女婿！”

拿钱砸人，一向是简老爷的行事作风——能花银子解决的事，那都不叫事。

“爹——”简明舒拉长了音，“我只一条，要嫁什么人，需得我过了目、点了头才成。”

她说话间看了眼周氏，周氏仍稳稳坐着，面不改色地笑。

简明舒倒有些佩服她了——阿爹给她的嫁妆原就拟得丰厚，若要再加，都抵上半个简家了，周姨娘竟无动于衷？

服侍父亲喝完汤，又在自己屋里用了饭，简明舒把简老爷哄得高高兴兴地回去了，父女俩的隔阂总算消失。时已过午，简明舒要午睡，刚要躺下，外头便传——“瑛嬷嬷回来了。”

简明舒又一骨碌爬起来，披衣坐在床上，把人叫进寝室后关严了门窗。

瑛嬷嬷本是简明舒母亲的陪房，她母亲去世后，瑛嬷嬷就留在简家照顾简明舒，是简明舒最信任也最得力的老嬷嬷。

“给瑛嬷嬷倒杯热茶，火盆里添点儿炭，再给她拿床厚厚的被子来。”

简明舒一通吩咐后才向瑛嬷嬷道，“瑛嬷嬷辛苦了。”

瑛嬷嬷刚归，正冻得唇色发青，闻言柔声道：“老身无碍，谢娘子关心。”语毕也不等人把暖物送来，语气一正，又道，“老身按娘子吩咐，去了云华寺附近打听，果然有些眉目。周氏生的那孩子，恐怕不是……”她摇了摇头，面色凝重。

简明舒心中有底，没有太惊讶。

周氏原是城中富户庶出的女儿，因家道中落才委身简家做了妾。简明舒对她虽无特别的好感，对她却也不差，平日里客气相待，简家给她的吃穿用度都比照着主子太太，全是上好。她为人也本分，内宅事务交到她手里，打理得井井有条，平日里在简家父女间也常居中调和，两处说好话，五年下来，简明舒对她也有了些感情。只是谁承想这样的老实人，竟会包藏祸心?

那个孩子赶在简明舒定亲嫁人之前出生，仿佛掐着点儿怀上。周氏嫁进简家四年无所出，怎会如此凑巧，在这节骨眼儿上有孕？若她没记错，那段时日新铺落成，她父亲常在外巡视，拢共就在家几天，而周氏在那段时日恰又频频外出，四处烧香拜佛，行踪古怪。

这些情况简明舒原没放在心上，及至孩子出生，她才隐隐觉得不对，暗暗开始查周氏。这云华寺就是周氏去得最多的一所寺庙，每月她必定有两三日是往云华寺烧香，就连刚生的孩子受凉发热，也没例外。

“云华寺附近有一间水仙庵，平日不开门，只接待熟人。周姨娘每回去云华寺，打发走下人后，都只身一人前往水仙庵。这水仙庵我也悄悄找人打听过，不是什么正经尼姑庵，其实是个……”瑛嬷嬷说着迟疑起来，犹豫着该不该将这事说给简明舒听。

“我知道。”简明舒却干脆道。出身商贾之家，又有简老爷这么个爹，官场商道行事，好的坏的她多少都有些耳闻。这水仙庵外表看上去是个正经的尼姑庵，背地里做着腌臜的营收，出入的都是些达官显贵，要么进去寻欢作乐，要么在庵里幽会情人。

瑛嬷嬷没再往下说，只叹口气道：“四天后是周姨娘上云华寺烧香的日子。”

简明舒拨弄着父亲刚送的香粉盒子，沉默了半晌，才道：“云华寺在浔阳镇附近。你安排一下，就说我心情不佳，想去浔阳散心，三天后出发。”

静默垂立的小蜻蜓忽然开了口：“娘子，陆家郎君……也差不多时间启程，您不送送他？”

简明舒的手一顿，片刻后重重将香粉盒子盖上，只道：“有什么可送？至此往后，不过他走他的阳关道，我过我的独木桥。”

相见不如不见。

莫多纠缠。

天微微亮时，陆徜就已经将收拾妥当的箱笼搬上了备好的马车。

简陋的屋院里空荡荡的，鸡、鸭俱已招待了前几天来恭贺陆徜的乡亲，屋里的锅碗瓢盆连着带不走的旧被褥等家什，全都赠予近邻。

和左邻右舍道过别，钥匙交还屋主手中。住了十年的地方，而今就要离开，并且不再回来，纵是稳重如陆徜，一时间也有些恍惚。他总觉得，未散的晨雾里应该会有一人小跑着过来，隔着老远挥着手，踏过长康巷这条脏兮兮的泥路。

“在想什么？”曾氏见他盯着巷口发呆，拍着他的背问道。

“没什么。”陆徜回神，扶母亲上马车。

知儿莫若母，曾氏只道：“要不……再等等？兴许明舒会来送送？”

“等她做什么？”陆徜依旧将母亲扶上马车。他心中了然，无论他等与不等，简明舒都不会来。两人把话说到那份儿上，便是断了从小到大这十年的情分，按她那干脆爽快的脾性，她定不会再见他了。

曾氏摇着头叹气，一步迈进马车里，也不再说话。

安顿好母亲，陆徜裹紧外袍，坐到马车前，捏着马鞭扬手一挥，只闻“啪”一声响，马儿拉着车驶进晨雾里。

从江宁到汴京，水陆两路皆可，水路要快些，只是曾氏体弱，容易晕船，因此陆徜选了陆路——宁可走得慢一点儿，也要照料好母亲。

不到半日，马车已经出城。

城外官道的积雪已被铲净，两侧的夹道树都只剩光秃秃的枝丫，近年关的时间，来往的车马很少，冷风瑟瑟直往身体里钻，陆徜戴了风帽，掖实衣襟，紧闭双唇，仍是架不住那无孔不入的风，吹得他面颊赤红，身上冰冷。陆徜用冻僵的双手麻木地抓着缰绳，直视前方似乎没有尽头的路。

心绪被风吹乱，陆徜正发着呆，不知又行了多久，官道上一辆马车忽然迎面急驰而来。那马车由三马所拉，速度飞快，车厢通体漆黑，窗户用暗沉的毡帘遮得严严实实。车上没有徽记，陆徜看不出来历。

马蹄踏地飞驰，在寂静的官道上声如擂鼓，飞快地朝陆徜逼近。

陆徜未动声色，但心里难免犯疑，当下不着痕迹地打量起这辆奇怪的马车来。

很快，马车便驶至他身侧，厚重的毡帘恰在此时被挑起，一只纤细白皙的女人手臂钻出，腕间戴着只赤金镯，镯上坠着两只小巧的铃铛。

陆徜一愣，下一刻，目光便与帘后女子相交。

简明舒万万没想到会在官道上撞见陆徜。

她比陆徜早一天去了浔阳镇，在镇上过了一晚，第二天近午才悄悄备了马车往云华寺去，都道捉贼拿赃，她准备打周氏一个措手不及。

心事本重，这马车又遮掩得密不透风，简明舒觉得呼吸不畅，胸口生闷，这才挑帘透气。

不想只这片刻工夫，竟能叫她遇见驱车赴京的陆徜。不过往汴京的陆路必先经云华山，再过浔阳镇，她先到浔阳再回头，会与陆徜撞上，细想想倒也不足为奇。

说得干脆，想得也通透，决定得也果断，到底比不上这一刻猝不及防的相遇。简明舒心里陡然泛起股酸涩，这滋味竟比那一日分别时还要揪心。

只一个擦身的瞬间，情绪如江水溃堤，把眼眶逼得通红。

两辆马车交错而过，连个名姓都没来得及喊出口。

她揉揉眼，泪水未落，那份眷恋已散在寒风中，放下毡帘，再不相见。待视线转回车厢内时，神情已定。

那厢，陆徜缓缓收回目光，照旧盯着前路出神。

天黑得很快，陆徜的运气不太好，与简明舒遇见没多久，马车就出了问题——一边的车轱辘歪了。他只好将马车赶到官道旁的树林里修理，眼看时间已晚，今天来不及赶到浔阳镇了，索性就地生火，烧水做饭，打算露宿一夜。

天彻底黑下来，四周只剩黑魆魆的树影。火堆只照得亮脚下方寸之地，夜色里，四下树木光秃秃的枝丫张牙舞爪，间或有鸟兽叫声远远传来，让人心下悚惧。

初行不利，曾氏有些不安，被陆徜一通安慰后勉强进了些水粮，便进马车里歇下。陆徜自己在外头铺了毡布，扎好帐篷，打算对付一宿。

只是躺在帐篷里，他翻来覆去，辗转难眠，便又披衣起身，坐到火堆旁发呆。

这树林不大，就在云华山山脚，紧挨着山崖，往上一些就是去云华寺的盘山路。若是白天，还能瞧见山间佛寺屋檐隐约，不过夜里无光，云华寺的方向也只剩泼墨般的漆黑，几乎与夜色融为一体，什么也看不到。

他扫了几眼，就将目光转回。

相比陆徜，简明舒一行要顺利得多，赶在天黑前到达云华寺，还来得及在寺里用上一碗热腾腾的素面。

天渐渐沉了，有个小厮走进来，在她身边耳语几句。

简明舒推开已吃了大半的面，用帕子拭去额上细密的汗珠，方起身披上厚厚的披风，揣了个小手炉，再套上棉手筒，这才出门，悄悄往水仙庵去了。

她倒要瞧一瞧，与周氏私通了两年多的男人到底是谁。

简家待周氏不薄，吃穿不愁，生儿便为简家嗣子，生女亦是简家娇客，哪怕无所出，简家也绝亏待不了她。可看周氏如今这般，与人私通生下孽子不算，估计还在谋算着简家家产。

简明舒不能忍，又恐父亲知道后急怒攻心，于是打算先查清后再做定夺。简家的私事又关乎父亲名声，不能假手他人，只能她亲自出马。

如此想着，她脚步愈急。

过午时分，周氏已经到云华寺，在寺里小憩到傍晚，便遣开随侍的丫鬟，独自在禅房里诵经。天一黑，她就溜出禅房，往水仙庵去了。不过周氏料想不到，她身边的人已被简明舒买通，如今正盯着她的行踪，发现她进入水仙庵后就去报信了。

有钱能使鬼推磨，水仙庵也不是什么滴水不漏的地方。简明舒许了厚重的银钱，见钱眼开的小尼姑哪里还管上头交代的事，只将简明舒等人从角门悄悄放入，又指明了周氏所在，简明舒就一路摸了过去。才到那窗下，就听到屋里男人急吼吼的喘息声，她顿时脸红，定了定心才继续听下去。

“你猴急什么？且与我将事说清楚。我瞧明舒那丫头已有些生疑，恐怕你我日后不能再于此地相会，得另寻他处。还有，那事你如何计划？明舒眼瞅着要定亲嫁人，我看老头儿的意思，是准备拿半个简家给她陪嫁。如此一来，到手的家产可就只剩一半，你舍得？”周氏的声音响起，夹着断断续续的撒娇声，没了平时的老实本分。

“放心吧，我都计划好了，就今夜，趁着你不在简府时就动手。一不做，二不休……”

男人压低的声音里透着几分得意与恶毒，却叫窗外的简明舒骇然瞠目。

陆徜忽然惊醒，似乎做了个噩梦，但梦中之事睁眼后却已忘光。

侵骨寒气闯入单薄的帐篷，搅得他太阳穴突突作痛。这觉是睡不着了，他裹着被子出来，账外夜色浓厚，约莫已到三更天。

半夜不知几时下了一场小雨，脚下的泥土被浇得湿软，火堆已被浇熄，难怪把人冻醒。陆徜打算再生堆火，正欲去取备用的柴火，却忽闻山上传来一声女子的惊呼，接着就是重物压着草木滚落的声音。

滚落的速度很快，陆徜只听得两声闷响，那人已经从山坡上滚下，又重重撞在附近的木石上，连声呼救都没来得及喊，就淹没在了浓重的夜色里。

他飞快地捡起粗枝做了火把，循声找去，果然看到了跌落在山脚树下的人。他又抬头看看那人滚落的地方——是个很高的山坡，从方位来看，应该连接着去云华寺的山路，但到底如何，在这夜色中却难判断。

从这么高的地方滚下来，不死也得残了，瞧那人身形和衣着，似乎是个女子，也不知遇到了何事。陆徜不做多想，飞奔上前，将火把照向那人。

那人侧身躺着，衣裳已被草木钩破多处，簪钗发髻俱已散落，长发覆面，没发出一点儿声音。陆徜蹲下身，伸出手探她鼻息。

覆面的乱发被拨开，露出一张几乎被鲜血染遍的脸。

纵然满面血污，光鲜不再，陆徜也依旧一眼把人认了出来，惊愕之中脱口而出——

“明舒?！”

第三章 造化偏有意

饶是像陆徜这般素来冷静的人，看见这样的简明舒脑袋也瞬间空白，片刻错愕后，赶忙借着火把摇曳的光芒，将颤抖的手伸到她鼻下。直到探到她游丝般的气息，方缓过劲来。

虽然微弱却还算温热的气息扑在他指尖，陆徜迅速回神，方觉自己掌心里攥了团汗，心脏狂跳不止，几欲跃出喉咙。

地上躺着的人除了微弱的喘息，仍旧毫无动静，他举起火把往上照了照——上边是个陡峭的山坡，火光照不到头，高度必然不低。她从这么高的地方滚落，不知伤到了哪里，那眼下该如何救治呢？

将及弱冠的陆徜毫无头绪，只一边用袖口轻轻擦拭她脸颊上的血污，一边低声轻唤："简明舒？明舒？"

简明舒没有回应，一张脸颜色惨白，头上的伤口仍在往外冒血。

刺啦——

陆徜撕裂袍裾，扯下一段布条，紧紧地裹住她额角的伤口，不论如何，先止血再说。布条刚打完结，一阵风吹来，随着草木颤动，山坡上传来急匆匆的脚步声。陆徜抬头望去，夜色里，他只瞧见半山腰的草木间有无数火光晃动。那里应是简明舒滚落的地方，山上那些人举着火把，是在找她？

简家的人？

不对——

看这阵仗不太像，若是简家的人，发现简明舒失踪或者掉落山崖，早就大喊大叫着找人了，断然不会这般隐秘不作声地找她。简明舒这意外也来得古怪，山上只有云华寺，可寺门离盘山路还有好长的距离，她怎会三更半夜从此处跌下?

如此一想，他越发觉得事有蹊跷，定神又看了两眼，忽看见火光间隐约晃过的一两道银光，那是只有锋利的刀刃才能反射出的光芒。

听闻云华山附近并不太平，常有江湖匪类在官道上劫持来往的车马，劫掠附近的村庄。云华寺的香客本来就有许多是江宁县乡绅富户的女眷，被盯上也不足为奇。

简明舒这是遭了劫?

他看了眼地上的人，很快有了决断。他起身将火把踩灭，而后飞速褪下外袍盖在简明舒身上，再将她轻轻抱起。

人入怀的那一刻，只觉轻如鸿毛。

曾氏也未得安眠，听到些微响动就醒来。出了马车没看到陆徜人影，正有些不安，忽瞧见黑暗里跑来个人，倒吓了一跳，刚要叫喊，便听见陆徜的声音："阿娘，是我，快上马车。"

发现是儿子回来，曾氏安下心，正待问话，又见陆徜怀里抱着个人，着急忙慌地踏进马车。曾氏一下子也慌了，忙跟进车里。

铜灯点起，看清陆徜抱回的人，曾氏惊得睡意全无："明舒？阿徜，这是怎么回事?"

陆徜没有回答母亲，只是扯过曾氏的被子一把裹住简明舒，头也不抬地向曾氏道："阿娘，您先别问，此地不宜久留，我们要速速离开，等安全了我再同你说。劳烦您照看她，我驾车。"

山上的火光已经往山下移动，看势头是来寻简明舒了。

对母亲简单交代了两句，陆徜低头用双手搓搓明舒的脸颊，俯下头在她耳边道："简明舒，是我，陆徜。我送你去镇上找大夫，你千万要撑住。"

语毕，他起身下了马车，将地上的东西收上车，再掩盖住露宿的痕迹，方套马驾车而去。轻轻一声"驾"，马车驶进浓重的夜色里，朝最近的浔阳镇去了。

驶到官道上时，陆徜方觉握缰的手一直在颤抖，外袍给了简明舒，冷风飕飕灌进胸膛，冻得人骨头发僵。他却觉得血液好似要烧起来，脑中来来回回闪过的，只有简明舒那张染血的脸，别的通通被抛到了脑后。

天擦亮时，陆徜终于驾着马车赶到了浔阳镇，他随便抓了个路人问明医馆的位置，没多久便到了医馆前。简明舒仍旧没有醒转的迹象，头上扎的布条被血染透，触目惊心，曾氏已然眼眶通红。医馆的门总算被陆徜敲开，姗姗来迟的大夫还没来得及抱怨，就被陆徜拉到了马车前。

掀帘一看，大夫不敢怠慢，忙唤陆徜将人抱入内室，又找来医婆，由曾氏帮着一通诊查。良久，大夫擦着手出来，坐到案前提笔写药方。

透过半掩的门缝，陆徜只瞧见满地被血染红的布帛，心猛地一跳，转头问大夫："先生，她的伤势如何？"

大夫奋笔疾书，头也不抬道："小娘子运气不错，那么高的地方滚下来却未伤及脏腑，已算不幸中的万幸。手臂脱臼处已经接上，脚踝扭了，身上几处外伤，医婆已经在里面上药。"

"那她何时会醒？"陆徜心中稍安，接着问道。

"那就得看她的造化了。她身上虽无致命重伤，可头上的撞伤很重，现已用桑白皮线缝合。不过天底下最复杂的就是人的脑袋，头上的外伤好办，但是里头怎样，就不好说了，须得观察几日——这是药方，先吃着看看。外伤要每天换一次药。"大夫说话间已经写满一张纸，搁笔吹纸，待墨半干后把药方推到陆徜面前。

陆徜一颗心因大夫的话起起伏伏，刚要接药方，大夫忽又收回，似有所怀疑，斜视他道："这小娘子是你何人？又为会何跌落山崖？"

瞧大夫那神情，倘若他一个答得不对，便要报官。陆徜想了想，正色道："在下江宁县举子陆徜，里头那位是我母亲，伤者……是我妹妹。我带着母亲和妹妹赴京赶考，路上遇到盗匪掠劫，妹妹遭了罪，推搡间从山坡上滚落。"

"陆徜？可是今年的解元陆徜？"大夫激动地站起。

陆徜忙抱拳道："正是在下，府学给的举荐信在马车里，先生可要过目？"

"不用不用。"大夫忙摆手，又道，"令妹伤重，你们在镇上可有落脚处？若是没有，不妨在医馆暂留，也便于老夫观察令妹的伤情，若有个万一，也能及时救治。"

“先生医者仁心，陆徜先行谢过。如此，便叨扰先生了。”陆徜长揖到底。

道过谢，陆徜付了诊金抓好药，将药交由药童煎制，医婆也已替简明舒包扎完毕，正收拾完满地狼藉退出房间。陆徜这才掀帘入内，曾氏正站在盆前洗帕子，榻上简明舒仍双眸紧闭，不省人事。简明舒衣裳已经换成曾氏旧衣，头发也拢到枕侧，额头上缠着一重又一重的布条，显得那张脸越发憔悴可怜。

陆徜沉默地看了两眼，一把扯过先前盖在她身上的外袍，匆匆道：“阿娘，我出去一趟，您先照顾着。”语毕，也不管曾氏问话，就匆忙出了门。

浔阳镇虽不比江宁县，但也算富庶之地，此刻已天色大亮，街道两侧商铺都开了门，街巷间都是往来的百姓。陆徜随便找了个路人，问明去简家金铺的路。

按理说，简明舒遇劫是要报官，不过陆徜总觉得事有蹊跷，因而长了个心眼儿，打算先把简家人找来再报官，免得中间出岔子。若他没记错，简家在浔阳镇有间分铺。

果然，路人给他指了路。

金铺不远，陆徜没走几步，就远远看到了简家的金字招牌。这间分铺并不大，只雇了一个掌柜和两个跑腿小厮。陆徜刚想上前，眼角余光扫过铺子所在的街口，放缓了脚步。

街口的阴影里站着两个男人，穿着褐色衫子，腰间别着用布包起的修长物件——显然是武器。这两人双手环抱胸前，倚墙而站，看似在闲谈，可眼睛却紧紧盯着金铺的门与经过铺子的人。陆徜改变主意，从金铺门口走过，果不其然感受到了两人鹰隼似的目光。

昨晚那些人并没打算放过简明舒，竟然在这里守株待兔。

这不是普通盗匪会有的举动，寻常盗匪就算手段残忍，但钱财一到手，逃离还来不及，怎会对一个逃跑的女人穷追不舍？这些人俨然知晓简明舒的身份，还知道简家在浔阳镇有分铺，显而易见就是冲着简明舒，抑或是简家来的，而非什么盗匪。

思及此，陆徜暗道一句：“简明舒，你到底是惹了什么人？”

他当即折返，回了医馆。

药童已将药煎好，正逢陆徜回来，就交到陆徜手中。陆徜端药入屋时，满面倦容的曾氏正靠坐在床尾闭眸小憩。一夜无眠又担惊受怕，曾氏本就体弱，这么折腾下来，身体也吃不大消。陆徜便没叫醒母亲，自己坐到床头，用汤匙搅着碗中黑漆漆的汤药，静静看着简明舒。

半晌他才开口：“当真是前世欠了你的。”只见他将帕子铺在简明舒衣襟上，舀了药汁，慢慢送到她唇边。

第一勺药没喂进简明舒口中，全沿着她唇角流下，他立即拿帕子拭净——简明舒这么个喜爱洁净的姑娘，怕是难以忍受浑身沾满汤药的狼狈样子。

“明舒，你要是听得见我的声音，就乖乖喝药好吗？”拭净药汁，他又俯身在她耳边柔声道。

抬头之际，他瞥见母亲已然睁眼，正意味不明地看着自己，耳根忽染薄红，急忙低头，却未看见简明舒眼睫正微微颤动。

翌日清晨，简明舒依然没有醒转迹象。陆徜做出决定，打算折返江宁县通知简老爷。

简明舒的伤势不宜挪动，医馆暂时还算安全，陆徜就将曾氏与她都留在医馆中，独自往江宁县去了。

送走陆徜，曾氏心中仍旧惴惴难安，只在屋里守着简明舒。时间漫长难熬，好容易挨到天黑，医馆早早关了门，曾氏随意用了些饭也胡乱倒下歇息，可心里装着事又哪里睡得着觉？迷迷糊糊躺到半夜，只闻外头传来推门声，帘子被涌入的冷风吹起，她一骨碌爬起来，警觉地盯着屋外。

来人将门帘掀开，清瘦的身影带进来屋外的寒意，借着窗外暗淡的光看见曾氏已然下床，便道：“吵醒阿娘了？”

陆徜的声音透着说不上来的疲倦，像寂静的长巷中被风卷起的枯叶，不带一丝活力。

烛光很快亮起，曾氏护了护火苗，一面转头问他："这么快就回来了？"一面又往外瞧，纳闷儿道，"只有你？"

陆徜弃车纵马去的江宁，又没旁的拖累，速度比来时快了许多倍，不到一日一夜就已从江宁又赶回来。只是，那简金海爱女如命，就算不能亲自来接女儿，也必会派人派车马，再找江宁县的名医一同前来才是，如今怎就陆徜一个人回来？

陆徜没答，他一大早出发，整日滴水未饮，粒米未尽，就是为尽早回来。如今他嘴唇干裂，胃里抽疼，脸色差到极点，双手也冻得失去了感觉。可站在简明舒床头，他却觉得这些苦都不算什么，那压抑在胸中难以吐出的话，才真叫人悲痛。

"到底出了什么事？你倒是说啊！"曾氏见他不言不语的模样先急了，拽过他的衣袖就问。

"不会有人来接她了。"陆徜恍如将要窒息般，长长吸了一口气，才开口，"简府昨夜遭劫，盗匪将财物抢掠一空后纵火焚宅，全府上下三十八口，无一幸免……简老爷，没了。"

噩耗如晴天霹雳，砸得曾氏人如木石，久久不能回神。

离天亮就剩一个时辰左右，陆家母子虽然接连两天疲倦至极，此时却都合不上眼。

陆徜饮了两口热水，身上寒意稍驱，坐在木凳上，倚着墙盯着床上的人出神。比起奔波劳碌之苦，如何面对简明舒反而成了最困难的事，他既盼着她醒来，可又不知等人醒来该怎么把简家的噩耗告诉她。

"阿徜，咱们报官吧？"沉默良久，曾氏才缓过劲来。

陆徜依旧望着简明舒，声音又沉又冷："不能报官。"

他过午赶到江宁县时，简家已经被一把火烧得精光，官府的人早就将附近围了起来。他站在人群里，只看到一具具尸首从府里抬出，沿着简家的墙根放了长长一列。那股焦臭的气味被风一吹，到现在似乎都没散去，令人作呕。

找人打听了一圈，他方知简家昨夜闯进一伙匪徒，半夜就和护院厮杀起来，那动静大得几里地外都听得到，还没等官府的援兵赶到，简家就起了大火，连同简金海在内的三十八人尽数丧命。

按时间来看，简家遭难紧随简明舒被追杀之后，应该是同一伙人所为。若真如人所说是为求财，既然已向简宅下手，又何必多此一举到云华寺外追杀简明舒？这太说不通了。那伙人连简家在浔阳的分铺都知道得一清二楚，显而易见对简家十分了解。

陆徜觉得事有蹊跷，并非盗匪劫财这么简单，本欲向守在简家外的官差道明情况，可还没等上前，便见旁边一人行来。这人虽然面生，可看打扮与他在简家分铺外遇见的两个男人一般。这人寻了管事的捕快，附耳悄声几句，便又匆匆离去。陆徜没听到他们说了什么，却打消了报官的念头。

他忽然想起，简家分铺外的两个男人连同刚刚这个，虽都衣着平平，但这几人脚上穿的确是官兵统一的靴子。

一个令人绝望的念头浮起，他怀疑这桩事……

“若是官匪勾结，我们报官便不啻送羊入虎口。她必定是知道了什么，那起子人要杀人灭口才穷追不舍，紧咬不放。若她回到江宁县，只有死路一条。”陆徜说完，再也克制不住胸腔沸腾的怒焰，转身一拳砸在墙上。

曾氏吓了一跳，忙下床握住他的手：“你这是做什么？若是伤了手，你还如何赴试？你已经救下明舒，简家的事，我们势单力薄实难对抗，明舒不会怨你的。”

“我知道她不会怪我。我只是恨自己太弱，既护不好阿娘，也帮不了她。”陆徜苦笑一声，摊开自己的手掌——他真的太弱小了。

“阿徜……”曾氏红了眼眶，正要劝他，床上躺着的人却忽然轻哼一声。

曾氏与陆徜俱是一震，同时起身往床边拥去。

简明舒像在混沌的深沼中挣扎了许久，四周除了黑暗还是黑暗，她能听到有人在她耳畔温声耳语，让她撑住，让她乖乖喝药，可她却无力回应，躯干和四肢就像不是自己的一般，就连睁开眼睛，也仿佛耗尽了她全部的力气。

眼帘撕开细缝，暗淡的光线照进来，简明舒看到两个模糊的身影围拢到身边，她脑中一片空白，张嘴只发出含混的声音。

陆徜靠近听了两句，飞快下床："阿娘，她喊疼，我去叫大夫。"

意识逐渐恢复，痛楚也渐渐清晰，简明舒只觉得头撕裂般的疼，一阵接一阵的晕眩，哪怕躺着，也觉得整个世界天旋地转。

大夫很快到了，陆徜与曾氏退到一旁静候大夫诊查。

窗外的天光渐渐亮起，大夫给简明舒扎完一轮针，她的痛楚似乎缓解许多，虽脸色仍旧苍白，那双眼却如雨洗的天空般清澈，带着疑惑地看向大夫，声音嘶哑地开口："您是……"

大夫一边收针一边回答她："老夫是浔阳镇仁心医馆的大夫，你从山坡滚下受了伤，你母亲与阿兄将你送来的。"语毕望向陆徜与曾氏，示意二人上前。

陆徜扶着曾氏走到床前，曾氏唤了声"明舒"，弯腰扶她起身，正欲解释，却听简明舒道："你们……又是谁？"

陆徜与曾氏都一愣，彼此交换了个眼神后，陆徜方蹲到简明舒床头，温声道："是我，陆徜。"

"陆……徜……"简明舒的眼里只有疑惑和陌生，"是谁？"

陌生的人，陌生的地方，陌生的……一切，她努力在脑海中搜索关于"陆徜"的所有信息，但毫无所获，她想不起眼前的人是谁。

陆徜眉头紧蹙："你不记得我？那她呢？"他又一指曾氏。

简明舒还是摇头。陆徜安慰："你再好好想想？"

简明舒脸色似乎更苍白了些，柳眉紧锁，费力地回忆一番后开口："我……不记得，想不起来，你们是谁？"

曾氏急了，问大夫："先生，她这是怎么了？"

大夫倒是见多识广，闻言摆摆手示意少安毋躁，温和地问简明舒："小娘子，那你可记得自己是谁？姓甚名谁？家住何处？"

"我是……我……"大夫的问题很简单，她本该脱口回答才对，可张开嘴却无法给出答案。简明舒也愣住——她想不起自己是谁，想不起名字、想不起家在何方，也想不起父母亲人，脑中空空如也，过去成了一片空白。

“想不起来，我不记得了。我是谁？”她开始惶恐害怕，不断试图去回忆，可是绞尽了脑汁，随着她的努力不断袭来的却只有越来越强烈的痛楚，犹如针扎一般。

“我想不起来！”她双手抱头，眼眶渐渐泛红，“疼，头很疼！”

陆徜再也看不下去，坐到床沿握住她的手，道：“想不起来就别想了，别想了……”又用眼神向大夫求助。大夫早已取出针，趁着陆徜安抚她的工夫，往某处穴位扎下，片刻之后，简明舒的声音渐渐小了，人再次软绵绵地歪倒在陆徜怀中。

陆徜将人轻轻放下，给她掖好被子，同母亲和大夫出了屋子，到外头说话。

“大夫，她到底怎么了？”刚踏出门，曾氏便迫不及待问道。

原以为人醒了就算逃过了鬼门关，可简明舒这模样，着实让人担心不已。

“先前我同二位说，天底下最复杂的就数人的脑袋，令爱从山上滚落，这么剧烈的撞击，我们能看到表面的伤口，却无法将脑子剖开看到里面的伤情。兴许令爱撞伤了脑袋，以至内部淤塞，才造成眼下这个情况。此症虽然不多见，然医书有载，乃失忆之症，亦称‘离魂’。”

大夫说了一大堆，曾氏听得云里雾里，陆徜开口问道：“先生，那此症可能医治？又当如何医治？”

大夫闻言摇了摇头：“实不相瞒，此症我也只在医书上看过记载，却从未遇到过，恐怕……力有不逮。不过二位也不必过分忧心，小娘子能醒来便已性命无虞，我开些宁神静心的方子。小娘子需得静养，不可过分激动。另外，记忆之事切莫操之过急，不可勉强，以免适得其反。她慢慢地也许会自行想起一些。”

陆徜边听边点头。大夫又交代了几句，提笔写了药方便离开。送走大夫，曾氏六神无主，倚着门道：“简家没了，她又失忆，这往后的日子可如何是好？可怜的明舒……”说着眼眶湿润，眼瞅着就要落泪。

“阿娘，我决定了，”陆徜沉声道，“带着她一道去汴京。”

先前困坐屋中踌躇不决的男人此刻已目光坚定，话说得不带丝毫迟疑。

简家遭劫，简明舒又受了伤，他虽力量微薄，却也不能在此时留下她一人，带她进京是最好的选择，既能照顾她，又可护她周全，待他日自己羽翼丰满，再彻查简家之事不迟。

“可……就这么带着她进京？”曾氏透过门缝看了眼仍在昏睡的简明舒，小声问陆徜。

“嗯，对外便称她是您的女儿，我的亲妹子。”陆徜随母亲望去，沉声道，“一来免得外人猜测损她清誉，二来可掩人耳目，再有就是……也省得她再生旁的心思。”

这话说得再明白不过——救她帮她是一回事，但他也不愿再招惹她，为免在这段时日她对他再生情愫，不如以兄妹为名。

至于她的记忆，若这病能好，他便将简家之事告诉她；若她一辈子不好，便一辈子做无忧无虑的“陆明舒”，由他护着，也无不可。

简明舒并没昏睡太久，很快就又醒来。

天色已然大亮，光线透过窗纱照进陌生的屋子，给人朦胧之感。她躺在床上缓了一会儿，才想起昨夜发生的事。现下头倒没那么痛了，但她也不敢轻易回忆在此之前的事情。

“醒了？”男人的声音响起，清冽如雪。

简明舒挣扎着坐起，抬眼望向说话的人——他看上去很年轻，然而眉宇间有些超越年岁的老成，似乎没有休息好，脸色不佳，眼底微青，很是疲倦的模样。不过这些都没妨碍他的英俊，他的鬓发没有绾齐，散在额角两侧，微微卷曲，衬出一张清风明月般的脸。

她记得他的声音，曾穿过黑暗响在她耳边，记得他手掌的温度，厚实暖和，她还记得他的名字。

“陆……徜……”

“你想起我了？”他听到她叫自己，眸色一亮。

简明舒摇摇头："你先前说的，你叫陆徜。你是谁？"

陆徜的眸色复又暗了下去，坐到她身边，缓缓吐了口气，回答她的问题。

"我是陆徜，你阿兄。你是我的妹妹，陆明舒。"

她定定地看着他，仿佛要在他脸上看出一朵花来。

陆徜在这近二十年坦坦荡荡的人生中，第一次尝到心虚的滋味。

第四章 从此为兄妹

“陆明舒……”

明舒喃喃着重复这个名字，在陆徜的冷汗就要滴下时终于道：“还挺好听。”

陆徜面对一个失忆之人，也不知自己为何紧张，闻言悄然松口气，却听她又问：“是谁给我取的？”

“是你死去的阿爹。”陆徜面不改色道。

推给死人最安全，况且这话一语双关，她的名字的确是她爹给取的。

“阿爹不在了？”明舒眼帘垂了垂，看看陆徜，又看看曾氏。

陆徜见她茫然的眼中布满疑问，大有追问陆家祖宗十八代的架势，立刻道：“你刚醒，就别问东问西地费神了，过去的事说来话长，兴许哪天你自己就想起来了，若是真记不起来，改天待你身子大好，我再找机会慢慢说与你听便是。如今你需好生静养。”

“是啊，你晕了这么久也该饿了，我给你熬点儿粥去。”曾氏不想陷入和儿子一样的局面，果断抛下陆徜出去了。

所幸明舒也没再问什么，伤处还隐隐作痛，她整个人还晕晕的，才说了几句话就已精力不济，只得又躺回床上，呆呆地看着帐顶，什么都不敢想。

一想，头就疼。

她成了一个没有过去的人。

没多久曾氏就将粥端来，熬得稀烂的粥，配一碟带在马车上的腌糖蒜。糖蒜酸甜可口，并无生蒜的辛辣，十分开胃，曾氏年年都给简家送，也是明舒最爱的小菜之一。

许久未进食的明舒嗅到糖蒜的味道，就如闻到油香的老鼠，一下子从床上坐起来，不想起得太急，脑袋重重一沉，涌来一阵晕眩。她强忍着坐直。陆徜帮着将粥搅温后才递到她手里，她慢慢吃起来，怎料才吃了两口，晕眩越发严重，兼之胸口沉闷不已，顿觉恶心欲呕，还没等她反应过来，便“哇”的一声，全吐在陆徜身上，粥碗也从手中翻落。

陆徜十分冷静。他飞快地一边伸手让她将脑袋靠在自己肩头，安慰她：“大夫说头部受到撞击的伤者，醒后容易出现晕眩作呕的后遗症，你起居行动切不可太急，过段时日这症状自会缓解。”一边一手接过曾氏递来的湿帕，先将她唇际与衣上的残粥拭去，才清理自个儿身上的污秽。

明舒歪在他肩头，有气无力地斜眼看着——他照顾起人来驾轻就熟，对污秽毫不嫌弃，一举一动竟比曾氏这个妇道人家还要熟练。

这两人，真是她的母亲与哥哥?

明舒虽然刚醒没多久，脑袋还昏昏沉沉的，但这并不妨碍她对眼前的情况做出初步判断。她脑中一片空白，搜不到任何关于自己、亲人、家乡的记忆，好像自己凭空出现在世间一般。

可也正因如此，她的身份背景乃至过去的一切，都可以任人揉捏编造。他们说她是陆家的姑娘，她就成了陆家姑娘，可事实究竟如何，她无从知晓。

带着这样的警惕与怀疑，明舒又躺回床上。陆徜去屋外更衣清洗，曾氏则在那碗被打翻的粥前站了片刻才动手收拾起满地狼藉，明舒清清楚楚地看到她眼底露出的些微惋惜。

不是受过苦挨过饿的贫寒人家，断然不会为这一碗粥露出那样的目光。

明舒缩在被子里的手悄然伸出，她仔仔细细地打量着——这是一双保养得极好的手，皮肤白腻如脂似玉，葱削似的指尖上是形如百合片的透明指甲盖儿，指甲边缘修得漂亮，手心一点儿茧都没有，手背除了关节处有淡淡纹路外，无一丝细纹。

贫寒人家的姑娘，很难养出这样的手来，更别提这手的手腕上还戴着只价值千金的镯子。

陆徜说他们是兄妹，她不是没有怀疑，可把她这摔得半死的人千辛万苦地救下来，花钱不说，还得费力照顾，他们图什么？图人？图财？

她看不出他们图什么，可若说不是一家人，她又该如何解释自己看见陆徜和曾氏时莫名的亲切感？虽说她忘了过去，但对这两人还保留着一丝天生的亲近。尤其是那陆徜，她对他有着难以言喻的信赖，他温热的手掌似能安抚下她因失忆而起的种种不安与惶惑。

况且再看陆徜与曾氏两人照顾自己，不喊苦不嫌累，连她吐了他一身，他的眉头也没蹙半分。这般妥帖，不是极亲昵的人很难做到吧？这世间除了父母手足，就算是夫妻，都未必能如此。

如此想来真是充满矛盾，她琢磨不出所以然，越发疑惑，也不知在她摔下山前发生了何事，她总觉得自己好像忘了一件很重要很重要的事。到底是什么事呢？

她绞尽脑汁都想不起来。

“都让你别想了，何必为难自己？”

一个声音蓦然响在耳畔，打断她的思绪，她睁眼瞧见陆徜站在床边，正俯身看自己。他已然换过衣裳，身上洗得泛白的半旧外袍，比先前那件要单薄许多。

“我……忍不住。”明舒侧过身，拧着眉道。

见她眉心皱成“川”形，整张脸都跟苦瓜似的，陆徜就知她又胡思乱想了。他忽然想起从前的简明舒，记忆里的她深情明媚、张扬，其实他也知道她没恶意，但她举手投足之间总带着出身富贵养成的颐指气使，显得咄咄逼人，他并不喜欢。可现在看着她这模样，连说话都透着委屈和虚弱，他又突然希望她能做回从前那个简明舒。

可简老爷和简家都没了，她还自身难保，就算记起这些，她也再回不到从前。

如此想着，陆徜情不自禁伸手，指腹按在她一侧额角轻轻地揉，道：“头又疼了？忍不住也得先忍着，该记得的事，总能想得起来，你伤势未愈，慢慢来吧。”

明舒半合着眼睛看他，他语气有些严厉，明明没比她大多少，却一副长辈教训晚辈的口吻。她“哦”了声应下，心道：这大概真是我兄长吧？

揉了一会儿，陆徜问她：“好些没？”

“嗯，好多了，谢谢。”明舒谢道。

“能起来吗？刚才吃的两口你都吐了，若是吃得下，再吃点儿。”陆徜问完见她点头，便转身扶她慢慢坐起，又在她背后垫了厚被，待她坐好才把粥端来。

明舒伸手要接，陆徜没给，反低下头舀了勺粥吹凉，再送到她唇边。她怔怔地看他，见他挑眉才反应过来，不自在地别开脸，道：“我自己来吧。”

“你别动，省得一会儿再吐，我没那么多衣裳换了。”陆徜很正经地拿话堵她。

她无言以对，乖乖张嘴。

也罢，他都说是她兄长了，给伤重的妹妹喂个饭什么的，也是人之常情吧？

手足情深！

能正常进食后，明舒的体力恢复得更快些，虽还是睡时多醒时少，但晕眩等状态都有改善。就这般又休养了两日，明舒已能正常下床走动，身上大大小小的伤口结痂的结痂，消肿的消肿，除了额角的伤还包着布需每日换药，其他的伤已好得七七八八。

这两天明舒身体稳定了，陆徜又出了趟门，也没说去哪里，只留曾氏在医馆照顾着。曾氏虽说形容瘦弱，见人却常是笑的，又不像陆徜那般严厉，待明舒也是嘘寒问暖，尽管手头拮据，但在给她延医问药和饮食起居上也都尽了全力，只从自己身上俭省，好几次看得明舒心里过意不去。

一来二去，明舒对曾氏亲近起来。

到第三日，陆徜还没回来。明舒在医馆待得有些烦闷，兼之又想到外头瞧瞧，看能否想起什么来。到底心里存疑，她还想去茶馆或衙门打听打听，趁着曾氏午歇之际便出了医馆。

医馆不远处就是浔阳镇最大的茶馆，也是消息流通地，平日里州府有什么大事发生，消息都在这里传播，家长里短的事自然也是谈资。谁家要是走丢了女儿，有什么失踪案件，在这里也大都能打听出轮廓。

不知为何，今日茶馆倒是人多，里三层外三层围得水泄不通，最里面的桌上站着个穿粗布衣裳的汉子，看模样是个车夫，想是常往来于几个城镇中，消息最是灵通，眼下正绘声绘色地向四周看客描述着什么。明舒往前走了几步，隐约听到什么“简家大案”“一把火烧个精光”之类的话语，心里不知怎的有些发慌，正打算再走近些听听，眼角余光忽瞥见茶馆里头站起两个男人，一个鹰钩鼻，一个三角眼，腰里都挎着用布包裹的长家伙，阴森森地望向她。

明舒被打量得不自在，往旁边避去，却发现这二人已然锁定了她，并且一人已从茶馆中出来。她心感不妙，可逃回医馆的路已被截断，那二人显然冲着她来，为防止她逃跑，已经分作两头包抄过来。

来者不善。

她来不及多想，凭着本能逃进身后的小巷，才跑了几步，身后就传来脚步声与金铁声。她慌忙中朝后看了眼，却见那二人已抽出腰间别的长刀。

刀光晃过瞳眸，明舒吓得腿软——这不是想捉人，而是要直接杀她。

脑袋又一抽一抽地疼起，她却再也顾不上，只想保住自己这条小命。可才跑出几步，身后人已经逼近后背。情急之下她抱头一蹲，倒是堪堪避过背后劈来的刀刃，可第二击眼看再逃不过。惊急之时，巷旁的窄弄里忽然飞出一脚，狠狠踹在那人胸口。

明舒尚不及反应，手已被人攥住。

仍旧是温热的掌心，牢牢握着她的手，把她往细弄一扯。

“跟我走。”

陆徜从天而降。

细弄很狭窄，只容纳一个人的宽度。

明舒被陆徜拉着，脑袋突突作痛，心脏也怦怦狂跳。一阵人影交错，她看得眼花缭乱。陆徜动作很快且并不恋战，击退当前追来的那人后，转身拉起明舒往另一头逃去。

身后依旧是紧追不舍的脚步声，陆徜反身半拥着她，劈手将靠墙而放的杂物逐一打落以挡追兵脚步，才又拉起明舒的手，头也不回地冲出窄弄。

明舒被他拉着一阵疾跑，也不知跑了多久，二人到了无人处，身后没了追兵的声音。她一扯陆徜的衣袖，俯下腰喘着粗气，小腿肚直打战，囫囵话都说不上来，只能冲他摇头，示意自己一步也跑不动了。

陆徜一边抚上她后背替她顺气，一边警惕地四下张望，唯恐那伙人再追来。

缓了半天，明舒总算缓过劲来，抬头喘道："瞧不出……你还挺能打……"

这陆徜看着清瘦斯文，还是个读书人，不想竟有几分拳脚功夫，和人打起架来一点儿不含糊。陆徜瞥了一眼她那白得吓人的脸，一声不吭——她是真忘了。虽然他是个读书人，但并不文弱，因为家中只有寡母，幼时他与曾氏没少受欺凌，他也曾是街巷间"打出头"的人，差点儿把自己打成永康巷的小混混头目，还是曾氏哭得一把鼻涕一把泪把他给拉回正途。

这些事，明舒原都知道的，可现在这些过往她已通通忘了。

"刚才那些，到底是什么人……"明舒满心疑问，迫不及待想求个答案。

"现在不是说话的时候。你还能走吗？能走的话我们赶紧回医馆。"他扶起她道。

她点点头，紧随其后。

医馆并不远，两人抄小路很快就到了。曾氏已经醒了，发现明舒不见正急得团团转，看到二人进来，这才放下心，上前拉着明舒道："你这是上哪儿去了？刚能下床就到处跑，外头风又大，当心吹病。"说着又怪儿子，"陆徜你也是，一去去了几天没个信，也不晓得我们担心？"

陆徜并不回嘴，曾氏又絮絮叨叨地要进屋替二人张罗热水，明舒正想替他辩白两句，却见陆徜阻止母亲："阿娘，别忙了。立刻收拾行李。那起人发现我们了，"他看了眼明舒，又道，"我们要马上离开。"

那些人既然在茶馆守株待兔等明舒，显然是要斩草除根，如今行踪暴露，他们很快就会找到这里来，医馆已经不安全了。

曾氏立刻白了脸，口中喃喃道："怎么就被发现了？"拿眼觑了觑明舒，到底没多问什么，手脚麻利地收拾起包袱来。陆徜也加入其中，只有明舒杵在屋里木头人似的不知该做什么，心头疑惑越来越浓。眼珠子扫了一圈，她忽然瞧见陆徜垂在身侧的右手手背上有一道道殷红，血顺着指尖轻轻滴落。她心头一惊，立即上前扯住他衣袖，道了句："你的手……"

陆徜反身飞快捂住她的嘴，蹙了眉头看向兀自叠被的曾氏，见母亲没有察觉后，才朝明舒摇了头。明舒会意地点头，陆徜这才慢慢松了手。

这是怕曾氏知道了要担心，所以才忍着没作声吧？

明舒心里也奇怪——明明两个人谁都没说话，怎就都明白对方的意思了？这样的默契，若说从前不认识，似乎也不可能。

借口临行前再找大夫诊一次脉，陆徜将明舒带出屋。一出门，明舒就迫不及待地捧起他的右手，将袖子拉高，果然瞧见他右手手背上一道两寸长的伤口，伤口很深，血还在往外冒，料想是刚才救她时被刀锋扫中的。

她一下就急了，道："这么深的伤口，万一伤到筋骨，你这手可就废了！将来你还如何赴试？"

和曾氏待了几天，她也打听出他们要去汴京赶考，而她的兄长，可是江宁府拔了乡试头筹的解元郎。

"别大惊小怪，没那么严重。"陆徜想收回手，奈何她攥得紧，他只好由着她，安慰了她一句，却没能止住她的情绪，只好又道，"看来你是真的都忘了，我左手也能写字，就算右手真废了，也耽误不了我。"

"我忘没忘你不知道吗？还说笑？"她想了想，觉得不对，又跺脚道；"呸，什么'右手真废了'，太不吉利。走走走，找大夫去。"

半炷香的时间，大夫替陆徜上药包扎妥当，又给明舒再诊治一番，开足了后面几日的药。陆徜结清这些时日的诊费，向大夫告辞，又是一通叮嘱，只说先前害他们的歹人已经追到镇上，请大夫在他们走后莫将他们的身份行踪相告。大夫满口应了，陆徜这才带明舒回屋找曾氏。

明舒将刚才他和大夫说的话听在耳中，心中越发疑惑，走得十分缓慢，没走两步就撞上一人后背，回神抬头，却见陆徜正停在屋外等他。

“怎么了？”陆徜见她心事重重的模样，问道。

她一眼望见他重重包裹的右手，满心矛盾又吞入肚内——她对自己的身世仍有太多疑惑，对陆徜母子也仍有怀疑。可先前的凶险景象犹在眼前，那起人要杀她肯定不是好人，是陆徜拼了命把她救回来，就算他们别有所图，也不必以命犯险吧？更何况他还是江宁府的解元，大好的前途在眼前。

如此一想，她又生出几分愧疚来。他离开之前曾经嘱咐过她不要踏出医馆，也叮嘱过曾氏看牢她，可她未听，结果刚出门就惹来祸事，不仅自己落入险地，还害得曾氏担心，又让他受了伤。

“没什么……”她摇了摇头，目光仍落在他受伤的手上，“对不起。”

她并没多说什么，陆徜却似乎什么都明白，只回道：“不必道歉，你还愿意跟我回来就好。”

明舒猛地抬头，诧异地睁大双眸——他其实知道她对他们的怀疑，知道她为什么离开医馆，知道她并不信任他们，但他一丝怨责之意都未表露过。

对陆徜来说，这并不难猜，从她醒来到现在，她一声“娘”和“阿兄”都没叫过他们，甚至也不像从前那样直呼他的名字，目光疏离陌生，处处警惕小心，像只处于困境中的小兽。她本就是聪明的人，又如何看不出自己与他们之间的区别——那种因为长期生活在不同环境中所产生的差距，一个生于富贵居于优渥，一个生于贫巷疲于颠沛，差别那样明显。

他们间的交集，本该断在秋日的长康巷。

“你能不能告诉我，那些到底什么人？他们为何要置我于死地？”明舒觉得所有症结的关键，都在自己受伤这件事上。

陆徜微攥了拳，牵扯到手背上的伤口，微微作痛。离开的这三天，他原是又回了趟江宁县，本也想试试能否给她再找个可靠的亲戚收留，然而打听三天后越发确定简老爷之死可疑，而官府只按盗匪入室结案，将简家财产尽数扣押，简家祖籍不在江宁，简老爷也没个兄弟姐妹，简家发迹后找上门的亲戚要么来打秋风，要么就是见简家只得独女明舒进而觊觎简家家财的，几次三番后简老爷绝了走亲戚的心，因而明舒在江宁并无可托付的亲戚，若送明舒回去，无异于将她送入龙潭虎穴，于是他越发坚定了将她带入京城的决心。

可她的疑惑，他又该如何解答？

这桩事，摊开直说，对她是巨大的伤害，她伤势未愈本就受不得刺激，再加上她自小就是有主意的人，若知道真相跑回去必要陷入危险，到时该如何脱险？可要再撒个谎骗她，他又着实不愿。

“明舒，”他从未有过如此两难的时刻，不免叹口气，情不自禁地抬手，轻轻抚她的头发，“如你所想，这桩事并不简单。但现在我还不能告诉你个中原委。待他日时机成熟，我再说与你听，可好？”

明舒与他目光相交，片刻后方点头：“好。”

干脆利落的答案，是她的个性，从未变过。

“你们两个在这里杵着作甚？”屋里曾氏已经收拾妥当，抱着包袱出来时正巧碰见这两人面对面站着。

“给我吧。”陆徜松口气，从母亲手里接过包袱，先出了医馆自去套马备车。

不过一盏茶工夫，马车备妥，曾氏与明舒进了车厢。陆徜在风帽之外又加了斗笠，压低笠檐，遮住半张脸，这才握缰驱车，带着母亲和明舒离开浔阳。

因怕追兵赶上他们，陆徜不敢停歇，直到出了江南路，进入豫州地界，才放慢了行程。

“歇会儿吧。”明舒掀帘出来，扶着车壁坐到陆徜身边。

陆徜眼里有些血丝，他见到她就蹙眉：“风大，你进去吧。再有个把时辰就到驿站，我们停下休整，到时再休息。”

“你都两夜未歇了。”明舒把手里揣的暖炉塞进他怀中。

她在马车上颠了几天，头都颠得昏沉，不过咬牙撑着，但好歹她还能躲在马车里，陆徜却是连赶了三天的马车，夜里也基本没歇息，熬得脸色灰白，眼睛也眍䁖了。

“还撑得住。”他没拒绝她的好意，接过暖炉，外头风大着实是冷。

“你真不像个读书人。”明舒并没听他的话乖乖进去，而是上上下下地打量着他。

“不像读书人像什么？庄稼汉？”他精力也有些不济，与人说说话倒能打起点精神。

“读书人不都四肢不勤，五谷不分？我瞧你可不一样。不只会读书，还会打架，能驾车，还识路……”明舒掰着手指头数这些日子以来从他身上发现的技能。

他的确和普通的读书人很不一样。

“那是你孤陋寡闻，等到了汴京，你就知道这天底下的能人志士有多少了。”陆徜淡道。脸上并没多少被夸的喜色，倒也不是谦逊，会这些不过因生活所迫，他不觉得有什么值得骄傲。

明舒轻嗤一声，道：“那我不管，你要真是我阿兄，那定是天底下最好的男子，谁都比不上。”

几天下来，她和他又熟了几分，说起话来没那般疏远了。

他闻言转头，只见她神情坦荡，与从前一样眼中盛着满满的欣赏，不同的是，有些话从前的她说不出，可换了身份，那些欣赏与崇拜都可脱口而出了。

陆徜心头微动，一个恍神的工夫，车轱辘碾上路中大石，车身狠狠一颠。明舒没能坐稳，惊叫着歪向他。他忙收住心神，单手控缰勒住马儿，另一只手飞快地捞住她。

“坐稳些！别东倒西歪。”他嗓音忽沉。

明舒很快坐定，他亦很快收手。她哼了哼，小声道：“自己没驾好车，倒来怪我?！”

“没事就进去吧，别在这里吵我。”陆徜听到她的嘀咕，将斗笠往下一压，又挡住半张脸。

明舒没动，只哈气暖暖自己的双手。陆徜眼角的余光瞄见又催她：“风大，快点儿进去。”

“不进去，里头闷得慌，憋得我全身难受，出来吹吹风倒好些。”她说话间扭扭身体，后背仿佛有针在扎一般，又刺又痒，挠又挠不到。

“别动。”陆徜忽又将斗笠抬高，一双眼紧紧盯着她脖颈。

被他一喝，明舒才发现自己不知几时已下意识地挠起脖子，她忙把手放下，刚要说话，陆徜受伤的右手已然探来，轻捏她的下巴让她别过头去，检查她的脖颈。

雪白肌肤上，是成片的红疹，被她挠得血痕遍布，往衣襟内蔓延。

再往里，陆徜就不便察看了，不过亦能想象那红疹蔓延的情况。

“你的脖子怎么回事？”他声音微厉，眼神迫人。

“不知道，可能在里头闷着了吧。”明舒被他看得越发觉得后背、脖子发痒，又想去挠。

“别抓了！”陆徜用力扣住她双手，又道，“忍着些。”

明舒只听一声呵斥，由他一手扣着她的手腕，一手操纵缰绳令马车加速驶向驿站。

耳畔，就只剩风声与马蹄声。

痒这东西，越是在意，就发作得越厉害。

明舒觉得整个背都在痒，恨不得拿手挠个百十回才舒服，偏偏手腕被陆徜无情扣着，她一点儿办法也没有，只能扭着背哭丧着脸：“放手。”

陆徜没理她，只是催马疾行，不到半个时辰就赶到了驿站。明舒已经憋得眼眶泛红，恨陆徜恨得牙痒。好容易等到马车停下，陆徜仍不撒手，急得她咬牙切齿骂他：“浑蛋，撒手！”惹得驿站内的人纷纷投来目光，连曾氏也从马车内急匆匆掀帘问道：“这是怎么了？”

“他欺负人！”明舒扭扭后颈道。

陆徜已下了马车，闻言只朝她道：“下来。”

“好端端的，你俩又吵什么架？”曾氏忙要打圆场。

明舒拿下颌蹭蹭肩头——怎么他们以前也经常吵架吗？

疑惑一晃而过，她的注意力仍被火烧火燎似的刺痒吸走。跟着陆徜跳下马车后，陆徜依旧没撒手，连马车也没顾上停，就拉着她往驿站里走，以最快的速度要了间房后，将她推入其中，只朝曾氏道：“阿娘，您替我瞧瞧她后背是怎么回事。”

曾氏一头雾水进了屋中后，他反手将房门关紧，在门口站了会儿，就听到曾氏的惊呼声隔门传来。

“我的天，明舒，你的背……都抓花了！要是留了疤可如何是好？”

陆徜眉头深深蹙起，果如他所料那般，红疹应是蔓延她全背，又被她挠破了。

明舒自小娇生惯养，那玉雪似的肌肤从小到大就宝贝得很，夏天怕日晒，冬天怕风吹。他原来最看不惯她身上这些富贵毛病，如今回想她脖颈上那几道血痕，心里却极不舒坦，恨不能那些红疹血痕是在自己背上，还她一身无瑕肌肤。

门内明舒发出两声似泣非泣的声音，陆徜不便多听，转身离去，自去打点马车行囊。待回来时，手里已经握了盒向驿站小厮讨要的药膏。

曾氏正巧出门来，见到陆徜就拉他到一旁说话。

“阿娘，这是刚向店家要的药膏，治蚊虫叮咬。她那疹子，可知是何故？莫不是车内有虫蚁？”陆徜先低声开了口。

曾氏看了眼屋内，接过药膏却摇了摇头：“不是蚊虫所致，是……”她顿了顿，又压低了声音，“你也知道，明舒那丫头出身富贵，从小到大吃的用的穿的无一不好，可自打伤后，她身上所穿之物乃是我的粗葛旧衣。她后背上的红疹，是被粗布给磨的。”

自小穿惯了绫罗绸缎，养出那身细皮嫩肉，怎耐粗布摩擦？况且她昏迷时卧床又久，后背总闷着，一来二去，渐渐就生出红疹来。

“那这药……”

“这药只能止痒，我一会儿再去附近看看能否摘些草药给她沐浴，但这些怕只能治标不能治本。”曾氏道。

“知道了。草药我去采，辛苦阿娘先给她上药。”陆徜点下头，很快转身离去。

陆徜的草药采得很快，又向小厮借了厨房烧水，没多久煮好的汤药就送到房间中。明舒起先被他无情铁手折磨得还有些委屈，待看到那热腾腾的汤药，便又说不出话来。

“都是清热败毒的药，能缓解一下你背上的疹子。来，我帮你。”曾氏挽起袖子试试水温，觉得没问题才回身帮她。

明舒任她替自己褪下大半衣裳后才忽然反应过来，自己似乎将曾氏的帮忙视作理所当然的服侍，仿佛从以前到现在，她就是那么生活的。

“我自己来吧。”她不好意思道。

“后背你擦不着，我帮你也能快些，否则这大冷天要冻病。”曾氏说了两句发现她仍有些扭捏，索性用力拍拍她的肩膀，道，“害羞什么，从前我也这般给你沐浴。小丫头一个，什么我没瞧见过。”

说的却是简明舒母亲在世病重时，曾氏照顾过她一阵子，沐浴也亲力亲为。

明舒也觉得自己矫情了些，都是女人，有什么可害羞？故想了想道：“那您也洗，水够，我帮您。”

曾氏愣了愣，就见明舒已抄起瓜瓢舀了热汤往自己肩头冲下，药草的气息随着热气散开，她“嘫”了一声，后背被热汤浇得一阵畅快。曾氏却想起简家劫难，想着这么个娇滴滴的姑娘从此没了家，心里难受，眼眶顿时红了。

陆徜烧的热水尽够两个人沐浴，一时间房间内白雾缭绕，曾氏也褪去衣裳沐浴解乏，二人互相舀水说笑，倒真像极了一对母女。

“他是什么样的人？”趁着曾氏替她擦背的空当儿，明舒忽然问起。

“谁？你问阿徜？”

“嗯。他老这么凶吗？以前和我经常吵架？”明舒还记得白天曾氏说的话。

“你莫被他外表骗了，处久了你就知道，他那人最是面冷心热，惯会口是心非。不过他不与人吵架，逼急了最多不同人说话，小时候也就和你……拌过几次嘴吧。”想起从前，曾氏笑了起来，豆丁大的两个孩子，转眼就都长大了。

从前？吵架？

他们小时候认识的？

他真是她兄长？

明舒还想多问点，曾氏却已经拧干帕子催道："不能再洗了，快些擦身穿衣，否则该着凉了。"

热雾渐散，屋里的空气冷下来，明舒打了个哆嗦，三下五除二擦干身体，飞快套上衣裳，帮着曾氏收拾了房间，结束这冬日难得的一次沐浴。

夜里月朗星稀，驿站的旅人早早歇下，秋冬虫兽蛰伏，夜里静谧，只偶尔传来几声方向不明的鸟叫。陆徜修整马车，以备翌日上路，此刻正铡碎了马草要喂马，转头看见明舒站在身后。他边抱起马草边道："夜深了，还不睡？"

"睡不着。"明舒道。

陆徜将马草撒在石槽里，摸着马颈问她："后背还痒？"

"没，好多了。"

明舒摇摇头，沐浴过后红疹虽未消，但痒意却是减轻不少，她也舒坦许多。"你夜里睡马车？"

"嗯。"陆徜道。

他手头拮据，攒的银钱给她治伤用掉不少，余下的还得留着到京城赁屋，自然能省则省，故而只给曾氏与明舒要了间房，他自己则打算在马车里对付一宿。

明舒不吱声，垂下头。陆徜不知道她在想什么，只想起白日所见她后颈上的红疹，道："这疹子发作有段时间了吧？你怎么一声不吭？"

他记忆里的简明舒可是娇滴滴的一个人，冷了、热了、饿了、疼了都要叫嚷的，跟花堆雪捏似的，他虽然看不惯她那做派，却还是宁愿她像从前那样，也不希望她如现在这般委屈自己。

明舒不答。她又不是瞎子，这一路上陆徜和曾氏的情况她看得明明白白，这一家人手中并不宽裕，为她治伤花费了许多，衣食起居也都紧着她，就连上京的路程也因她耽搁了多日，她怎好再麻烦他们？少不得自己撑一撑，熬到京城再说。

"你莫如此见外，以后有事就直说，不要憋着。我虽不才，也自当想办法替你周全。"他既然担下了简明舒这个"妹妹"，就必会尽心尽责，虽给不了她大富大贵，但也定会倾尽全力。

“知道了，谢谢。”明舒道了谢，指指他的右手。

陆徜看了看右手，不解。她便又道：“换药了。”说着翻出掌中的小陶瓶和一卷干净白布。

“我自己来吧。”陆徜伸手拿药，谁料明舒手一缩，没让他拿到药，反叫她捉住了他的手。

“我帮你，”她笑吟吟道，又拿他的话堵他，“别见外。”

陆徜无言以回，索性由着她去。

沐浴过后淡淡的草木气息沁人心脾，陆徜有些恍惚。

翌日一早，陆徜一行人再度启程。

到达汴京得再有七八天时间，明舒背上的疹子并没好转，又开始发作，果然如曾氏所说，草药只能缓解一时之苦，不能根治。路上痒得难受了，她就让曾氏拿治蚊虫叮咬的膏药抹一抹缓过那阵，时间一久，红疹溃破处结痂再被挠破，如此反复，越发严重，曾氏见了心疼，长吁短叹。

原是冰肌玉骨，如今惨不忍睹。

陆徜不言不语，只是催马加速，到第三天午时，终于赶到下个城镇。不想曾氏因多日奔波劳顿病倒，耳鸣鼻塞，头晕不已，明舒也精神萎靡，她额伤未愈，在车上颠簸久了难免昏沉，又因背痒难以入眠，连日下来已筋疲力尽，只剩陆徜一人忙前顾后，好不辛苦。

到了落脚的客栈，陆徜扶曾氏进屋，明舒强打精神要了热水，帮着陆徜服侍曾氏躺下后，方坐到椅上喘歇。

“还能走吗？若能，跟我去个地方。”陆徜安顿好曾氏，眼见曾氏沉沉睡去，转身向明舒道。

明舒点点头起身，也不问去哪里，只昏昏沉沉地跟他出了客栈。

两人走了一盏茶的工夫，陆徜终于止步，明舒抬眼瞧去，两人正停在一间铺子外头。

赵记成衣铺。

还没等明舒问陆徜，铺里就有伙计出门将二人迎入铺子里。

“你们铺里可有女掌事？”陆徜进门就问。

伙计看看二人，很快明白，忙点头道有，又朝里头唤人。不多时，里间就掀帘出来个年过三旬的妇人，梳着油亮的发髻，非常干练地招呼起来：“二位需要什么，只管吩咐。”

陆徜指着明舒道：“帮她挑身衣裳。”

妇人笑道：“敝店的成衣款式颜色都很多，小娘子喜欢什么样的，同我说说……”

“不是，她要……”妇人话没说完，就被陆徜打断，他看了看明舒，咬咬牙道，“要一身里衣，还有……贴身的……要布料好些的。”最终这词仍是没能说出口，他已然耳根发红，转开脸不看明舒。

妇人听懂，“扑哧”一声笑了：“贴身亵衣？”

语毕，就见陆徜从耳根红到了脖子，明舒则愕然瞪眼，震惊压过了羞涩。

第五章 暴雪欲将至

明舒脑壳嗡嗡的，仿佛被炸过一样。她是无论如何也没料到，陆徜这样的人，会带她来买姑娘家的贴身衣物。一时之间她怔怔看他，连该有的羞涩都给忘了。

“本来想让阿娘带你来的，但她病倒了。你背上的红疹是布料磨出来的，让店家给你挑身好的换上，不然还有得罪受。”陆徜脸颊火热，不由自主地解释。说完又恐她愁钱，便加了一句：“我上外头等你，你别担心银钱，一会儿挑妥了我来付。”

几句话说完，他被她清亮眼眸盯得窘迫，转头逃似的匆匆踏出店门。也没走远，就靠在店外的墙根下，从怀里摸出本书，竟然埋头看起书来。

店里的妇人忍不住捂嘴一笑：“小娘子好福气，夫君这般疼人，叫人好生羡慕。”这年头会带女人买亵衣的男人可不多见，何况还是这般年轻的英俊小郎君。

只这一句，就叫明舒彻底回神，脸也红了，头摇得像拨浪鼓：“不是，他不是我夫君，是我兄长。”

妇人越发稀罕：“真真瞅不出，二位竟是兄妹。”边说边将明舒带进了后堂试衣。

陆徜站在店外看了会儿书，情绪已定，算算时间觉得明舒也该挑好，转头又进店中，正逢明舒从后堂试完衣裳出来，身后跟着那妇人正没完没了地絮叨。

“挑好了？”陆徜问道。

明舒还没开口，妇人先道：“挑是挑中了，不过小娘子好生伶俐，非要叫我给她减些银钱。我这铺子可是小本买卖，小娘子张嘴就要砍半，这哪成？”

陆徜望向妇人手中抱的一摞女人衣裳，也不知明舒挑中哪套，只问：“她挑中哪身？多少钱？”

妇人拣出其中两件推向陆徜，道：“就这套天青绫的里衣，小郎君你摸摸这料子，滑不滑手？舒不舒服？”她又挑出底下一件小衣要塞进陆徜手中。

商贾做买卖，哪还管陆徜是男是女，可这身衣裳都是日后贴身穿在明舒身上的，最后那件还是女子抹胸，陆徜的手就跟被烫到一样缩到背后，更别提像店家说的上手摸料子感受丝滑。

“小店童叟无欺，一分价钱一分货。就这两身，平日卖二两银，见小娘子生得俊俏，只要她一两五钱，哪还能减？”妇人改向陆徜推荐。

陆徜只想早点儿买完离开，以摆脱眼前窘迫的情况，他从袖袋里掏出钱袋，刚要取钱，钱袋就被人劈手夺了去。

“你起开！”明舒见他二话没说就要付钱已经急了，抢走钱袋往背后一藏，又将陆徜挤开，挑了眉朝那妇人道，“您少拿话蒙他，他一个大男人哪里懂这些。您说您这是天青绫，好，就算是天青绫，市面上的天青绫一尺三十文，做这样一身衣裳约需五尺布，就是一百五十文，算上人工、分摊店租等林林总总，这衣裳的成本不到三百文钱，市价当在六百文钱以内，就算这里临近汴京，物价比其他城镇涨了两成，也不到一两银子，您开口便要二两银？”

她一张嘴噼里啪啦说了一通，倒豆子一般，又急又脆，饶是妇人精明，也插不进话去。好容易等她说完，妇人缓缓神，强道：“娘子，你说的那是普通绫，可我这家是细织的，用的那是上好的秋蚕丝所织，产自苏杭……”

话没完就被明舒的笑声打断，明舒捡起里衣撑开布料，道：“可别再说这布料，再说连六百文都不值了。素绫以纯蚕丝所织，可你这绫布里头不止蚕丝吧？是用麻线抑或其他低价线混织而成，分明是欺我二人外乡客，又见我们衣着平平，只当我们不识货，拿着这劣绫卖出丝罗的价格来，好意思说自家童叟无欺？跟您说，这衣裳六百文钱，多一文我都不要。”

说罢，她将衣裳扔回妇人怀中，拉着陆徜要走。

妇人知道是碰上识货的行家，脸色被说得一阵红一阵白，不过到底是老道的商贾，见明舒要走，忙又换了副嘴脸拉住两人：“罢了罢了，你这小娘子好厉害的嘴，我说不过你。六百文就六百文吧，拿去。”

明舒这才喜滋滋地转身，解开钱袋数钱。

陆徜全程插不上话，只在旁边瞅着。她眉梢的得意毫不隐藏，旧日的活泼张扬似乎回来些许，只因为省下的这点儿搁在从前她压根儿不放在眼里的银子。人还是熟悉的人，可这做派却又让他陌生。

那厢明舒付好钱接过包好的衣服，自然而然塞给陆徜让他去拎，妇人还想再多卖两套，拉着她又道：“小娘子，刚才试的那套裙不要吗？姐姐也算你便宜些。”

“不要了。”

“什么裙？”

明舒和陆徜同时开口。

“一套杏色袄配的胭脂红褶裙。小娘子年纪轻轻，生得又美，就得穿这般鲜亮的颜色才是，怎么反倒穿这上了年纪的妇人颜色，也不合身，生生坏了小娘子的美貌。”妇人这番恭维虽然是为了拉生意，但也是实话。

陆徜闻言上下扫了眼明舒——她身上穿的是曾氏的旧衣，曾氏是个寡妇，衣服颜色多深色，款式是乡间常见的农妇粗服，她身形骨架又比明舒高大些，故而那衣裳就算改过，穿在明舒身上也不合身。

是他疏忽了。

“那就拿……”

陆徜话没说完，明舒仿佛如小母鸡护崽般把钱袋往怀里一捂，道：“不买，走了。”生恐慢一步，陆徜的身家就要被铺子里的“妖精”给吞个干净。

从成衣铺里出来，陆徜问她：“横竖都是要置办的东西，那衣裳既然合身，为何不要？”

简明舒伤后跟着他们，身边并无行囊，为免她多心，陆徜只说她的行李在遇难时丢失了，需得从头置办。只可惜一路奔波并没机会置办，以至拖延至今都给忘了。

明舒白他一眼，道："果然是个书生，就知道读书，不知这柴米油盐、人间烟火。"

陆徜闻言指指自己，不敢相信从她嘴里蹦出的话："你说我？"

他虽然是个读书人，但从小到大跟着曾氏，什么活儿没做过？又因曾氏病弱，他长到十来岁就已担起家中生计，见过世态炎凉，也识得人情冷暖，怎就不知人间烟火了？就算真不知，也比她这生于富贵长于深闺不知人间疾苦的小丫头强，结果今日反被她教训？

他被气笑了，又指着被她捂在怀里的钱袋道："你知不知道你揣的这些银钱是谁赚的？"

"我知道是你赚的，就是知道你的银子来之不易，才不想你胡乱花钱。这一路上伤的伤，病的病，都花掉多少了？你要是有金山银山我也就不拦了，可统共就这点儿钱，到了京城要赁宅子添置家什，还得买米面油盐。你是这届举子，同窗结交置席饮酒，后面若然高中拜会座主打点门路等等，都得用银钱……"说话间她看了看他，他脸色不太好，她便又道，"好，即便你才高八斗不需另行打点，可人情往来总不能避免，同窗结交吃个酒轮个席，都得用银子。开春就是会试，你得专心温书，家里没有进项只有支出，这些积蓄又能撑多久？"

"再难也委屈不了你与阿娘，你别操这些闲心！该买的总得置办起来，难道到了京城你就不用置办衣裳了？"陆徜当然知道银钱拮据，本来只准备了他与曾氏两个人的花销，还算凑合，但添了个简明舒，这花销一下子就大起来。可银钱不够，他自会想办法，并不愿她连一身衣裳的钱都要省。

"急钱当花，那是必需，比如我这里衣，比如你母亲的病请医用药，这些不可省，我也不矫情推拒。但外头的衣裳大可不必急于一时，成衣铺子的衣裳是要摊入铺面租金、伙计月例、裁缝工钱、货物运输这诸多成本的，成本高了，价格必高，不如到了京城，我们找间普通的布料店，扯两匹布自己做，又或者找个绣娘缝制，一件成衣的价钱，便能做上整套，岂不划算？”明舒一点点算给他听，语毕又打量他的衣裳，道，“你这身衣裳也该换了，洗得泛白不说，线都松散了，得换套新的，什么扇套、荷包、头巾也得准备上。这么好的一张脸，要是不拾掇，岂不暴殄天物？”

陆徜注意到她对曾氏的称呼，却也没说什么，又想起乡试发榜前，她打发人送来的那两身衣裳——她就是想打扮他吧？这什么怪毛病？

不过看她穿着这身颜色暗淡的宽松衣裳，他似乎又有点儿理解她的心态——如今他也想让她重新打扮起来，恢复从前的光彩照人。

明舒见他盯着自己不吭声，以为自己说的话刺激到了他，男人的自尊心有时候也挺脆弱，于是又道：“我也不是嫌弃你赚得少，穷，这钱咱就得花在刀刃上。钱多有钱多的活法，钱少有钱少的过法，不是吗？”

若非眼前这人形容未改，陆徜都觉得她不是简明舒了。从前喝杯水吃口饭都有要求的姑娘，活得样样精致，如今跟着他一文钱掰成两半花，倒反过来劝慰他，话说得这般通透——也许，是他没了解过她。

“不过买身衣裳，倒和我啰唆了这么多。反正不买是你的损失，回头你别闹心就成。”陆徜偏开头，径直往前走去。

明舒知道他没生气，高高兴兴跟在他身边，又道：“我不闹心，等你中了状元，好日子也就来了。那句老话怎么说来着，‘一人得道，鸡犬升天’。”

陆徜倏地停步：“你自己要做鸡犬，可别带上阿娘。”没见有人把自己比成鸡犬的。

“哦。”明舒吐吐舌，催道，“走吧，赶紧回去。”

陆徜没动，只低头望向某处。

“怎么了？”明舒跟着他的目光望去，看到自己的手钩在他臂弯里。

这手什么时候挽进去的？怎么挽在一起的？两人都不知道，似乎自然而然就挽上了。

被他不怒而威的眼神一扫，明舒讪讪松手，只道：“你走太快了，我跟不上。”

待钩在臂弯的手松开，陆徜才甩甩袖子又大步往前迈去，明舒果然跟不上，小跑追了几步累得停在原地。二人距离渐渐拉开，陆徜却又停在一个露天摊贩前。

“衣裳不买了，买袋炒栗子总是可以。”付完钱接过一袋新炒的栗子，陆徜转头朝她递出。

明舒一下又眉开眼笑：“剥这个好麻烦。”

“我的大小姐，我替你剥，成吗？”陆徜有点儿无奈。

明舒耳朵动动：“你叫我啥？”

“大小姐，走了。”陆徜又迈步，这次，步伐没那么大了。

明舒“哎”了声，飞快跟上，心道他这人疼爱她尤胜他自己，应该真是她兄长？有这么个哥哥，她觉得很好。

陆徜想的却是，到了京城定要扯两匹好布，好好打扮她，叫她像从前那般光彩照人。

因为曾氏的病，陆徜一行在此地逗留了三天。

除了记忆之外，明舒一切都恢复得很顺利，不论是身体还是精神抑或情绪。新衣换上后，后背的情况果然好转，她也能睡几个安稳觉，人日渐精神起来，受伤醒转后的不安亦逐渐平静，慢慢就有了过去的精气神，笑容也多起来。

空白的过往虽然让人不安，但不会带来痛苦，明舒并没觉得难受。只不过面上看不出来，心里的怀疑却仍是放不下。从她这一身皮肉到她与他们格格不入的生活习惯，都在提醒她与他们之间的差别。

比如曾氏与陆徜出身贫苦，家务样样精通，她却十指不沾阳春水，连起灶烧水这样简单的活计都不会。那日想清洗衣裳，她到了井边，人却杵住了——这本该是与吃饭穿衣一样自然的事情，她的身体却毫无记忆，仿佛从没做过一般。最后还是陆徜出来，驾轻就熟地打水洗衣，干了她本来该干的活儿。

再比如吃饭。曾氏与陆徜节俭，一日三餐吃的多是干粮，不是胡饼就是馒头，佐以曾氏在江宁时腌好的酱瓜之类。明舒吃不惯这些，放冷的胡饼、馒头嚼来难以下咽，每每咬了两口就停了。后来还是曾氏看了出来，在路上时就会停车给她煮些粟米粥，陆徜不时打只飞鸟野鸡之类给她加餐，到了客栈就会点两道当地小菜给她解馋。虽说饭食依旧粗陋，但到底都迁就她的口味。

这些差别，陆徜只给她一句解释：你从小娇养，以前没做过这些，以后也不必做。

如此看来，她倒真像是曾氏与陆徜放在心尖上疼宠的幺女，而坊间也不是没有这样独宠女儿的人家，陆徜告诉她的身世，好像也说得通。

但是……她仍然怀疑。缺失的记忆让过去成了任人涂抹的画卷，她不能保证陆徜与曾氏不是别有居心的歹人，比如拐子？可拐子会像曾氏和陆徜那样，知她喜好，护她性命？这也说不通吧。更何况这些时日接触下来，她能看出曾氏和陆徜对她是熟悉的，再不济，他们从前也该是熟人。

也许是她多心，曾氏真是她的母亲，而陆徜真是她的阿兄。

嘭嘭——

两下敲门声，她抱着被子坐起来，迷迷糊糊喊了声："进来。"

门被推开，陆徜从屋外敞亮的光线里走进，在她床前两步处停下，蹙眉道："还没起来？"

床上的人揉着眼看他，身子还藏在被里，身前鼓鼓囊囊的，两颊睡得通红，正顶着乱糟糟的头发，神情茫然。

明舒回道："马上。"其实她已醒来有段时间，只是睁着眼胡思乱想而已。

"昨晚睡得可好？"陆徜将手里拿着的小陶瓮放在她床头。

明舒点点头。

陆徜一共要了两间房，因为曾氏病中，夜里需要人照顾，明舒原自告奋勇，不想被陆徜赶到这屋休息，夜里曾氏都由陆徜一个人照看，到白天明舒再与他轮换。她一个人霸着整间屋，没人吵她，睡得自然香甜。

"还要喝？"她瞥向那陶瓮，苦了脸。

陶瓮里装的是陆徜一大早买回来的香饮子。曾氏患的是普通风寒，她不愿意看大夫，就让陆徜在镇里的饮子铺里买对症的饮子。陆徜怕明舒过了病气，每每都会多带一份香饮子命她喝下。

香饮子虽号“香”，但给明舒这剂，可苦了。

“防患未然。快些喝！”陆徜盯着她。

床前有个“镇山太岁”，明舒知道逃不过，抱起陶瓮仰头就喝，三下五除二喝完，整张脸都皱成一团，张大嘴喊苦，只差没把舌头吐出来。

“含着。”陆徜指尖闪过，飞快将一物按入明舒口中。

明舒猛地闭嘴，舌尖尝到甜味——是饴糖。

“毛病真多。赶紧起来，今天要出发了，再晚怕要下雪。”陆徜斥了她一声，转头出了房间。

明舒抱着被子，细细尝着饴糖，心里又想——

哥哥，应该就是他这样的吧？

脸上嫌弃得要死，心里还是疼着她的。

第三天，陆徜又带着曾氏与明舒启程。

天有些阴沉，风刮得很大，卷着路上的尘土迷人眼眸，是降雪的前兆。陆徜戴上风帽斗笠，把脸颈遮得严实，顶着寒风驾车。明舒和曾氏躲在车厢里，隔着薄薄的车厢壁听着外头呼呼作响的风声。

因为明舒的伤与曾氏的病，路上耽搁了许多天。若再晚抵京，怕要撞上岁末，到时候赁屋诸多不便，故陆徜加快了驾车速度，以期早些赶到汴京。只是天公委实不作美，才出发一天，就下起雪来。

按照马车的正常速度，三天时间能到下个城市，而按陆徜的计划，加紧赶车的话，两日可达，就能赶在雪下大之前找到落脚地。

他打算得好好的，只可惜这场雪下得非同寻常。

天阴沉得像要压下来，风也越刮越猛，初时只是雪末子，与尘土一起被风卷在半空，四周像笼了层灰雾，前路很难看清，马车的速度只能降下来。半天之后，风势越发猛烈，雪沫变成雪片，遮天盖地般落下，能见度就更低了，马车行进几乎如龟爬。

明舒躲在车厢里看不见外头的景象，她也意识到情况不对劲了。

马车内的温度似乎在半天内骤然下降，即便她躲在里面，也已手脚冰冷，而隔着车厢传来的风的啸音，仿佛是巨兽拉长声音的哭号，呼呼地刮过耳畔，搅得人心底发慌。

她在里面都冻得不行，更何况在外头驾车的陆徜？

想了想，明舒冲到车门前，将车门打开一道缝隙——风猛地灌进来，她一时没能抵住，门被刮开许多，最后用了力气才将门把住。

外面昏天暗地的，道路前方与两侧都已看不清楚，车厢外的陆徜头上身上都落了层雪，听到身后的响动，他转过头来，看见明舒的脸，吼道："出来干什么？快进去！"

他的声音被风吞了一半，到明舒耳边只剩一点儿，她看不清他的脸，把着门也吼道："这天气怎么回事？"

"暴风雪！"他仍是用吼的，"快点儿进去！"

这次声音更大了，明舒吓了一跳，转身钻进车厢，心脏怦怦直跳。

想起刚才瞧见的景象，明舒心里越发没底。路是盘山路，一侧是悬崖，可如今被风雪迷得看不清前后左右，倘若一个不留神，这马车就要驶到山崖下面去。再者这么冷的天，陆徜一个人顶着风雪如何受得了？

她有心帮忙，却无处使力，这滋味极不好受。

"发生什么事了？"一直昏沉瞌睡的曾氏醒来，问道，"我迷迷糊糊好像听到阿徜的声音。"

听到声音，却没听清内容。

"没事，外头路不大好走，他说他会慢些驾车。"明舒强自定下心安慰曾氏道。

她知道陆徜这人最是孝顺，定不愿意母亲担惊受怕，外头她帮不上他什么，那在这里安抚好曾氏，也算解他后顾之忧。

"怎么冷了这么多？"曾氏打了个哆嗦搓搓双臂道。

"可能是因为到了山上吧。"明舒说话间抖开自己身上包的厚毯要给她披上。

曾氏忙握住她的手，温柔笑道："好孩子，我不冷，你自己包紧些，莫着凉。"

明舒便张开毯子一把搂住曾氏，把自己和曾氏一起裹到了毯子里，她又将头轻轻抵在曾氏肩头，道："这样更暖和。"

曾氏越发怜她，抚着她的头道：“傻孩子。”

明舒笑笑，不作声。

母亲在身边，哥哥在外面，她似乎也没什么好害怕的。

马车停下时碾到石块，明舒被颠醒，才发现自己不知不觉搂着曾氏迷迷糊糊睡了一觉。外头的风雪声毫无停息的迹象，马车这时候停下，是遇着什么事了？

她将睡着的曾氏放平，刚起身，门却被人从外推开，包得只剩眼睛的陆徜出现在门外。

“找到一间客栈落脚，避过这阵风雪再作打算，我先前去探探。”陆徜声音嘶哑。

“等等，我随你去。”明舒看了眼安睡的曾氏，躬身走到门前道。

陆徜想了想，道：“也好，你包紧点儿，外头极冷。”

明舒随手拿薄毯往头上一兜，正欲钻出马车，被陆徜一把拦住。

他已经站在地上，她还在车厢里，两人头顶平齐，陆徜一把攥住她的薄毯往她脸上一蒙，绕了两圈掖得没留一丝缝隙才作罢，嘴里道：“不是让你包紧点儿再下来？”

明舒被包得和他一样，脸上只剩眼睛露在外头，四只眼睛一撞，她不由得笑出声来，按着他的手臂跳下马车，也打了个哆嗦：“好冷啊。”

“要不你回车上去等我。”陆徜便道。

明舒回身往他手里塞了个暖炉，再以手掌握住他的手不停地搓。陆徜那手虽然戴了手套，但依旧冻得僵硬，他怔了怔，一边听她道“快暖暖”，一边又见她抬手拍掉他头上肩头的雪，那手又抹过他的眼，抚落他睫毛上沾的雪，他才回了神，一把抓住她的手从眼前拿开，道：“先进去看看。”说话间人已大步转身，向客栈迈去。

风刮得猛烈，草木被吹得东倒西歪，稍瘦弱些的人都要被刮倒。陆徜起先还自己走，两步之后就回了头，紧紧攥着明舒的手往前走去。四周一片混沌，也分不清时辰，若非前面透出灯火光芒，谁也不知道这里有屋舍。

荒山野岭，不会是人家，只可能是给过路的旅客休憩的小客栈。

没走几步，二人就瞧见一个四四方方的院落，门口立着的木招牌在风里吱呀作响，果然是个名为“朋来”的小客栈。

客栈的院落并不空旷，停着好几辆马车。这是用来拉货的马车，只是眼下不见马儿与货物，只剩个马车空壳在这里。陆徜放慢脚步打量了几眼，就听到明舒的声音：“咦？有人同我们一样来这里避雪？看样子只比咱们早了一点儿呢。”

“哦？”陆徜似乎有意让她解释。

“雪下了也有段时间，但这马车上却没多少积雪，院里的车辙也都没全盖上，看来来的时间应该不长。”明舒就解释起来，又道，“看这车马的阵仗，来这儿避雪的怕是个商队。”

“不是商队。”陆徜这会儿不急着进客栈，反在这些马车壳子外绕了一圈，又到客栈旁边的马棚瞧了两眼，果然看到几匹马正在吃草饮水。

“这是镖局押镖的镖队。”陆徜又道。

“啊？”明舒微诧，很快便问他，“镖队？你怎么看出来的？”

陆徜道：“马车上面有镖局的暗徽。”

“你一个人读书人怎么知道这些？”明舒又好奇道。

陆徜便不答了——幼年贫苦，寡母无力护他，他有好几年其实都在江宁县厮混，结交过不少三教九流，道上的这些事，他心里有底。

明舒倒不执着，自己又喃喃道：“镖有明镖暗镖之分，这镖队押的是明镖还是暗镖？”

她自问完，又自己分析：“镖局押镖是有规矩的，论理要派人在外值守放哨，可自打我们走进这里，就没遇见人。这么多辆马车，这镖队人数不少，可客栈里却无声响传出，莫非是遇到了……”她有不好的预感，可又觉得自己太大惊小怪，只斟酌道，“若果真如此，他们运送的货物应该价值不菲，当是……”

“暗镖。”陆徜与她异口同声。

明舒瞪大了眼看他。

陆徜也好奇——她分析得头头是道，与他不谋而合，可她是个深闺娇娘，何来这等见识？

这问题他没问，因为问也不会有答案，她失忆了。却是不知简家经营金器，货物往来都是贵物，少不得请镖局护送，简明舒早就帮家里打点生意，虽没直接接触，但也不算陌生，那些东西就如同算学诗词般，还都记在心里并没忘记。

这好奇很快就被按灭，两人心头都笼上浓浓的不安。

这间客栈若是黑店，他们住是不住？不住，更大的暴风雪将至，他们又无处可躲；住，可能性命堪忧。

左也不是，右也不是，二人对视，谁也没说话。

第六章 兄妹巧施计

所谓明镖暗镖，是镖局对走镖的两种称呼。插上镖旗，镖号喊得恨不能天下皆知，那是明镖，卖的是道上的面子，镖物一般不是贵货，运送得自然也招摇。与之相反的，则为暗镖。镖师乔装打扮，尽可能避人耳目来运送镖物。一般来说，此类暗镖所运之物多为贵重物品，譬如金银玉石抑或古董宝贝。

明镖打着镖局的名头，又是普通货物，绿林好汉见了多半要给些薄面，不会下手劫掠，如今日这般行事隐蔽的，那镖多半是值钱的暗镖。

这一点，陆徜与明舒已默默达成共识。

“今夜风雪估计会更猛烈，露宿的危险不比住店低。”陆敞琢磨了片刻开口。

夜晚雪虐风饕，若在室外，不被冻死也去半条命，再加上这荒郊野外山木甚多，猛烈风势下别说落石断木砸到马车，马车被风掀翻都是有可能的，他们没有其他选择。

听他这话中意思，还是打算进店，明舒当即点头附和：“我也这么想的。咱们要如何行事？先探探店内情况？”

“谁跟你‘咱们’？你给我回马车上去，没我的命令不许下来。会驾车不？要是会，就将马车驾到隐蔽的地方。”陆徜压低声音，想了想不放心，又道，“算了，不用你驾车，我随你回去一趟。”

“我不要。”明舒梗起脖子摇头，“我在这儿可以帮你。”

“你帮我？你能帮我什么？”陆徜轻蔑地打量她，满脸嫌弃，“快回去！”

“我怎么不能帮你？”明舒觑了眼他的身后，招招手让他凑近才道，

“这暗镖既重，护镖的镖师肯定多，看车马痕迹，他们来的时间没比咱们早太多，可如今一点儿打斗声音与痕迹都没有，这伙贼人定然是趁镖师们避雪无防备之际下了蒙汗药。我们只消找到解药，你将贼人引走，我伺机潜入其中解了他们的毒，便可借镖局之手打退贼人，咱们也有落脚处了。”

语毕她抬抬下巴，眉间有些得意之色，仿佛做了什么了不起的计划。这神情陆徜格外熟悉，十岁那年，江宁府出了桩血案，案发地被当成凶宅，闹鬼的传闻被传得沸沸扬扬，偏简明舒不信邪，兼之年纪尚小，凭借初生牛犊之气呼朋引伴到凶宅玩耍，被看不惯她的孩子恶作剧关在破屋里一夜。他把她背出来的时候，她眼眶通红，一句软话不肯说，神情便如现在这般逞强得意。

后来，她就得了个诨号，叫“简大胆”。

不过都是小时候的事了，长大后，这人慢慢就变了，有了架子，也与儿时的玩伴有了距离，再不做这些荒唐事，成了不折不扣的简家大小姐。

如今失忆，倒勾出她的旧脾性来。

“如何？不错吧？”她等他夸。

陆徜只有眼睛露在外，眸中可没什么赞许，抬手戳她眉心：“净想这些不着调的。你给我回去！”

“我……”明舒还想争辩，却忽然眼色一变，声音顿小，“有人来了。”说话间她拉着陆徜就往马棚后一缩。

陆徜也已听到动静，反应比她更快，反手就将她藏在自己身后按着头蹲下。

踢踢踏踏的脚步声响起，客栈后面走出两个人，都戴着风帽，裹着厚衣，正经过马棚前的这条小道。

“咳——啐！”其中一人清了清嗓，朝地上吐口痰，骂骂咧咧道，“奶奶个腿儿，这冻死人的天，哪个不长眼不怕死的蠢蛋会跑到这荒郊野外。老大也忒小心，这鬼天气还要咱在外头喝西北风放哨，刚才那把血都不够老子热手的！”

“不长眼不怕死的蠢蛋”正猫在马棚后窥视着。

透过木栅栏的间隙，明舒瞧见说话这人正提着柄长刀，刀刃上沾着血，在雪地上拖出长长一道，看得她忍不住打了个寒战。

想来在外头守门放哨的镖师已经遇害。

“九哥息怒，俗话说‘小心驶得万年船’，老大不也是为着安全着想。”另一人劝道。

“啪”的一声脆响，先前说话那人重重拍在这人脑袋上，暴躁道：“你个龟孙子，替他说什么好话？他们躲在屋里喝酒吃肉管过咱们没有？”

“哥哥莫恼，这批‘肥羊’有些来头，哥儿几个好不容易才诓到这里下了手，可不得谨慎些。等这雪过去，咱们把那贵货一分，就能下山逍遥快活，岂不快哉？来来，先喝两口暖暖身体。”那人忙孝敬了一瓮酒过去。

前头这人劈手夺过酒，豪饮几口后才道：“算你识相。”

那人谄媚笑着奉承两句，又道：“九哥先往前头去，小弟撒泡尿就过来。”

两人说着就散了，一人往屋前去放风，另一人自寻地方解手，好巧不巧，就走到陆徜和明舒藏身处附近。

明舒只闻一阵窸窸窣窣解裤带的声音，包裹在头巾里的脸已经发烫，拉着陆徜就想往后退，不想陆徜回头拽住她，默默摇头，无声的目光隐约透出两分笑意，像在逗她。

她急了，那边已经传来哗哗水声，在风雪声中听得清晰，尿骚味散开，隔着两三层巾毯都能闻到，她忍不住用手捏住鼻子，狠狠掐陆徜的手臂——还不走？猫在这里闻臭吗？

“咝！冻掉老子命根子了！”那人尿完后哆哆嗦嗦提裤子转身，打算离开。

明舒只觉得眼前一花，陆徜已经挣开她的手，在夜色里如同无声的虎豹般猫着腰蹿出，以迅雷不及掩耳之势捂住那人口鼻，另一只手飞快地钳住他的双手往后一扭。待明舒回神之际，那人已经被陆徜拖到了马棚后。

“别喊，问你什么就答什么！”不知几时，陆徜右手已经翻出柄巴掌长的匕首，匕首的利刃就抵在这人喉咙上。

这人瞪大眼，慌忙点头。陆徜将捂着他口鼻的手撤回，这人也有点儿功夫，双手抱住陆徜执匕首的手腕往外推，张嘴就要叫。明舒见势顾不上多想，飞快摸了团雪狠狠塞进这人嘴里，那厢陆徜一脚踏在他小腹上，叫这人松了手，他毫不留情将匕首重重扎进这人上臂再用力抽出。

一捧血沫飞起，溅了几滴在明舒脸上。

明舒有些恍惚——眼前的陆徜很陌生，眼底眉梢的戾气狠辣让他与平日判若两人。

“再耍花招儿，这刀子就不是扎在这里了。”陆徜低下头，声音冷厉，“我问一句，你答一句！”

匕首划到他心房之上。明舒毫不怀疑，倘若这人再有异动，陆徜的匕首就会毫不留情地结果他的性命。

这人疼白了脸，被陆徜彻底震慑，连嘴里塞的雪都忘了吐，只不停点头。

一问一答之下，这人就差连祖宗八代都交代了。陆徜和明舒很快就打听清楚客栈里发生了什么事。

有一支从临安来的镖队，受临安大商号陶记所雇，乔装打扮成运送瓷器的商队前往汴京，而真正押运的货物，是藏在瓷器胆腹内的玉石首饰。这批玉石乃是舶来物，有几件甚至还是要送入宫中的贡品，价值不菲，所以除了陶家自己押运的伙计外，还找了镖局护镖。

不料陶家一个伙计眼红这批玉石，恶向胆边生，将行踪透露给河南道上的山贼，又伙同他们在这里设下陷阱，先夺了这过路的客栈，再装成客栈伙计埋伏。也是镖队不走运，半途遇上风雪，就被诓骗到此地，落入这伙贼人圈套。

镖师常年在外行走江湖，规矩森严，并不吃客栈准备的饭食，借了厨房自己起灶做饭，不想队里出了叛徒，这叛徒在饭食中下了蒙汗药，镖师连同陶家伙计在毫无防备之下，尽数被放倒。

都是江湖常见的下三烂手段，本也不至于全军覆没，差就差在没想到有叛徒。

“老……老大吩咐我和九哥解决完在外值守的镖师后留在前院放哨……人……人是九哥杀的，我没动手，二位英雄饶命！”这人叫高富，是山贼里头一个小喽啰，怕死得紧。

“你们有多少人，镖局多少人？”陆徜又问他。

“我们一共十三人，镖局连同陶家伙计，一共是二十一人。”

“你们把他们关在哪里？把客栈的图画出来，标在图上。”陆徜边问边从招文袋内摸出随身纸笔墨扔在地上，又抬头看了眼明舒，刚要说话，明舒已心领神会。

她从腰间掏出火折子，拿掌护着点亮，学着陆徜模样冲高富恶狠狠道：“快画，慢一点儿姑奶奶我要了你的小命。”

“……”陆徜沉默。

高富颤巍巍地蹲在地上，拿笔歪歪斜斜画出粗陋的客栈布局图。

“要是让我们发现你撒谎……”明舒熄灭火折子，横掌在颈前做个抹脖子的动作。

“不敢不敢，小人不敢。”高富忙道。

陆徜看着明舒，心中不知该做何感想，便把注意力放到布局图上。

明舒又问高富：“我问你，蒙汗药的解药在哪里？”

“解药？”高富想了想，道，“在……在老大身上。”

明舒皱眉。解药在山贼头目身上？这可不好办。

陆徜记好客栈布局，转而望向明舒，瞧见她双眉紧蹙，自行一掌劈在高富后颈将人打晕。高富应声而倒，明舒差点儿跳起来：“你为什么打晕他？”

“因为我问完了。”陆徜要的信息都已经收集到了。

“可我没问完！解药还没着落，你难不成想单枪匹马救人……这是……什么？”明舒话没说完，就见陆徜指尖挂着个香囊晃到自己眼前。

“解药。”陆徜答得简单。

明舒一把夺下香囊，边打开边惊奇道：“你为什么有解药？”

陆徜弹她眉心：“江湖上的蒙汗药左不过就是火麻花制的睡圣散之类，被吹得玄乎而已，用甘草等药所制的香丸可解。”

从江宁到汴京路途遥远，他怕路上出岔子，防身的东西也准备了许多，这解药就是其中之一。

“可这数量不够吧？”清凉香气传出，果然提神醒脑，明舒隔着袋子估了估数量。

“镖师身上必定常备解药，此番不过着了叛徒的道一时疏忽而已，救醒几个让他们自救便可。”陆徜已经考虑周全。

明舒怨道：“那你不早说？”

“事态紧急，哪有工夫和你废话？”陆徜边说边从她手里夺回香囊，从中捻出一颗香丸，轻轻拉下她唇前的薄毯，趁她说话之际放入她口中。

明舒下颌顿收，只听陆徜沉声道：“我的大小姐，你不是说要帮忙？含住别吞，救人的活儿交给你。”

那声“大小姐”，被他唤得透骨酥。

明舒猫着腰跟在陆徜身后，小心翼翼地绕到后屋，沿着外墙行进，靠近关人的房间。

她也不知道自己现在是担心害怕多点儿，还是兴奋刺激多点儿，只听到心脏怦怦跳动，浑身血液像要燃烧般，外界的严寒再也无法让她感到寒冷。而眼前陆徜的背影又像道遮风挡雨的墙，莫名让她抛开了担心害怕，越发觉得亢奋。

按着山贼画的图，两人猫腰来到那间房的窗下，猫着身子，陆徜一回头就看见明舒亮晶晶的眸子，跟点着两簇小火苗般，多年前那个闯凶宅的小人儿冷不丁又闪过脑海，那时的她也有同样的眼神。

真是不怕死的女人，也不知怎么生的肥胆，别家女儿见了都要腿软的事，她倒好，非往上凑。

他一掌按上她的后脑，让她凑近自己，小声叮嘱需要注意的事。

明舒听得很仔细，淡淡的甘草香从她唇间透出，随着她呼吸的气息钻进陆徜的风帽。

他略微出神。

明舒听完陆徜交代的话，重重点头。

陆徜很快消失，剩下明舒独自猫在墙根下。

天色阴沉，时辰难辨，推测是酉时过半，四周除却风雪声，别无它声。明舒缩起脖子，后知后觉这天比方才更冷了。

按陆徜的计划，他会设计引开客栈里的山贼，等山贼都离开，他再给她发信号，届时她再趁乱潜入客栈救人。

在此之前，她只能在这里干等着，又担心陆徜的安危，于是下意识地攥紧了拳头。

随着时间流逝，她手心里攥出了汗，外头依然静悄悄的，一点儿动静也没有。她嘴里的药丸化成津液吞入腹中，余味都已消散，陆徜还没给暗号，也不知动手没有。

都这么久了，他该不会失手被擒了吧，抑或是遇到了危险?

明舒越想越怕——引开山贼是多危险的事，她不该放他一人独自冒险。

他那人平日看着老成持重，是她与曾氏的定海神针，这些日子她也习惯被他照顾，以至忘记，其实陆徜也只是个将及弱冠的少年书生，和她没差几岁。

如此一想，她更担心了。

外头却忽然传来马儿惊鸣，东边马棚的马不知何故被人放跑，冲进院子里。客栈很快乱起来，没多久林中蹿起火光，传来爆炸声，客栈的门打开，山贼们匆匆出去。

一团乱响中，明舒只听山贼问道："高富，出了什么事？"

"震山寨的人也看中这批镖，派人来'踩盘子'，被九哥发现，追出去了。"

熟稔的低沉声音响起，却操着明舒陌生的口音。

"奶奶个腿儿！震山寨那些龟孙子，老子的货也敢抢?兄弟们，跟我追！"

粗犷的嗓音刚落，紧接着就是一阵刀刃出鞘与纷杂的脚步声，看样子是山贼们离开客栈前去追人了，院子里很快又安静下来。

陆徜还是没给她发信号。

明舒总觉得哪里不对。

高富？不就是刚才被陆徜打晕的人？

想了片刻，她咬牙切齿暗骂："好你个陆徜！"

山贼倾巢而出，只剩两个看守镖队的人还坐在关人的房门前喝酒。客栈里一片狼藉，昏暗的火光被门外刮入的风吹得晃动不止，有人进来后飞快关上门。

看守的人抬起眼，光线并不充足，那人又头戴风帽裹得严实，看不出模样。

"谁？"他起身喝问。

"连我都认不出来？"那人走得近了。

"是高富。"另一个看守者约是看出他的衣裳，拍拍同伙的肩膀，将人按下，"继续喝酒。"

那人走到这两人身边，趁着二人喝酒的机会迅速出掌。

二人应声而倒，那人径直闯进关人的房间后方将风帽拉下，露出张英俊的面容。

不是陆徜，又是何人？

他与明舒分开之后，先将曾氏睡的马车停到隐蔽处，再折回客栈。托了暴风雪的福，山贼们在外也戴风帽，故他换上高富的衣服，戴好风帽，昏天暗地也能蒙混过去，他再在马尾上绑上从江宁带出来的防身雷火弹，放走马匹引开九哥，再骗客栈里的山贼说有另一伙山贼觊觎镖物，引得他们倾巢而出，他再潜入客栈救人。

至于明舒，还是傻傻地待在窗户外头吧。

陆徜不是故意诓骗明舒，他也并非没有动过让明舒配合救人的心思。

诚如明舒所言，一人引开山贼，一人潜入救人，是最好的计划。

那话虽已出口，却还是骗了她。

他不想让她涉险，可她那脾气又怎会轻易罢休，所以他只能将她骗到外头草丛里，让她安生待着等信号。

当然，那个信号他是不会给的。

他已能想象明舒发现真相时那小猫奓毛的模样，但生气总好过丢了小命，他还想着带她入京，给她换身好衣裳，叫她再做回从前的大小姐呢。

房间不算严实，山贼应该没想多留，窗户都没封，只关着。屋里很闷，一股子霉味，地上横七竖八躺着许多被反绑双手的人。

陆徜在离自己最近的人身边蹲下，在那人腰间摸了两下，果然摸出这些人随身带的解药，很快掏出给这人喂下。救完一个，他刚要起身，忽觉后背发紧，他猛然转头，身后一柄长刀正要兜头砍下。

原来是山贼们追到客栈外，觉得客栈太空，便又折回一人，这人进了客栈发现看守镖师的同伙被打晕，遂悄悄进了房间，方有了眼下这一幕。

冷汗顿生，陆徜就地一滚。

哗啦——

刀并没砍下来，他耳畔反而响起瓷碎的声响。

举刀的山贼眼一闭倒下，刀也当啷一声落地，露出站在他身后、手还僵在半空的明舒，地上是碎掉的酒坛。

陆徜也愣了——这一刀来得凶险，若是没有明舒，他就算躲过，胳膊也保不住。

“高富？嗯？”明舒回神，果然是气炸的模样，语气不善。

螳螂捕蝉，黄雀在后，她这是做了回黄雀。

陆徜知道她聪明，但没想到她悟性这么高，这么快就想明白高富是他假扮。

他刚要说什么，明舒却狠狠瞪他：“先救人，回头再与你算账。”

语毕，她转身救人，陆徜自知理亏没有多言，与她分头救人。

喂到第三人，明舒手里的香丸就用完了，她学着陆徜的样子在这人身上摸索起来，准备把这人身上的解药找出来去救第四人。

哪想摸来摸去，腰间袖袋里都没摸到解药的影子，明舒便又掀这人衣襟——

“小娘子……摸什么……”

一声呓语传出，将明舒吓了一跳，低头望去，才发现救的这人天赋异禀，明明药才喂下去没多久，这会儿却已有醒转迹象，正半梦半醒地咂巴着嘴，仿佛在做一场春秋大梦。明舒正要抽回手，不想这人梦没做完，竟是一把按抓着她的手按在自己胸口。

“小娘子，好软的小手……”

他还在说着梦话，明舒已经气坏，扬手就是一巴掌抽在他脸上。

瞧这人长得人模狗样，做的却是这不三不四的下流梦，指定不是什么好东西!

他被打得双眼骤睁，美梦碎了，他彻底醒来，捂着脸上的五指印傻傻地看着明舒。

陆徜被声响惊动，回过头来，明舒告状：“他摸我手！”

“我没有！”这人被陆徜看得一激灵，也不管当下情况马上辩驳。

陆徜目光寒了寒，只道：“不想死就赶紧把你同伴救醒，山贼马上回来了。”

这人终于反应过来这满地躺的都是自己的同伴，立刻跳起来叫道：“这是发生何事了？我记得……我们遇上暴风雪，在客栈落脚，吃了饭……饭，那饭被下了蒙汗药！”

他一醒，脑袋转得也快，不待陆徜和明舒解释就已想通。

“知道你还不快救人！”明舒看他着实不顺眼，语气不善道。

“好。”他一边点头，一边拔下腰间坠饰，也不用解药，拿着坠饰就往地上的人鼻前凑去。

明舒虽不知道江湖上的门道，但她识货认宝。

“金笼冰蟾？”

这人，大有来历。

所谓金笼冰蟾，是以金线掐制的圆笼，用来保存天山冰蟾晒干后所制的特殊香料，这香料只能存放于黄金之中，有独特的解毒功效。

寻常的富贵人家，用不起这东西。

“小娘子有见识。”这人边笑边救人。

金笼冰蟾的药效比普通香丸强许多，不过嗅上一嗅，地上的人就已渐渐醒来。

“山贼回来了。”陆徜忽然道。

客栈外传来脚步声，山贼知道中计，已经赶回。

好在镖师们已经醒来十之七八，人数不少，个个抄起兵刃严阵以待。

眼见就是一场混战厮斗，陆徜拉过明舒，一掌推开窗户：“里面危险，你外头找地方躲好。”

明舒还没回答，陆徜已不管三七二十一，连男女之防都顾不上，双掌直接架在她腋下，拎娃娃一般将人抱上窗框。

明舒一屁股坐上窗框犹未反应过来。

她的性子陆徜早有领教，趁她发怔之际，又一把抱着她的腿往窗外一送。

明舒就这么被转了个方向，然后跳窗出了房间。

她没武功，留在里面也是累赘，不用陆徜提醒她也会躲，但他这样，她就来气。

气归气，她拿陆徜也没办法，陆徜已经消失在窗口，屋中打斗声传来，她只能找棵大树往后头一躲，提心吊胆地藏着。

窗户里火光大作，人影交错晃动，看得她心惊肉跳，倏尔一捧鲜血洒在窗纸上，惊得她捂紧了唇。这样的厮杀，很快从房间蔓延到院子，到处都是拼杀声，明舒强作镇定地躲着。

不知多久，她忽闻砰的一声，有人被打得撞破窗户跳出，就地滚了老远，直到撞上明舒藏身的树。她运气不好，这人是山贼，一见不是同伙爬起来提刀就砍，没有半句废话。明舒抱头蹲下堪堪躲过一击，心脏差点儿吓停，也顾不上东南西北，撒腿就跑。

四周都是厮杀的人，刀光剑影好不惊心，明舒看得眼花缭乱，想再找个安全之地藏身，可匆匆望去却找不到合适的地方，身后又是追杀的人。正值六神无主之际，有人在混乱中一把握住她的手腕。

“不是让你藏好！”陆徜怒声而现，手上提着把不知哪儿来的长刀，刀刃上鲜血滴落。

明舒委屈，她藏得再好，哪敌得过天降山贼。

两人都没说多余的话，身后的刀光再起，有人嘶吼着：“孙子，受老子一刀！”

听声音像是那个九哥。

刀风卷起雪粉，明舒被迷得双眸难睁，只跟着陆徜左闪右躲，往外避去，但那九哥却始终咬紧陆徜，恐是认出陆徜骗他，所以非要杀他不可。

二人退到客栈之外，九哥瞧出明舒是陆徜弱点，刀刀都冲明舒来，以此逼迫陆徜。陆徜功夫与他伯仲之间，但因有个明舒，处处吃亏，没多久手上就挂了彩，刀被对手挑落。两人都被逼到山道之上。

一刀斜来，九哥狞笑着要取明舒性命，眼见再这么下去，明舒性命难保，陆徜体力也要告竭，他狠狠推开明舒，避开九哥之刀后欺身而上环抱住九哥的腰，往旁一滚，忽然无声无息失去踪迹。

明舒回神，匆匆两步跟过去，脚下差点儿踩空，她急忙刹住脚。

脚下，是悬崖。

风雪太大，夜太深，谁都没能看出，山道的另一侧，是悬崖。

刚刚那就势一滚，两人已无声无息坠下悬崖。

明舒看着如同无底深渊的悬崖，怔怔蹲下，这些时日与陆徜相处的一幕幕闪过脑海，悲恸忽然摧心。

“阿……兄……”

这一声呼喊出口后，原先无法相信的种种，似乎都顺理成章。

“阿兄——”

她放开喉咙，在悬崖前喊他。

第七章 风停月近人

暴风雪肆虐，吞噬明舒的声音。

一声跟着一声的“阿兄”，被风吹散，似落雪无声，消失在幽幽夜色中。除了万兽嘶吼般的风声，无人回应她的呼喊。

她蹲在悬崖前，朝黑暗伸出手，徒劳无功地想要抓住什么。

心，沿着这片黑暗，一点一点沉入深渊。

明舒方寸大乱，可悬崖边的枯草丛忽然簌簌一颤，从中露出颗脑袋来，有人正艰难地攀在悬崖石壁上。天色黑漆漆的，明舒也看不清那是何人，她很快回神，咬咬牙从地上抱起块巨石，站在悬崖边上看着那人。

陆徜绝没想到，自己踩着石壁外凸的怪石死里逃生，才爬到悬崖顶端，就看见明舒抱着石块站在悬崖边上，貌似打算“落井下石”。

“明舒？”

一声低喝，明舒听出陆徜声音，忙把手里东西扔开，大喜：“阿兄?！”

“你在做什么？快拉我上去！”

“我……我怕上来的是山贼。要是他，我拼命也要给你报仇的！”明舒趴下拉他，欣喜若狂道。

陆徜费力爬到山崖上，道：“幸亏叫你认出，否则我还得做你手下的冤死鬼。”拍拍衣上的雪末碎石杂草，眼角瞥见她怔怔站着不说话，便又道，“怎么不说话了？我同你说笑而已。”

“阿兄……”明舒喃喃道。

陆徜只当自己耳朵出了毛病，盯着她：“你唤我什么？”

“阿兄……阿兄！阿兄！阿兄！”她一声声喊着陆徜，人忽如蝶雀般飞扑进陆徜怀中，紧紧抱住他，将头用力埋在他胸口。

陆徜被扑得小退半步才稳住，一时也呆若木鸡，好半晌没回过神来，连手都不知该搁哪里。

怀中的人抽噎得厉害，肩头耸动不止，像蝴蝶振翅，轻而密地敲在他心头。

“吓到你了？我没事。”良久，他才柔声道。宽大手掌缓缓按上她后脑，轻抚安慰。

明舒发泄了片刻，总算缓过这股情绪，抬起头来，她包着口鼻，只一双眼露在外面，那双眼尤其醒目——通红的眼眶，蓄着来不及收住的泪水。

没来由地，陆徜心弦似被谁狠狠一扯。

记忆里，从简夫人过世那年起，他就再没见过明舒哭。江宁县的分离，他将话说得那般狠绝，她也没在他面前露过一丝狼狈；数年的相交，他待她疏离客气，她从来都笑脸相对；重伤醒来，前尘尽忘，她茫然失措毫无安全感，却也未在人前露出半分怯弱……

今日这泪，若非难过到极点，她万不会如此。

“别哭了，我这不是好好在你面前。”陆徜抬手，笨拙地给她擦眼泪。

明舒“哼”了声，带着鼻音道：“就你爱逞强，差点儿把命逞没。”

“好好，是我的错，是……明舒，你刚才叫我什么？”陆徜托起她的脸，问道。

明舒咬着唇，不肯作答。

陆徜又道：“刚才叫得那么急，现在收回去来不及了，我都听到了。”

“叫就叫。阿兄！阿兄！”明舒把心一横道。

“你终于肯认我这个兄长了？”陆徜问她。

她的防备，他都看在眼里。从她失忆第一天开始，她没喊过他兄长，也没喊过曾氏母亲，虽说相处渐渐融洽，但她行事依旧透着小心，更没少从曾氏那里旁敲侧击寻找他们的破绽。

明舒望向他——他风帽已除，脸颊上是被凛冽寒风吹出的红晕，依稀还有几道细微刮伤，目光很犀利，望向自己的眼神中却有与此矛盾的温柔。

他应该早就看出她的心思，只是看透不说破，从没勉强她接受。

怎么说呢，怀疑依旧没有打消，但她……相信他这人。

他说是阿兄，那这辈子就是她的阿兄。

“嗯，阿兄。”她眉眼一弯，笑了。

得这一声“阿兄”，陆徜有种心要融化的错觉，风雪中隐约透来几点火光，他拍拍她的背，道：“好了，可以松手了吗？”

明舒倏地撤手，顺便抱怨：“这衣裳是高富的吧？一股子臭汗臭酒的味道，难闻死了。”

这就嫌弃上了？

陆徜带着明舒回到客栈时，山贼已经落败。恶斗停止，客栈一片狼藉，墙上随处可见血迹，地上横七竖八躺着人，也不知是伤者还是尸首。明舒第一回领教江湖的险恶，远不是话本小说里描绘的那般壮阔。

“别看了。”陆徜一掌罩在她眼前，“马车停在客栈西边，你把阿娘扶过来，赶紧进屋避雪，我去会会镖头。”

“哦。”明舒心有余悸，飞快点头跑开。

没多久，曾氏就被扶进客栈。她虽得陆徜交代藏身马车上，但人依旧吓得面容惨白。陆徜已与镖头见面，不过因为今日损伤严重，镖货差点儿丢失，镖头正带着镖师们整理，并无空暇多谈，只报了名姓，道过谢，又见他带着两个女眷，便令人匀出客栈的上房给陆徜三人。

“走吧。”陆徜不客气，带着曾氏与明舒进屋安置。

上房颇大，里外两间，三个人住下倒也宽敞。

“这雪一时半会儿停不了。”明舒扶曾氏在床上坐下，望了眼窗外被风刮得东倒西歪的树影，风似乎又大了。

“阿弥陀佛，幸亏是有瓦遮头了。”曾氏双手合十，想起客栈里的死伤惨状，又道，“真是造孽啊。”

“没事了，你们今晚好好歇息。”陆徜把风帽解下，安慰二人。

门外嘭嘭两声，有人送东西过来。

“这里是新烧的热水，还有些吃食伤药，公子命小人给几位送来。公子说今日多亏两位舍命相救，这趟镖才没出大岔子，今晚先请几位好生歇息，等明日他再亲自来谢。”

观这人衣着打扮与说话行事，明舒料想此人应该是陶家人，她隐约也猜着他口中的“公子”是哪个人。接下托盘，她谢道：“有劳小哥了。”

门再度关上，明舒见盘中除了一壶热水，一盘热乎的烙饼，还有一瓷瓶伤药和一小盒……

女人用的面脂。

“阿娘，喝水。”她倒了杯水，先递给曾氏。

曾氏接过，先焐焐手，再抿一小口，继而微蹙双眉，迷惑地抬头：“明舒，你刚……喊我什么？”

得，和陆徜一个反应。

“娘，阿娘，母亲大人。”明舒撕下一角烙饼递给曾氏。

曾氏傻傻接下，看看她，又望望陆徜：“我没听错吧？”

“您没听错。”陆徜含笑点头，“妹妹在喊您。”

曾氏慌得将手中之物放下，起身看着明舒，一时想起她早亡的母亲，一时想起明舒小时候，一时又想起简家惨案，越发心疼怜爱起她来，拿衣角拭着泪，再一把将人抱在怀里，哽噎道：“好孩子，你别怕，以前的事忘了就忘了，以后有我。只要母亲在一日，就护你一日。”

明舒心里暖，回手拍着曾氏的背，道：“谢谢阿娘。”

这一声“阿娘”又催得曾氏泪流满面。

陆徜沉默不语。

自总角相识起，他与她在江宁县已牵绊十年，本当一别不再相逢，却不承想，在他十九岁这一年，与十七岁的明舒成了兄妹。

简明舒改作陆明舒。

夜深，雪下得越发大，年久失修的房子被刮得吱吱响，隔着窗户也能清晰地听见屋外呼啸的风声。曾氏已然睡下，残烛发出些微光芒，屋里无人说话，很是安静，客栈里的动静也渐渐小了。

明舒和衣躺在曾氏身边，眼皮开始发沉。迷迷糊糊将睡未睡之际，她又忽然惊醒，从床上坐起，呆滞地看着前方，觉得自己好像忘记了要做的事。

想了半天，她才在目光触及床边放的东西时记起来。

床头放着陶家下人送来的伤药和面脂，她要提醒陆徜上药，然而忙了半天，她给忘了。

陆徜睡在外间的简榻上，不过此时人不在屋里，也不知几时出的门。

明舒看了眼睡熟的曾氏，抄起伤药，指尖扫过面脂时顿了顿，犹豫片刻也一起塞进怀里，出门去找陆徜。

客栈已经安静，除了值守的镖师外，其他人也都各自休息。

陆徜抱着干净的衣裳进了灶间，给自己烧了锅热水，打算稍做擦洗。

生火舀水，在烧水的空当，他抬手左右嗅嗅自己，骤然蹙眉——身上这套高富的衣服，确实又脏又臭，难怪明舒要叫。

白天累了整天，晚上又搏杀半宿，他早就筋疲力尽，四肢沉得不像自个儿的。出门在外，他本也不是如此计较的人，照理换身衣裳也就算了，哪还会费工夫擦洗？可一想明舒嫌弃的模样，他就忍不住。

明舒从小到大，都是喜好洁净之人。

也罢，把自己拾掇干净，省得明日她再嫌他发臭泛酸。

如此想着，水渐渐冒出热气，很快便小沸，他将热水舀出，开始褪衣。

和山贼搏杀时受了点儿伤，最重的一处在手上，不过血也已止住，结了一点儿薄痂，如今沾了水一阵刺疼，他不由蹙眉，吸了一口气，这才想起来伤药忘记带来。

算了，先将伤口清理干净再说。

陆徜不再多想，低头专心清理伤口四周的血污与碎石。

灶间门口的布帘外头忽然传来脚步声。

“阿兄，是你在里头吗？”伴着明舒的问话，布帘被猛然挑起。

陆徜没来得及披衣，转头便与明舒的目光撞个正着。

客栈简陋，灶间与澡间合二为一，她也万没想到陆徜会在这里沐浴，只当他在烧水，所以直接掀帘而入。

两相震惊。

灶上还有烧热的水未舀出，白雾蒸腾升起，陆徜被水汽缭绕，连人带雾都让人睁不开眼。

万幸的是，陆徜只褪了上衣，明舒一眼扫过，仅看到他光裸的肩——然而即便如此，也足以让两人尴尬了。

陆徜震惊过后飞速抱起衣服遮在前胸。

“对不起，阿兄，我不是有意的。”明舒也已回神，迅速抬手捂眼转身，嘴里道着歉，人飞快溜出灶间。

她身后响起陆徜气急败坏的吼声：“陆明舒！”

明舒深深吸口气，并没走远，背靠墙站在灶间外。

灶间里面传来窸窸窣窣的穿衣声，没过多久，布帘子被人狠狠撩开，陆徜大踏步出来，一看明舒还在，那火噌噌往上冒。

明舒“呀”一了声又把眼一捂。

陆徜冷笑：“你现在捂什么眼？”

明舒叉开两根指头，从剪刀状的指缝里看他——陆徜已经穿戴妥当，不过披散着头发，眼里怒气未散，整张俊脸通红，正满眼含怒地盯着自己。

她讪讪笑着放下手，赶紧道：“阿兄，我发誓，我什么都没瞧见。”

“陆明舒，你是失忆不是失智，以前行事也算稳重，为何如今越来越莽撞？连里边什么情况都不知，就冒冒失失往里闯？”陆徜很少如此训斥人，今日算是被明舒气到。

明舒垂头看地，替自己分辩：“我哪知道有人会在灶间沐浴。”

“你还有理了？”陆徜听她这不以为然的语气，怒上加怒，“你就不想想，如果今天在里边的是别的男人，你要如何？”

明舒闻言抬头，一双亮晶晶的眼直直盯着陆徜——阿兄这话说的，好像被看的人是他就没事一样？

但她不敢如此反驳，只道：“那……看就看了，我能如何？我又没什么损失。”

又不是她被看了，还得想着如何保清白。

“……”陆徜被她的歪理噎到。

她这说的，好像也没错。

“再说了，阿兄你该庆幸是我，万一是别的姑娘闯进来看到，从此以后赖上你，你要怎么办？我可不想你随随便便给我找个嫂子。男孩子在外头，也要好好保护自己的。”明舒语重心长道。

“……”陆徜教训不成，反被她给念叨了一通，气笑了。

明舒见他神情不对，忙将带着的东西献宝似的捧到他眼前，扯开话题：“别说那些无关紧要的了，我给你送药来的。阿娘在屋里，你必是不肯在阿娘面前露出伤口，让她担心。”

见到她掌中伤药，陆徜神情稍微缓和，目光转柔。

“以后不许这么冒失了。”骂是骂不下去了，陆徜佯凶嘱咐一声，接过伤药，又道，“谢谢。”

明舒笑着拉他在靠墙的条凳上坐下，看着他挽起衣袖，露出手臂上血肉模糊的伤口，咬咬唇，替他觉得疼。陆徜慢慢将药粉撒在伤口上，待伤口被药粉覆盖，还未开口，明舒已经拿着展开的白布条缠来，与他配合得恰到好处。

很快，陆徜伤口包裹妥当，他轻挥两下手臂，觉得行动无碍后方又道：“谢谢你。天晚了，赶紧回去歇着……”

“等会儿。”明舒拉住他，冲他摊掌，“手给我。”

“嗯？”陆徜不解。

明舒不耐烦了，道：“让你给我就给我。”边说边拉过他的左手，从身侧的小瓷盒里挖了一大坨白脂抹在他手背上。

陆徜这才注意到，她不知几时又打开了另一个青瓷扁盒，淡淡的兰香传来，显然这不是药。

“你看你的手，被冻成这样，回头该握不牢笔了，看你怎么应试。”明舒垂头，一手握住他的手，另一手推开那坨白脂，继续道，“这可是漪澜阁出的兰香玉容膏，好东西呢，就这小小一盒都要一两银子，最是滋润皮肤，还能治疗冻疮。”

陆徜的手，因为长时间顶着风雪赶车，已经不如先前白皙，手背泛红，指节发肿，和明舒那白瓷一样的手一对比，便有些惨不忍睹。

他自己没注意到，但明舒心细，早早就发现了。

“可以了，我自己来。”陆徜只觉她的手如玉似雪，柔若无骨，就那么握着自己，直令他全身不自在。

明舒用力攥紧，没让他抽回手，垂头道：“你来什么？回头乱抹一气，还得浪费这盒香膏。我教你，你学着点儿：手背、手心、手指、指缝，都得抹到，最好先把手搓热了再来抹香膏，边推膏体边按摩……”

手要想保养好，功夫可得下足，光凭一盒好的香膏可不够。

明舒边说边示范，推开膏体后又缓慢按摩起他的手来，不放过他手掌的每寸肌肤，轻柔的力道加上她滑腻的手，让陆徜从手麻到头，再由头麻到脚，她偏不肯轻易放过，指腹又在他掌中薄茧上揉着，这滋味……陆徜只觉得自己整个人都不对劲了，想逃又逃不开，明舒的温柔织成漫天大网，在不知不觉间兜头而下，将人网住，偏偏她自己毫无所觉，无论说话还是神情，都坦荡自然，没有丝毫羞涩，反倒是陆徜，被她搅得心弦剧颤。

“一两银子一盒的玉容膏，那人说送就送了，出手倒挺大方。身上还佩着金笼冰蟾，看来在陶家地位不低，阿兄……阿兄？”明舒自顾自说着，末了又唤陆徜。

陆徜被她叫回魂，满眼疑惑。

明舒便知他神游去了，没把她的话听进去，因而不乐意地把他手一甩，道：“换手！”

陆徜听到“阿兄”，猛然清醒过来——她所行所为，不过将他视如兄长亲人，别无其他，所以坦坦荡荡，反而是他一时间想岔，竟对她有了些不够磊落亦非君子的念头。

思及此，他霍地起身：“不用了，我自己来。”又冷冷催她道，“我还有事要善后，你赶紧回屋去。”

语毕，他甩袖离去，没有丝毫犹豫，任明舒在原地喊他。

“香膏也不拿，你自己来什么？”

陆徜只当没听见，径直出了客栈，上外头吹雪去了。

屋外风雪交加，一夜寒风呼啸，吹得老旧的客栈嘎吱作响。

陆徜回来的时候，明舒已经在曾氏身边睡下，外间小榻上已经被她铺好铺盖，里面还塞了烫人的汤婆子，他站在榻边看了良久，才钻进暖和的被窝儿里。

连日赶路，又加夜里惊心动魄，陆徜也撑不住沉沉睡过去。

一夜无梦，他醒时已是翌日近午。

屋里只剩曾氏一人，明舒已经不在。

“出去瞧瞧你妹妹吧，她说上外头打听消息，已经去了好久了。”曾氏一眼看出陆徜环视房内是在找谁，直接开口道。

听曾氏那口气，陆徜觉得自己亲娘比他更快进入明舒家人这一角色了。

踏出房门，立时打了一个冷战，风已停，雪也小了，但天却比昨天还要冷。陆徜微蹙眉头，循着大堂里传来的笑声找去，果然看到明舒站在堂中，正搓着手看门外厚厚的积雪，堂间坐的都是镖局的大老爷们儿，几双眼睛都盯着她看，她也没丝毫不自在，大大方方笑着，神情明媚动人。

有个男人站在她身边，正同她说得起劲，这人穿着镖师的寻常劲装，年纪不大，生得也算俊秀，只是白净的脸颊上还留着五道浅浅指痕，分明是昨日被明舒救醒后又挨了她一巴掌的男人。

看来昨日的巴掌并没让这人长记性。

陆徜眉头蹙得更紧，一个箭步走到二人中间，隔开两人。明舒转身，鼻头差点儿撞上陆徜的背，视线也被挡得严严实实。

“阿兄，这位是临安陶家嫡出的小郎君，陶五公子，奉家中长辈之命，押运一批贵重物品入京。这是他第一次出远门办事，没想到就遇上了山匪祸乱。昨天的伤药与玉容膏，就是五公子所赠。”她从陆徜身侧探出头道。

“你倒打听得挺清楚。”陆徜瞥她一眼，眼里全是质问——这么快就冰释前嫌了？

明舒听懂他言外之意，讪讪一笑，小声道：“都是误会。”

陆徜白她一眼，转头望向那人，拱手道：“陶五公子。”

那人忙回礼：“在下陶家五郎以谦，字鸣远，见过陆兄。陆兄切莫客气，唤在下鸣远便可。昨夜危急，幸得陆兄与令妹出手相救，在下与镖局的兄弟才逃过此劫。救命之恩，在下感激不尽，来日陶家必当相报。”

虽然是临安陶家的嫡出郎君，但是陶以谦身上也并没架子，言语也诚恳，眉间尚存一团稚气，确是个初出茅庐的富贵公子。

陆徜点点头，却不愿与他深交，只道：“五公子言重，昨夜风雪大，所谓救人，只是陆某借诸位之力谋个避雪之所罢了，实不足称‘恩’，公子不必放在心上。”

“陆兄别谦虚，要是没有陆兄与令妹，别说这批货，我们这些人只怕都要死在这荒郊野外。待我到了京城，将此事禀明外祖父，定要登门酬谢陆兄。”

陆徜刚要拒绝，明舒的脑袋又凑过来，悄声道：“阿兄，陶家是皇商；他外祖父是先帝的中书舍人殷繁，如今虽已赋闲，然有女在今上后宫为宠妃。”

陆徜又瞪她——这是连人家祖宗八代都打听了？

明舒无法解释，这些并非她打听到的，而是在听到陶家时，脑中自然而然浮现的。

“五公子好意，陆某心领，酬谢就不必了。”陆徜仍是拒绝。

陶以谦还要再劝，明舒摆摆手：“我早跟你说了，我阿兄不会收你酬谢的，你就别再劝了。”

不知为何，明舒就是觉得陆徜绝非图人回报之辈。

语毕，她又自然而然把手挂到陆徜臂弯，娇笑道：“阿兄，我打听过了，这批山匪是朝廷通缉的要犯，那山匪头目悬红十两，如今落网必要交送朝廷，到时候那悬红……酬谢咱们不要，不过这十两悬红，那可是咱应得的。”

陆徜本想将她的手扯开，又见那陶以谦虎视在旁，便由着她去，闻言正要回答，却听陶以谦附和："正是正是，人是你二人缉拿的，这悬红必是陆兄与小娘子的，只是山匪人多势众，少不得由我等一齐押到城中交给朝廷。待明日天放晴，我们一同上路吧。"

"好嘞，那就先谢过陶兄。"明舒甜甜一笑，竟替陆徜应下。

陆徜双眉拧成结，已经瞪向明舒，明舒果断放开他，小声道："阿兄，你别这么不知变通。咱们举家赴京也没个亲友，既然有这缘分，多结识些朋友，有个照应不好吗？再说了，你想想那十两银子，能填补不少花费，这是咱们应得的，没必要为了虚礼而拒绝。"

她很了解他，每个字都戳着他的要害说，陆徜无言以对。

他不语，她就当他默认，笑得更开心了，踮起脚把手搭到他肩上，往下一压，好哥儿俩一般开口："阿兄，你且放心，我都想好了。以后呢，我负责赚钱养家，你负责读书做官，咱们'兄妹同心，其利断金'，日子定会好起来的。"

陆徜一怔，瞧见明舒如花笑靥近在咫尺，灼灼如阳，暖人心扉。

兄妹……看来她已全然接受自己给她的身份，反而是他，可能需要很长的时间来适应生命里突然多出的这个"妹妹"了。

第八章 余生护周全

暴风雪来得快去得也快，第二天午间就风停雪歇，第三日一早见晴，只不过外头积雪太深不便行车，陆徜等人与陶家镖队被困在这荒山野岭足足五天才重新启程。

明舒已经和镖队的人混熟，尤其陶家那个小郎君陶以谦，听完明舒对那夜险境添油加醋的描述后，对陆家兄妹二人佩服得五体投地，只把明舒当成行侠仗义的女侠，就差没拉着两人结拜了。

“上路了，你消停些！”陆徜看不下去她这么忽悠人，都登上马车临出发了，还惹得那骑在马上的陶以谦依依不舍地望过来，不知道的还以为他们才是兄妹，令人看着着实不快。

“多个朋友多条路嘛。”明舒把曾氏扶进车厢后转头出来，在陆徜身边坐下，冲陶以谦挥手。

马车才刚起步，走得本是缓慢，可陆徜手中握紧手中缰绳，大喝一声“驾”，马儿突然疾步奔跑，车身蓦地往前一蹿。明舒被颠得歪在陆徜手臂上，“哎”了半天才扶着陆徜的手臂坐定，怨道：“阿兄，你做什么？”

陆徜朝后看了眼，他这小破马车已经一马当先，远远把陶家镖队甩在后面，那陶小郎君人影都快看不见了，他心情才轻快起来，道：“赶车。你要不习惯就进里头去。”

“我不。”明舒头脸包得紧，和陆徜一样包得只剩眼睛，薄毯后面眼尾挑起，挑衅他。过了一会儿又讨好一般道：“我陪你驾车，你给我说说我的过去呗。”

“说什么？”陆徜目不斜视，手已勒住马儿，让马车平稳行进。

“说……咱们以前住在哪儿？”

“江宁县长康巷老槐树底下。”陆徜道。

“那我以前是什么样的人？”明舒又问。

陆徜闻言转头，看见她正双手托腮望着他，明眸如洗，宛如稚子，他便记起从前，他与她相识十年，看着她从垂髫稚子慢慢长成少女。可若问他她是什么样的人，陆徜却也答不上来。简家财大气粗，她自小锦衣玉食，出入皆前呼后拥，身上总有一股子高高在上的矜贵气息，会让人清楚地意识到贫富间的差距。他必须承认他对她有些偏见，以世俗的目光将她当成颐指气使的富家千金，以至忘记了许多年前初逢时，她的小脑袋从她母亲背后钻出，冲腼腆的他笑得十分灿烂，大大方方地说：“小哥哥，我是明舒。明舒，就是月亮，阿娘说我是她的小月亮。”

那年他九岁，自己虽还是个孩子，但也被她惊艳，觉得天底下怎么有这么可爱的女娃娃，粉雕玉琢的模样像天上仙女。

“阿兄？阿兄?！”见他迟迟没回应，明舒用力拍了下他的肩。

陆徜猛然回神，对上明舒的眼，方觉自己一时胡思乱想，儿时心思岂可当真？

“这个问题你需要想这么久？”明舒狐疑地盯着他。

陆徜庆幸自己戴着风帽，否则被她瞧出端倪可太丢脸了。

“我在想该怎么委婉地告诉你，你从前是个混世魔王。”他斜瞥她，正经道。

“我？混世魔王？”这话一听就是陆徜拿她寻开心，明舒是不信的。

“嗯。和人打架，带头闹事，上树下水无所不为……”陆徜边说边想，唇角的笑意被风帽挡住，只有微弯的眉眼叫人看出几分端倪——他沉浸在回忆中，心情很好。

都是明舒母亲过世之前的事，那时他们两小无猜，情分犹深，他街头厮混，她混世魔王，都是招猫逗狗惹嫌之辈。他被人欺凌，她双手叉腰带着府中家丁挡在他前面，豆丁大的丫头，就知道替他出头了，和人厮打得天昏地暗，最后还得他善后……如今想来，遥远的记忆竟鲜活如初。

细细思来，她的改变是在她母亲过世之后。想来那是段很艰难的日子，简老爷对她再好，也代替不了母亲，偌大简家又只她一个女儿，家产、承嗣这些原本成年后才需要考虑的事，忽然间重重压来。她走出去，就代表着简家，不能让人指着她的鼻子骂她“有爹生没娘养”“商贾之家的孩子果然粗鄙，上不得台面”，人慢慢就变了。他也不大去简家了，隔了很久再见，她已经是个有模有样的千金大小姐了，真的成了天上那轮遥不可及的月亮。

若搁从前，他是万万见不到这样的明舒，一场失忆，倒唤回了她的稚子天性。

“阿兄，你在偷笑！”明舒的脑袋瓜子向来和常人不同，不追问旧事，反盯着陆徜的眼直看。

陆徜笑，那是多稀罕的事啊。

“我没有！”陆徜否认。

“你有！”明舒伸手要扯他的风帽。

陆徜急忙按住她的手，沉声道：“胡闹！”

明舒也只是佯装玩闹，当下笑嘻嘻道：“阿兄该多笑笑，笑起来才好看……”

陆徜眼睛又弯了。又听她道：“对对，就是这样。将来到了京城，也不知要迷倒多少小娘子……”

他顿时收起笑容。旁边的人毫无察觉般继续：“一定有许多人想做我嫂子，我可得替你把关甄选。谁要接近你，就得先来买通我，哎呀，小手绢送起来，小点心供起来……”话本里都那么写，讨好了小姑子，才有机会接近兄长不是?

她徜徉在幻想的海洋，仿佛那些甜头已经到手，没瞧见陆徜微沉的脸色。

什么乱七八糟的东西！陆徜的手掌用力按在她天灵盖上，试图把人拉回现实。明舒做完梦，眉眼俱弯，顺势望向他，甜甜道：“阿兄，我喜欢你。”

心中既已承认这个兄长与这个家，明舒便不再有所保留。

陆徜胸口仿佛被狠狠撞了一下——他不是第一天才知道她的心思，可论婚不论情非他所愿，故自从得知简家想法后总是躲避，与她保持距离，划清界限。她从来都没说过“喜欢”一词，即便是分别那日，也只提嫁娶未言情爱，仿佛他们的婚姻只是简家的一场买卖，要用金银与女儿换泼天富贵。

今日她倒是说出口了，只不过这一声“喜欢”，成全的是兄妹情义，再无男女之情。

隐隐约约地，陆徜觉得自己做错了决定。

一路上，陆徜耳边都是明舒的声音。

明舒的本性自那夜凶险之后彻底“暴露”出来，失忆带来的阴霾渐渐消散，她又成了被阳光笼罩的人，也再没从前颐指气使的富家千金模样。

陆徜被她一口一个“阿兄”喊得头疼，奈何明舒不是过去的明舒，有了兄妹这层身份，她似乎不用再顾忌避讳，更不必装出贤良淑德的闺秀样子，不妨就高高兴兴做个惹人喜欢的妹妹，黏着陆徜，黏到他烦不胜烦却依然拿她没办法。

在明舒坦荡的亲近态度下，陆徜的疏冷败得彻彻底底。

很快，一行人抵达最近的城镇，陆徜带着明舒与陶以谦等人押着山匪去了衙门，再出来的时候，明舒掂着手里的十两银子乐不可支。

歇过一夜，翌日清早，众人再度出发，这一程直抵汴京。

暴风雪过后，天气晴好，再没什么异样，路上也顺风顺水，不到四日，繁华的京城就近在眼前了。

“明舒，快看，汴京近在眼前。”陶以谦策马奔出一段路后折回，遥指前方。

经过数日相处，陶以谦与明舒已是熟稔到直呼其名的地步。

“真的？”明舒扶杆远望，满目神往。

“快进城了，你想不想骑马？”陶以谦勒马缓行于陆徜的马车旁，将手中马鞭倒握递向明舒。

明舒自然是想的，她见陶以谦一路策马无比潇洒，早就艳羡非常，但……她悄悄看了眼陆徜。

阿兄定然不会同意。

“陆兄放心，我给令妹牵马，定保她安全。”陶以谦见状，替明舒向陆徜求情。

陆徜心里是拒绝的，话到嘴边，却被明舒满怀期待的眼神给堵了回去，只不言不语地看着她。明舒深谙陆徜的脾气，知道他没制止就是默许，于是非常欣喜地接过马鞭，跃跃欲试。

陶以谦这匹马性格温驯，通体雪白，毛色光亮，任由明舒爬到背上。陶以谦握着马缰站在马前，朝弯下腰的明舒叮嘱骑行要点。明舒头巾滑落，只露出小半张脸，遮不住的明媚容色，与年岁相当又眉清目秀的陶以谦凑在一处，活脱脱就是话本里的俊秀郎君俏娘子，天成佳偶般登对，路过的人无不多看几眼。

陆徜心里不知哪块地方忽然不舒服了，那边陶以谦叮嘱完明舒，见陆徜直勾勾盯着他们这里，只当陆徜也想策马。他有心讨好，便道：“陆兄也想策马？要不我让手下人替你掌车，你也活动活动筋骨？”

“如此，多谢。”看着正拿脸狂蹭马鬃的明舒，陆徜出人意料地同意了。

陶以谦的手下很快前来接替陆徜驾车，陆徜跳下马车，径直往明舒处走去。陶以谦笑眯眯地正要给陆徜安排马匹，不料陆徜走到二人身边，道了声“不必麻烦”，遂从他手中拿过缰绳，当着陶以谦的面翻身上马，坐在了明舒身后。

“我带她跑一段，劳烦陶公子替在下看好马车。”

语毕，陶以谦还没反应过来，陆徜已信手扬鞭，马儿奔出，只闻明舒一声欢悦的呼喊，白马绝尘而去，留陶以谦站在原地吃了一嘴的灰——不对啊，这和他想的不一样！

衣袂被风鼓得猎猎作响，两侧风景晃成幻影，明舒兴奋非常，头巾被风吹落，飘散满头青丝。

“‘琪树明霞五凤楼，夷门自古帝王州’，明舒，我们到汴京了。”陆徜的声音自她耳后传来，透着隐约的兴奋，是他难得展露的少年意气。

汴京，终于到了。

临近城门，陆徜将马速降下，带着明舒领略汴京城外风光。

汴京城门处要比明舒这一路上路过的所有城镇的城门处都热闹。城门外支着给过往旅人歇脚的香饮摊子，桌椅露天而放，坐着几个互相拱手道别的人，旁边吆喝着的是卖胡饼的人，还有扛着糖葫芦的小贩来回走动，遇到带娃的人就故意凑上前去停留片刻……城门处人来人往，驼队的铃声悠扬响起，一行商队缓缓入城，里头混着金发碧眼的异域美人，看得明舒直了眼眸。

“阿兄，快看！”明舒忽然激动地抓住他的手臂。

顺着她的目光望去，陆徜瞧见城门口等着进城的百姓都自动让到两边，喧天锣鼓声中出来一队人马。骑在马上意气风发的郎君打头阵，跟着提灯抬箱的执事，八人大轿紧随其后……

“送嫁的队伍！好热闹！”明舒贪玩，兴奋非常地转过头。

陆徜不知道这有什么好看的，但见她颊色泛红，两鬓发丝被风吹乱散在颊边，一双眼眸璀璨如星，不由自主地伸手帮她整理鬓发，勾到她耳后，笑问：“想嫁人？”

“阿兄不想娶妻？”明舒脸不红心不跳地反问，对陆徜的动作毫无所动，只觉得阿兄这一刻格外温柔慈爱。

陆徜理完她另一边鬓发，手忽然停在她耳畔，脸上的笑也渐渐凝固——他在做什么？

纵然是兄妹，这举动也逾矩了。

从刚才到现在，他都做了什么？

他从陶以谦手里抢来马，与她共骑，陪她同看汴京繁华，心情跟着她起伏，甚至做出这样温存的举动。他呆呆地看着自己的手，好似那手不是自己的，身体也不是自己的……

“阿兄？”明舒见他怔住，纳闷儿地唤他。

陆徜惊醒，飞快收回手，从马上跳下，改为牵马步行。马背上的明舒疑惑地看着陆徜的背影，心里直犯嘀咕。

陆徜这脸，也变得忒快了些。

大安朝的人员迁徙相对自由，百姓出行无须路引，加上陆徜又有府学的举荐信，江宁解元的身份让他很快就通过了城门。马车已经换回来，明舒照旧坐在陆徜旁边东张西望，打量繁华的京城。

陶以谦打马跟在马车旁边，仿佛要将刚刚错过的机会找补回来般，不遗余力地介绍起汴京风光。

“汴京有八景。城东南的‘繁台春色’，最宜春日携酒踏青，尽赏春光；东北‘铁塔行云’，塔有十二层，层层登高，所见之景皆不相同，登至最高处，便有踏云飞霄之意，故称‘行云’；‘隋堤烟柳’，最适合像你这样的小娘子携伴游玩，往那柳下一站，就成一幅图画……”

“那这个时节呢？”明舒听得入神。

“这个时节最宜去梁园，梁园雪景为天下一绝。”陶以谦竖起拇指，也露出神往的表情来。

其实他也是头回进京，不过他在来之前就打听清楚了汴京好玩好吃的去处，虽然只是按打听到的照葫芦画瓢说出来，但这并不妨碍他在明舒面前显摆。

“陶公子，你这是打算跟到我家去？”

明舒正听得津津有味，陆徜突然插话。陶以谦倏地闭嘴，明明两人年纪所差无几，也不知为何他在陆徜面前仿佛总不自觉地矮上一头。陆徜那目光，活像他要拐带他妹子一般，天地可鉴，他陶以谦可从没那样龌龊的念头！

“啊……”被陆徜一语惊醒的陶以谦，终于发现已经行至岔路口前，自家的随从和镖师已经走向与陆家兄妹相左的路，镖头正无奈地看着差一点儿就跟着陆家马车走反的他。他脸上一红，拍着自己的脑袋讪笑道：“瞧我，光顾着和明舒说话，忘了看路。不知陆兄在京城何处落脚，还盼告知，待改日在下登门拜谢……”

陶以谦话没说完，陆徜已然握缰加速驱车前行，声音远远飘来：“不必了，就此别过吧。”

总算和陶以谦那牛皮糖分开了，陆徜心情微悦，带着曾氏与明舒找了间食肆用饭。

食肆门口挂着厚重毡帘，里头不大，食物的香气伴着店内氤氲的热雾，显得无比暖和。明舒搓搓手，扶着曾氏挑定桌子坐下。陆徜先要了三杯茶，才问二人要吃什么。店是小店，做的自然也是平头百姓常吃的饼面羹汤，最终三人各要了一碗面，外加一碟馓子。馓子拧成细麻花状，炸得金黄酥脆，掰碎后泡在面汤里，是明舒最爱的吃法。汤用羊骨熬成，加了香料去膻，味道鲜美，手擀的面条上浮着片好的羊肉，再撒上葱花，勾人食欲。这是三人赴京以来吃得最舒坦的一顿饭。

明舒爱吃肉，夹起羊肉混着馓子同食，简直美得她几欲成仙，没几口那肉就吃完了。忽然间有筷子斜来。明舒抬头，发现陆徜没怎么动筷，却将铺在面上的羊肉原封不动地全夹到了她碗里。

“我不爱吃肉。”瞧见明舒目光，陆徜解释了一句，很快垂头大口吃面。

明舒又看曾氏。

曾氏慈爱地笑道：“快吃吧，你哥哥疼你。”

明舒心头大暖，甜甜地“哎”了声，欢欢喜喜继续吃面，只将这好记在心里。他人待己三分好，日后还以十分，她打定主意，要尽自己所能帮衬母亲与兄长。

一时间三人各自吃完，明舒的胃口很久没有这么好了，连面汤都喝得干干净净，肚子吃得圆鼓鼓的，一抬头发现陆徜又盯着自己看。陆徜心里有些不是滋味，她从前在家中，一顿饭九道菜起，就这样她还跟小鸟啄食似的，左挑右拣每样就吃一两口，把大家闺秀的架子拿捏得死死的。如今跟着他，一碗面也吃得这样满足，是他委屈她了。

“别动！”明舒可不知他心里的弯弯绕绕，忽然轻喝一声，盯紧了他。

陆徜不解，只看见明舒的脸逐渐逼近，他的心脏莫名一紧，而她缓缓抬手，指尖往他唇角探去，指腹倏地扫过他唇角……

“看，葱花。”明舒笑眯眯地展示着捻下的葱花，想要取笑老是一本正经的陆徜。

陆徜倏地从耳根红到脸颊，她指腹拂过唇角时如同细羽薄纱，虽仅一瞬，但也晃人心神。

“陆明舒！”

明舒没想到陆徜会生气，他沉着脸唤她全名，神情看起来有点儿凶。

“以后说话就行，不要动手动脚！”陆徜道。

“啊？”明舒怔了——这话说得，跟她是个好色之徒一般。

“男女有别。”他冷冷道。

“我们不是兄妹吗？”明舒辩道，又扭头望向旁边那桌客人——她也没做什么吧？别人家的兄妹不也是这般亲厚的？

陆徜顺着她的目光看去，看到隔壁桌的一家四口，其中恰也有兄妹俩，妹妹正搂着哥哥的腿撒娇，哥哥一勺一勺喂妹妹吃饭，父母坐在一旁欣慰地看着，好一幅天伦乐景，只不过……

人家的哥哥才十岁出头的年纪，妹妹也不过五六岁稚龄！

“就算是兄妹，如今都长大了，也该知道分寸，懂得避嫌。”陆徜收回目光，强硬道。

明舒也生气了——她不知道兄妹该如何相处，但他先前待她，喂过饭，擦过嘴，抓过手……怎么他做就不用避嫌，到她这里就成了没有分寸？

“阿娘！”明舒转头就找曾氏，“您看阿兄，说一家人不要见外的是他，现在又怪我太不见外，哪有他这样的！”

反复无常说的就是这种人！

曾氏本正喝茶看他俩吵嘴，半点儿没有劝和的意思，被明舒这么一撒娇，马上虎了脸冲陆徜道：“你冲你妹妹凶什么？第一天做人兄长吗？不知道好好说话？”

陆徜被亲娘撑得无言以对，他母亲这质问显然话中有话——要认她为妹是他，那就得当好一个兄长！

“我去结账取马车。”陆徜不和这娘儿俩争执，索性起身结账。

踏出食肆，被凉风一吹，陆徜冷静下来，开始为自己突如其来的情绪失控感到不解——这已经不是头一回了，而先前几次，也都是因为明舒。

食肆里拌了几句嘴，明舒也恼上了，赌气不理陆徜，马车行到目的地也不出车厢，只躲在车里听陆徜与人交涉。

在决定赴京之前，陆徜已经托人问好京城的房子，只等到了交完租金就能入住。只可惜这一路上波折不断，他比原来预定的时间整整晚了近一个月才到汴京，屋主等了数十日后，将房子另租了他人。

“实在对不住。”帮助陆家母子找房子的是旧年在长康巷的邻人，发生这样的事，他心里过意不去，口中不断道歉。

眼下已近年关，要想再找到合适的屋子已十分困难，陆徜只能一再拜托邻人。邻人想了想方道：“也不是没有，我倒是知道有户人家有空房租赁，只是那房子稍大，租金要比先前你们相中的那间高了两倍。”

两倍……这超出陆徜预算太多。

陆徜攥攥手，眼瞅着再有三日就到年三十，咬咬牙刚要点头，马车里突然伸出白玉般的手，抛了样东西过来。

陆徜信手接下——是个钱袋子。

袋里装着先前缉拿盗匪所得的那十两银子，一直由明舒保管着。

这人还堵着气不和陆徜说话，倒把银子扔出来了。

陆徜在邻人陪同下见过屋主，看好房子，咬牙签了契约交完押银，很快拿到了钥匙。

虽说租房子的花销让手中银钱所剩无几，但看到房子的那一刻，陆徜却又觉得这钱值得花。都是沿街的两层小楼，先前便宜的那套只有一厅一室，陆徜年后要去京城的松灵书院备考，这套房原只预备给曾氏住，也是足够的，但如今添了明舒，一间寝室就不够了，现在寻的这套倒刚好解决这个问题。

一楼是灶间、厅堂、净房，二楼是隔开的一大一小两间房，小的那间正好给明舒，不必再委屈母亲与她二人挤一间屋子。

“这两天你先与母亲同住，开年我去松灵书院，这间屋就留给你。”陆徜对这套房子颇为满意。

“哼。”明舒不领情，还记着仇，扭头走了。

陆徜摸摸鼻子，出门搬行李。

待他将箱笼尽数搬到楼上再下来时，明舒已经笨拙地打来水，正小心翼翼地想抬到楼上擦拭家具，陆徜见状上前要帮忙，她又拂开他的手："不用，避嫌。"

"……"陆徜沉默。

以前也没发现她这么记仇！

一个箭步追上她，他从她手中抢过桶："是我失言。明舒大小姐，你宰相肚里能撑船，原谅我一回成不？"

明舒听不得"大小姐"这称呼，一听气就消了大半，冷面露笑，让他提着桶上楼，道："就放在床边吧，我擦床，你去帮阿娘。"

陆徜这才摇着头出去，让她做些擦拭桌床的轻松活。

天色在一家三口的清扫中慢慢暗下，厨房最先收拾出来，曾氏已经起灶做饭，陆徜楼上楼下地搬抬重物。

明舒一直在楼上收拾。架子床和桌椅都已擦拭干净，被褥也都铺好，衣裳叠得整整齐齐放在床上，只等收进柜中。明舒虽然没做过这些事，做起来虽然动作慢了些，却也妥妥当当。

陆徜进来喊她吃饭时，看到她正枕着手臂伏在桌上睡得香甜。

估计是累着了。

陆徜踱到她身边坐下，正要叫她，忽然听她呓语："阿兄，吃肉！肉……管够！"

含含混混的声音绵糯，像冬日的汤圆，裹着芝麻花生的糖心，又甜又暖心，骤然穿透陆徜心房。陆徜从头熨帖到脚，眼神都跟着软了，瞧着她枕在头下因为干活儿绑了襻膊而裸露在空气中的手臂，不由自主地就把她轻轻往怀里拢，然后捏着她已然被冻凉的手臂，轻轻解去襻膊，将她卷起的衣袖放下。

他的目光由她的手缓缓上移，最后落在她脸上。

有一瞬间，心旌摇曳，有什么念头如流星般掠过，理智却又如迅疾的电光将他击醒。

陆徜被自己的念头惊到，倏地缩手，明舒的脑袋猛地垂落，磕在了桌面上。

她揉着额头醒来，抱怨："我已经撞失忆了，这是不把我磕傻不罢休吗？"

陆徜已经起身，他觉得……他不能再待在明舒身边了。

第九章 思君不见君

大雪又纷纷扬扬下起，除夕夜转眼就到。

大街小巷的铺面早早地关了门，空旷的街道上全是孩童的欢笑声与爆竹声。祭祖的供食，团圆夜的饭菜，守岁的零嘴……让家家户户的炊烟从早到晚缭绕不绝。

尽管入汴京前诸多不顺，三人都十分疲惫，但这个年还是要过。

租来的房子已经打扫干净，门神与灶王像贴上，土地公公供上，曾氏在灶上忙个不停，明舒则跟着陆徜去置办年货。

路上遇着驱傩的队伍，戴着判官钟馗面具的人挨家挨户巡门除祟讨钱，明舒驻足看了半天，最后被一声炸响吓得捂住耳朵。

原是街边卖爆糯谷的人新爆了一釜孛娄，孩子们一窝蜂拥上去。白花花的孛娄散发出诱人的香味，明舒定定地看了两眼，刚想离开，陆徜却先她一步上前，站到了排队的人群后面。

没过多久，陆徜就捧着袋香喷喷的孛娄回来，递给明舒。明舒眉开眼笑："阿兄怎知……"

陆徜斜瞥她："擦擦口水再来问我。"

明舒知道他打趣自己，抱着孛娄往他那儿靠，口中卖乖道："阿兄最好了！"

不想陆徜一步踏远，没让她靠近自己。

"阿兄！"明舒快步追上，摸了两颗孛娄拈在手里，往他嘴边送，"尝尝，可香了。"

陆徜偏头避开，快步朝前，只道："别闹，赶紧把正事办了。阿娘还在家等着。"

“阿兄，我怎么觉得你最近老避着我？”明舒自己吃了那两颗孛娄，跟在他背后道。

不过一步的距离，可她就是追不上他，真是生气。

“你多心了。”陆徜不看她。

明舒又摸了一小把孛娄扔进口中，心里道，是她多心吗？总感觉自打在京城落脚，阿兄总有意无意避开她，表面上却又看不出什么来。也许，真的是她太敏感吧。

她转头就将这个疑惑丢开，外头的花花世界透着崭新而鲜活的气息，汴京城的一切，都让她觉得有趣。

年三十大多铺面关门，明舒与陆徜找了半天，才终于把要买的东西买齐。

除了曾氏交代的物品外，陆徜额外还给明舒扯了布料，准备留着给她做衣裳。二人回到家中时，曾氏已经把过年的吃食准备得差不多，各色点心摆满了整张八仙桌，小小的厅堂香气弥漫，勾得人馋虫直冒。

日落月升，灯火满城，家家户户围炉夜话守岁过年，陆徜三人亦不例外。

往年过年只有陆徜与曾氏二人，陆徜这人不太爱说话，曾氏和他守岁常常守到一半就闷到睡着，今年有了明舒就不一样了。明舒话多，叽里呱啦地没完没了，还会逗趣，一会儿逗曾氏，一会儿闹陆徜，把曾氏给哄得一晚上笑容没从脸上消失过。

一夜过半，这母女二人越发来劲，抖开新买的布料，商量要给明舒裁什么样的衣裳。曾氏拿出尺子，要给她量身。屋里生着炭火，明舒外衣已除，身上穿的是曾氏的旧衣裙，原本是松垮不显身线的，被曾氏手里那尺一勒腰身……陆徜未及避开的眼仿佛倏地被烫了一下。

明舒年方十七，开年就十八，已经出落得像朵芙蓉花，细腰纤纤，胸部微隆，着实惊人眼眸。

陆徜全身像都被炭火烤过般发起烫来，艰难地移开目光。

所幸，过了年他就要去松灵书院，也能避开明舒好好冷静一下。

子夜时分，更声远远传来，但很快就被无数的爆竹声盖过。

除旧迎新、驱祟的爆竹，似乎都在这一刻被点燃，汴京城被响彻云霄的爆竹声淹没，烟花冲天而起，在天际炸开鲜艳的花朵。

陆徜在门外放完自家的爆竹，回头就见明舒倚门捂着耳朵，抬头看天际绽放的烟花，忽明忽暗的火光映照在她脸上，她那张脸仿佛变得模糊，像梦里才会出现的景象。

也许，这段际遇本就是梦吧，而命运终究是将他二人绑在了一起。

“好美。”明舒喃喃着，一转头与陆徜的目光撞个正着，甜甜地唤他，“阿兄。”

陆徜踱到她身边，从袖内掏出素色荷包，挂在指尖垂到她眼前，明舒伸手取下拿在手里，只听他道：“又长一岁，这是压岁银。”

她捏捏荷包，眉头微微一蹙，从里边摸出锭碎银，约莫一两重。

“拿着吧。我开年就去松灵书院，家用已经给母亲了，这些是你的。你一个姑娘家家的，年岁也渐大，手里当有些零用，想买什么零嘴，或看上什么小玩意儿，别委屈自己。”陆徜实在不愿再瞧见今日她盯着爆糯谷时的目光，那目光刺得他胸口极疼。

“可是……你把这钱都给了我，那你呢？”明舒和他们相处久了，对陆徜手上的积蓄已经心里有底，这一两银子，恐怕就是他身上最后的钱了。

“我还有。”

“你骗人！”明舒攥紧荷包，脸色忽沉。

“松灵书院吃住全包，我在那里没有使钱的地方。况且书院每个月还会发点儿补贴，我也会在书院找份差事另再赚些，每个月还能再送些钱回来。熬过这三个月就成，你别操这些闲心。”陆徜见她面容绷得紧，难得浮起玩心，伸手掐掐她脸蛋儿，“过年呢，开心点儿。进去吧，阿娘也有压岁礼给你。”

他说着转身进屋，明舒气鼓鼓地跟进了屋子，心中已自有计较，也不同他分说。

曾氏给他们俩都准备了压岁礼，一人一双崭新的手缝袜子，是她在路上赶制的。

明舒高高兴兴接了，揣在怀里，与陆徜一左一右挨着曾氏坐下，每人说了句祝曾氏长命百岁、百病消除的祝福话……

除夕夜就这么过去了。

年节才刚开始，汴京城白日庙会夜里灯会，热闹非凡，但这些热闹都与陆徜无关。春闱在即，拢共只剩三个月的时间。

大年初一这日，陆徜就收拾行囊打算去松灵书院报到。曾氏忙里忙外地为他准备带去书院的东西：烙好的饼子、两大坛腌菜和腐乳等，都是些容易长时间保存的食物。

忙了大半日，陆徜的行囊终于收拾妥当，天色也见晚。

明舒清点着堆放在厅里的大小包裹，确认没有东西落下后，才舒了口气。刚坐下喝口水，就见陆徜从门外进来，怀里鼓鼓囊囊抱着什么。

“阿兄上哪儿去了？”明舒问道。

“出去了一趟。”陆徜神情透着古怪。

“你抱的什么？”明舒往他怀里觑，他怀里那布包突然动了下，倒把她吓了一跳，“这是什么？”

陆徜慢慢掀开布，明舒揉了揉眼——她没眼花吧？怎么看到阿兄怀里揣了只狗儿？

“狗?！”她从椅子上蹦过去，稀罕地左看右看。

那狗看着不大，通体黑亮，原正睡着，现下被吵醒，正瞪着双黑豆般的眼好奇地盯着眼前的人。

“是隔壁王婶家大狗生的，已经三个月，断奶了。”陆徜把狗慢慢放到地上，朝她道，“我不在家，家里只剩你们两个，门户得守严实，所以抱了它回来给你们看个门。”

“这么丁点儿大的狗，能顶什么事？”说归说，明舒还是蹲在地上，拿指头轻点小家伙的额头玩。

“你可别小看它，长得快，几天一个样，有灵性得很。”陆徜跟着蹲到她身边。

一想到自己不在家中，他着实不放心家里这一老一小两个女人。

“你啊，刚到京城，人生地不熟，心里别老琢磨那些有的没的，老老实实待在家里，懂吗？”见她露出三分稚气，陆徜忍不住敲打她。

她心里那点儿想法，还瞒得住他不成？家里拮据，她定是盘算着什么门道，等他走了好行动，打量他看不出来？

明舒揉揉耳朵，不以为意道：“知道了！阿兄真啰唆。”

“……”只有人觉得他沉默寡言不苟言笑，可从没人嫌他话多过。

“快，给它取个名字吧，叫什么好呢？”明舒摸了一会儿狗，坏笑道，“要不叫徜徜？”

“陆明舒！”陆徜一听就沉了脸。

“陆徜，你又吼什么？”曾氏从灶间出来，看到两人蹲地上玩狗，摇了摇头。

陆徜还没辩解，明舒已经恶人先告状：“阿娘，他凶我！”

“……”陆徜觉得，自己确实话多了，还是闭嘴吧。

翌日，年初二，晨光熹微，陆徜出发去了松灵书院。

他一走，两层的房子顿时变得寂静。明明不大的地方，突然显得空旷。明舒觉得浑身不得劲儿，走在哪里都像能看到陆徜的影子般。

闷闷坐了半晌，她才在曾氏的劝说下，把自己的被褥搬去了陆徜那屋。

陆徜不在，他的屋子就归明舒了。

小小的房间只放得下一张架子床、两只箱笼，还有一张他日常读书用的旧书案。明舒抱着被子坐在床上，鼻间似乎萦绕着淡淡的草木香气，是陆徜身上的味道，人离开，味道留在了这里。

她想阿兄了。

年很快就过去了。

陆徜不在家，只有明舒和曾氏同住。

为了贴补家用，曾氏经人介绍找了绣活儿在家做，明舒见了有心帮忙，跟在曾氏身边想学刺绣，可拈起针手里却像拿着千斤锤，那细细的针总不听使唤，不是针脚走歪就是扎在手上，曾氏看不下去，好言劝她死心。

“别忙了，你从小到大就不是拈针穿线的命，抓些果子去陪招宝吧。”

“招宝”就是陆徜抱回来的那只狗儿的名字，如今俨然已成了他们家的一员。

明舒闷闷不乐地去了。曾氏安心坐在窗前绣花，没绣几下，就听楼下传来砰的一声响，把她给吓得心脏怦怦跳。她匆匆下楼查看，在灶间看到了站在灶旁一脸无措的明舒。

地上是打碎的陶罐，里边的米撒了满地，锅里是半开的水，明舒愣愣地站着，见到曾氏的第一句话就是：“阿娘，对不起。”

她糟蹋东西了。

曾氏瞬间明白她想做什么。

明舒就是想做些事。刺绣她此生是无望了，那就做饭吧，这样阿娘就能腾出手来在白天多做点儿绣活儿，也不用晚上在灯下熬花了眼。

可想法是好的，做起来却不容易。

对这些家务活，她好像一点儿概念都没有，不知如何生火起灶，不知下多少米放多少水……这已经不是她第一次心生困惑了，她仿佛从没接触过这些事，连最基本的步骤都不晓得。

“割伤手没有？我瞧瞧！”曾氏避开地上的碎陶片走到明舒身边。

明舒摇摇头。

“好孩子，娘知道你的心意。”曾氏这才放下心道，“这些事阿娘来就成，你别操心。隔壁王婶的女儿与你年纪相仿，要不你去找她说会儿话？这里交给我，乖。”

明舒被劝着走出灶间，又看着曾氏转头去收拾灶间。地上的招宝冲她“汪汪”两声，她非常沮丧地向招宝开口：“我是不是没用，一点儿忙都帮不上还净添乱？”

“汪汪汪。”招宝绕着她的脚回答。

明舒觉得自己正在惊受人生中最大的挑战，在屋里定定站了片刻，忽一攥拳头，冲灶间喊："阿娘，我出去一趟！"

还没等曾氏回应，她已一溜烟跑出家门。

一边问一边走，走了近一个时辰，她才到达目的地。

望着前头的朱门高墙，明舒定了定神。

红底金漆的匾额上题着两个字——"殷府"。这是先帝的中书舍人，今上宠妃的父亲，殷繁的府邸。

也就是陶以谦的外祖父家。

明舒来寻陶以谦，想谋个差事。

大安朝虽说风气较前朝要开放不少，普通百姓家的女子出门谋生也不算奇怪，但平民女子多数找的是绣坊、布坊、染坊的活计，要么在大户人家的宅子里做做帮工，很少会在外抛头露面。

明舒寻思着自己针线不通，家务不精，那些活计都不适合自己。她这脑袋动着动着，不知怎么就动到了陶以谦身上来。

陶家是临安的大商号，又是圣人钦点的皇商，主营玉石，与西域通商，手里握着两大和田玉矿，其分号遍布大安朝各地，京城自然也少不了陶家的铺子。

明舒打听过，陶家在京里除了最大的一间玉器铺外，另外还经营着两间小铺子，一是卖首饰，一是卖古玩。她来寻陶以谦，是因那首饰铺子做的多是女人生意，铺内肯定需要女掌事，她想问问他可否给寻个女掌事的活儿，再不济给掌柜的打打下手、做个跑腿的小伙计，也是可以的。

殷家门第高，看门的小厮虽然没有恶言相向，但也是先敬罗衣后敬人，见明舒衣着平平，手里又没拜帖，压根儿就没让明舒进门，只让她在墙根下站着等。

明舒等了许久，才等到殷家的管事出来。那管事对着她又是一番上下打量，然后冷冰冰开口："小公子今儿与友人出门游玩，不在府内，娘子改日再来吧。"

"哦，谢谢。"明舒虽然失望，也没强求，她转身离开，心里兀自琢磨该如何找陶以谦。

没走两步，明舒就被人叫住：“陆娘子？”

她转头一瞧，叫她的正是护送陶家货物进京的镖队头领赵停雪。

赵停雪年纪不大，二十六七岁，浓眉大眼，生得壮硕，一身腱子肉把劲装绷得紧紧。听完明舒的话，他道：“这股家仆役们惯是狗眼看人低的，你在这儿等不出结果。镖局的兄弟们要回去了，小东家今天在丰楼请大伙儿喝酒，你要是不嫌弃兄弟们粗鲁，就跟我去吧。”

丰楼是汴京有名的酒肆，建在闹市之中，赵停雪又是信得过的人，料来无碍。

明舒想了想，点头随他去了。

两人没多久就到丰楼，陶以谦果然包了一整层楼给镖局的兄弟饯行，他们到的时候，众人正喝得酒酣耳热。

看到明舒出现，陶以谦以为自己喝高了出现幻觉，盯着她傻问：“我是醉了？”

镖局的兄弟一阵哄笑，赵停雪也笑：“小东家没醉，是陆娘子来寻你。”

陶以谦狠狠拍拍脸，确认不是幻觉后，才手忙脚乱地整理衣裳，把明舒请到了无人的雅间内说话。

“本当是我上门向陆兄与你道谢，没想到竟要你跑来寻我，真是罪过。”陶以谦道。

“不碍事，我来寻你又不为要谢礼。”明舒笑眯眯地摆手，也不拐弯抹角，把自己的来意说了一遍。

听完她的话，陶以谦蹙眉：“明舒，你家里可是遇到什么急难事要使钱？若是，你只管开口，我这里有。”

“没。”明舒仍摇头，“家里虽然境况普通，也没到问人要钱的地步，我就是想寻个差事帮衬家里。你是陶家的小东家，在京城有铺面，外祖父曾在朝为官，必定见多识广，我想请你帮忙打听打听。”

“可我这里都是适合男人的差事，女孩子……”陶以谦有些为难。

明舒要的就是男人的差事，她刚想说明自己的意愿，陶以谦忽然一拍后脑勺，冲她欣喜道：“瞧我这记性！你赶巧了，我这里正有桩适合你的差事。”

“是何差事？”明舒没料到会如此走运，当即也笑开。

“说来话长，咱们边走边说。我先带你回我外祖父家。”陶以谦说走就走，半点儿没给明舒准备的机会。

“等会儿！你正同镖局的兄弟们喝着呢，现在离席不好吧？”明舒喊住他。

陶以谦想了想，道：“没事，我同他们说一声。”

语毕，他就风风火火出了雅间，走到席上告罪，又令人倒满酒，自罚三杯。

一时间三杯酒饮罢，陶以谦正要离开，不妨旁边一个脆生生的声音响起。

“我也敬各位英雄一杯酒吧。”

却是不知几时走到席间，已问小二要来干净酒盅的明舒。

她双手执杯，脸上带笑，面对满堂汉子们毫无瑟缩怯懦之态，虽粗布在身，却有大家风范，是见过大世面的模样。

“刚才听赵镖头说，众位英雄明日就启程回乡，此前暴雪夜与诸位也算同生死共患难过，幸得诸位英雄同心协力剿灭山匪，我与阿兄才得周全。这一路上同行，又蒙众位照顾，无以言谢，只好以此酒聊表心意。”

“陆娘子说的哪里话？那日本就是令兄与你救我等性命在先，兄弟们都还欠着你们一条命呢，怎反过来让你谢我们？”赵停雪忙站起来道。

“赵镖头，那一夜凶险，我们帮了你们，又何尝不是在帮自己。若无众位奋力搏杀，又哪有今日安稳，说到底，人在江湖行走，帮人便是助己，这杯酒，就算是明舒与众位交个朋友。先干为敬！”明舒语毕仰头饮尽。

辛酒入口辣了喉，唤起些微感触，曾几何时，她似乎也这样面对过许多人，那时候有人在她身后，拍着她的背提点她：“别怕，就算你是女儿，做大事的人，也不用拘泥小节。”

做买卖，走江湖，靠的不就是人脉？多些朋友，总无坏处。

“好！说得好，帮人便是助己！”赵停云听得心头滚热，震掌拍桌喝彩，又道，“陆娘子女中豪杰，你这个朋友，赵某交定了。给我换个大碗来，我也敬娘子一碗酒。改日若有用得到赵某、用得上我威顺镖局的地方，只管来找我！”

他几句话落，席间又哄闹起来，一个个都站起来换了海碗倒酒，齐齐敬了明舒一碗酒。

等众人碗空，明舒才拱手告辞，与陶以谦出了丰楼。

刚踏出丰楼，陶以谦就冲她道：“那可是烧刀子，你就这么喝下去？你没事吧？”

“就一小盅酒而已，能有什么事？”明舒摇头，她直觉自己有些酒量。

陶以谦闻言竖起拇指：“你厉害，我是没遇到过你这样的姑娘家！”

“那你现在遇上了。”明舒挥开他的拇指，道，“你还没告诉我什么差事呢。”

“你别说，我现在琢磨着，这事还真是只有你才能办到。”陶以谦带着她边走边道，“我大舅母准备给我表妹找个伴读……”

他话没说完，就被明舒打断。

“我不卖身为婢。”

这和她想谋的差事也差太远了。

“不用你卖身，也不用你为奴为婢，你听我把话说完。”

陶以谦的大舅乃是殷家长子，在朝廷领着从四品的散官，胞妹是当今后宫得宠的淑妃，娶的是伯爵府的女儿李氏为妻，另外还纳了一房妾，也算一门荣显，膝下共有二女一子，大女儿和儿子都是李氏所出，最小的女儿是妾室所生。陶以谦口中说的表妹，正是李氏所出的嫡长女，唤作殷淑君。

如今这殷淑君是殷家让上下老小都头疼的女儿。

她与明舒年岁相仿，正是谈婚论嫁的关键时候，可脾性不知为何一年比一年顽劣，不仅待人接物全无大家闺秀该有的风范，甚至还顶撞长辈欺凌晚辈，更有甚者，从去年开始竟然做出随意责罚鞭打、凌虐身边服侍的丫鬟的恶行来。她母亲好言劝说试过，罚写罚跪也试过，软硬兼施亦无效果，反倒让这女儿的行径越发恶劣起来。

“我才到京城多少天，就已经听闻了淑君表妹的数桩恶行，她在家中稍有不如意处，不是打骂下人，就是辱骂他人。你说眼瞅着就要定亲嫁人的娘子，正是议亲的要紧关头，这事若传了出去，哪家敢娶？所以我舅母愁得不行，现下只能拘在家里，又让家中上下都闭紧嘴巴不许外传。可世上哪有不透风的墙？迟早瞒不住人……唉。”说起这事，陶以谦就想起大舅母那日日愁云笼罩的模样，不免叹气。

“这么奇怪？是突然间性情大变的？”明舒来了兴趣。

“也不算突然，约有两年时间了吧。初时只是把养的鸟儿兔儿给……折腾死，家里长辈训斥了几句，也没在放心上，谁知后来竟变本加厉。我记得她以前不是这样的人啊。早些年她跟着她母亲来临安时我见过她，那时她十二岁上下，爱笑爱闹的一个小姑娘，一口一个‘鸣远表哥’地唤我，十分讨人欢喜，听说在家中也是无人不宠爱她的。这才过了几年，怎么就变了性子？”陶以谦边说边走，他是骑马来的，不过明舒没骑，二人也不便共马，所幸殷府并不远，恰好他也有话要同明舒交代，索性并肩而行。

“府上难道没给殷娘子请嬷嬷教导？殷府不是有位得宠的娘娘，怎么不请她派位得力的嬷嬷出来教导殷娘子？”明舒又问道。

“怎么没有？”陶以谦回她，“去年夏天娘娘就派了身边得力的老嬷嬷出来教导表妹规矩礼仪，你猜怎么着？”

他卖起关子，勾得明舒好奇心越发强烈：“怎么着？你快说！”

“老嬷嬷严厉，下手也狠，戒尺板子一起来，把淑君打疼了，淑君就和她闹起来，将人推到了莲花池里。你想想一个五十来岁的老人家，就算是夏日，也经不起池水浸泡。当日夜里就病了，第二天一状告到娘娘那里。舅母费了好大力气在娘娘跟前赔了不是，才将这事给平息下来。嬷嬷断不肯再留，回了宫中，自此再没人敢来教导表妹。”

明舒蹙眉：“这么顽劣？那为何还要找伴读？再说了，需要伴读，找他们家的奴婢不就结了，何必费心在外头找？”

“舅母找这个伴读，不是真为伴她在家读书，而是为了盯住她，每日将她的行踪与举动记下回报给舅母，再一则，若发生急事也能及时通知舅母派人来约束。她动辄打骂下人，家中丫鬟都怵她，哪还敢盯着她，所以舅母才想从外头找一个身契不在咱家的，不会被人收买，胆子又大不怕死的……”

“所以合着你觉得我不怕死，可以送到你表妹跟前挨鞭子？”明舒斜睐挑眼看他。

“不不……我哪舍……不是，哪敢啊？只是伴读而已，你不要太靠近她，别和她说话，记下她做的事就好了，其他的你甭管。当然，如果你有办法找出她性情大变的症结所在，把她导回正途，那我舅舅舅母给的酬金，可就远不是伴读的月例能比的了。”

“有没有这个数？”明舒伸出三根指头。

陶以谦按下她另两根指头，只留个食指。

“才十两？”明舒顿时没有兴趣了。

“是一百两。”

“成了！快带我去见你舅母！”

第十章 不敢问来人

殷府的怀秀阁内，长房夫人李氏正坐在堂上拿帕子抹着泪，她官人殷立诚在屋里踱着步，从左走到右，再从右走到左，最后一掌拍在桌面上，震落的盖碗碎了一地，吓得在场的人皆是一抖。

“哭哭哭！你就知道哭，不知道管管你那好女儿？那个孽障，去年把娘娘的人推到湖里，今年把屋里跟了十年的丫鬟打个半死……今天竟然在三殿下派来看望父亲的官人面前撒泼！你去告诉她，她要是不想活了，趁早自我了断，别留在家中祸害他人！”

“官人，那是你女儿！”李氏重重摔帕，边哭边怒道。

“就是知道那是我女儿，我才一忍再忍。可你看看她，哪一点有大家闺秀的模样？就是一个乡野村妇都比她明事知礼。你还指望给她找门好亲事？她这性情，若是真嫁入高门，还不知如何给我们家招惹祸事。”

“官人……”李氏哭得越发大声。

殷立诚被她哭得心烦，抛下最后一句话：“现在连父亲都发话了，若是她再死性不改，就送去庄子里好好将养，与三殿下结亲之事另议，我们家也不是就她一个女儿！”

语毕，他摔门而出。刚走到园里，就撞见站在园中的陶以谦和明舒。

“外甥来给舅舅、舅母请安。”陶以谦忙拱手行礼道。

明舒跟着他垂下头。

殷立诚心里烦躁，也没问明舒是谁，只道：“进去劝劝你舅母吧。”

一时间殷立诚去了，明舒冲陶以谦吐吐舌，他们来得不是时候，撞上人家夫妻吵架，那声音大得他们在园子里都听到了。

到屋门前时，有丫鬟撩起帘子，明舒忽想起一事，又叫住陶以谦，小声叮嘱："你别说我是陆徜的妹妹。"

陶以谦不解地望着她，她言简意赅解释道："不想影响阿兄仕途。"

陆徜是江宁府解元，名声在外，是这届举子中的金榜大热门，将来要结交的可都是达官显贵，她身为他的妹妹，却在这里给人做伴读娘子，虽不是卖身为婢，但也与下人差别不大，日后若陆徜中榜，传出去可不太好听。再者殷家是皇帝外戚，官场上的人际关系弯弯绕绕，多一事不如少一事。

"好。"陶以谦干脆地应下，带着她往屋里去。

约是听到声音，李氏已经收了泪，端坐罗汉榻上。她已年过三旬，但皮肤仍细嫩，只是身形有些富态，正和颜悦色地看着进来的陶以谦，笑得很慈祥。

"舅母。"陶以谦打过招呼后方问道，"又为表妹的事与舅舅争执了？"

"淑君今日又惹祸了，不提也罢。"有外人在场，李氏不愿提及家事，只命人看茶，又看向明舒，"这位小娘子是……"

"舅母，我也是为淑君表妹的事来的。前些时日听您说要给表妹找个伴读娘子，这不，我给您找来了。"陶以谦让明舒上前，又编起她的背景，"这位娘子姓陆，名唤明舒，原也是书香人家的小姐，不过家道中落，随母亲从江宁迁入京城投亲，现下住在胜民坊。"

李氏冲明舒招招手，明舒乖乖上前，由着李氏拉起自己的手仔细看。

她那双手，白嫩细滑，是富贵人家的手。

"模样生得真好，只可惜命苦。"李氏感慨一句，又朝陶以谦道，"你表妹的事，同陆娘子说了？"

"略提过一些。"

李氏又问了明舒的年纪、可读过书识过字之类的问题，明舒一一作答，李氏满意地点点头，才又道："做淑君的伴读，别的倒是次要，最最要紧的就是嘴巴得紧。你是鸣远推荐的人，我信他。只是丑话还得说在前头，你虽不是我府中之人，并无身契在我手中，但若在外头说了不该说的话，殷家和我娘家都不会饶过你。"

李氏的娘家就是伯爵府。

“明舒晓得，请夫人放心。”明舒点头应诺。

李氏敲打过后不忘施恩：“你也别怕，替我做事少不了你的好处。既是伴读，月例就同家中女儿一般，五两银吧。若能解我心头忧，另有厚酬。”

“谢夫人，明舒一定恪尽职守，替您分忧。”

一番交谈，就此定下明舒给殷淑君伴读的事。李氏和丈夫刚吵过一架，心事也重，不想多说，陶以谦便带着明舒退下，临走之时，李氏让人取了两套新衣给明舒。

殷家的伴读，怎么也不能穿得太寒酸。

明舒抱着衣服出来，陶以谦带着她熟悉殷府的环境。

殷府的家学在殷府南面的润文馆，馆内请了汴京城有名的先生教文授识，并有三位教习娘子负责女子德容言功的学习。殷淑君早已是碧玉年华，上的多是女子课程，每上五天课便休息一天，她上课的这五日，明舒要住在殷家，休息的那一天，明舒则可以回家。

此外，因为殷淑君又惹了祸事，被殷老大人罚跪佛堂三天，因而明舒无须立刻“走马上任”。

她得回家，先说服阿娘——一个月五两银，若能解决殷淑君的问题，还至少可得百两银，对他们家来说可是笔大收入呢。

殷家佛堂内光线昏暗，只有供台上的烛火照着佛龛，跪在地上的女子正费力地弯腰抄经，眉目都笼罩在昏黄的烛火中。

静谧忽然被开门声打破，佛堂外走进一个拎着朱漆食盒的小丫鬟。

小丫鬟年纪不大，十三岁上下，有些害怕佛堂的气氛，蹑手蹑脚走到女子身边跪下，打开食盒，从里头端出馒头清粥，除此之外再无其他吃食。

“这是给犯人送饭吗？”女子低低的声音响起，似乎带着笑。

小丫鬟小心翼翼劝她：“就三天而已，娘子忍忍就过去了。”

女子不吭声，也不接食物，只继续抄经。小丫鬟知道她的脾气，不敢招惹，摆完饭食就要离开，末了还是忍不住，道：“今日夫人替娘子找了位伴读娘子，和娘子年岁相仿。”

女子手中的笔重重一划，在纸上落下一道深深的墨痕，她倏地抬头，将手中之笔掷向佛龛。笔没有扔中佛龛，倒是擦过烛台，烛火晃了晃，照清女子的脸。

苍白的脸，阴森森的笑。

小丫鬟被她吓坏，再不敢多言，起身飞快离开。

去殷家做伴读这事，明舒就是用脚指头想也能猜得出陆徜的反应。

“陆明舒，你就不能老老实实待在家里，别给我上外头惹麻烦吗？大户人家水深，那殷家要是没问题，好好一个娘子会突然间性情大变？反正我不同意，你不许去！”

“哈哈哈……”曾氏正在收拾带给陆徜的包袱，见明舒倚在窗边学陆徜的样子，实在忍不住，笑得前俯后仰。

别说，陆徜还就是这个腔调、这个神情，明舒学出了八成。

“你这孩子，这么编派你阿兄？”她笑够后，把包袱往明舒怀里一塞，指头点着明舒的额头道。

明舒笑眯眯：“我学得像吧？”

阿兄是好阿兄，就是未免太把她当小孩子了，护得太严实。

所以她不准备告诉陆徜这件事，只告诉了曾氏。曾氏被她劝了半天，再加上一通撒娇卖乖，完全招架不住，也就同意了。

“倒是有几分像，你阿兄……还真是这样……”曾氏想想明舒适才的模样，又笑得合不拢嘴。

笑够后，她方道：“去吧，把外头两坛腌菜给他带上。”

陆徜走了有大半个月，也不知在书院怎样了，母女俩怪牵挂的。正好离明舒去殷家做伴读还有三天时间，明舒想着索性跑趟松灵书院探望陆徜，也省得去了殷家后不得空闲。

东西备妥，雇的马车也到了，明舒背着包袱，两手各拎着一坛腌菜上了马车，挥手和曾氏告别，往松灵书院去了。

松灵书院在半山腰，被一片绿荫环绕，清幽雅致，是适合读书之处。

此时正值春日草长莺飞，山中草木露芽，四野只有鸟啼虫鸣，与书院里响起的琅琅读书声相和，越发叫人神清气爽。

松灵书院已有百年历史，且似乎自有一套育才方法，培养出了无数能人志士，在大安朝声名远播，与朝廷兴办的官学齐名。不少世家子弟甚至放弃进入官学，转而考入松灵书院成为普通学子。书院除了收汴京城中的少年学子外，也接待像陆徜这样由地方选拔后推荐过来的学子。到时中榜，这些学子与松灵书院也算有半师之缘。

毫无疑问，松灵书院是每次会试的精英会聚地。

这些将要赴考的学子，每日需卯时起身，先晨诵半个时辰，再绕跑书院一周加以锻炼身体，卯时三刻用早饭，辰时开始上一堂课。课只上上午半日，到午时结束，余下的就是学子们做功课与自由温书的时间了。身处这样的环境，面对激烈竞争，这里的学子无一松懈，虽说有半日自由，但每个人无不铆足劲温习，不肯浪费半点光阴，有些刻苦的，甚至会温书至夜里丑时，一日不过睡两个时辰。

就在这样紧锣密鼓的备考氛围中，有一个人却是例外。

这人便是陆徜。

书院免了他的束脩，又包他吃住，江宁府也给过资助，他本该专心读书才是，然而他却向山长申请了打扫书院回廊与藏书房的差事，就为拿二两银子的月例，暗地里又接替人抄书的活计，甚至还将自己读书时做的批注、文章等全都抄出售卖。

这般钻到钱眼里的举动，自然是令同窗不齿的，但最让人气愤的是，就算陆徜分出大把心力在外务上，功课却仍旧出类拔萃。故而这些人一边暗暗瞧不起陆徜，一边却不得不乖乖买他的批注和文章。

外界流言纷纷，陆徜却不理会。他在攒下个月要给曾氏和明舒的生活费，先前存的银子只够撑完这个月，曾氏应该会做些绣活儿补贴，加上他在书院得的这些银子，应该够再撑上一个月了。

他没算明舒的进项——明舒还是乖乖待在家里就好了。

如今他到书院已经半月有余，之前面对明舒时的种种情绪也都已平复，心境和从前一样平静无波。他觉得自己的异常兴许只是少年人的冲动在作祟，毕竟他也是个血气方刚的男人，而明舒与他又不是真兄妹。

在书院这些时日，他不断告诫自己要将明舒视如亲妹，再加上专心读书，时间一久，他倒真的平静下来了。只不过夜深人静时，他还是不可避免地想曾氏与明舒。

也不知他走之前给她扯的那块布料做成衣裳了没有，虽然比不上她从前穿的料子，但好歹颜色鲜亮，能衬出她姣好的容颜。

穿起来又会是什么样子?

“阿兄！”

一声熟悉的清脆呼唤。

陆徜转头，疑惑地望去。

回廊尽头站着明媚少女，背着包袱，两手各拎了个沉甸甸的陶瓮，穿着他扯的那块鹅黄布料做成的新裙，冲他笑得灿烂。

错觉?

“阿兄？”

明舒的第二声呼唤很快让陆徜回神。

乍见明舒，如春风入怀，拂心而过——这大半个月的“清修”，瞬息间破功。

“你怎么来了？”陆徜虽然既惊又喜，但面上还维持着一贯的神色，从她手中接下陶瓮问道。

明舒向带路的书童道过谢才回答他：“来看阿兄啊。阿娘给你做了件夹衣，还有两坛腌菜……重死我了。”她一边说一边把包袱取下，搁到回廊的美人靠上，忽又疑惑地盯着陆徜手中的笤帚，“阿兄，你在做什么？”

时已过午，早上的课已结束，到了陆徜打扫回廊的时间。

“打扫。”陆徜将陶瓮也放到美人靠上，言简意赅地回答。

“书院还给你们派活儿？”明舒不是很懂，随口一问就抛到脑后，又扯他衣袖，“你外袍呢？穿这么少，不冷吗？”

“洗了。”陆徜就一件厚外袍，洗了就只能穿书院发的薄襕衫。

“春寒料峭，又在山上，你别冻病！幸好阿娘让我把夹衣带来了。”明舒说着又要抢他手里的笤帚，“我帮你打扫，你去把夹衣穿上。”

“不用，我自己来。”陆徜挥开她的手，“就剩一段回廊了，你坐这儿等我片刻。”

明舒知道有陆徜在，他是决计不会让她动手干活儿的，于是也不和他争，就坐在美人靠上等他。陆徜手脚麻利，很快扫到了远处，明舒走了半天路正累，便用下巴枕着手斜斜趴上美人靠的椅背，睁着眼看回廊外的风景。

回廊正对着间三面敞窗的小轩，窗上垂着半卷的湘帘，竹帘后头又站了个少年，正临窗温书。

那少年身材颀长，穿一袭浅青襕衫侧立窗边，眉目微垂。明舒只看得清他的轮廓，但她却渐渐抬起了压在手背上的脑袋，怔怔盯着那少年。

不知是不是感受到明舒的目光，少年转过头来，远远看到回廊上的明舒，冷冷一瞥便又垂头，将注意力继续放在书上，仿佛明舒是透明的一般。

便只这一眼，明舒的心却似被什么穿透。

隔得这么远，她看不太清他的眉眼，但形容轮廓却还能看清一二——他像极了一个人。

头脑中模糊的影像被这一幕唤醒，又与小窗后的少年身影重叠，那是她记忆深处不能遗忘的人。可那人到底是谁？答案似乎呼之欲出，却迟迟没有下文。她想不起那个人是谁，她只是知道——

“我想嫁给他。”

她喃喃开口。

咔嚓——

陆徜已回到她身边，此刻生生掰断了手中的笤帚。

陆徜是在明舒傻傻盯着别的男人时走到她身边的。

他还唤了她一声，却没唤回她的心神，反而从她嘴里听到了那句惊心动魄的话。

陆徜的冷静突然间失控，像绷断的弓弦。

竹笤帚的断裂声惊得明舒回神。她倏地转头，看到陆徜脸色发青地盯着自己，冷冽的目光里带着几许意味不明的怒火，她才意识到自己把心里想的给说出口了。当下懊恼地一拍脑门儿，打算马上诚恳认错，岂料一声“阿兄”才出口，陆徜却背起包袱，把两坛陶瓮一拎，转身径直往回廊另一头走去，也不喊明舒。

明舒跺了跺脚，想抽自己一嘴巴——她怎么就鬼使神差地说出那样不知羞的话来？

也难怪阿兄要生气，若她有个妹妹，才见了男人一眼就说要嫁，她也非气得抽这妹妹不可。

“阿兄——”明舒跟上陆徜，左一句“阿兄”右一句“阿兄”地叫着，诚恳认错，“我说错话了，你别生气……哎，你走慢点儿！”

陆徜充耳不闻，他脸色差到极点，心里堵得慌，像有口气闷在胸口，要将胸口撑裂一般。

脑中全是刚才明舒呆呆凝望别的男人的模样，那目光，那神情，还有那句“我想嫁给他”，来来回回走马灯般在他眼前晃，没完没了。

越想，他就越气，胸腔内咚咚跳得厉害。他无法冷静，只能越走越快，仿佛要将怒气发泄在脚下的地板之上。偏偏明舒像只雀鸟般飞在他身边，一口一个“阿兄”地叫他。

而这原本让他心里仿佛融化一般的“阿兄”，突然间变得刺耳起来。

走过回廊，再穿过一小片竹林，就到了学子们的寝区。这些备考的学子都是一人一间房，陆徜也不例外。房间很小，放了床与桌椅外，角落里就只够塞箱笼与水盆架子，剩下的空间也就只够人转个身。

屋里有股属于陆徜的清冽气息，像松香，又似乎是竹子。书案上堆着没来得及收起的书，床上的被褥叠得整齐，屋子里充满生活气息，谈不上纤尘不染，但也不乱。

明舒跟在陆徜身后踏进他屋里，愁眉苦脸地叫他：“阿兄，你吱个声啊。”

走了一路，陆徜愣是半个字没吐过，与见到她时那惊喜的模样判若两人。

明舒知道阿兄是真生气了。他不和人吵架，气急了最多闭嘴不理人，从前对她发怒训斥她，都只是装腔作势而已，他从不往心里去的，今天才是他真正气恼的模样，也是她第一回见着。

陆徜进屋后并不招呼她，只动手收拾起房间来，把书案上的书和笔墨纸砚归整到桌角。明舒自忖说错话，跟在他身边，又是说好话，又是要帮他收拾，可他不让她搭手，也不说话。

一来二去，明舒心里也渐渐被他激起火来。

她闭上嘴，闷闷地坐到床沿，盯着陆徜的背影片刻，气呼呼道："阿兄是以后都不准备和我说话了？"

陆徜手上动作顿了顿，仍没转头。

"不说算了！"她赌气地自问自答。又想自己一大早大包小包地跨过大半个汴京城来这里看他，连午饭都没吃上，就因为说错了一句话，被他这么晾着，心里越发委屈。

她霍地站起，道："我回去了。"

语毕，她转身就走，冷不丁手臂被人拉住。

"坐着等我。"陆徜只说了一句话。

明舒被他拉着又坐回床沿，她瞧着他出门，自己倒不好走了，只能坐着发呆。

陆徜没去太久就回来了，手里还捧着个木托盘，原来是去饭堂打饭了。

"用了饭再回。"出去一趟，陆徜似乎清醒了些，语气却依旧不冷不热。

屋里没有其他桌子，吃食被他搁在刚刚收拾过的书案上。明舒看过去，托盘内有两碗饭，一大盘子菜，那菜是三样放在一起的，豆腐、青菜、笋烧肉，看分量不小，像是打饭的婶子把锅底都刮给他了。她却不知陆徜每天打扫完回廊早就过了饭点儿，不过因为饭堂的婶子喜欢他，所以每每都给他留饭，今日听说他家妹子过来，还多给了饭菜。

说来也奇怪，书院里的书生看不上陆徜，但这里干活儿当差的仆役却都喜欢陆徜，譬如饭堂的婶子、灶上的厨娘、照管花木的大叔。

“你先坐，我出去借把椅子。”陆徜又去隔壁借椅子。

待他借完椅子回来，明舒已经站在书案前，正打开曾氏给的陶瓮，夹出两块鲞腊，看到陆徜过来，鼻子里“哼”了两声。

她的气没消。

两把靠背椅并排放着，陆徜拉她坐下，两个人对着一盘菜。明舒早就饿坏了，动筷子狠狠扒了几口饭，陆徜自己不吃，只给她夹菜。待她那口气顺得差不多了，他才忽然道：“明舒，别说那样的话。”

作为兄长，他是有气恼她胡乱说话的资格，但他那股找不到缘由的愤怒，却似乎不是站在一个兄长的立场上来发作的。他也不知道自己在介意什么，就是觉得明舒那时的目光和那句话，利箭扎心一般让人难受。

“那你不许不理我。”明舒腮帮子微鼓道。她倒没往别处想，觉得兄长就是气她失言而已。

陆徜低低“嗯”了声，只看她吃饭——她吃得虽有些快，但旧日教养习惯还在，吃相并不难看，反叫人觉得可爱。

她气已经散得差不多，使唤他道：“我不要肉，只要豆腐，你这儿的豆腐烧得好吃。”陆徜就把整个盘子端起，将豆腐通通拨到她碗里，她连声道，“够了够了。”又眉开眼笑起来，夹了一筷子笋烧肉送到他嘴边，“阿兄尝尝，你们这儿烧饭的厨子好手艺。”

按陆徜个性，若是平时，他定觉此举不合适，这筷子笋烧肉必是要她放到他碗里的，但今日却不知为何，他盯着她的眼缓缓张口，接受了她喂来的笋烧肉。

明舒一怔。阿兄今日这是中邪了？上回喂他一颗孛娄，他都要拿大道理数落她半天呢。

陆徜已经飞快垂下头，夹菜用饭，不再看她。

一顿饭的工夫，兄妹二人的气都已散去。

明舒一边捧着陆徜泡的红果茶小口小口饮着，一边看陆徜收拾桌面，说笑道：“阿兄，你和阿娘要把我宠坏了，什么活儿都不让我干。”

“有什么问题？”陆徜手脚麻利地收拾好碗筷，擦完桌子，反身在椅子上坐下，也不急着去还碗筷，只挑眉问她，“家中可安好？”

“挺好的，就是我闷得慌。阿娘接了绣活儿，还要料理家事，好不辛苦，我又帮不上忙。你们老这么宠着我，不好。”

“宠你还有意见了，还是你有什么言外之意？嗯？”

不得不说，陆徜了解她。明舒一下子闭嘴。她原就想探探陆徜口风，看他对她出门谋差这事的态度，现下见他这反应，她也不敢多说，怕说多了被他看出端倪来，当下笑着道：“哪有意见？阿娘和阿兄最好了。”

陆徜眯起眼，这话听着不太对劲。

“陆明舒，你当真没事瞒着我？”

“当然没……”明舒心虚，飞快坐到他身边椅子上，转移话题，“阿兄，最近咱们住的胜民坊出了桩奇事。”

“什么奇事？”陆徜问她。

“就是有户姓贾的人家，这户人家有个女儿，她年岁与我相仿，原本也是个甜美温柔的娘子，两年前忽然性情大改，又是凌虐家中养的猫狗鸟兽，又是鞭打虐待家中下人，连贴身照顾她的丫鬟都不放过，还顶撞长辈，出言不逊，在外头行事也越发任性，屡教不改，惹得父母忧心忡忡，不得不将她关在家里。阿兄，你见多识广，分析分析，如果有人突然性情大变，一般会是什么原因造成的？”她把殷淑君的事改头换面讲了一遍。

“胜民坊有姓贾的人家吗？家中竟还有下人？”陆徜盯着她反问。

胜民坊是平民聚集地，哪来家有下人的富贵人家？

明舒没想到他如此精明，当下忙道：“哎呀，胜民坊那么大，阿兄才待了几天？自然没听说过这户人家，我也是听人说的，好奇得紧。阿兄这般聪明，快给我分析分析。”

千穿万穿，马屁不穿，陆徜终于收回紧迫盯人的目光，思忖。

“人的性情由小到大一步一步养成，与生活环境息息相关，排除此人刻意伪装的可能性，一般来说，如果环境出现重大变故，就有可能导致她精神与行为出现异常，比如家中突然衰败，或者父母等亲近的长辈亡故。”

“没有呀，她家没出重大变故，父母长辈皆在，且仍家境优渥。”明舒道。

“也许发生了一些家人并不知晓的事情，又或者是她身体的疾患导致的。”

“疾患？”明舒不解。

“就是一些隐晦的疾病，特别是家族中曾有人出现过的癔症之类，又或者外伤，比如你……你失忆后，性情就与从前不一样了。”

“我有什么不一样？”听到陆徜拿自己举例，明舒不失时机地问道。

陆徜转头看着她：“以前很乖，很温柔，很听话……”

明舒蹙眉，狐疑：“不对啊，你之前说我是混世魔王来着……”话说一半，她忽然意识到陆徜是在逗她，于是捶他，“阿兄，你又拿我寻开心。”

陆徜用手掩了唇间笑意，又道：“除了这些外，还可能是因为药物。江湖上有不少能引发性情变化的药物，像什么曼陀罗之类，长期服用就会导致这样的症状。”

“你是说可能有人下毒？”明舒思忖，殷淑君是从两年前开始出现异常的，而后情况越来越严重，倒是符合阿兄说的长期服用这一点。

“可是这些药物虽会导致人性情改变，但多数伴有神志不清、癫狂谵妄等症状。”见她手中红果茶已饮尽，陆徜一边起身给她添水，一边回答道。

明舒又想，按殷家夫人和陶以谦的描述，殷淑君并不像神志不清的模样，况且若真有癫狂谵妄这么明显的症状，殷家人早就该发现并且就医了。

“这些症状倒是没有，这么看来又不像下毒。那会是什么？妖怪附身？夺舍？”她无意识地接过茶，自言自语道。

她声音还没落下，脑袋先挨了陆徜一记敲打。

“别胡说八道，这世上哪有鬼神，左右不过是人在作祟罢了。瞧你说得这么详细，你是亲眼见到那贾娘子了？”

“没，都是听说。”明舒捧着茶暖手。

“明舒，眼见都未必为实，何况是耳闻？坊间流言，多数是以讹传讹，那些长舌之人嚼起舌根来，往往添油加醋，只图一时痛快，根本不管真假，却不知会害苦当事人，你万不可学这等习性。那贾娘子正值妙龄，快要议亲的年纪，若是风评受损，对她后半生幸福影响很大，我们不该妄议妄传。”陆徜正色道。

明舒点点头，道：“阿兄，我懂。谣言，止于智者。”

陆徜的提醒，似乎打开她了受限的思路，她把茶杯搁到桌上，忘乎所以地用双臂环住陆徜的胳膊，眉开眼笑道：“阿兄真聪明。”

陆徜的心脏又跳快一拍。

他觉得，她应该是把他上回提醒的避嫌之话都抛到脑后了。

“少拍马屁，别人家的事你少掺和。”陆徜点她眉心，又道，“你真的没事瞒着我？”

“没，真的没。”明舒笑嘻嘻地松开手，起身走到门边，倚门望院里风景。

这片寝屋由长廊相连，廊上挂着湘帘，帘外是一片竹林，格外幽静。明舒看着看着，忽然心头一动，转头道：“阿兄……”

陆徜正在床头找钱袋，打算趁着明舒这趟过来，让她将这段时间他攒下的银两带回家去，听她唤自己，便回过头来，却见她又怔怔地瞧着门外竹林。明舒问他：“刚才……在回廊那边遇见的公子，阿兄可认识？他是谁？”

陆徜的好心情一下子就被这个问题击了个粉碎。

明舒揣着钱袋被陆徜给推出松灵书院的大门。

就因为她向他打听起适才惊鸿一瞥的少年的身份，陆徜又生气了。

明舒也不晓得自己为何对那少年念念不忘，明明才见了一眼，她甚至不曾看清楚对方的容貌，却觉得他身上的气质熟悉得像是认识了很久的人。

仿佛……是打开混沌过去的一把钥匙。

“我在这里一切都好，你与阿娘不必挂心。接下去我要专心备考，日后没急事你就不要到松灵书院了。”陆徜送她上马车，语气尚好，但那紧绷的神情却暴露了他的情绪。

“我……”

明舒想说什么，陆徜却不理会，径直走到车夫那儿交代两句，马车就启程了。明舒只能坐进车厢，把帘子一撩。

陆徜没离开，站在书院门前目送她。

她忽然注意到，今日阿兄穿的，也是身浅青襕衫。

马车渐行渐远，陆徜的身影也渐渐模糊，他定定站着，仿佛化成一杆青竹。

从松灵书院回来后，明舒便将心思放在了殷淑君的事上。

与陆徜一席交谈，明舒受益匪浅，只觉思路被打开，不再局限于原本的猜测上。在家里休整一日，明舒终于换上殷夫人李氏赠予的衣裳，简单收拾了行李，打算往殷家去。

李氏送的两套都是颜色清新的衣裳，不论花样还是布料都比陆徜买的那块要好上许多，穿到身上自然更合适明舒。

“你这样打扮，好看。”曾氏看她似乎又有了些旧日模样，心里五味杂陈。

“可我还是喜欢阿娘帮我做的这套衣裳。”明舒笑笑，将曾氏缝的这套衣裙仔仔细细地叠好，小心翼翼收进箱笼里，这才同曾氏道别出门。

门外停着殷府的马车，虽然她只是当个伴读，但殷家还是派人过来接她，而那个接她的差事，又被陶以谦自告奋勇揽下。明舒穿戴一新出来，陶以谦眼睛为之一亮。

“五公子……”明舒坐进马车后就掀开帘子。

陶以谦忙驱马随车而行，道：“别这么客气，你叫我鸣远或者……五哥吧。”

明舒想了想，干脆道：“成，五哥。”

陶以谦被这声“五哥”叫得心花怒放，只听她又问自己：“五哥，你不回临安吗？”

“暂时不回。家里把京城的几家铺子交给我打理，我要在这儿待上一段时日。”

明舒点点头，又道：“对了，五哥，上回忘记问你了，淑君娘子今年也十七了吧？可许了人家？抑或是已经相中哪家公子？”

“定是还没定下来，不过我在家听我母亲提过，娘娘……就是我姨母，似乎有意撮合她与三殿下。”

“你家已经出了位娘娘，若再出一位皇妃，那当真是满门荣耀。”明舒道。

“可不是嘛，外祖父和大舅也盼着这事能成，但淑君那情况，要真嫁进皇家，岂不是给家中招惹祸事？我瞧这婚事怕是不成了。”

“你舅舅家没有别的适婚女儿？”明舒又问。

“嫡女只有淑君一个，倒是还有个只比她小一岁的妹妹，唤作良君。但良君是庶出的，不可能嫁入皇家。除非她能得舅母垂怜，记到舅母名下当成嫡女，或许还有些机会。”

“那你这位良君妹妹同淑君娘子的关系……”

“我知道你在想什么，不过放心吧，良君是个善良可爱的小姑娘……”陶以谦生怕明舒不信，又道，“和你一样讨喜，你见着就知道了。她和淑君的感情从小到大都很好。淑君性情大变，家里的姊妹兄弟无人愿意接近她，连她亲弟弟都不喜欢她，只有良君常去陪她，同她说话解闷。”

明舒点了点头，还想问些什么，却见陶以谦扬眉一笑，指着前头道：“咱们到了。看，良君出来接你了。”

明舒便将头探出车窗，果然瞧见有个黄衣小娘子正站在侧门的石阶上翘首以望。

很快马车就停在侧门前，明舒踩着杌子下来，迎面撞上一张明媚的笑脸。

“明舒何能，竟劳烦二娘子来此相接。”明舒边说边要行礼，可还没等屈膝，就被殷良君扶住。殷良君在家里女儿中行二，明舒以排行唤她。

“姐姐莫如此见外，我听母亲说给大姐找了位伴读娘子，心里正高兴又多了个姐妹呢。又听五哥提起姐姐在路上智擒山匪救他们一命的事迹，心里仰慕得很。知道今天五哥去接姐姐，我等不及相见，这才出来等着。”殷良君一边说笑，一边上前亲热地挽起明舒的手。

明舒由她挽着，偏头看陶以谦，陶以谦讪讪笑着小声道：“就说了你的事，没提你阿兄，放心吧。”

明舒这才收回目光，道：“二娘子过奖，当日不过情势所迫，不值一提。”

“那也得姐姐足够聪明才能化险为夷，像我这样笨手笨脚的可就不成了，只会拖累五哥。”她说着吐吐舌头。

陶以谦听了便往她脑门儿一敲，道：“说什么傻话，你要是在，五哥拼了命也得护住你。”

殷良君便又是一笑。她生得本就好，尖尖的下巴，水汪汪的眼，身段纤细有羸弱之态，笑的时候很甜美，不笑的时候自有楚楚动人之态，最是惹人怜爱。

“明舒姐姐，走吧，我带你去见见家里姊妹，她们可都在学堂等着呢。”殷良君兴冲冲地拉着明舒就往学堂去。

明舒却停步，微笑道：“二娘子，夫人命我给淑君娘子做伴读，我理当先拜会淑君娘子，再与她同去学堂。”

殷良君一怔，那边陶以谦却道：“说的正是，我带你先去见淑君吧。”

“要不我带明舒姐姐去吧。”殷良君又自告奋勇道。

“也好，你们姑娘家好说话，我就不掺和了。明舒，你将行李交给我，我让人先送到你屋里。良君妹妹，帮我照顾明舒。”陶以谦一想都是女孩子，他也不便掺和，索性接过明舒的行李。

“放心吧。”殷良君拍拍胸。

那边陶以谦又朝明舒交代道：“如果遇到什么难事只管找我，自己小心些。”

明舒谢过陶以谦后，与殷良君一同离去。

殷淑君是家中嫡长女，独居一座楼阁，名为“揽翠阁”，楼外又有小院环抱，别提多舒坦，由此也足见家中亲人对她的宠爱，却不知为何好端端的突然转了性子。

明舒跟着殷良君一路走来，路上遇见不少殷家下人，每个人见了殷良君都堆笑见礼。殷良君皆笑脸相对，一一叫出所有人的名字。明舒从旁看着，想这殷良君在下人之中人缘儿倒是极好。

殷良君向每个人都介绍了明舒，那些人一听明舒是来给殷淑君当伴读的，均露出复杂的神情，明舒故作不解，问殷良君："她们为何那般看着我？"

殷良君似乎正等她来问，回答时却欲言又止，片刻后方道："家姐性子有些严厉，她们怕她。"语毕咬咬唇又凑到她耳畔小声道，"明舒姐姐，在家姐身边服侍，你多担待些，若在她那里遇着什么难处，可以同我说。"

明舒挑挑眉，假装诧异道："令姐这么……"

"嘘，到了。"殷良君做了个噤声动作，仿佛很怕惊扰到园里住的人。

不是说这姐妹二人感情不错？看起来不太像呀。

园子的门紧闭，殷良君前去敲门，站在她身后的明舒眉头微微一蹙。

故弄玄虚！

明舒与殷良君并没在揽翠阁见着殷淑君，听下人们说，殷淑君今日一早就去了学堂。

"真是稀奇，今日姐姐竟主动去了学堂？"殷良君又带着明舒往学堂去，嘴里嘀咕道。

"她平日不去学堂吗？"明舒边走边问。

"去的，只是通常……不太准时，也常逃课，学堂里的先生与教习睁只眼闭只眼，也没人敢招惹她……"殷良君又道。

"令姐这般……"

"她就是有些任性，也没别的。"殷良君忙又替殷淑君说起话来，但这辩解十分苍白，毫无说服力。

明舒仍只笑笑，不作回应。

一时间二人走到学堂，便都闭口不提殷淑君。

殷家家学在润文馆，馆分东西两处，东边给族中男丁，右边为家中女儿所用，两边以长廊相连接，中间是方形莲池，养了几条鲤鱼，环境雅致清幽。

润文东馆眼下已经开始晨诵，传来琅琅书声，西馆这头却还没开始上课。

明舒踏进西馆，馆中已经坐了不少小娘子，除了殷家长房女儿以外，应该还有家主兄弟与旁支家的姑娘，一眼扫过有七八人，几乎将整个学堂坐满，唯独有一处还显得空空荡荡。

学堂的桌椅横三竖四，左手边的第一位上坐着个穿红衣裳的少女，她身后与身右的座位却都空着，与其他地方坐得满满当当的情形形成鲜明对比。

娘子既多，教习又没到，本该是热闹非常的早上，此刻却无人说话，学堂内显得格外安静。众人都将目光抛向新来的明舒。学堂外的抱厦早有不少丫鬟嬷嬷随侍在内，其中一位见了明舒，忙上前来。

“这是母亲身边的芸姑姑。”殷良君低声向明舒道。

“我们大娘子已经到学堂了，陆娘子来晚了。”芸姑姑生得严厉，开口也严厉。

“芸姑姑，是我……我以为大姐还在屋里，所以带着明舒去找她了，不怪明舒。”殷良君比明舒更快开口，将罪责往自己身上一揽。

芸姑姑闻言面色稍霁，只道：“二娘子去位子上坐着吧。”语毕便带着明舒往前走，走到那位红衣娘子身边方停步。

“娘子，这位就是夫人给你寻的伴读，陆明舒娘子。”芸姑姑介绍起来，“陆娘子，这位就是我们淑君娘子，日后你就与她做伴。”

明舒望着眼前这个在所有人都在转身打量她之际，却依旧坐得直挺挺的小娘子微微一笑，行了个万福礼，道：“明舒见过淑君娘子。”

殷淑君此时方转过头来——这一转头，倒叫明舒心里一惊。

不过并非惊吓，而是倍感惊艳。

她以为淑君与良君两姐妹应该差不多，却不想这殷淑君生得十分貌美，又比楚楚可怜的殷良君强出许多去。一双凤眸，两弯柳叶眉，琼鼻樱唇最是明艳动人，这殷淑君长得连同为女人的明舒见了都要叹声美，只是她肤色稍显苍白，明艳内又夹着几分凌厉，看上去不好相与。

“哼。”殷淑君鼻中微哼，瞥了一眼明舒，并没给芸姑姑面子，只冷声道，“又来个监视我的？这回换成外头的人了？”

芸姑姑被她说得尴尬，但到底熟悉殷淑君的脾气，也没多说，只指着淑君身后的位置对明舒道：“今后你就坐在这里吧。教习来了，准备上课。”

明舒依言坐到自己的位置上，只是屁股刚挨着凳子，就听身边传来几声低低的抽气声，她不明所以地望去，只见旁边数双眼睛原本惊恐地盯着自己，可在她转头之际却又通通偏开头去，不与她对视。

前头的殷淑君仍直挺挺坐着，仿佛一尊石像。

“各位娘子，今日照例先学《女则》，请大家将书取出，先诵读三遍。”教习出来，是位年过四旬的女先生。

翻书的沙沙声响起，明舒看了看自己的桌面，桌上无书，倒是桌肚里塞了几本，隐约可见书皮上的“女则”二字，她便伸手进去掏。

本已整齐开口的朗诵声，突然变得散乱，其中隐约夹杂着几声低呼。

明舒的手已经伸进桌肚，人忽然定住不动了。

前面坐的殷淑君阴冷如冰的脸上露出一抹带着恶意的笑，装模作样地朗诵起来，眼睛却往后瞥，正等着好戏开场。

可是一页诵过，又一页诵过，突然间，她身后传来明舒响亮的诵读声。

殷淑君的笑容立时消失，不可置信地转过头，只见明舒双手已然搁在桌面上，掌中捧着翻开的书正在朗诵，声音又脆又亮，见她望来，甚至回了她一个友好的微笑。

这不可能！

殷淑君看看桌面，又看看地上，什么也没瞧见。

在明舒的笑容之中，殷淑君恨恨地转回头去，胡乱翻着手中的《女则》，也不再诵读。教习见她这般举动不免蹙眉，正要说她两句，忽然堂上一声惊叫差点儿刺破众人耳朵。

“啊！”

坐在殷淑君右后方、明舒右手边的姑娘花容失色地跳起来，颤抖地指着殷淑君的后背，磕磕绊绊道：“蜘……蜘蛛！”

众人随声望去，惊叫声四起，课堂大乱。

只见一只巴掌大的蜘蛛趴在殷淑君披在后背的头发上，正一点儿一点儿地往上爬。

一众娇娘哪里见过这般画面，好些差点儿吓晕过去，就连教习也吓呆了。殷淑君见众人盯着自己的后背，也跟着回首望了眼。这一望，简直魂飞魄散，头脑发蒙！

不知何时，她叫人藏在明舒桌肚里的那只蜘蛛，竟然爬到自己身上来了。

“啊——”她叫得更加响亮，但人却不敢动，生怕一动蜘蛛就钻进衣襟，“快快……快……”

学堂内乱成一团，所有人都缩到角落不敢靠近殷淑君，也无一人敢上前解救，任由殷淑君慌张无措，那张明艳动人的脸越发苍白得厉害。

“我……我……我去喊人。”教习也不敢动那蜘蛛，只连声唤人。

殷淑君斜眼望去，那蜘蛛已经快要爬过肩膀，朝着自己脸上来了，八只细长蛛足近在咫尺，她当下想死的心都有了，忽然一只白净纤手伸来，轻而易举捏住蜘蛛的脚，把那巴掌大的蜘蛛从她肩膀上扒了下来。

“没事，别怕。”说话的是明舒。

不知几时，她已经走到殷淑君身后，伸手将蜘蛛拿下。那蜘蛛两只长脚被她捏住，余下的六只脚都向内缩起，不住地弹动，依旧十分吓人。

“没毒，也不咬人。你看，它挺乖的。”明舒捏着蜘蛛往殷淑君眼前一送。

殷淑君整个人从座位上弹起往后缩去，嘴里道：“滚！拿走！快拿走！”

教习也道：“快丢了吧。”

明舒“哦”了声，仿佛有些舍不得般将蜘蛛朝窗外一丢。蜘蛛没入枯草丛中消失不见，堂内众人这才松了口气。

“明舒姐姐好厉害啊！”殷良君第一个反应过来，一边鼓掌一边赞道。

其他娘子也跟着回过神，一个个都用仰慕的目光崇拜地望着明舒，明舒拱拱手：“过奖过奖。”

那边殷淑君回过味来，冲到明舒面前，横眉怒斥：“是你！”就是她捣的鬼！否则那只蜘蛛是怎么爬到自己背上的？

明舒仍是笑着，伸手按住殷淑君的肩，把她按回座位上，语带宠溺道：“淑君娘子，该上课了，别闹。”而后又向教习道，“先生，继续上课吧。”

教习愣了愣，忙道：“大家别吵了，继续上课。”

众人归座，明舒也跟着回到位置上，殷淑君转头恶狠狠地瞪她，明舒只回以笑脸。

外头闻声赶来，目睹全程的芸姑姑暗暗挥退本要上前捉蜘蛛的小厮，心中道：阿弥陀佛，也许这陆明舒真能治住他们家这位大娘子。

朗诵声又起，明舒双手却都放到桌下，以左手重重按住不断颤抖的右手。

那么大的蜘蛛啊，她吓得心脏都快停了！

但有什么办法，这第一个照面，她不能输。

为了银子，她豁出去了！

第十一章 智斗殷娘子

早上的课都是关于女子为妻、为母、为女的教导，什么“在家从父，出嫁从夫”之类，听得明舒昏昏欲睡。好容易挨过女训课，又到了女红，照旧是明舒不拿手的。

绣棚套好，针线穿好，第一针下去。

“呲——”

两人同时发出抽气声。

殷淑君转过头，瞧见明舒与自己一样在吮指。

二人同步。

明舒冲她一笑，殷淑君冷哼一声转回头。

一个早上，就在中规中矩的教导中结束。到了午饭时间，学堂里的小娘子们如获大赦般被各自的丫鬟接回去。明舒注意到，从早上到现在，除了殷良君外，没人来同殷淑君说过一句话。

“大姐姐，明舒姐姐，我们一道去给母亲请安吧。我听说母亲屋里今天做了糟鹅掌，可好吃了。”殷良君让丫鬟收拾东西，自己跑到殷淑君和明舒跟前，兴冲冲地说道。

明舒蹙蹙眉，殷良君嘴里说的母亲，是她的嫡母，淑君的亲生母亲李氏。

瞧殷良君那亲热劲头，不知道的还以为殷良君才是这府里的正经嫡姑娘、李氏的亲女儿呢。

“要装孝子贤孙你自己装去，我没兴趣。”殷淑君一点儿面子也不卖，起身就走。

淑君不去见李氏，明舒自然也不去。良君有点儿失落，楚楚可怜的小模样像是被欺负了一般。然而很快她又笑开，冲明舒挥挥手，便跟其他小娘子一起出了学堂。

明舒远远看去，良君身边围着不少娘子，几人凑在一块儿也不知道说了什么，几个娘子边说边拿眼睛偷瞥淑君。

那些目光，并不友善，仿如芒刺。

殷淑君心情不好，漂亮的脸蛋儿绷得紧，也没心思折腾明舒，带着丫鬟走到自己的小园前，却不进去，在园门口站了片刻，不知想到了什么，又转身往怀秀阁走。

明舒只能跟着。

一行人匆匆来到怀秀阁外，今日午间殷立诚回来用饭，也在怀秀阁中。丫鬟们正忙着在屋内布菜，屋里挺热闹，有说笑声传出，站在门口打帘子的丫鬟也笑着望向屋里，没留意屋外来了人。

明舒跟着淑君走到屋外，眼瞅着淑君要进去，却听里头忽然传出李氏声音。

“好孩子，你有心了。若是淑君有你半分懂事，我就放心了。”

“好好地吃顿饭，你又提那孽障作甚？”殷立诚的声音紧跟着传出。

李氏便不再作声，殷良君在里头岔开话题，让气氛再度活跃起来，连李氏也跟着笑出声，他们倒像极了一家三口。这厢淑君隔帘听了这些话，脸色已经难看到了极点，打帘的丫鬟看见她，正要传话，淑君却扭头就走。

明舒冲丫鬟笑笑，忙也跟着她走了。

从怀秀阁出来，殷淑君的脸色越发阴沉，整张脸像蒙上一层阴霾。她走到哪里，哪里的下人就纷纷避让，无人敢凑到她眼前，生怕触了她的霉头。

明舒冷眼看着，只觉殷淑君这人缘儿，和殷良君简直就是两个极端。

走了没多久，殷淑君在偏僻处的茅厕前停下，什么也没同明舒说便径直入内，将茅厕门一关。

俗话说人有三急，明舒在学堂待了一上午，其实也憋着呢，不过因为要跟着淑君，一直找不到机会解手，这会儿既然淑君去了茅厕，她觉得自己也可以快速解决一下。和跟着淑君的小丫鬟打了个招呼，她便提裙匆匆进了茅厕。

关上门，解完手，全身舒坦，明舒整理好衣裙刚要推门出去，却发现门已然推不动。

她再度用力，那门纹丝不动，被人从外头锁住了。

门外响起殷淑君不怀好意的声音："想跟着我，也看看你够不够资格。"

明舒没吭声，殷淑君又道："就凭你也想做我娘的狗腿监视我？一只蜘蛛吓不死你，那就给你多来点儿。放几条蛇陪你可好？"

里头似乎传出两声哭泣，殷淑君脸上才浮起一抹阴郁的笑，心情似乎因为明舒的服软而好了几分，道："想出来？那你求我！"

明舒嘤嘤哭泣道："淑君娘子，饶了我吧。"

殷淑君更加高兴："饶你？你想得倒美！你给我……"

她话没说完，明舒突然尖叫："啊——蛇！"

殷淑君脸色一变，待要说话，里头的人声音突然变弱："我……我被蛇咬了，毒……这蛇……有毒……"

明舒的声音渐渐弱下去，殷淑君有些慌："喂！你少唬我，这里怎么可能有蛇?！"

旁边的小丫鬟已经被吓坏，急得不行，哭着补了句："娘子，这儿真有蛇，快把明舒娘子放出来吧，万一闹出人命可如何是好？"

这处茅厕本是为供人急用而建，以草木遮掩，是以四周树木花草良多，又正值春日生机勃发，花木生长旺盛，有蛇虫出没并不为奇。

"不许放！"殷淑君嘴硬，人却悄悄往门处走去，想一探究竟。

天底下哪有这么凑巧的事，说有蛇就有蛇，她才不信。

"淑君娘子，我与你往日无冤、近日无仇的，你为何要这般害我？我……我……"明舒仿佛气若游丝，忽而又拔高了声调道，"我要是死了，做鬼也不会放过你！"

正逢殷淑君凑到门前，伏门听里头动静，明舒陡然变得尖厉的声音传来，门又忽然一震，似乎有人不支倒地，撞在了门上，把殷淑君吓了一跳。

小丫鬟急得快哭了，殷淑君仍不开门，只唤明舒："喂！你少唬我！哪那么容易死的？喂，陆明舒！"

连续叫了几声，里面均无回应，殷淑君也慌了，她不过想扳回一局，教训教训陆明舒，并没打算要她性命。

"喂！你醒醒！"她一边唤明舒，一边慌乱地开锁。

门锁一去，门缝变宽，殷淑君凑近门缝往里看，不期然对上一双眼睛。那眼睛直勾勾盯着她，兼之茅厕内又暗，仿佛飘在半空中般，殷淑君头皮一麻，下一刻门被人从里头撞开，伴着明舒"哇"的一声大叫，殷淑君给吓得倒退了两步，一屁股坐在地上。

小丫鬟眼泪还蓄在眼眶里，人在一旁看傻了，连自家姑娘摔倒都忘了要扶。

"你你你……"殷淑君心脏直跳，腿软得站不起来，指着明舒说不出话来。

明舒整整衣裙，信步而出，泰然自若道："哎哟，淑君娘子怎么坐在地上？春寒料峭，当心着凉，还不赶紧扶起来。"这最后一句，却是冲着小丫鬟说的。

她一边说，一边上前弯腰直接架起殷淑君，旁边的小丫鬟这时方回神，忙上来帮着架起殷淑君。

明舒仍是笑眯眯的："淑君娘子，我搀着你。折腾了半天，肚子也饿了，咱回去吃饭吧。"

于是，整个殷府的下人都看到了罕见的一幕——

新来的伴读陆明舒架着殷淑君招摇而过，殷淑君半点儿反抗都没有。

第二天，明舒的名字就传遍了整个殷府。

交手两个回合，都以殷淑君落败告终，这个顽劣的姑娘总算消停了一些，没再整明舒，也不知是被她震慑住，还是暗地里又在憋什么坏主意。

她不来招惹明舒，明舒就在她身边做个透明人，两人同进同出，殷淑君对她从无好脸色，只冷颜以待，明舒也不加理会，该吃吃该喝喝，每日按时把关于殷淑君的记录呈给李氏。

李氏对明舒十分满意，破例先赏了她一月月例，让她再接再厉。

明舒揣着那五两银子，连看殷淑君的眼神都格外慈祥。

除了交给李氏的记录外，她另外还藏了个小本子，用来记录殷府其他人的言行。以她旁观者的身份来看，殷淑君的个性并不像传闻所说的一般。若殷淑君当真是不顾他人死活的歹毒之人，那日就不会在她装作被蛇咬伤后慌成那样，她死了或是受伤，殷淑君应该高兴才对。

明舒始终觉得殷淑君性情大变这事透着说不上来的古怪，尤其是在她与殷淑君接触之后，这感觉更加强烈。

阿兄提点过她，不该偏听偏信，她牢牢记在心里。

想起陆徜，她有些心不在焉，待回过神时，才发现自己一不小心就在纸上胡乱涂了个人像出来，她对着人像恨恨道："不让我去书院？不去就不去，谁稀罕看你，哼！有本事你也别回来！"

话虽如此，但她……还是有些想念阿兄啊！

啊嚏——

也不知是山间突然吹过一阵凉风，还是别的什么原因，陆徜打了个喷嚏。

可能是明舒在骂他吧？

那日送她下山，她的眼里可是写满怨愤，估计这仇是要记在心里了。

想起明舒，陆徜把书放下。廊下只有一盏孤灯，照着窗外千杆翠竹，越发显得山野静谧无趣，明舒的笑容掠过眼前，激起他唇畔一抹难以觉察的笑意。

也罢，下次旬假，他回家一趟好了。

风平浪静过了几天，明舒和殷淑君的关系没什么进展，仍是相看两厌，但她与殷府其他人却迅速打成了一片。

要说人缘儿，明舒从小到大就是最讨人喜爱的那类人，一来她模样好又爱笑，二来她识趣知礼，说话从无架子，不单讨长辈欢心，还受同龄人喜爱。这与殷良君的好人缘儿又有些差别。

才来殷府几天时间，明舒已经成了殷家年轻人嘴里的英雄，不只姑娘们崇拜她，连殷家的公子们下学后，也都在润文馆中间的长廊上蹲点看明舒。

“就是她，徒手抓蜘蛛的狠人。”

“听说她在茅房把咱家大丫头给教训了一顿，太厉害了！”

“可不是？如今大丫头都不敢对她怎样。”

“模样长得还俏……”

明舒从各种各样的目光中走过，对一众评论充耳不闻，只差没向一众看官拱手行礼。

好人缘儿给她带来不少好处，她自然而然就打入了殷府底层，不需要跟着殷淑君的时候，就抓两把瓜子、花生拿帕子兜着，不是躲在花园里就是溜去灶间，和丫鬟婆子们唠嗑，大有打听殷家祖宗十八代的架势，连哪家媳妇怀孕不到七个月就生产这种隐私，都给打听到了。

当然，她听得多看得多，说得却少，时刻都用好奇的目光和惊叹的语气应对唠嗑对象，给足对方面子，说话的人越发起劲，越说越多。

那厢殷淑君见明舒这般行径，将她与那起子长舌妇归为同类，恨她恨得牙痒。

这日天晴，明舒照例跟着殷淑君从润文馆回来，一路上两人都没说话。

行至小石桥时，几人眼前忽然跳出一只通体雪白的猫，殷淑君停下步伐。那猫生得漂亮，湛蓝的眼珠宛如宝石，蹲坐在桥柱上，举起爪子挠头，也不惧人。

殷淑君定定看了两眼，忽然朝猫走去。

明舒一下子发现，跟随殷淑君的贴身丫鬟双雁绷紧了身体。

这双雁才十二岁左右，年纪尚小，本来不足以做殷淑君的贴身丫鬟，只是殷淑君身边原本的丫鬟被她虐打，接连几个丫鬟也都被她苛待，以至于阖府上下没人敢去她屋里，所以才让还带着一团稚气的双雁填了空缺，暂时服侍殷淑君。

明舒留意到双雁的手攥住衣角，一脸紧张地盯着殷淑君。

可殷淑君只是走到那只猫面前，伸手轻抚猫耳后的细毛而已。猫很是享受，冲她喵喵叫了声，半闭上眼。殷淑君笑了，双雁却紧张得瑟瑟发抖，冲明舒道："明舒娘子，快……阻止娘子。"

明舒初时不解，随后马上就想明白了。

殷淑君凌虐动物的恶名在外。

这几天她在殷府打听得知，殷淑君屋里原本也养了一只猫、一只兔子，一养就是多年，她对这一猫一兔甚是喜爱，可就在两年前的某一天，有下人亲眼撞见猫与兔子被开膛破肚，尸体就在殷淑君小园的花木下，而殷淑君正蹲在这猫与兔的尸体旁，手里握着满是鲜血的剪刀。

关于殷淑君凌虐动物的传闻，就是从那时开始出现的。

后来但凡殷淑君接近过的动物，随后均无一幸免都遭了毒手，更是坐实了淑君的罪名，以至于如今她的身边，再无一只动物的影子。

"她……她不会要把这猫扔进河里吧？"双雁颤抖道，又不敢上前阻止殷淑君。

殷淑君已然身手娴熟地抓向猫后颈，打算把猫拎起。树影落在她脸上，因为传言的缘故，她的笑容看上去有几分阴森，没来由地叫人心里发毛。

明舒正想上前，不料桥头传来一声怒喝。

"殷淑君，放开我的猫！"

殷淑君的手倏地缩回去，猫被吓了一跳，高声叫了一声蹿开了。桥那头的人却噔噔几步跑到殷淑君面前。

明舒转头一看，桥上来了不少人，当前那人，是个十五六岁的少年郎君，生得俊秀非凡。

正是殷淑君的同胞弟弟殷皓宇。

"殷皓宇，你叫我什么？"殷淑君转身冷冷望向亲弟弟。

殷皓宇被她问得一怔，这才反应过来自己说错了话。她是长姐，他却直呼其名。可要他马上认错，他又不甘心，仗着自己殷家嫡子的地位犟道："谁让你碰我的飞雪？"

原来那雪白猫儿名叫飞雪，正是殷皓宇的爱宠。

"它是沙子堆的，不能让人碰吗？"殷淑君冷笑。

"别人可以碰，你就不行。"殷皓宇道，"你把自己屋里的都祸害完了，还想祸害别家的？我定不让！"

"别家？殷皓宇，我才是你长姐！"殷淑君气得眼眶泛红，双拳紧攥。

殷皓宇瞧见了，自忖话说得太重，有些于心不忍，刚要再说什么，后面忽然传来一声清脆的呼喊。

"阿宇，抓着了。"

却是殷良君抱着刚才跑掉的猫兴冲冲地跑过来，满脸欢喜地朝殷皓宇道。

殷皓宇面上一喜，继而又望向她的裙子，急道："二姐姐，你受伤了？"

殷良君低头看看自己膝盖处裙子上的泥污，不以为意地笑道："没事，追飞雪的时候跌了一跤。"说完又向殷淑君道，"大姐姐也在呢，那正好，咱们仨一起去阿宇屋里喝茶赏画，我听说昨日祖父赐了幅名画给阿宇。"

殷淑君手攥得更紧了。

明明是自己的亲弟弟，见了她跟见了仇人一般，却对着别人一口一个"姐姐"叫得那般亲热。

"不必了。"她心里蓄着一团火气，不出不痛快，阴森森笑道，"你们开心就好，可记得看紧这畜生，小心它被祸害。"

她说完转身就走，殷皓宇被气得变了脸色，待要上去与殷淑君再争辩几句，却被殷良君拽住。

姐弟二人不欢而散。

殷淑君闷闷地回到揽翠阁，一进屋就把下人都撵出去，将门紧紧关起来，连明舒和双雁都被拦在了门外。没过多久，屋里就传来不绝于耳的摔陶卒瓦瓷的声音。

屋门再度打开时，殷淑君面色已经恢复，但屋里的瓷器已无一件完好。

夜里明舒不必守着殷淑君，用过饭后就早早躲到自己屋里去忙自己的事，正伏案写着笔记时，外头忽然传来一阵匆促的脚步声，伴着守园嬷嬷慌乱的叫喊。

“娘子已经歇下，公子若有要急事，老奴着人通传就是，公子留步，留步……”

园子里乱起来，明舒推开窗望去，正瞧见殷皓宇怒气冲冲地闯入园中来。大户人家女儿所住的闺阁，即便是兄弟也不可乱闯，今日殷皓宇夜半闯园，也不知是出了何紧急事。

四周已经出来不少下人，殷皓宇走到园内停步，没真的闯到楼上，只站在楼下喊：“殷淑君，你给我下来！”

“公子，到底发生了何事？”殷淑君屋外值夜的丫鬟匆匆下来问道。

“发生了何事？这话该问你们娘子！”灯笼昏暗的光线下，殷皓宇的脸庞因为愤怒而显得有些狰狞，他声音很大，大到所有人都听得清清楚楚，“问问你们娘子干了什么事，我的飞雪……回到屋里没多久就开始呕吐，入夜起就开始抽搐，刚刚……飞雪没撑过去。”

猫死了。

“你说什么？”殷淑君的身影出现在二楼的美人靠前，她朝下面问，然后匆匆地下楼。

“我说什么？我说飞雪死了！姐姐，你怎么这么狠？”殷皓宇气得很，说话再不留余地，“飞雪和你屋里的轻霜，也是一对姐弟，是我和你同时抱回来的。你害死了轻霜还不够，连飞雪也不放过？”

“我没有！”殷淑君下来得匆忙，鞋也没来得及换好，长发散着。

“不是你还会是谁？白天若非我及时赶到，恐怕它已经被你摔入池中。威胁我要小心的，也是你！”殷皓宇道。

“当时是你咄咄逼人，还不许我说两句气话吗？”殷淑君急红了眼，见殷皓宇这笃定的神情，只觉百口莫辩。

“只是气话？”殷皓宇长吸口气，克制情绪道，“姐姐，现在轻霜和飞雪都死了，玉莺也被你赶走，你身边还剩下什么？父亲母亲整日为你争执不休，是否真要众叛亲离，你才高兴？”

“你知道什么?！玉莺她……”殷淑君紧紧攥住自己的衣襟，眼泪一颗颗滚下，“为什么你们不愿信我？是你们不信我！”

“信你？你要我们如何信你，你连陪伴数年的人都下得去手……”

“公子！”旁边忽然插入一个声音，“捉贼拿赃，这是连三岁孩子都懂的道理，你说娘子害了飞雪，可有证据？”

“要什么证据？除了她还有何人会行此恶毒之事？”殷皓宇转过头望向说话之人，“你就是那个伴读陆明舒？你替她说话？”

明舒简单行过礼，面无表情道：“我不替谁说话，也不知道贵府从前发生的事，我只知道，今日我陪娘子路过石桥忽遇猫儿，娘子上前欲抱，未及抱起，公子便赶到。娘子到底是要抱猫还是要摔猫，这不过是个人的揣度而已，事实是她什么都没做，此其一；其二，飞雪乃是偶遇，娘子当时手上没有东西，并不曾给猫喂食，我与双雁亲见；其三，公子说飞雪回你屋中后便开始呕吐不止，但我们娘子回来之后也不曾外出过，只将自己独自锁在屋中，园子只有一处出口，娘子不可能避开满园人的耳目悄悄溜出去，这一点，整个园子的人都能做证！”

她的话条理清晰，有凭有据，殷皓宇一时之间竟无可反驳，当场僵住。

“双雁，先扶娘子回屋整理仪容，再出来与人分说。”明舒朝双雁轻喝一声。

双雁如梦初醒，把明舒之语当成圣旨般，忙扶殷淑君回屋。殷淑君还要分辩，却见明舒一个眼神递来，冷静从容的目光不知怎的就感染了她，她当下闭嘴，跟着双雁回了屋。

明舒这才再度面对殷皓宇：“公子若是不信明舒之言，可待明日将全园下人聚起逐一问话。不过依明舒愚见，猫是在公子屋中出的事，公子屋中之人，也需得盘查一遍，查明真相抓出真凶，给死去的爱猫一个交代，也还无辜之人以清白。”

“你觉得她清白？”殷皓宇这时才回过神来，指着已经离去的殷淑君道，“那是你没瞧见她的手段！你如今跟着她，当心日后也像那些人和猫一样，没有好下场！”

“公子慎言！里面那个，是你亲姐。至于我的下场，就不劳公子操心了。”明舒声音忽然凌厉起来。

殷皓宇猛地收声，他今晚是被气疯了，以至口不择言，被明舒一声冷喝叫回神来。

“我亲姐……”殷皓宇点着头，双眉间除了怒还有痛，也不知说什么。他为了猫气冲冲而来，难道还能为了一只猫要亲姐偿命不成？

明舒待要再度开口，外头又有一行人提着灯笼匆匆赶来，为首之人正是李氏身边的芸姑姑。

殷皓宇夜闯长姐闺阁并且家中宠猫再度被残害之事，已然传到殷立诚与李氏耳中，甚至惊动了殷老大人。

殷淑君与殷皓宇都被带走，一起跟去的，还有明舒。

飞雪遇害之事，殷淑君与殷皓宇各执一词，互不相让。

殷立诚与李氏单独召见明舒问话。作为旁观者，又与殷府任何一个人都没利害关系，明舒的立场最为公正。关起门来，明舒将刚才和殷皓宇所说之话一字不差地又重复了一遍。这番话没能说服殷皓宇，倒是打动了殷立诚。他思忖良久，有了定夺。

最终的结果让人诧异，殷皓宇因为深夜擅闯长姐闺阁，又不敬长姐，被罚于自己屋中禁闭思过三日，殷淑君反倒无事。一时间众人散去，自有下人将事情回禀殷老大人，殷立诚也回房歇息，只剩李氏拉着明舒的手感慨连连。

“好孩子，这次多亏了你，否则淑君又要挨罚。若是她再犯错，可就没人能帮得了她了。你说那孩子，怎就不让人省心呢？”

明舒一听李氏这话，便知其实她心中并没完全相信淑君，然而作为一个母亲，不论淑君做了什么，她依旧想庇护女儿。明舒垂下头，她人微言轻，短短几句话改变不了别人心中的固有看法。

其实她是有些失望的。

她说那番话的初衷，更希望得到的结果是殷立诚能够下令彻查飞雪之死，然而这个目标并没实现。

一只猫的分量，在殷家长辈心中无足轻重，为了猫而彻查全府，那是万万不可能的事，所以飞雪之死，以飞雪误食野外毒物盖棺定论。

然而这样和稀泥般遮掩，成全的不过是上位者的脸面，却无法令人信服半分。殷皓宇心里的刺，只会越埋越深，对长姐的仇怨也只会越来越重。就像两年前死去的那只猫和兔子，虽然用同样的方式压下了议论，但有些猜疑，被永远留在人心之中，成了无法拔除的偏见。

飞雪之事过去后，殷淑君变得更加沉默，偶尔看向明舒的目光，也格外复杂、矛盾。

大概是对她又爱又恨吧——明舒是这么觉得的。

她转头对上殷淑君望来的目光，殷淑君怔了怔，随即又沉下脸偏开头去，像极了一个别扭的小孩子。

明舒是不会和小孩子计较的。她最近很忙，忙着继续和殷府中的人唠嗑。

“嘘！你小点儿声。咱们这儿不能提玉莺这个名字。”修剪花木的王婶手里的剪子一停，做了个噤声的动作，待明舒捂紧嘴点了下头后，才拉着她往花木后一缩，神秘兮兮道，“玉莺就是那个跟了娘子十年的丫鬟，后来因为一点儿小事被娘子狠狠鞭打了一顿，赶出府去了。我听说出府的时候，背上没有一块完好的皮肉。这手下得也忒狠了。”

“十年啊，娘子也舍得？”明舒往王婶手里塞了把花生，和王婶一块儿蹲在地上吃起来。

偷懒和“八卦”让人愉快，王婶也不例外。

“谁知道娘子在想什么？玉莺从娘子七岁起就在她身边服侍，一直都是娘子身边最得力的丫鬟，两个人姐妹一般处着。哪能想到后来娘子性情大变，连玉莺都不放过。”

“她们感情很好？我瞧咱们公子对这玉莺也极熟稔。”

“那是自然。公子和娘子就差了两岁，从前娘子没变的时候，都是娘子在照顾幼弟，姐弟俩特别要好。这一来二去，公子和玉莺也就熟了，也拿她当姐姐看待。”

“原来如此，难怪那日公子提起玉莺语气不一般。”明舒恍然大悟。

“你啊，跟在娘子身边可要小心行事，别落个与玉莺一样的下场。”花生吃完，王婶的话也掏得差不多，起身准备继续干活儿，一转身却像被雷打一般定在当场。

“娘……娘子……”

竟是殷淑君悄无声息地站在二人身后。

“陆——明——舒！”殷淑君几乎是咬牙切齿地喊出她的名字。

明舒拍净花生屑站起，对上殷淑君的眼眸，她眸中除了怒火，似乎还有些难过。

明舒刚想解释，殷淑君却转身就走，明舒快走两步跟上，殷淑君转身指着她的鼻头道：“滚！你别靠近我！你和他们没有什么两样！”骂完就怒气冲冲地进了园子，高声唤人道，“把她的铺盖给我扔出去！”

下人们面面相觑，殷淑君见使唤不动人，索性亲自冲进明舒屋内，把她的铺盖往地上扯。明舒进去时，已然满地狼藉，而殷淑君仍在继续。

“啪！”

一个巴掌，招呼在殷淑君脸颊上，清脆的声音让所有人头皮一麻。

世界陡然安静。

殷淑君瞪大眼，吃人般盯着明舒。跟着进来的人也都和她一样，石化一般一动不动。

难以置信，明舒甩了殷淑君一巴掌。

明舒抖着微微发麻的手，道：“冷静下来没？冷静了咱们就来掰扯掰扯。我是你母亲请回来的伴读，可不是卖身你家为奴的人。你想让我走，可以，去找你母亲，只要你母亲开口，我马上走。否则……”明舒蹲下身，慢条斯理地拾起被褥扔回床上，人坐到床沿，“我就赖在这里了，你奈我何？”

“……”殷淑君气疯了。

从没见过如此厚颜无耻的人。

殷淑君对明舒发脾气，却被明舒甩了一巴掌的事，很快传遍全宅。

没人关心殷淑君如何，倒是对这位伴读新的壮举十分佩服。

陶以谦自然也听说了这桩事，佩服之余他又担心明舒，便寻了个空来找明舒。

“放心吧，我没事。”明舒听完陶以谦的话，反过来安慰他。说了几句，她又提起另一件事来，“你来得正好，刚巧我也有事想找你帮忙。”

“何事？”陶以谦问她。

明舒从袖中取出张折好的纸递给陶以谦，低声道：“帮我查几个人。”语毕压低声音，凑到陶以谦耳畔说了几句话。

陶以谦越听越诧异，诧异过后又露出些许为难之情：“其他事都好办，可就是宫中……”

皇宫不是想进就能进的地方。

明舒挑挑眉：“怎么，不行？”

陶以谦不愿被她看轻，拍着胸脯咬牙答应：“成，你开口，我必给你办成。”

明舒一笑：“如此，就先谢过了。”

这一笑，甜得勾魂。

与陶以谦道别后，明舒自去寻殷淑君。

殷淑君已经不在学堂，也没回揽翠阁。明舒找了几处都没找到人，不由得觉得奇怪，走在半道上时，却正好碰上双雁。她拉了双雁问话，双雁却欲言又止，磨蹭了半天才说：“娘子去妙胜小境的幽香馆了，不让我跟着，也不让我告诉别人，你……你别说是我说的。”

“妙胜小境”是殷府宅内一座用太湖石垒成的叠石假山，山上有座“幽香馆”，是夏日纳凉的好去处，但如今是早春，上去了得冻死。

殷淑君去那里做什么？

明舒来不及多想，她的责任就是盯紧殷淑君，当下便往妙胜小境跑去。

早春的傍晚，夕阳微沉，天际薄染一层霞色，似少女脸颊的红晕。

殷府的园子，因这抹霞色显得格外明媚。

殷淑君带着双雁在卵石铺成的曲径上走着，一侧是嶙峋叠石假山，石隙里生出的迎春花开了一片又一片，黄灿灿的，好不迷人。殷淑君唇边带笑地看着，心情颇佳。

“娘子，咱们这样做不好吧？”双雁却心神不宁道。

“不好？有什么不好？”殷淑君勾唇。她接连在明舒手上吃了三次亏，早就想报仇，琢磨了半天，总算琢磨出个办法来，把明舒骗来幽香馆。幽香馆的门动过手脚，只要明舒推门进入，就会被顶在门上的水盆浇得通透。她衣裳湿透必不敢往外跑，就得在幽香馆中吹冷风。

“天还这么冷，明舒被水浇透后让山顶的风一吹，万一冻出病来可怎么是好？”

“那也是她活该，谁让她老与我作对。冻出病来最好，就可让她滚回去了。”说归说，殷淑君还是转了方向，往妙胜小境去了。

毕竟只想教训一下明舒，她也没打算要人性命。

“啊——娘子，快看！”

才走到一半，双雁忽然指着某处失声惊叫。

殷淑君顺着双雁的手指望去，脸色顿白。

叠石山上挂着一个人。

“娘子，那是明舒！”

殷淑君早已认出，不用她说，已经快步往山下跑去。

一阵风吹过，挂在半山处的明舒摇摇欲坠，看得人胆战心惊。

对面的卵石道，又有一行人走来。却是今日殷老大人宴客，正邀了客人逛园子，远远地也看到这一幕，殷老大人与殷家众人的脸色立时都沉了。

殷淑君已顾不上外人眼光，一个劲只往明舒那处跑，然而明舒已经憋得满脸通红，攀在石壁上的手再也撑不下去。

“啊——”

“快救人！”

随着几声慌乱的惊呼，殷淑君眼睁睁瞧着明舒从半山腰摔下。

摔下山的那一刻，明舒只有一个念头——

老天爷可能就和她这脑袋过不去，失忆不够，还得摔傻。

所幸妙胜小境不是真的山，只是用太湖石垒成的假山，并不算高，明舒从半山腰坠下，中间手扯了把迎春花藤减缓坠势，并没摔得太厉害，不过落地时脚狠狠一崴，人栽在地上。

她只觉得一阵天旋地转，眼前发黑，虽没彻底失去意识，但也起不来身，只听身边闹哄哄的，有惊叫声，有斥责声，还有人来掐她人中……很快有人搬来春凳，把她抬上去。

明舒浑浑噩噩，也不知被人抬到了哪里。

很快，身边的声音小了下去。她迷迷糊糊似乎睡着，黑暗里忽然伸了只手出来，在她背后一推，她猛地惊醒。

天旋地转的晕眩感已消，她发现身上的伤口已经包扎妥当。

屋内有人自言自语：“都怨我，明知表妹性情顽劣，还推荐你来给她做伴读。”

“五公子莫自责了，这事谁也料想不到。”另一个声音劝慰道。

明舒认出这二人，一个是陶以谦，另一个是府内嬷嬷，她挣扎着坐起，道：“陶以谦……”

陶以谦转身，见她醒来很是欣喜，冲到床边道：“你醒了？大夫已经给你看过了，除了脚踝扭伤外，都是皮外伤。你可还觉得哪处不适？”

明舒摇摇头道：“没有。”说话间她又看了眼屋外天色，“我晕了多久？”

“没有很久，半个多时辰。”

“淑君呢？”她又问道。

陶以谦却误解她的意思，恨恨回道：“外祖父发话，已经把淑君关进佛堂了。先前还当她只是脾气坏了些，到如今竟还害起人命来。你放心，这件事，家里会给你一个交代。”

“不是……”明舒掀开被，“不是淑君做的。”

“你还替她说什么话？她那丫头双雁都招认了，是她们将你诓去妙胜小境的。”

“总之不是淑君。你带我去见夫人，我自己同她说。”明舒急道。

“夫人也被罚禁闭了。”老嬷嬷回道。

“不是，我才是受害者，你们都不问问我的意见，就给人定罪？”明舒捏着眉心道。

“明舒，你就别操心了，先把身上的伤养好。已经派人通知你母亲，一会儿就把人接过来照顾你，你安心在这住着。”陶以谦劝慰道。

明舒差点跳起来：“你说什么？通知我母亲？谁让你通知的？”

“是外祖父……他说好好的娘子在我们府上受了伤，要给人家一个交代，于是……”

明舒重重抚额：“这有何可说的？我又不是受了什么重伤，你们真是大惊小怪……”

她抱怨的话还没说完，就被门外传入的声音打断。

“大惊小怪？所以你还想着要瞒？”

明舒浑身一震，不可置信地望向门口。

丫鬟打起帘子，夜风涌入，吹得人一哆嗦。明舒抱紧了小被子，看着踏着夜色而入的少年。

来的不是曾氏，是陆家那个“镇山太岁”。

陆徜的眼冷得像夜里的霜。

第十二章 阿兄何时归

室内气氛随着陆徜的出现而降到冰点。烛火微晃，陆徜映在窗上的影子也跟着摇晃，又随着他的脚步被一步步拉长。

明舒裹紧被子，看着自家阿兄渐渐逼近的身影，满脑袋只有一个词——完了。

“陆兄。”陶以谦率先回神，抱拳道，“实在抱歉，没照顾好令妹，让她在这里受伤了。”

陆徜止步，眼睛盯着明舒，问的却是陶以谦：“她怎么伤的？伤到了哪里？”

连一句敷衍的寒暄都没有，从审问般的语气中可知他此刻怒焰正炽，然而他脸上神情却又十分平静，除了冷，再看不出别的。

明舒觉得事情严重了。

“从叠石假山半山处摔下，已经让大夫看过，手臂上有两处擦伤，脚踝崴了，除此之外别无他伤。”陶以谦有些怵他，话答得规规矩矩。

陆徜点点头，这才向明舒开口：“藏什么？把手伸出来。”

“冷……”明舒想找个借口蒙混过关，然而还是在陆徜充满压迫性的目光下把手从被子里伸了出来。

左手手臂上缠了一段绷带，右手手腕处则是直接裸露在外的擦伤，上过药后，看上去紫红一片。

明舒听到陆徜的呼吸声忽然间变得沉重。

“阿兄……”她小心翼翼唤了一声，也不知道自己为何这么怵他。

陆徜的目光又移向她的脚，意思很明显，却没开口。陶以谦看出来了，自己在场，明舒定然不便露出脚来，于是告辞：“要不陆兄先与明舒说会儿话，我出去……”

他话没说完，衣袖就被明舒扯住。

明舒递去个求救的目光——陶以谦要是走了，没有外人在场，指不定她阿兄怎么训她，她㞞。再者淑君的事没完，她还有话要交代陶以谦呢。

陆徜的目光落在明舒攥着陶以谦衣袖的手上。

有眼睛的人都看得出来，陆徜气场变了。

被陆徜仿佛吃人般的眼神一瞪，陶以谦下意识自救，一把抽走被明舒攥住的衣袖。

虽然他挺喜欢明舒，但是……他更怵陆徜。

明舒立刻冲陶以谦瞪眼——这没义气的?!

陶以谦回个为难的苦笑——你阿兄太吓人!

“我先出去，你们聊，有事叫我。”陶以谦把没义气进行到底。

“不必。”陆徜阻止了他。

陶以谦止步，看着陆徜一步走到床前蹲下，从地上拾起明舒的一只鞋。

明舒的脚还缩在被里，怔怔地看着陆徜。陆徜握着鞋坐到床尾，一手探进被中，捏住她的脚丫子，再将鞋套上——在众目睽睽之下，他替明舒穿好了两只鞋。

“阿兄……”明舒想咬被子，阿兄这举动让她觉得自己仿佛三岁稚童，有些难为情。

陆徜已经泰然自若地起身，站在床边，低头看她，平静道：“回家，还是留下？”

鞋都替她穿好了，这意思还不明显？明舒哪敢说“留下”，当即点头：“回家回家，马上回家。”

说罢，明舒正打算掀被下床，可陆徜动作比她更快一步。

他俯身，轻而易举将她拦腰抱起。

明舒怔怔地落进陆徜怀中，直到头磕在他肩头才反应过来发生了什么。

“阿兄，我自己能走……”当着陶以谦和殷府老嬷嬷的面，明舒实在不好意思，前有陆徜替她穿鞋，后有陆徜抱她走路，就算是兄妹，她一张脸也红得透透的。

陆徜一眼望来，看着面上冷冰冰的，眼底又似燃着火焰。

明舒把后面的话吞进肚子——算了，丢脸就丢脸吧，总比惹火“镇山太岁”尸骨无存的好。

她垂下头，由着陆徜抱着自己走了两步，忽又想起什么，一手攀着陆徜的脖子，越过他的肩膀朝陶以谦使劲使眼色。

“怎么了？”陶以谦立刻跟过来。

“把我的铺盖和我屋里的东西收拾好带给我，记住，需让你的人收拾，别假手他人。还有，此前交代你办的事，你别忘了，越快越好。”

她做笔记的小本子还扔在揽翠阁呢。

陶以谦忙点头应诺。

陆徜却停步在门前，冷道：“要不要把你抱回去，给你们沏壶茶，让你们在这儿秉烛夜谈？”

明舒马上闭嘴，松开手，老老实实靠在他胸前。

陆徜却又道：“抱紧，免得掉下去。”

“啊？”他抱她跟抱枕头一样轻松，明舒觉得他怎么也不可能让她掉在地上，但……她还是伸手环绕住他的脖子，把自己紧紧挂在他怀中。

总之，这个时候顺着阿兄就对了。

门帘挑开，陆徜抱着她迈出屋子，被夜晚的凉风一吹，明舒觉得冷，情不自禁抱紧了陆徜，嘟囔了声“好冷”，便将脑袋龟缩到他胸前，脸颊感受到了温暖，鼻间嗅着淡淡的草木香气，明舒没来由地觉得安心。

陆徜脚步微微一滞，神情变了几变，却全都被这浓厚夜色遮掩，再迈步时，他走得更快了。

明舒就这样被陆徜给带回家了。

二人到家时夜虽已深，但屋里的烛火依然亮着，曾氏在楼下边打哈欠边做绣活儿，等他们回来。招宝听见外头的动静立时冲到门前，曾氏也将手中活计一丢，见陆徜抱着明舒进来，只当明舒受了重伤，提了心问道：

“这……这是伤哪儿了？”

“没事，阿娘别担心，就是崴到脚，是阿兄大惊小怪，非不让我下地。”明舒越过陆徜的肩头朝曾氏笑道。

观她神情轻松，应该是真没大碍，曾氏这才松了口气，又瞧见自己儿子那张绷得死紧的臭脸，想了想，决定不上去触霉头。毕竟明舒进殷府做伴读的事，她也有份，帮着瞒儿子，今天儿子回来问起明舒时，她还帮着骗了儿子，谁想一天没过完，殷府就派人前来通知明舒受伤之事。

这下，她是无论如何也瞒不过去了，只能全部交代。

陆徜心里估计也气着她这老母亲呢。

“你们先上去，我给你们烧些热水，煮些吃的。想吃什么？”曾氏站在灶间门口问道。

“我想吃阿娘包的甜圆子。”明舒照旧笑嘻嘻的。

“成，等着。”曾氏二话不说去了灶间。

回到屋中，陆徜将明舒轻轻放上床，顺手扯来被子盖在她腿上，这才转头去脱明舒的鞋。明舒缩了缩脚，没能躲过他的“魔爪”。

把两只鞋都放到地上，陆徜还没忙完，又伸手捏起她崴伤的脚。

“别动！”陆徜垂头道。

白袜一去，浓重的药草味散开。白布从她小腿一直缠到脚上，只有半只脚露在外面，但这半只脚上也有磕得青紫的瘀伤。她皮肤本就白，因此那伤显得尤其触目惊心，更别提被白布缠紧的地方，特别是脚踝处，已经高高肿起。

明舒只觉得陆徜捏着自己小腿的手突然间紧了紧，她道：“阿兄……只是小伤，不碍事……啊，疼疼疼！”

陆徜只轻轻捏了下她的脚踝就松开了手，听到她的痛呼，不由得被气笑了：“不是小伤？不是不碍事？现在又喊什么疼？”

明舒不说话了，把脚倏地收进被里。

瞧她那副老鼠见了猫般的神情，陆徜更气，目光不经意间又扫过她的手，越发觉得那伤刺眼，替她将被子盖好后坐在床沿盯着她直看。

“阿兄，你听我解释，我只是去殷家做伴读而已，不是有意骗你……”她觉得不能沉默下去，于是出言解释。

话才开了个头，陆徜蓦地倾身向她俯下，明舒往后一倒，靠在床头上。

咚的一声，陆徜双拳从她两颊处擦过，重重落在床头木架上，明舒被他禁锢在小小空间内，只觉得周围气温瞬间攀升。陆徜的脸离她很近，仅仅一个拳头的距离，她能感受到他呼吸间气息拂过脸颊，像火焰的尾巴般烫人。

“陆——明——舒！”他声音很低，微哑，眉心蹙着，不似在殷家时的冷静模样，“我很生气！你现在什么都别和我说，我也不想和你扯嘴皮子。”

这么直白地表达气愤，却又克制隐忍着不发作，陆徜是真的气坏了。

气得他肺都疼。

瞒他骗他是小事，最关键的是她身上那些伤，跟要命似的戳他的心，让他回忆起在江宁刚救下她时，她那副奄奄一息的模样——遍体鳞伤，昏迷不醒。

那些景象让人余悸犹存，至今想起都会让他内心难安。

他费了九牛二虎之力将她救下，带她进京，是希望她能平平安安、无忧无虑地待在他身边，不是为了重现那日景象。

她怎就……不明白?!

明舒愣愣地瞅着他，把解释的话全都吞下。她在他眸中，读到的是恐惧，而非愤怒。

她的阿兄，在意的也许不是她的欺瞒，而是其他。

“阿兄，对不起，我让你担心了。”她不再解释，轻声道。

陆徜的气息，因为她的道歉平缓下来，但依旧保持着这个姿势不变，目光流连在她脸上，迟迟不语，也不知在想什么。

“咳咳！”

打破僵局的，是曾氏的咳嗽声。

陆徜如梦初醒般收回手坐直。

“圆子好了，都来吃点儿吧。阿徜，跟我下楼把热水端上来。”曾氏把圆子放下后，又叫陆徜出去。

母子二人下了楼，曾氏一边从灶上舀水出来，一边斜睨陆徜，慢悠悠开了口。

“阿徜，你在想什么？上头那个，是你自己亲口认的亲妹妹。”

“……”陆徜沉默。

陆徜出去后就没再回来，换成曾氏照顾明舒。

明舒松了口气，吃了碗热腾腾的圆子，又在曾氏帮助下洗漱更衣，一身轻快地窝进被中，只不过才躺了片刻就又坐起。

“阿娘，我去你屋里睡吧，不然阿兄没地方睡。”

曾氏摆摆手：“不用，你阿兄在楼下竹榻上对付一宿。你伤了脚不宜挪动，就别折腾了。”

“楼下竹榻？天还冷，会着凉的，不成。”明舒掀开被，忙要换地方，却被曾氏按在床上。

“你别忙活了，就让他在下头睡吧。”曾氏道。

“阿娘，阿兄真是你亲儿子吗？你怎么一点儿也不心疼他？”明舒只好又坐回床上道。

曾氏敲了她脑门儿一下：“是不是我生的，我心里没数吗？你阿兄那臭脾气，我就是心疼又能怎样？榆木疙瘩一个。算了，别提他了，快睡吧。”

明舒便又问：“阿娘，阿兄怎么突然回来了？”还回来得这么凑巧。

“说是书院里放旬假，他惦记家里，就回来瞧瞧咱们。”曾氏边收拾碗筷边回她。

“那他……回来几天？”

“旬假就一天，明天他就该回去了吧。”

明舒眼睛亮了亮——只留一天啊，那还好，还好！

知道陆徜第二天就回书院后，明舒松了一口气。

这实在不能怨她盼着阿兄离开，毕竟要是阿兄在家，殷家那档子事查了一半，却不好继续了，那她岂不是白忙活一场？

所以阿兄还是回书院去专心读书吧，她也好安心赚钱。

这么想着，明舒裹紧小被子美美睡了一觉，翌日起个大早，天才刚亮她就一瘸一拐地扶着墙慢慢下楼。人还没到楼下，她的声音就先响起。

“阿娘，阿兄！”

穿透力十足的声音让坐在楼下看书的陆徜抬起了头。

“哟，阿兄这么早就起来读书？难得回家一趟，今天马上又要赶回书院，你怎么不多休息会儿？”明舒下了几层台阶，看到穿戴妥当的陆徜，满脸堆笑道。

陆徜眯了眯眼，把书往桌上一放，起身走到楼梯前，朝她伸出手。

明舒自然而然地把手放在他掌中，由着他扶自己下楼。

陆徜牵住她的手，这时方道：“谁告诉你我回书院？”

明舒脚下一滞：“你不是只休息一天吗？”

“是只休息一日，但我已经让人向山长代为告假，打算在家里待上一段时间。”陆徜回她。

明舒脸上堆的笑全都凝固了。

“可……春闱在即，你不用回书院读书吗？”她干巴巴问道。

“读书哪儿不能读？在家也一样。”陆徜把她牵下来，唇角微微上挑。

“……”明舒的心情顿时不明朗了。

她阿兄变坏了。

“镇山太岁”不走，明舒什么都做不了。

她只能干着急。

陆徜优哉游哉地坐在自家厅堂里看书，哪怕敞开的大门直面人来人往的大街，哪怕街上小贩的吆喝和孩子的哭泣声传进家中，他也照样看出了“两耳不闻窗外事”的架势来。与他对比，明舒像只单脚蚂蚱般，在屋里走来转去，似乎坐不住一般。

“阿兄，我无聊。”她一瘸一拐地转了两圈，最后坐到陆徜对面。

“大门没锁。”陆徜眼也没抬道。

明舒看了眼门——门是开着，但门前屋里两只恶犬，一只招宝，一只……嗯，她不敢往外迈步。

她颓然趴在桌子上，曾氏好笑地端上早饭——烤过的馒头片又酥又脆，就着稀烂的米汤，再加一颗煮鸡蛋。

“有话好好同你阿兄说，他不是不明事理之人。”曾氏拍拍明舒的背，说道。

明舒刚要张嘴，陆徜却先一步往桌面上拍了本书：“闲得慌就看书。”

“……”明舒被那册《礼记正义》堵上了嘴。

“把它背下来，你心就静了，就不会再想什么贾小姐真小姐。”陆徜又道。

“……”明舒被他噎住，扯着曾氏的衣袖冲她使眼色。

曾氏耸肩——没辙，她管不动儿子。

背书是不可能的，明舒无奈，吃过饭后就坐在墙根下恹恹地逗招宝。没多久，屋外出现一个人，竟是陶以谦拎着大包小包的东西来了。明舒眼一亮，阿兄坐在厅堂里不让她出去，但不能不让人进来吧。当下也不等陶以谦打招呼，就扶着墙把人给拽了进来。

“你小心点儿。”陶以谦只好冲陆徜和曾氏笑笑，见明舒行动不便，想要扶她，却又因手上东西太多而腾不出手。

陆徜这时才终于抬头，起身向二人走去。陶以谦只当他来帮忙拿东西，忙将手里的大包小包递给他。岂料陆徜瞥了他一眼，径直走到明舒身边，扣住她的手臂将人往屋里扶。那厢陶以谦尴尬地收回手，所幸曾氏上前，及时打了圆场，接过他手中的东西。

除了明舒留在殷家的铺盖外，陶以谦还带来了昨晚大夫开的药以及一堆补品。

明舒只关心一样东西。

“我的笔记呢？”

“带了带了。”陶以谦忙从怀里掏出小本子递给她。

她如获至宝般抱在怀里，又问陶以谦：“淑君如何了？”

“还在佛堂关着。昨日恰好是外祖父宴客，府里来了许多大人，外祖父与舅舅正陪着在逛园子呢，不巧就撞见那惊险一幕。当着那么多外人的面出了事，你说外祖父能不动怒吗？昨晚把舅舅舅母一通骂，又下令将淑君关起来，谁劝都没用，舅母替淑君求情，也被关了禁闭。我今天出来前听说，可能会把淑君送到南边的庄子里先住上一段时日，让她养养性子。”

“你们为何就这般笃定是淑君干的，连解释的机会都不给她？”明舒坐到墙下条凳上，接过曾氏递来的两个烤红薯，分了一个给陶以谦。

陶以谦毫不介意，坐在她身边，边剥红薯边道：“昨晚连夜审了，是舅舅亲自审的。有个丫鬟亲眼看到双雁悄悄上了妙胜小境，审问双雁的时候，她也招认了要给你设圈套之事。现在家里都觉得是淑君害你掉下山。”

“淑君的伎俩，不过就是往我桌里放虫子，把我关在茅房。那天幽香馆房门上被人顶了桶水，那才是淑君会干的，小孩子的把戏，我没那么容易上当。”明舒刚吃过饭没多久，吃不下红薯，只拿着烫烫的红薯焐手，“她不会承认了吧？”

“那倒没有，只是颠来倒去也说不出什么，因她之前恰好与你大闹过一场，所有人都看在眼里，再加上双雁确实受她吩咐给你设了圈套，所以她的辩解没人听。之前出事，外祖父就说那是给她的最后一次机会，不想这才开年没多久，就又出了这档事，谁还愿意信她？”陶以谦道。

“五哥，淑君捉弄人的圈套设在幽香馆，而我是在妙胜小境的叠石假山边缘处被人推落的，当时淑君和双雁正在假山下，根本不在山上！”明舒霍地站起，她没想到殷家人会不信任淑君到这般地步，早知如此，昨晚她就不该跟着陆徜回来。“你带我回殷家，我同夫人或者你舅舅说。”

“什么？有人推你？那你可看清推你之人是谁？”陶以谦震惊得将口中咬了半口的红薯拿下。

“那倒没有。”明舒道。

“没有？那你有证据吗？”陶以谦又问。

明舒又摇摇头。

陶以谦便颓然道："既没看到人，又无证据，你又怎么证明不是淑君？也许就是淑君安排的人，见一计不成，又生一计，将你推下山去？"

连陶以谦都这么想，可想而知殷家其他人是怎么想的。

两年多的流言，一片一片，似片羽加身，片羽虽轻如薄雪，但一千片、一万片累积而成的重量，却也能压垮一个人。

"我不觉得淑君是那样的人。你能不能带我去见见你舅舅或者舅母？"明舒问陶以谦。

陶以谦为难地摇摇头："舅母已经因为替淑君求情而被禁足，舅舅和外祖父都还在气头上，已经发话不见任何要替淑君说话之人，连你……都不能回殷府了。"说完他又道，"不过你放心，你的伤药费，家里会负责到底。"

明舒才不担心伤药费，一下掰断手中红薯，恼道："那有什么办法能见着他们？要不求见你外祖父？"

陶以谦一脸为难地看着她。

那边曾氏也吃着红薯，坐在陆徜对面，正看明舒和陶以谦说话。

她不知道他们在讨论什么，但看了半天却笑起来，感慨了一句："倒是登对。"

陆徜本正听得蹙眉，忽然听闻此言，转头望向母亲。曾氏有那么点儿看女婿的意思，朝陆徜道："你瞧你妹妹，和陶家小五郎君往那儿一坐，登对不？"

上了些年纪的女人就爱做媒，曾氏也不例外，看着年轻的小辈们在一起，都像看欢喜小冤家，恨不得都给凑成双双对对。

"不登对！"陆徜毫不犹豫地打破母亲的幻想后，起身朝明舒走去。

"你说你跌落假山之事，不是意外，是有人蓄意而为？"

明舒正在苦恼，忽闻陆徜声音响起，抬头一看，阿兄已站在自己身边。她眼珠转了一圈，扶墙站起，环上陆徜的手臂，委屈道："对啊，是被人推下去的，你妹妹被人欺负了！"

陆徜任由她抱着自己的手臂，道：“想报仇？”

明舒拼命点头。

“可你连对方是谁都不知道，如何报仇？”陆徜又问。

“我虽然还没证据，但已经有八成把握，只要能让我再进殷府，我自有办法让那人现形！”明舒斩钉截铁道。

“要进殷府有何难。”陆徜却道。

“你说得倒简单，没听五哥说，殷家不肯再提此事了，也不让我进府。”明舒垂头，又拉着他的手，带着十足的不甘道。

“这是他们想不提就能不提的吗？推人下山为蓄意伤人性命，你没死是你命大，可以报官的！”陆徜面上仍冷得很，指腹不经意间抚过她的手心，心中却泛起一阵悸动。

“报官……”明舒嚼着陆徜的话，尚未能全部领会。

“可明舒既没看到人，又没证据，就算报官又有什么用，不还是冲着淑君去？”陶以谦不明白陆徜的意思。

陆徜不和他解释，明舒却猛然间笑开：“五哥，你傻啊！我阿兄的意思是，光脚的不怕他穿鞋的！报官不是我们的主要目的，见你外祖父和舅舅才是主要目的。殷家是有头有脸的人物，必定不想摊上这种官司，到时候主动权在我手中，我要见你外祖父和舅舅，不就易如反掌！”语毕，她又转身得意扬扬地望向陆徜，“阿兄，我说得对不对？”

她的阿兄，看着是个正人君子，居然也会想出这种损招来，真不愧是她阿兄。

“妙啊！陆兄这招真是妙！”陶以谦醍醐灌顶，当下击掌称赞，只是那掌击到一半，他忽然又反应过来，这是帮着外人对付自己外祖父家，顿时又哭丧着脸——都被这对兄妹给带沟里去了。

“阿兄……那你是准我管这档事了？”明舒心情大好，摇着陆徜的手撒娇道。

陆徜转头望着她，面无表情道：“我不是准你管别人家闲事，但你既是被人所伤，这笔账，总要讨回来！给你三日时间解决这件事，够了吗？”

明舒咬咬牙：“够了。”

军令状立下，明舒片刻都不耽误，又把先前交代陶以谦去办的几件事再细细嘱咐了一遍，让他无论如何在三天以内办妥，其中细节又与陶以谦推敲了一番后才放陶以谦离去。

时间不多，陶以谦要办的事却繁杂，当下连曾氏留饭都推辞了，匆匆离去，与明舒分头行动。

午间，明舒飞快地扒了几口饭就躲到了房间里，在自己的小本子上又写又画的，倒是不去骚扰陆徜了。

夜色初临，明舒咬着笔杆，总算理出点儿头绪来，正呈“大”字瘫在椅上放松，外头陆徜敲门。

“阿兄。”她让陆徜进来，自己却还是懒洋洋地坐着，没个正形。

陆徜习以为常，把手中托盘往桌上一放，道：“把脚伸出来。”

明舒怔了怔，随即会意，陆徜要给她换药。

“我自己来吧。”伤在脚上，要脱了鞋袜，她还是有点儿不好意思。

陆徜已经坐到床沿，手里的膏药盒已经打开，闻言只冲她挑挑眉。明舒只好慢慢抬起腿，缓缓地将腿搁到床上，而后，那腿又被陆徜轻轻捏着放在了他的膝上。

脱鞋除袜，旧的绷带一圈一圈被解下，青紫的皮肉和红肿的脚踝都落进陆徜眼中。

陆徜眼神一暗，挖了一大坨药膏涂在伤处，而后用搓热的手揉开药膏，力道渐渐加大，明舒疼得不行，却也没叫喊，任由陆徜推瘀散血。及至药膏抹好，绷带重新包好，陆徜方望向明舒，她额上已经出了细密的汗。

见他望来，明舒道：“阿兄，你真好。”

陆徜似乎并没领情，冷冷回她：“还不把你的猪蹄收起来。”

猪蹄?!

好吧，她收回她的感动!

明舒恨恨地穿上袜子，看着陆徜低头收拾伤药绷带，忽然抬起屁股把自己挪到床上，坐到他身边，用双臂紧紧搂住他的脖子，再将头一歪，凑在他耳畔道：“阿兄，不生我的气了吧？”

“……”陆徜顿时定住。

岂止不生气？他的气都快上不来了。

第十三章 衔来二月花

三天时间过得很快，明舒与陶以谦分头行动，陶以谦这边马不停蹄地查明舒交代的事，明舒那边则梳理清脉络，到了第三天，明舒出发去了衙门。

她只是去报了个官，说殷家有人害她，想要个说法。殷府到底是京城有头有脸的官宦人家，衙门受理的师爷一听说是殷家，立刻就遣人去殷府通传。消息传得很快，殷家管事来的时候，几个捕快正坐在明舒身边劝她多一事不如少一事，拿点儿殷家赔偿的银钱就算了，明舒也不理论，只是笑。

以殷家的地位，若要仗势欺人，一百个明舒也不够吃，但妙就妙在大安朝文人治国，皇城根下不知多少御史监察，要是明舒闹起来，这事固然可以压下，但保不齐被哪位御史听到了耳中，拿来大做文章。这殷繁老大人最看重名声，从先帝身边退下以后，便以廉洁自守的清官自居，家中又出了个得宠的娘娘，是以遇到这类事情，最先做的都是求和私了。

毕竟银子是小，名声是大。

果如陆徜所料，听闻明舒只是要求见殷立诚时，殷家不仅立刻答应，甚至还派了辆马车前来接明舒。

明舒坐着殷家的马车抵达殷家时，陶以谦的小厮也已经守在门口，等着给她报信。

要准备的都准备妥了，和明舒的计划无甚出入。

唯一在意料之外的是，陆徜跟来了。

要面对殷家诸人，明舒的底气原本有些不足，不过陆徜在身边，虽然他不言不语，对她和陶以谦的种种计谋均未置一词，大有让他们放手一搏的态度，但明舒依旧觉得安心。

陆徜没有报江宁解元的身份和名字，只说自己是明舒兄长，跟着明舒进了府。

殷立诚只同意见明舒一个人，陆徜没被允许进入殷立诚的书房，便在书房旁边的花厅等着。花厅里摆了盆两色杜鹃，花开得很鲜艳，陆徜就在花旁的圈椅上坐下，从怀中掏出书来默默看起，竟似毫不担心明舒般。

奉茶进来的丫鬟，看到花下垂眸的美男子，那茶水奉得含羞带怯。

陆徜除了一个“谢”字，连眼皮都没抬过。

半本书翻过，书房的门终于被打开，明舒走出来，陆徜这才收书起身，以眼神询问明舒。

明舒露齿一笑：“成了！”

他不知道明舒在书房里和殷立诚说了什么，但明舒能成功说服殷立诚这件事，陆徜从未怀疑过。

二月乃初春时节，寒意未散尽，刚下了场雨，天色并不透亮，殷府在园中洒扫的下人们时不时地搓搓手取暖，边打扫边闲谈。私下里聊些主家的事，是下人们的一大爱好。

怀秀阁这两天因为殷淑君的事，气氛很压抑，当家娘子被禁足，殷立诚几天都没踏入这里，一直宿在书房，惹得下人流言纷纷。

天上还飘着毛毛细雨，殷良君带着个打伞的小丫鬟匆匆进了怀秀阁的园子，小丫鬟在廊下收起伞，殷良君边同四周下人打招呼，边询问李氏情况。

“夫人没出来过，还在因为大娘子的事着急上火，幸好二娘子天天来陪着说话开解。”有人回道。

殷良君笑笑：“母亲难过，做女儿的定是要分忧的。好了，我先进去给母亲请安。”

那人便赞道：“二娘子真是孝顺……”后边又夸了几句，走得远了，殷良君也没听到，不过反反复复夸的都是那些话，她心里也有数。

走到怀秀阁屋外时，屋子的厚帘子正好被挑开，陶以谦从里边出来，李氏亲自送出来，正双手合十道：“阿弥陀佛，真是谢天谢地，若真能帮到我儿，我定要重重酬谢陆娘子。”

殷良君往旁边一让。

“舅母，您就放心吧。外头天冷，您快进屋歇着吧，别送了。”陶以谦笑着告辞。

帘子放下，他刚一转身，就看见了殷良君。

“二妹妹，你怎么在这里？”

“我来给母亲请安的。”殷良君甜甜一笑，脸颊上两个酒窝让人觉得很是亲近，“五哥呢？”

“良君真是孝顺。”陶以谦也夸她一句，又道，“我来找舅母说些事，已经妥了，你快进去吧。”

殷良君点点头，人却没走，问他：“方才我听五哥提起陆娘子，她在我们家受了伤，也不知现下怎样？”

“崴了脚，不算严重。”陶以谦回道。

“那就好。真是可惜，她出了府，我都没机会同她道个别。”殷良君有点儿惋惜。

“没事，还有机会见面的。”

“她还会来咱们府？”殷良君瞪大了眼好奇道。

陶以谦看着她犹豫了片刻，把她拉到回廊角落，左顾右盼了一番，方悄悄道：“良君，我悄悄告诉你，你可别同旁人说。陆娘子今日就在咱们府上，她去见了大舅舅，说是那日是有人蓄意推她，才失足跌下山的。”

“啊！”殷良君诧异地捂住了嘴，“谁这么狠？是大……”话没说完就被她收住。

陶以谦却听懂了，他摇头：“不知道，但抓到那人，应该就能揪出害她的真凶了。”

“抓……她知道是谁推的？”殷良君也压低了声音问。

“不知道，但是她说那日被人推落时反手抓了一把，似乎抓落了那人身上的东西，只要去妙胜小境上面找一找，应该就能找到，届时应该能凭此物找出那人。”陶以谦回答，又向殷良君交代，“现下陆娘子正悄悄往妙胜小境去了，这事你千万别说出去，怕会打草惊蛇。”

“放心吧，我定守口如瓶。”殷良君郑重道。

“行了，你快进去陪舅母吧，我也有事在身，先走一步。”陶以谦得了这话，拍拍她的肩，告辞离开。

殷良君目送他离开后，却没进屋，转身往自己住处去了。

“娘子，你怎么没进去？”陪同她一起来的小丫鬟见她缓慢地自拐角处走来，不禁奇怪道。

殷良君抬眸看了看她，道：“不进去了，我想起来我有东西忘在屋中，先回去一趟吧。”

语毕，她匆匆离开了怀秀阁。

妙胜小境是人造的假山，底下是推高夯实的地基，四周叠以太湖石与花木藤萝造景，怪石嶙峋，孔洞天成，十分奇特幽静。山顶处建了个幽香馆，四周遍植花木，一眼望去有重峦叠嶂的意境，那幽香小馆半掩于草木间，有几分仙人轩亭之感。

不过也正因为山石嶙峋，怪模怪样的多，花木种了几年又格外繁茂，但凡天色稍差些，山上的光线便不明晰。今日恰逢阴雨，天色晦暗，虽然离日落还早，但这上面已有些暗淡。

春日草木苏醒，馆外的地上杂草已生，再加上山石，要找些细小的东西，并不容易。

明舒不是一个人来的，她带了个殷府的丫鬟陪着一起找。两人埋头在馆外找了许久，也没找到什么，那丫鬟不耐烦了：“陆娘子，你到底有没有记错？我们都找了半个时辰，整个山顶都快翻遍了，也没找着你说的东西！”

明舒赔笑道：“辛苦姐姐陪我忙这一遭，是我记性不大好，姐姐若是累了，就去幽香馆里坐着歇会儿，我自己再找找。”

丫鬟白了她一眼，没同她客气：“那你自己找着，我去里头歇歇，有什么事叫我。”

语毕，丫鬟扭身走了，自去幽香馆内歇息。

山间只剩明舒一人，她站在原地哈气暖了暖自己冻僵的手，抬头看看天色，轻轻叹口气，拖着伤腿一瘸一拐地往山的边缘上走去。

那日她就是站在山的边缘，被人从后面狠狠推了一把，东西要掉也是掉在附近，可刚刚搜寻了一遍，除了几个险要之处没找外，其他地方都找过了，却仍不见影踪。

看来，还要往外再走走。

她咬咬牙，小心翼翼地往外探去，快到最边上时，她眼睛忽然一亮。

“找着了。”她自言自语一句，俯身从石缝中拾起一物。

那东西自她指间垂直挂落，发出两声玉石撞击的清音，虽然沾了泥污，却依旧看得出是女子的禁步。

林间一阵凉风吹来，吹得人瑟瑟发抖，山间的嶙峋怪石空洞内似乎都藏着人，像有无数双眼睛在森然窥视。

明舒拢拢衣襟，把禁步攥在手里，正要扬声喊幽香馆中的丫头，可还没等出声，身后的石洞内突然伸出一只手，将她往前重重一推。她踉跄几步，摔在地上，手也跟着松开，禁步再度掉落。

黑暗中的手又飞快伸出，将禁步拖进洞中。

明舒回头之时，只看到阴森石洞。

洞里那只手的主人拾到了禁步，跑出几步后缩在阴影里，忽然感到不太对劲，又将那禁步举起，借着石隙间的一点儿光线仔细看去。

禁步是她的不错，然而……

她想起来，那日上妙胜小境时，她根本没有佩戴这串禁步。

不好，中计了！

“出来吧，殷二娘子。”

明舒含笑的声音从洞外传来。

她站在树影里，身上的裙子沾了泥污，形容有些狼狈，眼神却如雨洗后的天空一般透亮。

并没让她等太久，山洞里慢慢挪出一个人来。

暗淡的光线中，出现的是殷良君那张纯良甜美的脸庞。

“你诈我？”她脸色如常，没有多少惧色，只是将手中禁步扔在明舒面前道。

从陶以谦悄悄告诉她陆明舒上了妙胜小境起，她就已经进了这个设好的局。根本没有什么被抓住掉落的证物，一切不过是为了抓住她而布的圈套。她本也不会真的上当，原本躲在暗中静观其变。

那日上妙胜小境时穿的衣物鞋袜都已处理了，但是随身饰品……她却忽略了。上妙胜小境本就是临时起意，她压根儿记不起当日自己身上所佩之物，明舒之局设得又急，她根本没有时间回自己房间回忆查找，遣开丫鬟匆匆赶到妙胜小境，抄隐蔽小路上山，她就是想看看陆明舒能找到什么。

那串禁步，让她失去了冷静。

她一眼认出禁步是她之物，当下脑中便轰的一声全空，并没多想那禁步从何而来，只想着要抢回禁步，及至禁步入手，她方回忆起，那禁步虽是她的东西，可她已好些时日不曾佩戴了。

“五哥帮你拿到的？”殷良君边问边朝明舒靠近。

“是。”明舒可是费了好大的劲，才说动陶以谦悄摸搞来了这串殷良君的禁步。

想想陶以谦交给她时的表情，明舒可想笑了。

她也的确笑了，落在殷良君眼中却像嘲弄。

殷良君看了看四周，没人。

“你觉得这个计策很高明？”殷良君又道。

“不算高明，不过对付你，够用就好。”明舒微笑，俯身去拾那串禁步。

“你以为这样就能给我定罪？”殷良君看着她拾起禁步，道，“这禁步我遗失了几日，一番回忆之下，才想起有可能是落在妙胜小境，所以今日来寻。”

“牵强。”明舒道。

“那又如何，再牵强它也是个理由。我要这么说，你照样奈何不了我。”殷良君面不改色道。

“没关系，你可以想一万个推脱的理由，而我只要一句话。”明舒摩挲着禁步，笑道，“殷二娘子，你我无冤无仇，人人都知我不可能害你，而我又是整件事的受害者，我说凶手是你，就会是你，如果他们不信，我还可以编造、杜撰，相信我，我能把当时的情况描述得绘声绘色，让每个人都感同身受！”

“你……你根本什么都没看到，却要捏造事实！”殷良君强装的平静出现了裂纹。

“我是没看到你，但并不妨碍我编呀。我就是要造假，受害者的话，更加令人信服吧？我站出去，就是个证据……假的又如何？只要我愿意，我就可以让它变成真的！”明舒仍在笑，说的话却叫人遍体生寒。

“你……”殷良君咬紧了后槽牙，一时间竟想不出对付她的招数来。

“我什么？你不该如此惊讶才对，这不过是以牙还牙。这么多年，你的姐姐，就活在这样的环境里。”明舒说着朝她伸手，“走吧，随我去见你的父亲母亲，他们可都在等着你。”

殷良君咬牙切齿地看着她，片刻后也笑起，慢慢靠近明舒道：“跟你去见父亲？母亲？好呀……我随你去……你去死吧！”

随着一声低喝，她突然间朝明舒扑过去。

明舒人在假山边缘，背后无所倚靠，这一扑之下若是摔落，可就没上次那般幸运能抓住山石保住小命。

惊急之下，明舒站着未能反应，旁边却有道人影冲来，疾如电光，冲到明舒身边，毫不留情地出手。

“啊——”

发出惊恐尖叫声的不是明舒，而是殷良君。

“没事吧？”陆徜的声音响起。

他一直都藏身在她附近，这才是他今日定要跟着明舒入殷府的原因。

“阿兄，你下手也太狠了吧，一点儿都不怜香惜玉的啊。”明舒看着被陆徜踢开的殷良君咋舌。

殷良君挨了一脚，整个人又撞到山石上，疼得脸色惨白，眼泪直落。

好歹对方是个娇滴滴的千金小姐，这也太……

陆徜反问：“对付禽兽还讲怜香惜玉？”

“……”明舒无话可说。

怀秀阁外的抱厦内已经聚集了不少人，殷立诚、李氏和嫡公子殷皓宇通通都在，正坐在抱厦里焦急得往外望，殷皓宇年轻耐性差，坐了一会儿就站起走到庭院里，问陶以谦：“五哥，你喊我们到这里，说抓到了那日害陆伴读的真凶，人呢？”

陶以谦也正站在庭院内朝外张望，闻言头也不转，只道：“快了快了，就来了！”

话音未落，门外已现人影。

他欣喜地一拍大腿：“瞧，说来就来了！”

远远地，明舒与陆徜和几个丫鬟婆子正簇拥着一人慢慢前来。殷立诚与李氏都从位置上站起，望向进来的这群人。

殷皓宇的目光也在这群人间逡巡了半天，却没看到被五花大绑的人，来的都是熟面孔，没有一个像凶手的。他不免急道：“凶手在哪儿？”

几人走到庭院中，明舒、陆徜和丫鬟婆子退到旁边，被簇拥在中间的人便缓缓跪到地上。

“良君？”

“二姐姐？”

殷立诚与李氏从抱厦内走出，殷皓宇也冲到殷良君身边，与满庭站的人一般，均愕然地盯着殷良君。

殷良君垂头不语，身上衣裳满是泥污，鬓发散乱。

殷皓宇蹲到她身边，道：“这是怎么回事？二姐姐，是不是他们欺负你了？”

殷良君只是不语，他便又抬头朝明舒几人道：“你们到底对我姐姐做了什么？”

明舒没有理他，只向殷立诚拱手道：“殷大人，夫人，你们要我找的人，我已经替你们找出来了。”

“是……良君推你下山的？到底发生了何事？为什么……”殷立诚看

着跪在地上的小女儿，满脸无法相信的神情。

“此事说来话长。其实今日我大费周折，并不单纯是为了找出推我下山的凶手，而是……”明舒看了眼陶以谦，后者冲她点点头，她方继续道，“是为了完成当初夫人所托之事，给贵府大娘子伴读，并查出这两年来她性情大变的原因。”

“所以，我儿性情大变，与她有关？”李氏盯着殷良君，惊讶过后，素来慈善的眼眸里迸出怒光。

明舒点头又摇头：“有关，但也不全因为她。”

地上的殷良君此时却抬起了头，嗤笑道：“当然不全因为我，如果这罪责非要加在我一人身上，说我是主谋，那么这家里上上下下每一个人，就都是推波助澜的帮凶。”

“你在说什么？”殷皓宇望着殷良君，既惊讶又迷惑茫然。

“我来替她解释吧。”明舒又道，“五哥，去把那些人请进来；殷大人，把淑君也请过来，可以吗？”殷淑君还被关在佛堂，没有殷立诚同意，谁也不能将她放出来。

殷立诚点了下头。

陶以谦便离园安排。不多时，殷淑君还没到，陶以谦找的人，却都鱼贯进了怀秀阁。

全部都是熟稔的面孔，其中有一人，让殷皓宇不禁瞪大了双眼。

“玉莺?!”

人群里边有个荆钗布裙的妇人，不到二十的年纪，容貌秀丽，只是眉宇间有些憔悴。她听到殷皓宇的声音，抬头匆匆看了他一眼，眼底泛起泪花，看起来有些激动，但很快又垂下头去，往身旁人背后一躲。

“玉莺姐姐？”殷皓宇不解她为何要躲，正要入人堆找她。

“殷公子，少安毋躁。”明舒从旁提醒一句，方止住他的步伐。

“陆娘子，这些大部分都是我家下人，你将他们召来此处，是何用意？”殷立诚扫了眼鱼贯而入的众人，沉声问道。

明舒望望怀秀阁园门，去接殷淑君的人还没到，算了，不等了。她从随身带的布包里掏出小本子，翻到最后。

最后那页，是一串时间与人名，以及她做的小注。

两年间的事，她脑子再好也不够用，需得记下来，捋清前后顺序。

“殷大人，夫人，今日明舒在此，请了这些人至场，不为断案，只是为了说明淑君娘子性情转变之谜，完成当初夫人所托之事。贵府上有殷老大人坐镇，家风清明，内有夫人掌家，慈善宽和，内宅平静，并未出现过妻妾嫡庶之争，家中几位郎君与娘子皆感情和睦。淑君娘子是殷家嫡长女，是父母的掌上明珠，与弟弟感情融洽，与庶妹亦从无龃龉，本是家中最得宠的女儿，对吗？”

至少，两年前是这样的。

明舒来殷府后除了跟着殷淑君外，做得最多的事就是与人交谈。通过聊天可以获得很多信息，一个人的过去，就藏在这些碎片般的信息里。明舒听入耳中，再记在纸上，慢慢拼凑出曾经的殷淑君。

那是殷家得宠的小娘子，生得漂亮，性格也开朗，深受众人喜爱，没有经历过内宅争斗，心境单纯如冰雪。但得宠的娘子，通常也有许多坏毛病，比如骄傲，比如任性，在长辈可接受的范围内，她的骄傲与任性也显得讨人喜欢，但超过了这个范围，骄傲与任性就成了她的致命缺点。

殷家人没有反驳明舒的话，因为从前的殷淑君确实是惹人喜爱，虽然任性，但也都是孩子气的小打小闹。

“变化是从两年前开始的吧？或者不能说变化，应该说第一桩关于淑君的流言。那两只死去的宠物，一只叫轻霜的猫与一只兔子，被发现死在贵府的花园内，死得有点儿惨，开膛破肚。而下人们发现的时候，淑君就在旁边，手里握着染血的剪刀。”明舒走到陶以谦请来的人旁边，“而在前一天晚上，淑君是不是因为轻霜在被褥上撒了泡尿而恼火，曾在屋中斥责负责看管宠物的丫鬟如意，又扬言要揍轻霜？”

殷淑君屋里的丫鬟已经换了一批，不过旧日的丫鬟也仍在殷家其他地方当差，今日亦被请来。经明舒的提醒，有两个人回忆后都点了头，其中一人开口：“是有这么回事。那是岁末，天很冷，新的被褥才刚刚换上，轻霜就在上面撒了泡尿，娘子气得不轻。”

“第二天，猫、兔俱亡，是照管花木的王婶与两个负责洒扫的粗使丫鬟率先发现的，发现时，淑君正好在场。”明舒望向众人，“请问王婶与那两位洒扫的姐姐在哪里？”

有三个人不知所措地走出来，明舒问道：“你们当时看到了什么？”

三人惴惴不安地对视一眼，王婶先开口：“我当时在给园里草木浇水，浇到靠近揽翠阁的花丛时，看到娘子蹲在草丛里，手里拿着剪刀对着猫、兔尸体。”

“我们也是，当时我们是从另一头扫过来的，看到的是娘子蹲在地上的背影。”另两人随之开口。

“也就是说，你们没有一个人看到淑君杀猫、兔，只是看到了她蹲在地上的情景。那为何我到贵府之后，听到的都是淑君杀猫、兔的流言？”明舒问众人道，“难道就因为前一天猫在床上便溺，第二天她为了泄愤，就杀了自己养的宠物？”

“你想说什么？姐姐没有杀轻霜？我原来也这么觉得，我也曾经相信她不是那样的人……”殷皓宇走到她身边诘问道。

“曾经相信，那为何现在不信？你既然不信，又为何不查？你的信任就如此不堪一击？”明舒直盯着殷皓宇双眸，片刻后收回，又道，“猫、兔尸首被发现之后，淑君当时的丫鬟玉莺很快就赶来。玉莺，你说说当时的情况吧。”

玉莺被点到姓名，从人后踱出，依旧不敢抬头看殷皓宇，细声道：“娘子早晨起床后发现窗户开着，轻霜不在屋中，她以为轻霜与从前一样偷偷溜出屋子。因为轻霜有过误食毒草的情况，娘子不免担心，于是亲自出去找。当时我正准备洗漱用的热汤，见她出门穿得少，便抱了披风追出去，追到她之时，她正蹲在草丛中哭得伤心。我赶忙上前扶走娘子，并找来小厮处理尸首。”

“处理猫、兔尸体的小厮是桂安吧？桂安你说说，你处置尸首时，猫兔血液可热，身体可软？”

玉莺退下，换成一个小厮上来回话：“小人前去处理时，猫兔血已凝固，尸首发冷僵硬。”

“就算是冬天，猫、兔死去也不可能立时血液凝固，发冷僵硬，由玉莺之言可知淑君出门并没多长时间，唯一的解释就是，淑君到的时候，猫、兔已亡，她才是第一个发现猫、兔尸首的人。”明舒目光自殷立诚与殷皓宇脸上扫过，“两年前的无头公案，即便查不到杀害猫、兔的凶手，也能轻而易举证明淑君的清白，但因为死的是猫和兔子，便不了了之，就像飞雪那样，随便找了个借口糊弄过去。事情是过去了，但人们的猜测和流言可不会结束，你猜我在殷府都听到了什么？

“我听到人们私下议论，说淑君被狐仙附体，要喝猫、兔鲜血，我还听到有人说当日淑君正剪开猫兔胸腹，挖心掏肝放入口中……这样荒谬的言论，我相信你们也听到了，你们肯定也管了，但相信也是只堵不疏，不过凭借主家威信强行镇压而已。

“明面上的议论易堵，人们心中的揣测却是堵不住的，是以至今这些谣言还在流传。

“若只有这一件事，也许时间久了，过去也就真的过去了。可流言纷纷，正给了有心之人可乘之机，这之后没过多久，就出了另一桩事。”明舒将小本子翻到某一处，“玉莺”的名字赫然在那一页的第一个。

“我来贵府之后打听过，关于淑君性情转变的事例，最主要的就几桩，猫、兔之死是开始，虐待玉莺是后续。”她说完将小本子一合，看向园子入口处，“这件事，是你自己来说，还是我来说？”

众人望过去，发现殷淑君已到。

她穿了身杏色袄裙，本该明艳动人的脸上泛着病态的白，在佛堂关了三天，她眼里的不甘与怨愤似乎已被磨光，眼中没有任何波动。

“我自己说吧。”殷淑君踱入庭院内，先向父母行过礼，方看向殷皓宇道，“玉莺是我五岁时母亲给我挑的贴身丫鬟，她比我大三岁，很会照顾人，与我同吃同睡，对我很好。我很信任她，屋里大小事务全都交由她打点。她跟了我十年，与我情同姐妹，我从未亏待过她。”

那边玉莺站在人群之中，听到这番话，已忍不住落泪。殷皓宇看了看她，又望向自己亲姐，想说什么，却吞入腹中。

“弟弟比我小两岁，从小就很黏我。我想养猫，他也要养，像跟屁虫一样。我常带着他玩，疼他、护他，尽长姐之责，玉莺跟着我，常要替我二人善后，照顾我们的衣食住行。我们三人在一起近十年，我自己没有姐姐，就将玉莺视为姐姐，弟弟也一样，虽然是主仆，但他心里也把玉莺当成姐姐。我以为这样的日子会一直下去，却不想……有人生了别的心思。”

殷皓宇比殷淑君小一岁多，虽然脸上还有些稚气，却也是唇红齿白的俊俏公子，到了外头也是极惹小娘子们青睐的。朝夕相对，正值妙龄的少女，身边有人日日温柔以对，纵是主仆，纵是姐弟，又怎挡得住满怀春心？情思一起，人就跟着变了。可殷皓宇彼时尚年幼，对两个姐姐不过一腔敬爱，心思澄明，从未往他处去想，待所有人一视同仁。

玉莺只能压抑着自己的心思，直到两年前。

“两年前，弟弟十四岁生辰临近，母亲说弟弟大了，该找个屋里人照顾着。”她说这话时看了眼殷皓宇。

殷皓宇脸红了红，没说话。

所谓屋里人，不过是家中长辈给年轻公子找的通房，以教他知晓人事。

“就这件事，叫她动了念头。”殷淑君淡淡道。

殷皓宇蹙了眉，待想清姐姐话外之音后，忽然惊诧至满脸通红：“怎么可能？我……我视玉莺如姐，与姐姐一般无二，从未……”

他说不下去了。

玉莺已经跪到地上，掩面而泣：“是我做错了事，却累得娘子受罪。”

李氏要替殷皓宇找通房之事刺激了玉莺，她借着服侍殷淑君之便，找了个机会，先行去了殷皓宇床上等，打算勾引殷皓宇。

可惜的是，这事被殷淑君察觉了。

“你们能想象我把她从弟弟床上扯下时心里的滋味吗？”殷淑君未出阁，说起这些时不自然地别过了脸，不看殷皓宇。

她还说得含糊了，那日玉莺被她拉下床，满眼皆是不堪。

若他二人情投意合，那她成全他们也就罢了，可偏偏她弟弟视玉莺如姐，从未有过亵渎之心，玉莺却行此苟且手段，令人无法忍受。

这事若是传出，便成了姐姐的身边人勾引亲弟弟……

殷淑君当日就气得砸了屋里的东西，又拾起马鞭要鞭笞玉莺，但那鞭子最终并没落下，她只是把玉莺软禁在屋。

“我冷静之后，觉得不能再留玉莺在身边，于是准备打发玉莺离开。然而她为了留下，知道我心软，便不惜自残，将自己弄得遍体鳞伤，说是效仿蔺相如负荆请罪。我依旧没有同意，还是将她送走，只是答应了她，永远不对弟弟提及这件不光彩的事，保留二人间最后一点儿情谊。”

殷淑君停了下来，似乎在平复陷在回忆中的情绪，待平静后说道：“可我没想到的是，这件事落在外人眼中却是另一番模样。你们只看到我因为一件小事赶走玉莺，见她伤痕累累从我屋中走出，便揣度是我鞭笞虐打玉莺。我以为清者自清，这些误会会随着时间消散，然而没有……”

她等来的是外人异样的目光与至亲的不信任。

“你为什么……不说……”殷皓宇此时再不看玉莺，只紧紧盯着殷淑君，眉头深蹙，眼中满是愧疚神色。

“我答应了玉莺，而且我也不想破坏这十年情谊，亦不想让你知道这些不堪的事。”对比弟弟的激动，殷淑君此刻却显得异常平静。

她不愿说，是顾念情分，现在她说了，是失望到不想再念旧情。

“我的儿，委屈你了……”李氏噙着泪走近，想要抱殷淑君，却被她避开。

“咳。好了，玉莺的事情结束了。”明舒再度开口，将话题导回，“咱们再看下一桩事。”

她的小本子上可都记着呢。

玉莺离开之后，殷淑君身边换了个叫青燕的丫鬟。青燕在殷淑君屋里也待了多年，因为玉莺的缘故一直不得重用，好容易成了殷淑君的贴身大丫鬟，本想着大展拳脚，但也是因为玉莺，殷淑君不再相信身边的人，对青燕也就不冷不热。

“有了玉莺之事与猫、兔之死，淑君的形象已一落千丈，家中长辈这时开始留意淑君，打算严加管教。淑君本是得宠女儿，哪经得起外界流言抹黑与长辈亲人误解，心中自也存恨。但她堵不住悠悠众口，有气闷在心中，自然导致脾气越来越暴躁，偶尔将气撒在下人身上，青燕是她新的贴身丫鬟，首当其冲，遭到了冷遇与责骂。”

殷淑君有脾气是不假，任何人在那样的情况中，要么保持沉默逆来顺受，要么就抗争到底，殷淑君这样一个得宠的女儿，又怎会沉默？然而她的辩解太过苍白，抗争成了家长眼中的任性妄为与不尊长辈的顶嘴。

这个时候，青燕手脚不干净被殷淑君发现，又被赶出了揽翠阁，发落到殷家的浆洗房干活儿。

“我查过，关于淑君苛待屋中下人的流言，有很大一部分，都是从浆洗房传出的。加上淑君脾气变得暴躁，常常斥骂下人，动静大得整个园子里都听得到。渐渐地，她苛待虐打下人的形象就深入人心了，可事实上，有几个人真被她打过？这里站着的人很多都曾在淑君园中当差，你们见过她动手，又或者你们被她打过？有吗？一个都没有！”

无人开口，只听明舒继续道：“再往后，是宫中淑妃听闻淑君难驯，特地派了位老嬷嬷出宫来教导淑君。老嬷嬷严厉，又受淑妃之命，对淑君自然不会手下留情，但凡她行差踏错半步，不只言语训斥，动辄更是戒尺伺候。淑君的个性如何能忍？不过数日，就与嬷嬷起了冲突，不顾娘娘情面，在贵府的莲池畔动起手来，竟将嬷嬷推入池中……这是你们听说的事吧？”

她说话间扬手一挥，指尖拈着张薄纸：“此为我找陶五公子帮忙，进宫请娘娘身边那位嬷嬷亲笔所写书信，关于当日之事的。殷大人、夫人，烦请过目。”

说罢，她将书信呈上，很快被下人送到殷立诚手中。

殷立诚看信期间，明舒继续道：“那日争执，赶来劝阻的人很多，都围在淑君与嬷嬷身边，无论谁做了什么，最后都会被算在淑君头上。然而嬷嬷在信中也说得明明白白，当天淑君虽然与她有所争执，但她并未瞧见推她之人。与猫、兔之死一样，没人看到淑君动手。”

殷立诚飞快看完信，将信递与李氏，他深蹙眉头看着明舒：“照你之言，这两年多来，淑君深受流言之祸，残忍暴虐并非她的本性？”

“殷大人，事已至此，您还觉得只是流言之祸？若说猫、兔之死与玉莺之事为流言四起之因，那么到青燕那里，已从流言之祸，演变成了人祸。否则，我在贵府也不会接二连三遭到意外。”明舒一句话，又将众人焦点引到跪在地上的良君身上。

“因为淑君的变化，贵府老大人曾言，若淑君再不悔改，便将她送去庄子修身养性，对吗？而后没多久，就有了飞霜之死。殷公子深夜造访淑君闺阁，此事还惊动了老大人。如果当时我不站出来替淑君娘子分说一二，恐怕又要闹得阖府不宁。当时我原以为贵府会彻查猫的死因，没想到还是不了了之。从那时起，我便觉得，在这甚嚣尘上的流言背后，定然有人暗藏祸心。”

话说到此，众人似被当头棒喝。

淑君若去，长房就只剩下一个女儿。她虽为庶出，若得嫡母垂怜记为嫡出，哪怕不嫁皇室，也不愁一门好亲事，倘若日后真要联姻，她的前途必将无量。

李氏最快领悟，指着跪在地上的殷良君道：“是你……你日日在我身边献殷勤，我只当你天性纯良，没想到竟养出只豺狼来！”

殷良君抬头看着李氏笑，日日献殷勤又如何，她照样不会成这府里的嫡娘子。

明舒继续道：“因为我日日盯着淑君的缘故，淑君没再出什么差错，如果想要引淑君犯错，势必先要除去我。所以有了妙胜小境的意外，一箭双雕之举，既能除去我，又能借我的意外给淑君最后一击。果不其然，出事后没有人相信淑君，甚至为了息事宁人，连我的话也不愿问，就将淑君定罪。你们可知，为了见到你们，布今日之局，说今日这些话，我费了多少心思？”

她都三天没吃好饭、睡好觉了！

说到这里，她看了眼沉默至今的陆徜，有些委屈。

陆徜回她一个眼神——自找的。

明舒冲他做个鬼脸，继续道：“我并没有证据能证明推我下山的人是谁，那人手段虽然拙劣，但不得不说，也没留下什么痕迹，要抓并不简单。只是都道‘做贼心虚’，五哥说我去妙胜小境找证据，那人便半信半疑也跟去了，见到自己身上的东西在我手上，就没能沉住气。后面的事，贵府陪我同去妙胜小境的几位嬷嬷都亲眼见到，不必我再赘述。”

除了帮她找东西的那个小丫鬟，以及藏在旁边的陆徜外，殷立诚还派了其他人跟去，都藏身附近，只是当时明舒并没说自己怀疑的人是谁，因而发现来的是殷良君时，没人出声下令他们不敢现身。直到良君动手伤人，陆徜飞身而出，方群起而动。

“自我记事起，姨娘就对我耳提面命，说坐在厅堂正中那位才是我的母亲，我必须好好孝顺她，尊敬长姐爱护弟弟，我都记在心里。我日日去怀秀阁向父亲母亲请安侍奉，风雨无阻，我对待长姐从无半分不敬，也疼爱弟弟，我也以为，我们是至亲手足，然而这十多年过去，我看到的只是嫡庶之别。”殷良君垂眸看着地面，无视身边亲人的怒火，淡淡道，“小到出门访友，大到入宫面见娘娘，被带出去的永远只有姐姐，有资格出席各府公侯夫人小姐宴会的，也只有姐姐。上门做客的夫人们，一听我是庶女，笑容都淡了几分。父亲说嫡庶无差，母亲说一碗水端平，可嫡庶怎能无差，这碗水又如何端得平？我自问不比姐姐差，闺阁女儿该学的东西，我样样强过姐姐，我还努力讨好你们，可那又如何？你们才是一家子，而我只是上不得台面的庶女！”

就连亲事……也与嫡姐有着云泥之别。

姐姐要嫁的人可能是当朝三皇子，日后也许会位居中宫，可轮到她，却只得一句“家世清白的读书人便好”。

明明是姐妹，差别却那么大。

如果她也是嫡出的娘子，会不会不同呢？

她不知道。但这个念头，如同魔鬼的呓语，夜深人静总会响起。

“姐姐的轻霜和兔子小桃，是如意杀的。她本就不满姐姐让她照料，嫌它们脏，那晚又因轻霜尿湿被褥而被责骂，于是将怨气发泄在猫、兔身上。我看到她偷偷杀了猫、兔，也犹豫过要不要将这件事说出来，但我听到他们背地里议论姐姐，我觉得有趣。”

那是她第一次意识到流言能伤人。于是她保持缄默，静观事态发展，越观望便越觉得有趣。

人的心，怎么能如此复杂？

玉莺之事紧跟着发生，这件事她不知道真相，但她觉得，她可以给刚冒头的流言火苗添一点儿油，于是在殷皓宇耳边、在府中亲戚与下人间说了那么一两句，得到的效果果然令人惊喜。

嫡姐开始变得不那么美好。

她开始蠢蠢欲动。

青燕成了她的目标。她小心翼翼地接近，勾青燕说出些夸张的言辞，慢慢地，再让那些言论流传开……除了语言，她没有做别的，而语言，是不会留下痕迹的。

嫡姐的形象慢慢毁了，她却慢慢进入众人眼中。

“你们都说姐姐变坏，而我却变得可爱……其实不是，我一直都是这样，努力讨好你们每个人，我从来没有变过。只是你们从前不觉得我好，因为你们眼里只有姐姐，姐姐变坏了，才衬托出我的好来。”

殷良君从没料到会有这样的转变，姐姐变得不好，却衬托出她的好来，这个转变来得太意外也太惊喜，她小打小闹的举动不再只是为了报复年复一年日复一日的不公平，她觉得自己也可以与嫡姐争一争了。

甚至，她觉得自己可以取而代之。

只要姐姐能继续“坏”下去，坏到家中无人能容。

“所以……嬷嬷其实是你趁乱推的？”明舒问她。

她没否认，也没承认，只道：“我并没想谋害谁的性命，从来没有。”

莲池水浅淹不死人，但可以再给殷淑君背上扣一口大锅，多好。

嬷嬷是娘娘身边的人，被如此对待，娘娘必会恼怒，事情若再传扬出去，到时候殷淑君的名声必定更加狼藉。

她窃窃自喜，这时陆明舒来了。

陆明舒不是殷家人，她的眼睛和心都干干净净，没被流言影响，也没为表相所迷惑，不管她如何在陆明舒面前卖好，也不管殷淑君如何捉弄陆明舒，明舒始终不偏不倚，既没理会她的示好，也没向殷淑君亲近一分，甚至她开始查那些被人忽略的过去。

这是个难对付的人，让殷良君害怕。

“可我离胜利只差一步了，只要能趁热打铁再给姐姐泼一盆墨，她就得被送走了，我不能就这么放弃。”

机会突然就来了。那天殷淑君碰了殷皓宇的猫。

“是你……你杀了飞雪?！”殷皓宇惊恐地望着地上跪着的殷良君，无法想象眼前看似柔弱纯善的二姐姐会是那般残忍的人。

“有什么可奇怪的？不过是畜生，也就你和你姐姐把它们当成宝。”殷良君不以为意道。

殷皓宇噔噔退了两步，缓了两口气，既悔且愧地望向亲姐：“姐……”

殷淑君撇开眼不去看他。

后面的事，就与明舒说得差不离，殷良君不打算复述，只嗤笑道：“你们这么看着我做什么？流言是我一个人传的吗？你们没议论过？我做了什么？我十年如一日地孝敬父母，关爱姊妹兄弟……我既没伤人，也没谋命……全是小事呀……”

确实都是小事，没有一件称得上狠毒，然而正因为全是小事，被人忽视，被以种种手段息事宁人，只留下似是而非的揣测，化成流言，伤人于无形。

眼见都未必是真，何况耳闻?

这是当初陆徜告诉她的，明舒思及此，望向陆徜。

陆徜此时却开了口：“没有谋命？那明舒跌下假山与今日之事如何解释？你为一己私欲步步紧逼，早已生出伤人谋命之心，怎是小事?”又转身对着殷立诚道，“她伤我妹妹在先，事情败露之际还要杀人灭口。此事，还望贵府能给在下一个满意的交代，否则即便告到銮驾跟前，陆某也不会善罢甘休！”

殷立诚只能道：“陆小郎君莫恼，此事本官定给你与令妹一个交代。”

明舒闻言，双拳托腮，用星星眼眸望向自家兄长——阿兄最后这话真是……好有气魄!

殷家的事算是解决了。

明舒应下的任务也算完成，她只负责查出所谓殷淑君性情变化的原因，至于殷家什么嫡庶之争，妻妾之战，还有什么皇室联姻，这些通通与她无关。人家关起门如何算计，如何处置，亦不是她能插手之事。殷家的浑水，她可不想蹚。

从殷家回来，马车停在巷口，明舒下了车，一瘸一拐地跟在陆徜身后往家里走去。

走了几步，陆徜忽然站住不动。

明舒正要问他，就见他在自己身前蹲下，向她露出宽阔结实的背。

“上来吧。”陆徜道。

明舒笑嘻嘻地趴到他背上，被他一下子背起，往家去了。

“阿兄真好！”她在他耳边夸她。

“少拍马屁。”陆徜并不领情。

“你瞧咱们俩，做兄妹多好呀，手足情深！那个玉莺也不知道怎么想的，放着好好的姐姐不当，非要做什么屋里人，这下可好了吧，姐弟都做不成，傻的。阿兄你说对不对？”明舒趴在陆徜背上，不知怎么想起玉莺和殷皓宇，有感而发。

想想自己也是有哥哥的人，兄妹之情和姐弟之情也差不多吧？

“阿兄？”

她等了半天，也没等到陆徜的回答，搂着他的脖子摇了摇陆徜。

陆徜仍是没有回答。

第十四章 闲情好时光

殷府的高床软枕绫罗锦被虽然舒适，但老话说得好，金窝银窝，不如自己的狗窝。明舒躺在自家的小架子床上，心情才算彻底放松。

在自己的“狗窝”里踏踏实实睡了个饱觉，她前些天被过度消耗的精力才算彻底补足。起身时已近正午，也没人来吵她，明舒觉得没有哪家闺女像她这样懒散的。带着被宠爱的欢喜与睡懒觉的愧疚这两种矛盾的心情，她飞快起床洗漱。

今日天气晴好，阳光普照。

“阿兄，阿娘！”她边下楼边叫人，叫了两遍，却只有招宝摇着尾巴屁颠屁颠地跑过来。

抱回来时才丁点儿大的奶狗，一个月就大了一倍，绕着明舒跑得欢实。明舒往厅里走了两步，没看到曾氏，却撞上掀开灶间布帘出来的陆徜。

陆徜仍是穿浅青襕衫，袍角处绣了两杆青竹，长发束得整齐利落，眉目极为清爽俊朗。

明舒知道，他的衣服上本全是纯色，并无绣花，只是穿久之后破损，曾氏每回都会绣一杆青竹缝好，到如今他几乎件件衣裳上都有竹子纹样。

也亏得曾氏绣工好，那竹子绣得栩栩如生，半点儿看不出破损痕迹。

她要是有了钱，第一件事就是给阿兄做身衣裳。

如此想着，她开口：“阿娘呢？”

“去交绣活儿了。”陆徜将手里端的东西放到桌上，又要折回灶间。

明舒眨眨眼，忽然注意到陆徜手里端的是两碗馄饨，曾氏不在，今儿是陆徜下厨?!

她立刻跟进灶间，果然瞧见陆徜衣袖高挽，正麻利地端起灶上蒸的一屉馒头。

“看我做甚？”陆徜转身瞧见明舒，飞快一瞥，继续往外走。

“你下厨？”明舒边问边伸手要帮他端馒头。

她的手被陆徜一把拍开。

“烫！”陆徜摇摇头，“我下厨有什么可奇怪的？”

明舒就从陆徜左边绕到他右边，道：“我在想，你是什么神仙般的阿兄！会读书，会打架，会赶马车，会下厨……有你不会的吗？”

“马屁精！”纵然是陆徜这样素来沉稳的人，也不禁被明舒直白的恭维话说弯了眉眼。

“就算是马屁，那也是我真情实意地拍给你，别人想要还没有呢。”明舒随他坐下，与他一人一碗馄饨，拿腌的咸菜夹馒头搭配着吃起来。

两人吃到一半，外头进来了人。

陶以谦替他舅母来给明舒送银子了。

一匣银元宝，总共六枚，整整齐齐码在匣子里，足足一百二十两。

明舒看得两眼发光，说了两句客套话就把匣子揣到怀里，又留陶以谦吃饭。不过陶以谦今日有要事，不能多留，很快就告辞离去。

“发财了！”陶以谦离开后，明舒坐回桌边，将匣子打开，挨个儿摸元宝。

一百多两银子，可不正是“一夜暴富”？

“阿兄，拿着。”她摸够以后抓了三枚银元宝要塞给陆徜。

陆徜没收：“你自己留着傍身。我用不着。”

“阿兄，你别骗我了。你拿回家的银子，是你在书院干粗活儿得的吧？”虽然在书院的时候没看明白，可明舒出来一琢磨，就都懂了。

哪有马上会试的考生在书院还要扫回廊的，显然是陆徜自己要求的。

陆徜只道：“明舒，我有分寸。这银子既是你几番周折所得，你就自己好好收着。”他的态度很坚定，并无转圜余地。

明舒没有坚持，施与受需要两方都愿意，否则就是强求。

横竖银子在她手上，她换个方式照样能用在陆徜身上，没必要非塞银子给他。

“阿兄，你说这么多银子，做什么好呢？”明舒又盯着一匣子银元宝出神。

真是有钱也愁，没钱也愁。

一百二十两银子，说多不多，说少不少，用来改善生活条件是绰绰有余，但如果想置个大宅子，再给曾氏买两个丫头，或者说赁个铺面做个小买卖，又嫌少了。

她倒是有心以钱生钱，只是这钱租了铺面就不够置办货物，难以成事。

“你想做什么就做什么。”陆徜下意识开口，可话一出口，他就后悔了。

明舒这胆子，让她想做什么做什么，她能造反。

“想做点儿小买卖，可一百两还不够……”她心气高，也敢想，想着开间大铺子，想着想着，主意打到了其他地方，盯着自己手腕上那只金镯子看。

陆徜看她眼神，一下子就明白了她的打算，立刻按灭她的“小火苗”：“别打这镯子的主意，这是阿爹留给你的，不能当。”

事实上，先前路上艰难时，明舒不是没动过当镯子的心思，都被陆徜拦下。她从云华山摔落，身上除了这镯子外，还有些耳环钗子等饰品，当时为免她起疑，都收在曾氏那里，动也没动过。

这只金镯是当年简老爷送给明舒母亲的定情信物，后来给了明舒，对她来说意义非同寻常。明舒自她母亲过世后就一直把这镯子戴在手上没取下来过，若她记忆还在，断无可能典当这只金镯，如今陆徜也不会让她变卖，至于其他饰物，也都是她随身之物，他没权利处置，不到万不得已的情况，绝不会拿去典当。

“哦。”明舒有些好奇这个阿爹是何许人物，竟然有这么贵重的镯子。

见她打消念头，陆徜没再多说，只道：“我明日回书院。”

明舒一下子又抬起了头，激动得双眼似乎要放光：“这就回啦？”

“我回书院你很高兴？”陆徜眼睛多尖，一眼就看穿了她的心思。

“不敢不敢。我哪舍得阿兄？”明舒连忙摇手，不过心中小鸟就快冲破牢笼得到自由的喜悦还是暴露在了脸上。

“那我不走了。”陆徜道。

“别呀！”明舒立刻抓他手臂，“我再不舍得，也不能耽误阿兄的前程。阿兄，仕途为重，你还是赶紧回书院吧。”

“……”瞧她这迫不及待送他走的模样，陆徜心头又犯堵。

他的脸色立时就半沉，道：“陆明舒，别以为我不知道你在想什么。殷家之事我念你是初犯，饶你这一回，你若再敢瞒着我去做那些危险的事，我就……”

话到一半，他又说不下去，能威胁她什么？好像也没什么能威胁到她的。

他这阿兄当的，在她面前恐怕就只是纸老虎。

“不敢了不敢了。”明舒的态度一贯好。

主动认错，积极表态，然后……死不悔改。

离会试只剩一个半月的时间，陆徜也确实耽搁不起，翌日一早，他动身回松灵书院。

明舒兜里有了闲钱，她捂不住，立刻就带着曾氏逛铺子挑布料做春装，给陆徜挑的是最多的——除了春装的布料，还有什么折扇、扇袋、香包，但凡她看上的，买的时候就没手软过。

银子花出去，她心情也舒坦了，就等衣裳做出来给陆徜送去。

毕竟马上要金榜题名的人，怎么也得穿得体面些。

就这么逛了两天，曾氏再也逛不动了，她也腻乏，又恢复到去殷家前的状态，闲在家里和招宝大眼瞪小眼。

好生无趣。

这日午后，她恹恹地坐在厅里，双手托腮盯着某处出神，一时间竟有些后悔自己太快帮殷家解决问题，不然她还能多做一阵子伴读。也不知道殷淑君和殷良君后来如何了……

正想着，本正蜷在门旁睡觉的招宝忽然冲到门口处吠了起来，连带着把明舒唤回神。

脚步声由远及近，招宝警惕的吠叫忽然转成撒娇的呜呜声。一道纤影停在门口，瞧见招宝，她忍不住蹲在门槛前，手伸在半空，想摸又不敢摸，只朝已经望来的明舒道："喂，你家的狗咬不咬人？"

明舒吼招宝："你个臭不要脸的招宝，看到漂亮娘子就知道献殷勤，我养你何用？"

招宝的老毛病，看到男人凶得像狼，看到娘子软得像猫，一点儿骨气都没有。

偏偏今天来的，是殷家最漂亮的殷淑君。

听到明舒的话，殷淑君放心摸招宝的头，明舒照样坐着，没有起来迎接她的打算。现在她不是殷家小伴读，和殷淑君更不是主仆关系，她才不想行礼。

相处了多日，虽然不曾亲近过，但殷淑君多少也摸到些明舒的脾气，逗完招宝就带着双雁进屋，一屁股坐到明舒对面。

"陆……"

她才刚开口，就被明舒打断。

"拿人钱财，替人消灾，我帮你母亲办事而已。现在钱已结清，两不相欠，你不必谢我。"明舒不想听人在耳边说些煽情话，腻得慌。

殷淑君打了一个晚上的腹稿，在来的路上还在反复斟酌的感谢话，通通都被明舒这两句话打散。

"谁要谢你了。"她抬了抬下巴，还是有些倨傲，"我来是告诉你良君的处置结果。"

"说吧。"提起这个，明舒倒是来了点儿兴致。

"她和姨娘一起被送到庄子了，三五年内回不来。"殷淑君言简意赅道，"这个结果你可满意？"

正当婚龄却被家中驱逐到庄子上，还连着生母一起，这不仅断了殷良君回京师的所有后路，甚至抹杀了她日后在京城谈一门好亲事的可能性。前程后路俱断，她往后的日子不好过。

这个结果不能说好，也不能说不好，都是内宅常见的路数，明舒没什么满不满意，就算不满意，她也不可能让殷家人把殷良君送官查办。

就这样吧。

她耸耸肩，不置可否。

两人之间又没话题了。殷淑君干坐了片刻，明舒突然道："话说完了，你怎么还不走？指望我留饭吗？"

殷淑君本来想走，被她一句话激出逆反心理："我就不走了！你这人怎么这样？不能好好说句话吗？就算我得罪过你，你不也……每次都让我吃瘪。"

听到这话，明舒终于"扑哧"笑出声："你一个千金大小姐，我和你能说什么？你金银不缺，我却要为一两银钱愁破头。"

"你还缺钱？"殷淑君眼睛亮了亮。

"怎么着，你有赚钱的门路？"明舒斜睨她。

殷淑君卖了个关子，上下扫了明舒几眼，冲她勾勾手指头，在她凑过来的耳朵旁边说了一个字。

"有！"

明舒对殷淑君所谓的赚钱门路颇为怀疑，但殷淑君似乎来劲了。

"娘子，衣裳、头面和胭脂水粉，都在这儿了。"双雁被殷淑君使唤回家取了一大包袱东西过来。

现下三人都挤在明舒那间小小的房间里。

"我的朋友可都不是普通人，你想从她们手里接赚钱的活儿，自个儿得先上得了台面。"殷淑君把明舒按在椅子上，又令双雁打开包袱，"这儿有一身我年前新做的衣裳，咱们俩身量差不多，你穿着应该合适，还有一套赤金头面，我给你打扮上。"

明舒诧异地刚想开口，只听她紧接着道："别想太多，借你的。"

说罢，她就与双雁一左一右，把明舒按在椅子上，又是梳发上妆，又是更衣换装，足足忙活了半个时辰后，殷淑君惊讶地看着盛妆的明舒，喃喃道："果然人靠衣装，佛靠金装，陆明舒你……"

她知道陆明舒生得好，却没想过盛装过后的陆明舒，竟与平时判若两人，举手投足与眉目之间，竟有一股大家闺秀的气度。若非殷淑君亲眼瞧见陆家的境况，知道她为银子发愁，她真要觉得陆明舒是哪个高门大户家的娘子了。

殷淑君自己也漂亮，但见了此刻的陆明舒，还是忍不住感慨一句。

真是漂亮。

屋里没有镜子，明舒瞧不见自己的模样，但她知道，自己应该是漂亮的。

殷家嫡女的衣裳，不论布料还是剪裁都是一等一的好，头面也是不多见的精致花样，一上身，明舒就觉得自己像套上盔甲准备上战场的将军，再也不能像平日那般随意。

有些习惯，刻在骨子里，忘不掉。

匆匆和曾氏交代了两句，明舒就与殷淑君出了门，乘上殷家的马车，往汴河附近去了。

“今儿带你去长见识！这万嘉楼可是京师最著名的酒楼，里头有最烈的酒、最美的舞姬、最好吃的菜……”马车上，殷淑君的话匣子关不住，滔滔不绝说了一路。

以万嘉楼的名气，明舒自然听说过。这是汴京贵人们最爱去的地方，就连圣人都曾微服私访到过万嘉楼，里头大把一掷千金的豪客。

殷淑君说了一路，明舒就听了一路。

二人抵达万嘉楼时，天色已沉，只见万嘉楼灯火通明，金碧辉煌，仿若仙宫。楼有三层，临水而建，灯火倒映水面，望去满目璀璨，没有一处不透着个“贵”字。

“这地方……进去了你出钱？”明舒觉得自己那剩下的几锭元宝配不上这地方。

殷淑君难得在她面前长回脸，当下道：“跟着本姑娘来，能让你破费？”

“哦。”明舒点点头，往酒楼门口迈去。

门口站着不少人，逮着进门的客人就点头哈腰，殷淑君便指着那些人道：“那些不是酒楼的伙计，只是闲汉……”

她话还没说完，就有个闲汉上前，冲两人点头哈腰道：“二位娘子万福，娘子留神脚下，这石阶陡，当心绊着。今儿万嘉楼里人多，二位娘子金尊玉贵，定是厌烦这楼中浊气，不如让小人为二位娘子效劳，代为安排？”

闲汉说话体贴又好听，满脸堆笑，殷勤得很。

殷淑君却是知道，这闲汉并非酒楼中人，只是在酒楼附近靠着逢迎拍马、替人安排在楼中一应事宜讨赏银的人，要他们服务是要打赏的。淑君虽然出身颇高，但一个未出阁的娘子，月银也就那些，本来是不想把钱花在闲汉身上的，但是……

“行，就你吧。”明舒已经开了口，她脸上没半点儿初入这类场所的怯意，落落大方地挥手，边走边道，“替我们寻个好点儿的雅座，要视野好又不闹的，先来两份开口汤，按酒的果子来个五样……”说着忽然转头问殷淑君，“可有忌口？”

殷淑君傻傻摇头。

“那我拿主意了。春天，吃鳜鱼好。”明舒道，接着又朝闲汉报了一堆汤羹与果碟名字，什么鳜鱼羹、乌糖梅、丹果糕、栗黄之类。

就这些，还只是餐前小菜。

“行了，先这样吧，你且去安排。正菜一会儿再说。”明舒吩咐道。

那闲汉拱拱手，道：“好嘞。”人却没动。

明舒回头看殷淑君：“傻看什么？打赏呀。”

不打赏，人家哪肯卖力气。

殷淑君瞠目结舌地赏了一小角碎银，回过神来才发现自己被当成丫鬟了，气恼得不行，待要分说，明舒却已经上了楼。

不多时，二人就被带到楼上的雅间里。

“给二位娘子要了这间雅间，包二位满意。这里既不闹，又能看到下边，待会儿下头的诗会开始，二位娘子便可一览无余。您要是自个儿进来，可要不到这样绝佳的好位置。”闲汉安排妥当，对明舒笑着道。

这位置在二楼，正对着一楼大堂的红戏台，确实好。

“什么诗会？”明舒纳闷儿。

闲汉刚要开口，殷淑君已经受不了，再让这闲汉待下去，她的荷包可能要全空，于是便挥手让那闲汉退下去，自己给明舒解释起来。

“每一届会试之前，这里都会举办一场诗魁赛，斗诗选魁，取个彩头。被选中的诗作也会流入民间，成为日后脍炙人口的成名作，所以吸引了汴京无数才子前来。而前几届的会试头三名贡士中都至少有一人，是这场诗会的诗魁。”殷淑君说话间又看了眼二楼这一圈围着红台的雅间，“你看这一圈，今儿晚上全被各家娘子占了。都是提前来看汴京城的青年才俊的。”

明舒也跟着看了眼，果然，帷幔之后坐的全是娘子。

“我今晚本也是约了人在这里瞧热闹，便宜你了。”殷淑君又道。

她所约之人就是打算介绍给明舒认识的，可那人眼下还没到场。

“这有什么好看的？”明舒不以为意。

整个汴京城的才子，哪个比得上她阿兄？她阿兄肯定不会参加这种无聊的比赛，没有她阿兄，她自然没兴趣。

“青年才俊呀，也许就是未来的夫婿，怎么不好看？更何况听说今晚宋清沼也会来。”

“宋清沼又是谁？”明舒没听过。

“松灵书院的大才子，镇国公的嫡孙，金榜热门人选第一位的宋清沼！”

松灵书院？和陆徜一个书院？

“第一位是宋清沼，那后面的呢？”明舒又问。

“第二位好像叫谢熙，第三位是江宁解元陆徜，第四……”

“什么？陆徜才排第三？那宋清沼和谢熙何德何能排在陆徜前面？”明舒拍案而起。

“你这么激动作甚，这名次又不是我排的，你……”殷淑君忙拉她坐下，只是话未说完，底下就传来喧闹声，围坐二楼的娘子们也都一个个站了起来。

明舒循声望去，底下进来一群书生，当前那位，着青衣戴玉冠，人如青竹，负手而入。

明舒揉揉眼，扑到扶栏前。

她没看错，真的是那天在松灵书院见到的少年。

“喏，那个走在最前面的，就是宋清沼了。”殷淑君的声音在她耳边响起。

原来他叫……宋清沼。

明舒半身趴到扶栏上，脑袋探出幔帐，眼珠子跟着楼下进来的人转。

宋清沼已经步入堂内，正朝四周簇拥而来的举子们抱拳行礼，举止有礼却又带些疏离，不知是否感受到了二楼打量的目光，他略抬了头斜望而来，视线正巧落在明舒所在的方向。

大堂灯火通明，将人照得格外清晰。

那日在松灵书院不曾看清楚的脸，一下子扑入明舒眼帘。

他生得真好，白皙的脸庞，寒星似的眼，清凌凌地望人一眼，仿佛要望到人心里去。像贴着明舒的喜好捏出来的人，俊美又干干净净，不带一丝脂粉气。

这真是她见过最好看的男人了。不对，还有一个，但那个是她阿兄，不可亵渎，不可妄想。

就在快要撞上宋清沼目光时，明舒倏地缩进雅间内，双手捧着心脏，一脸呆愣。

心跳得飞快——扑通扑通。

她这是怎么了？不就是个男人，就算长得英俊点儿，也不必如此吧？

殷淑君说了一大堆话后发现并没被明舒听入耳中，她走到扶栏边，朝下望了望，又狐疑地看看明舒。

“陆明舒，你该不会是……”殷淑君斜睨她，“看上宋清沼了吧？刚才还说人家‘何德何能’呢！”

“别瞎说。”明舒端起桌上冷茶，一饮而尽。

这才看过宋清沼两眼，她是那种见色起意的女人吗？看到个清俊的男子就要心动？怎么可能？

可是这快要跳出喉咙的心是怎么一回事？还有这莫名其妙的熟稔感，

她总觉得自己认识宋清沼。

“我……”殷淑君好容易逮到嘲笑她的机会，正准备开口，却被另一个声音打断。

“谁又不长眼看上宋清沼那棺材脸了？快说来让我乐一乐。”雅间的竹帘被人掀开，进来个十六七岁的少女，着一身绯衣，额前垂着薄薄的齐刘海儿，脸上还有些婴儿肥，本该是极甜美的模样，可她却生了双细长的丹凤眼，平添几分郁郁之气。

不去看宋清沼，明舒的心跳渐渐恢复正常，她努力将注意力拉回来，望着来人不语。

殷淑君已经迎上前去，道：“你可算来了。”

那少女将手中暖炉交给下人，令他们站在雅间外候着，自己进来，打量着雅间勾唇道：“这雅间……”又看看桌面的点心，“这吃食……花你不少钱吧？不像你的做派啊。今儿是把你的嫁妆银子给掏出来了？”

殷淑君没好气地要反驳，少女已走到雅间内，目光又扫过明舒：“哟，你还带了旁人过来？不是与我私约呀？怪没意思的。”

她说话间坐到桌旁，挑剔的目光依旧流连在明舒身上。

“知道你瞌睡，给你送枕头来了。”殷淑君知道她的脾气，并没把她的话放在心上，为二人介绍起来，“明舒，这位是我的闺中密友，章怀郡王家的闻安县主。闻安，这是我新结交的好友陆明舒。”

明舒和闻安同时望向殷淑君。

明舒眼中之意：谁和你是好友了？

闻安直接开口：“你不是说只和我一人做闺中密友吗？”

殷淑君咳了咳：“我想替你分忧，所以引荐人才来了。”

闻安又望明舒，不悦道：“你把我的事同她提了？”

“那倒没，你不点头，我哪敢。”殷淑君边说边用手肘撞撞明舒。

明舒倒了杯茶，规规矩矩送到县主手旁，道一声：“县主润润喉。”

闻安才哼了哼，微眯的眸透着浓浓的不信任：“谅你也不敢。你说她是人才？我可看不出来，喜欢宋清沼的能是什么人才？”

她对此嗤之以鼻。

楼下传来喝彩，掌声雷动，明舒歪头望去，似乎宋清沼对了个对子，博得满堂彩，连二楼都有不少娘子起身含羞而望。明舒看了两眼就收回目光，笑道：“县主为何如此说？爱美之心人皆有之，男人喜爱女子貌美，女人不能欣赏男人容颜吗？我观宋郎之颜，如同瞧见一方良玉，心生欢喜又有何不可？难道县主不喜欢看英俊的小郎君？”

“……”闻安大概第一次遇上有人如此直言不讳，一时竟未能答上，不过总算正眼瞧了瞧明舒，脸上忽然一笑，“这话我倒爱听。”又转头对淑君道，“殷娘，你倒说说，她有什么才干能替我分忧？”

殷淑君便坐到她身边，细细说起殷良君的事来。

三个小娘子就围在圆桌旁，喝着茶，吃着果子，聊着殷良君……楼底下的雀跃喝彩似乎都来自另一个世界，年轻的少年郎君，吸引不了她们。

“我早就与你说过，你那庶妹不是什么好东西，你偏不信我，呵，活该！”听完前因后果，闻安冷笑，“也就是你这个蠢的，被这么欺压了两年。送去庄子？斩草除根懂吗？这样的人要落在我手里，我保准叫她求生不得求死不能！”

她说着捏碎手里的丹果糕，红色沾到指尖，她若无其事地拿出绢子细细拭净。

殷淑君这么个骄纵任性的姑娘，在闻安县主面前，竟乖得像只猫儿，明舒见了不由咋舌。这县主是什么手段的人物？她好奇。

“郡王家里姬妾多，她的庶兄弟庶姐妹一大堆，平日里妻妾争宠姊妹夺利不断。”殷淑君在明舒耳边偷偷一语。

明舒了然——难怪，泡在染缸里长大的，和殷淑君这傻孩子确实不一样。

“县主手段了得，似乎……没有明舒用武之地。”明舒便道。她只当殷淑君想将她推荐给闻安，为她内宅争斗做谋划。

闻安却没听见般，垂下眸，思忖良久才道：“也罢，瞧她也是个聪明的，女人总比男人心细些。死马当活马医，殷娘，你给她说说吧。”

殷淑君得了闻安的准话，这才向明舒解释起来：“县主不是愁内宅之事，她忧的是她那门亲事。”

闻安县主自小就已定亲，对方是门户相当的人家，永庆侯谢家的世子谢熙。二人也算打小就相识，旁人眼中两小无猜、青梅竹马的情分，结亲是喜闻乐见的结果。谢熙为人温和，才学出众，品性亦十分端正，是绝佳的夫婿人选。

曾经，闻安也如此认为，她很满意这门亲事，也很喜欢谢熙，多年来都以谢熙未过门的妻子自居，只待年岁一到就嫁入永庆侯府。

然而随着年岁渐长，她却越发觉得谢熙冷淡疏远。他待她虽然依旧谦和有礼，但礼貌与疏离，有时不过一线之隔，她能察觉到其中的差别。

他们是众所皆知的未婚夫妻，就算守礼避嫌，也总该有些小儿女间暗涌的情愫互动，然而谢熙和她没有，或者说，只是她一头热，谢熙从未表示过什么。

到如今，离二人成婚之期，只剩一年时间，可闻安越发对这门亲事、对谢熙没了信心。

“恕明舒直言，高门大户的亲事大多依门第而结，极少听凭男女情感，多少夫妻成婚后互不相爱，浑浑噩噩过一世。县主与谢公子亲事已定，他对你钟情与否，好像并不能改变这桩婚事。”

明舒不知道闻安想要自己查什么。

“你不懂，若他心中无情，既不钟情于我，也不喜欢旁人，我反倒愿意嫁去。感情嘛，婚后再培养也成。我只怕他心系旁人，到时我嫁去他家，落得个无宠无爱的下场，就像……我娘一样。”闻安说着眉眼垂落，郁郁之色中又加几分薄愁。

殷淑君便又向明舒解释：“不瞒你说，郡王在娶妻之前，曾有一位十分心仪的姑娘，甚至为此人大动干戈，闹得人尽皆知，可惜终究屈服于家里，最后娶了闻安生母为妻。那女子没多久便郁郁而终，郡王亦心中大恸，后来所纳姬妾无不神似那位娘子，且冷落正室多年，致使郡王妃常年郁郁寡欢。”

这……明舒也不知该叹郡王痴情，还是该骂他不配为人丈夫了。

“你想查谢公子是否有意中人？这事应该不难呀，派人跟踪他一段时日不就知道了？若是有，总有蛛丝马迹可寻。”

“已经派人跟了将近半年，那帮废物，什么也没有查到。”闻安说着气起来。

跟了半年，没查到谢熙对哪家小娘子上心，也没查到他有外室，甚至连勾栏瓦舍他都从不涉足，除了与几个要好的友人偶尔饮酒作诗外，就是读书。

“县主，你查了这么久却无果，就证明这位谢公子确是品行端方之人，他本就没做对不起你的事，你想查出什么来？”明舒有些哭笑不得，觉得闻安县主应该是受父母的不幸婚姻影响，产生心理阴影了。

“你不懂。”闻安抬眼看她，眼里无一丝迷茫，“并非我敏感多疑，我心悦于他，自然会关注他，他那些细微的变化，我感觉得出来。”

明舒捏捏眉心：“县主，我明白你的意思了。我可以帮你查，但是我也不能保证一定能查出什么来。”

“无妨，你且放手去查就是，查没查到，我都认。殷娘推荐的人，想来不会诓我。”闻安道。

“既如此，明舒便尽力一试，只是这……”明舒看了眼殷淑君。

亲兄弟明算账，她们应该懂吧？

闻安勾唇一笑，叫进丫鬟，取了一锭银子按在桌上：“这是定银，事后再给一百两。若是能拿到什么确切证据，我翻倍。”

一见银子，明舒眼睛大亮，飞快取走定银，揣进怀中。

“放心吧，县主，明舒肯定替你分忧。”对着“金主”老板，她那笑都不一样了。

谈完正事，明舒忽然又想起一事，喃喃道：“谢熙，这名字怎么有些耳熟？”

“刚才同你说过的，金榜热门第二位。喏，今儿他也来了，站在宋清沼旁边的就是他。”殷淑君说着让开位置，对着楼下使个眼色。

明舒这才注意到宋清沼旁边还站了个着深青衣裳的男子，模样也算俊朗，是位谦和的公子，不过有宋清沼珠玉在前，再加上先前时常对着阿兄的脸，看到他，明舒心内毫无波澜。

楼下的诗会已经在明舒三人的闲谈中结束，毫无悬念，诗魁为宋清沼，现在他正被人簇拥着贺喜。

“走吧，咱们下楼。”闻安率先站起身，冲明舒勾勾手，“你虽然眼光不怎样，看上宋清沼那棺材脸，不过我挺喜欢你的。也罢，给你些利头吃吃，跟我来。”

殷淑君满脸看好戏的表情，挽着明舒的手往楼下跑。

明舒满心疑惑——利头？什么利头？

楼下，宋清沼与谢熙已经摆脱众人出来，谢熙也恭喜他：“宋兄，还是你技高一筹，谢某甘拜下风。”

“世子过奖，清沼不才，多亏诸位承让才能夺魁。”宋清沼神情仍是淡淡，并无多少喜色。

“你就别谦虚了，你的本事，我能不清楚？这届的举子，就没压得过你的。”谢熙又道。

宋清沼却摇了摇头：“不，有一个人，若不出意外，会是我的劲敌。我一直想会会他，却始终没机会，今晚他会来此，我才前来参加，没想到……”

“你说的，可是江宁解元陆徜？”谢熙缓缓道出一个名字。

宋清沼刚要回答，便听身后响起一声清脆的声音。

“表兄，世子哥哥。”

宋清沼一转头，便瞅见璀璨灯火下走出的三个美娇娘。

明舒有点儿傻眼，心脏又不太争气地跳起来，殷淑君凑到她耳边小声道：“我忘记同你说了，镇国公府是郡王妃的娘家，宋清沼和闻安是表兄妹！”

“……”明舒愕然。

第十五章 哑巴吃黄连

繁灯如星火璀璨，灯下站的人却似皎皎明月，周围匆匆而过的人群成了虚无背影，明舒眼中只剩下宋清沼。

脑中有些破碎的画面闪过，似乎在寻而未果的记忆里，遥远的某年某月，也见到过这么一幕，有人站在璀璨灯火下静静等她。

是谁？那个人是谁？

她怎么也想不起来，那些记忆仿佛就在眼前，可她一伸手却碎了，最终散去，又化成眼前站的人。

“闻安？你怎么在此？”宋清沼已经开口，他的嗓音和他给人的感觉不太一样，清朗如玉，亲切如春。

他身边的谢熙微微颔首，并未出声。

“和手帕交来这儿小聚，顺便瞧瞧诗魁赛。”闻安上前行个礼，冲两人笑道，“恭喜表兄和世子哥哥，有你们在，别人的光彩通通被盖下去了呢。”

宋清沼便道：“别胡说。这么晚还不归，郡王妃该担心了。”

“马上就回了。天也确实晚了，能否烦请表兄和世子哥哥送我们归家？”闻安歪头道，与在雅间时不同，只将小女儿姿态做足。

宋清沼知道二人婚事已定，只当闻安少女心思，于是成全她：“那就让谢熙送你回府，我……”

“殷家的马车在那边，我就不劳烦宋公子了，倒是明舒……就是我和县主新结交的好友，陆明舒，她是一个人来的。”殷淑君这会儿倒变聪明了，把明舒往前一推道。

宋清沼望向被殷淑君和闻安拱在正中间半垂着头的少女，眉头微蹙后很快道：“我知道了。”语毕也没多问，只吩咐下人套马取车。

“我会把她送回家。时辰已晚，你们也快些回去，免得家中长辈担心。”宋清沼说着又拍了拍谢熙的肩，“闻安就交给你了。”

谢熙点了下头，脸上一片平静，看不出任何抗拒或喜悦，仿佛完成任务般请闻安县主上马车。殷淑君冲他们挥挥手，也上了自家马车，只留明舒独自面对宋清沼。

“陆娘子家住何处？”宋清沼站在马车前问道。

“胜民坊，有劳公子了。”明舒有些紧张，回答得规规矩矩。

宋清沼听到“胜民坊”时，脸上露出一丝诧异，但良好的教养让他什么都没问——看她打扮与举止像个官宦人家的姑娘，又与殷淑君和闻安结交，他想着她怎么着也该出身富贵，但这胜民坊却是平头老百姓聚居之地。

明舒知道他在诧异什么，她有些尴尬，国公家的嫡孙，怕是从小到大都没去过胜民坊那样的地方。她想要不就算了，自己回去也没什么，刚要开口，就听宋清沼道：“陆娘子上马车吧，我送你回去。”

“多谢。”明舒只得收了婉拒之辞，踏上马车。

宋清沼骑马，她坐着宋家的马车，一路无话，抵至巷口，马车再进不去。陆家的房子在这条街巷近尾处，天已黑透，行人稀少。明舒从马车上下来，同宋清沼致谢道别。宋清沼看了眼黑魆魆的街道，道：“我送你进去吧。”

这次换明舒诧异了，这位国公家的嫡孙，身上不仅半点儿架子没有，还对人体察入微。

“走吧。”没给明舒拒绝的机会，宋清沼已经踏入巷中。

明舒跟在他身后，从巷口到家要走百十来步路，两人一前一后走着，无人说话，沉默得有点儿尴尬。明舒斟酌了片刻开口：“宋公子，我们从前……可曾见过？我总觉得公子有些熟悉。”

她直接问了。

宋清沼转头，侧颜很冷淡：“宋某不曾见过陆娘子。”

明舒顿时觉自己问得孟浪了。

那天匆匆一瞥，宋清沼也没记住她。

“那可能是我记错了。”她讪讪道，又岔开话题，“听说宋公子是松灵书院的学子，真是凑巧，我阿兄也在松灵书院。”

他又看了她一眼，这次只“嗯”了声，连搭话都省了。

明舒很久没遇到过这么难聊天的人了。她都提起阿兄了，他却连问都不问，显然并不想和她扯上关系，她并非不知趣的人，再问下去就如街头搭讪攀交情的登徒子一般了，于是闭上嘴。

就在这般沉默中，二人快走到了巷尾。

“阿娘！”明舒一眼看到曾氏。

曾氏坐在门前做绣活儿，每下几针就要抬头看看空荡荡的街道，她在等明舒。街道很黑，但家里敞开的门中射出的灯火却暖人心。

明舒又愧疚又感动，只冲宋清沼道了句：“我家到了。”人就如蝴蝶般飞快跑到曾氏旁边。

宋清沼就远远停了步。

曾氏一见明舒就安了心，从凳子上站起来，明舒拉着她说了几句话，再看宋清沼时，这人已经转身离去。

“明舒，那是谁？看身形应该是俊俏郎君。送你回来的？怎么不请进家来坐坐？”曾氏也瞧见宋清沼了。

“不用了，他也赶着回家呢。”明舒连声谢都没来得及说，心里也有些失落。

“他是谁家公子，跟阿娘说说。”曾氏挽着明舒进屋，还在好奇。

“阿娘……那是国公府的嫡孙。”明舒只好道。

“国公府?!”曾氏刚升起的心思顿时散了，“怪道那般清贵，唉，可惜了……”

门第太高。

“阿娘您想什么呢？”明舒哭笑不得。

“做母亲的，能想什么？你说呢？”曾氏戳了下她的眉心反问她，又见她打扮得非比往常，拉着她东问西问。

明舒边摘头面边回答曾氏，除了县主的家事外，她还耐心十足地把今日见闻通通说给曾氏听。母女两人兴致勃勃夜话半天，才各自洗漱歇下。

夜里，明舒做了个梦。

梦中，有个穿青衫的少年，在灯火下远远看着她。

面容模糊。

接了闻安县主的差事，明舒自当尽心尽力，第二天就开始着手调查谢熙之事。

会试在即，谢熙也是本届金榜的热门人选，名声在外。明舒稍做打听，就在茶馆里打听到了谢熙的为人。

关于谢熙的坊间风评与闻安县主说的出入不大，对他品性的赞美，还排在他的才学之上。

谢熙是个交口皆赞的正人君子，几乎“君子”到了不近女色、足以修道的地步。

家中给他安排的通房他没收，跟随左右的只有小厮和书童，身边一个近身服侍的丫鬟都没有，他也从不踏足勾栏瓦舍，没有红颜知己，只一门心思求学，所结交的人不是门第相当的勋贵子弟，就是京城的少年举子。

关于永庆侯府内的事，明舒已经通过陶以谦与殷淑君求证过了，谢熙在府中确实没收通房，身边也没有丫鬟。而他在外头的行踪，县主派人跟了大半年，应该也调查得非常详尽，外室基本可以排除，平时也没和哪家娘子特别接近。为了求证他的人品，县主甚至找了个青楼女子试探，不想谢熙竟是个柳下惠，坐怀不乱。

这样无孔不入的调查，都查不出所以然来，明舒也想不出自己还能从哪里下手。

她只能先琢磨，有哪些地方是被县主忽略掉的。

想来想去，还真被她寻出一处来。

书院。

谢熙与宋清沼不同。

宋清沼虽是国公府嫡孙，但并非长孙，他无法承爵也无心与兄长争斗，便打算走科举之路。为了有更好的学习环境，他放弃了靠祖荫进官学的机会，转而自己考入松灵书院就读。

谢熙已经是永庆侯府的世子，科举对他来说不过锦上添花，他凭借祖荫进官学就读，并非松灵书院的学生。

书院内都是男人，县主派去跟踪的下人并没调查谢熙在书院内的行踪。

明舒心里隐隐有个荒谬的念头。

县主调查得已经足够详尽，但所涉及的还是男女这一方面，那万一……

她想，只是万一。

谢熙若有断袖之癖呢?

断袖之癖在大安朝实在不是稀奇事。从古至今，上至达官贵人，下至平民百姓，都不乏好男风之人，到了大安朝也不例外，只是因为传宗接代等诸多人伦问题，断袖之癖历来被世人视如洪水猛兽。

明舒想得开，她对这种癖好倒没有过多偏见，人有七情六欲，有些喜好天生而成，很难改变，只是人生有舍有得，想要得到某些东西，就必定要放弃另一些东西，承担应该承担的非议，不能既要满足自己的私欲，又要牺牲无辜的人给他做幌子，这就是她所不齿且无法接受的事了。

这世间，少有两全法。

女色方面，谢熙肯定没有问题，现在就剩下这一点了。

她觉得她得查清楚这件事。

要查清这事，她就必须进书院。官学她是进不去了，不过好在谢熙每隔一段时间，就会去松灵书院访友小住，若他真有龙阳之好，在松灵书院也许能查到蛛丝马迹。

而刚刚好，松灵书院她进得去。

因为，陆徜在里头。

给陆徜做的新衣已经裁好，天赐明舒的好借口，她又可以去探望阿兄了。

闻安县主那边送来消息，谢熙前两天已经动身往松灵书院访友，明舒也不耽搁，立刻打包衣裳，又带了一篮子鸡蛋，一坛鲞腊，往松灵书院探亲去了。

与上回一样，她到的时候已经近午，书院的门人已经认识她了，唤来书童把她带去找陆徜。

“陆师兄被山长叫去藏书室了，现下怕是不得空闲。娘子请先在他屋里稍候。”书童把她带到陆徜的屋中道。

明舒道了谢，书童告辞离去，她将手中重物通通放下，最后才把新做的衣裳重新叠得平平整整放在陆徜床上，再将什么扇子、扇袋、香囊之类的一一摆在衣裳旁边。

她蹲在床边欣赏起来，幻想自家阿兄穿上会有多风流倜傥，可想了半天，陆徜仍没回来。她蹲得腿脚发麻，便又起身，在屋里踱步，想着要如何找到谢熙，忽听外头传来声音——

“高兄他们恐怕已经到了，我们快些过去。”

“他们到了就多等等，你走这么快作甚？当心脚下！”

前头那个清脆的声音明舒不识得，但后面这个声音，明舒却记得。

待门前人影匆匆过去，明舒方悄悄将门开了道缝隙，看着刚刚路过陆徜房间的两个人。

真是踏破铁鞋无觅处，得来全不费工夫。

那两人一高一矮，高的是谢熙，矮的那位只到谢熙肩头，穿的是松灵书院的仕子襕服，身形瘦削，脚步矫健。

明舒不敢耽搁，闪出房门，轻轻掩好门后，蹑手蹑脚跑入长廊外的草木间，借着草木的遮掩，偷偷跟着前面那两人，绕到了竹林后的一处轩馆外。

馆内传出少年人高谈阔论的声音，那两人听到后，加快脚步踏进馆中，明舒就再也看不见了。

她很想瞧清楚与谢熙走在一块儿的少年的模样，左右张望一番，发现轩馆南面的窗户敞着，她便猫身沿着墙根悄悄摸到了那扇窗户下头，双手攀着窗框，将头慢慢往上探去。

马上就能看清屋内的景象了，她屏住呼吸，仰起头，视线即将越过底部窗框，她正激动，忽然之间，心脏一颤——

四目相撞，她抬头仰视的眼睛，与宋清沼垂头俯瞰的双眸……

不期而遇。

明舒脑袋都要炸了，撞见什么人不好，偏偏撞见了他？

宋清沼盯着她的脸不动，似乎也被她惊到。

就这么木头瞪石头地对视了片刻，在宋清沼即将有所动作时，明舒回神，飞快地抬手做了个噤声动作，满脸祈求之色。宋清沼脸已经冷下来，口倒是没开，只是将支窗的小棍一挑，窗扇猛地落下，险些夹到明舒扒在窗框上的手。

屋里的景象再也瞧不见。

明舒摸摸鼻头，想着这宋清沼好凶。

里面很快传出宋清沼的声音：“各位，屋外春光正好，我们不妨到屋外畅谈，岂不更加惬意？”

科举考策论，今日是几个学子相邀在此畅谈时事做功课的日子。

听到宋清沼的提议，很快有人附和：“宋兄的提议甚妙，屋里烦闷，外头开阔，许能让我等思路清明。”

“走走走，到外头去。”另有人已经呼朋引伴地向外走去。

显然，宋清沼虽然没有当场揭发明舒，但也不愿屋里的伙伴们再置于明舒的窥探之下。

明舒听到一阵脚步声响起，屋里渐渐空了，她懊恼地一拍额头。

得，白忙一场。

她抖抖裙摆上沾的杂草，直起腰来循原路回到陆徜的屋子，可才走了几步，她就瞧见竹林下负手而立的少年。宋清沼没和众人一起走远，而是停在那里等明舒。

没什么比做坏事被人当场抓住更尴尬的了。

明舒硬着头皮上前，行了个礼：“宋公子。”

宋清沼垂头打量这个只见过一面、个头儿才到自己肩膀的姑娘。

若非刚才闯进自己眼帘的是她这张脸，他可能认不出她来。她今日穿着单色的襦袄，梳着简单发髻，发髻上只插着两只小簪与一朵路边摘的鲜花，与前几天在万嘉楼外遇见的她判若两人。

“书院谢绝女客，陆娘子为何会出现在此？”他冷冷道，目光似箭。

“我……”面对他的质问，明舒绞尽脑汁想借口。

宋清沼冷眼看她：“若是说不出理由，便请娘子随我去见山长。”

明舒深呼吸，刚想作答，眼角忽然扫到竹林旁边的长廊上走来一人。她背脊一凉，从头惊到脚。

宋清沼没等到她的答案，因为明舒整个人像猫一样倏地缩到他背后，借他的身形把自己彻彻底底挡住，用轻若蚊蝇的声音说：“对不起，宋公子，你别动，借你藏一藏。”

宋清沼愕然。

他展眼望去，长廊上走来那人，是前两个月刚入松灵书院的学子，江宁解元陆徜。

陆徜正巧也望过来，他与宋清沼虽然认识，但交情并不深，微微颔首后便继续往前走，宋清沼也点头回礼，并未交谈。待陆徜走远之后，他听到身后的人松了口气的声音，莫名其妙地，他也跟着松了一口气……

“陆娘子，你到底……”宋清沼转身继续质问，可话说到一半，他忽然记起上回她说自己兄长也在松灵书院，她又姓陆……他话锋一转道，“你兄长是陆徜？”

明舒只能讪笑着点头——本来想以自己来找阿兄为借口，这下子不用说了。

要是让陆徜知道自己赚钱赚到书院来，她指定得被他打包扔出书院，那她还怎么调查？

算了，先过宋清沼这关再说吧。

她清了清嗓子，振作精神，不能让自己为美色所迷，必须反客为主，反守为攻！

“宋公子，你与谢熙交情甚好，可知他平日都与哪几位公子交好？他为什么每隔一段时间就要来松灵书院一趟呢？”

“你是为谢熙而来？”宋清沼眉头微蹙，他以为她是为了……

是他自作多情了，他有些尴尬。

“也是也不是，我还要给我阿兄送东西的。”明舒可不知他在想啥，自顾自道，“宋公子，刚才和谢熙一起进轩馆的人是谁？与谢熙交情很好？”

“那人姓唐名离，并非本届举子，是山长前几年收养在书院的孤儿，谢熙与他……”宋清沼回答到一半，忽然清醒过来，自己不知不觉被她套了话，于是神情一肃，又道，“你问这些做什么？难不成，又是为了闻安？那丫头真是……她在想什么?！在外头派人跟踪调查谢熙还不够吗？真是荒唐！”

看来闻安县主的举动，并没瞒过所有人。

明舒不免替闻安说话：“哪里荒唐了？这世道女子嫁人可关乎后半辈子的幸福，但凡有点儿能力，想要给自己寻个良人又有何不可？更何况郡王府那样的情况，闻安郡主置身其中，心中必定有苦难言，她不愿重蹈母亲覆辙，又何错之有？”

宋清沼动了些怒：“她不愿重蹈母亲覆辙，就能为所欲为了吗？谢熙的为人，难道我们不清楚？他……”

他收了话音，目光越过明舒，很奇怪地看了眼竹林。

“他怎么了？你为何不说？”明舒追问，可宋清沼却忽然沉默起来。

他的眼神有点儿奇怪……她身后有什么吗？

不太妙的预感浮上心间。

“舍妹顽劣，在下自会管教，就不劳宋兄费心了。”冰冷的声音传来，宛如冬天一捧雪，从明舒后颈塞进去，明舒觉得脊背发凉。

明舒僵硬地转身，挤出个难看的笑来：“阿……兄……”

陆徜绕过长廊，穿过竹林走出来，目光冷冽，似笑非笑地看着明舒，道：“你还记得你有阿兄？”

明舒一听，心里冷得更厉害，哪还顾得上宋清沼，一溜烟跑到陆徜身边，乖巧得像只小鸡。

“记得记得，我当然记得，我是来给阿兄送春衣的！呵呵。”她点头如捣蒜，恨不得竖指发誓。

陆徜望向宋清沼，道：“宋兄听到了，舍妹是来寻我的，你还要带她去见山长吗？”

明舒想，完了，她阿兄到底是听去了多少？

那头的宋清沼沉默了，同样冷冷地望着陆徜。

明明只是无声的视线相交，明舒却嗅出股两军对峙的火药味来，她头皮有些发麻。

二人僵持片刻，宋清沼让步，抬手做个“请”的手势，道：“陆兄请便。”

“多谢。”陆徜拱手抱拳，毫不犹豫地告辞转身。

明舒再不敢停留，像只小蝴蝶般跟着陆徜跑了。宋清沼站在原地看了片刻，一步上前，俯身自地上拾起朵花。

她鬓边簪的花，落在了地上。

是一簇开在山边的紫云英。

陆徜走得很快，明舒不得不小跑才跟得上他。

嘭——

房门被陆徜重重推开，明舒心脏抖了抖，跟着他进屋。

“阿兄，我给你送新衣来了，看！”她飞快地冲到床边，献宝般指着床上叠好的新衣。

陆徜看也没看，就走到窗边，将窗户打开。

“还有阿娘让我带来的鲞腊和这篮鸡蛋……这些蛋是我亲手摸的……”

陆徜依旧没看这些东西，随手从桌上拿起本书，坐在窗边看起来。

明舒在屋里闷闷地站了一会儿，走到陆徜身边，这回她学乖了，既没认错，也没和他吵，她只拽着陆徜的衣袖小声道：“阿兄，我饿。”

说完，她在心里默数：一，二，三……

没等数到“四”，陆徜果然开口：“桌上有饭。”

明舒转头望去，桌上摆着装饭食的藤篮，应该是陆徜收到书童的通传，知道她来了书院，提前让人送来的。

“那你呢？”明舒打开藤篮看了眼，问他。

“吃过了。”陆徜眼皮也不抬。

“你骗人。”明舒才不相信他会背着自己先吃。于是走到他身边，又扯了他的衣袖道：“阿兄吃饭吧，你就是想骂我，也等吃饱了再骂。”

陆徜拂开她的手，不语。

“你不吃，我也不吃了。”明舒闷闷不乐地坐到床边，戳着扇袋的流苏。

陆徜把书重重一放，转头看她——他嘴里虽然说着让她不要再到书院来的话，可真的听到书童通传她来书院的消息，心里还是止不住欢喜，恨不得下一刻马上就见着她。可匆匆从藏书馆赶回来，看到的却是竹林里那一幕，他的心就像从天上被打落，蹍进尘土里一般。

“陆明舒，你到底要怎样？”他问道。

这话，问的是她，也是问的自己。

“我……”明舒觉得陆徜的目光让她心里难受，也说不上来为何难受，就是让人感觉不是滋味，她咬咬牙，老实交代，“阿兄，实不相瞒，我这趟来除了给你送衣裳外，确实还有别的事。我接了个差事，要调查谢熙的为人，所以才……刚刚是跟踪谢熙过去的。”

陆徜蹙起的眉头微松：“谢熙？你……不是为了宋清沼才来的？”

这回换明舒疑惑了：“我为什么要为宋清沼来？我和他非亲非故的！”

就算有了简单的交集，她也犯不着巴巴跑进书院来见他吧？她又不是疯了。

陆徜的神情明显放松下来，不知不觉就走到了桌边，一边动手把藤篮里的饭菜取出，一边问她：“你又要查什么？”

“就查查……谢熙在书院里有没有……”她看了陆徜一眼，声音小下去，“相好的。”

“……”陆徜仿佛听到什么不可思议的事一般，手上的动作也停了。

明舒隐去了县主之事，飞快地把谢熙的情况说了一遍，又道：“阿兄，你就别管我为什么要查谢熙为人了，你也是男人，快帮我想想，这世上难道真有柳下惠一样的男人？没有通房，没有丫鬟，送到怀里的美人都不要……”

“这有什么好奇怪的？我是男人，我身边也没有通房，没有丫鬟……”陆徜把筷子塞进她手中。

“那是咱家穷，阿娘和我没钱给你找通房和丫鬟……”

明舒的话没说完，脑袋就挨了一击。

“我阿兄正人君子，顶天立地，绝对不是好色之人，那些凡夫俗子怎么能同我阿兄相提并论。”明舒马上改口，见陆徜眼角有了笑意，又问他，“阿兄，你不觉得我的怀疑很有道理吗？”

陆徜白了她一眼，道：“我才来松灵书院两个月不到，与他们都不熟，谢熙并非书院同窗，我哪知道他是怎样的人？”

“那唐离呢？”明舒又转而问起另一个名字。

“唐离？”陆徜在脑中搜索了一下，发现对这个名字很陌生，摇头，“不认识，他应该不是这届举子吧？”

“不是。”明舒道。

“既然不是，平素与我定然没有交集，我不熟。”除了身边重要的人以外，陆徜很少分心到他人身上。

从陆徜这里打探不到消息，明舒有些失落，口中的豆腐都不香了，她只能在松灵书院待半天，吃完饭估计就得打道回府，日后还能用什么借口来书院？

有什么办法能最快速地试出谢熙的喜好呢？

如果他好男色的话……

明舒咬着筷子想着想着，突然盯着陆徜不动了。

陆徜被她盯得蹙眉，只听她道：“阿兄，我觉得你生得真好看……”

这夸奖听着怎么不太对劲。

“你怎么能长得这么好看呢？”

陆徜眉头紧蹙。

“要不，你帮帮我？帮我去试探……哎哟！”

明舒被陆徜毫不手软地敲了下头。

“陆明舒，把你这想法给我收起来！敢再说一个字，我立刻把你扔出去！”陆徜着实要被她这荒谬的想法气死了。

“说笑而已！”明舒识相地低头，继续吃饭。

陆徜瞧着她转乱的眼珠，便知她压根儿没死心，指不定心里又在琢磨什么鬼主意，就跟那次在客栈遇到山匪时一样。

他心里重重叹口气，开口：“明舒……”

听到陆徜突然低沉的声音，明舒抬起了头，发现阿兄正盯着自己，她纳闷儿道：“嗯？”

陆徜倾身，向她俯去，脸缓缓逼近明舒。

明舒略退了退，发现身后是墙，无路可退。

离得很近，陆徜的眉眼触手可及，真是要命，他生得太好，她有些……

“想留在书院？”他宛如蛊惑般开口，手慢慢抬起，指腹擦过她的唇角。

拈下一颗饭粒。

明舒像被人点穴般，只凭着本能点头。

“我有办法，但你得答应我一件事情。”陆徜道。

与其让她在外头四处乱闯，还是放在他眼皮子底下看着放心点儿。

明舒双眼一亮：“十件事我都答应你。”

“只要一件就够。”陆徜再朝前一倾，唇凑到她耳畔轻声道，“给我离宋清沼远一点儿！”

越远越好！

第十六章 有苦尽难言

陆徜的要求，明舒应得十分爽快。

过分干脆的“好”字反而让陆徜蹙了眉——连一点儿犹豫都没有？她这心思着实叫人有些摸不着。

就在陆徜困惑的时候，明舒也对着他的耳朵悄悄开了口。

气息过耳，惹人遐想，然而她的话却不咋好听：“阿兄，你是不是嫉妒宋清沼？”

陆徜陡然一震，忽有种被人点名混沌不清的心思的感觉。

“阿兄！”明舒语重心长地拍上陆徜的背，“你别嫉妒他，虽然他在金榜热门排行上是榜首，但春闱可是拼真本事的地方，我阿兄定能夺魁，现在这些都是虚名，咱不要也罢！”

她说完，却发现陆徜定定地看着自己。

怎么？她脸上又有饭粒？

“阿兄？”她摸摸脸，唤他。

明舒没有等来陆徜的回答，却等来他低低的笑声。

陆徜抚着她的头，勾了唇，眉目俱弯，也不知在笑什么。

明舒疑惑非常，不过……陆徜该多笑笑的，他一笑，像初夏煦阳，能照得人心头温暖。

“快吃，吃完带你去见个人。”陆徜坐回去，催道。

“见谁？”明舒好奇地问。

“能让你留在书院的人。”

午后的书院阳光明媚，翠色满眼，微风徐来，格外惬意舒坦。

但眼下站在庭院里的人却并不惬意。

年过四旬的妇人，穿茶青色的褙子，盘着光洁的发髻，面容富态，此刻却是着急上火地在庭院里对着身边的嬷嬷道：“年前允了新柳的探亲，她到现在还没回来；上个月柱子要娶亲，又允了他一个月的时间回去娶媳妇。院里杂役人手本就不够，现在可好，秋云又病倒，过几天三殿下与尚书令将同临书院，可院中人手不足，连个端茶倒水的人都挑不出！”

“可眼下火急火燎地要挑人本就不易，三殿下驾临，万一再挑中些不干净的惹出什么变故，咱们书院也承担不起后果。”旁边的老嬷嬷跟着发愁。

“可不是这个理儿？愁死我了。”妇人又道。

明舒跟着陆徜踏进这处两进的小宅院时，听到的就是最后这句话。

这里是松灵书院的徐严山长在书院内的住处，山长管着书院外务，这内务就交给他夫人何氏负责，方才说话这人，正是何氏。

何氏的话夸张了些，书院内端茶倒水的人还是有的，但来的都是大人物，那点儿人手恐怕不能周全。

“师娘。”陆徜的声音响起。

何氏转头，一见陆徜，脸上的焦急暂收，换作慈爱：“陆徜？你怎么来这儿了？”

她对陆徜很熟。虽然书院内也不乏贫苦困顿的孩子，但像陆徜这般家境排在倒数，却从不遮掩、坦然面对的就这么一个。为了生计，他一边读书一边找差事，连徐严都感叹过几次，何氏心里是极怜爱他的。

“今日听山长说，师娘正为书院人手不足之事烦心，学生想着或可替师娘分忧。”陆徜拱手说明来意。

“哦？”何氏一听大喜，这可真是打瞌睡送来枕头，来得正是时候。

“师娘好。”明舒马上唤人。

“这位是……”

“我妹妹陆明舒，今日来书院给我送衣裳。若是师娘不嫌弃，可以让她在书院帮几日忙。”陆徜又道。

何氏见了明舒眼睛就亮了，上上下下打量了一番才夸道：“你们母亲真是好福气，竟生了两个这般出色的儿女，叫人好生羡慕。”

“师娘过奖了，学生愧受。舍妹顽劣，在家总是调皮捣乱。”

“我哪有？”明舒不满了。

陆徜微微一笑：“不过母亲就这一个女儿，学生就这一个妹妹，在家时也都是惯着的，平素很少让她做重活儿，但端茶倒水这些活计，还是可以的，就是不知能否入师娘的眼。”

何氏掩唇一笑：“陆徜啊陆徜，平时瞧你不苟言笑，还道你是个冷面冷心的，原来竟是我瞧错了。你这心啊……可一点儿也不冷。又想让你妹妹在书院接活儿，又不想让她受累。”

被何氏一下子揭穿，陆徜也没替自己辩解，只微垂了头，一副任由长辈教训的乖模样。

明舒看得咋舌——这哪还是她认识的兄长？这么乖？这么腼腆？是被邪灵附身了吧？

怪不得这书院有点儿年纪的人都喜欢他，这模样的陆徜，搁谁谁不心疼？

“行了，我晓得。书院本来也没什么粗重的活计，你妹妹这么水灵的娘子，我也不舍得让她干重活儿。就是三殿下与陆大人来的那日，她可得机灵些。”何氏道。

“陆大人？”陆徜疑惑，他只知道三殿下会来。

“嗯，尚书令陆文瀚陆大人。这届春闱，圣人虽然交由三殿下主持，但主要还是由礼部负责，所以这次二人会同行。”何氏解释道。

每一届的会试，上位者都会照例巡察京师各大知名书院，一为考生鼓气，二也为看看这届考生的资质。松灵书院作为大安最出名的书院，迎来的自然是最尊贵的人。

明舒捂了嘴——三殿下？那岂不是殷淑君传说中的夫婿人选？皇帝的儿子啊？尚书令？统领六部的老大？果然是大人物！她觉得这趟书院没白来，就算查不出谢熙的事，能近距离看看这些大人物，也算长见识了。

“这两天明舒就跟着林大娘熟悉一下环境，林大娘，你教教她。”那边何氏已经定下留用明舒，吩咐了两句。又向明舒道：“对了，明舒丫头，还有一事需与你说清。书院内多为男子，又有马上赴试的举子，不可分心，你……”

何氏的话说得委婉，书院多为血气方刚的年轻男子，为了避免发生些不可说的问题，书院除了谢绝家属外的女客到访，院中招收的女工，也多为上了年纪的妇人抑或容貌平平的小娘子，从没招过像明舒这样花容月貌的女子。

“师娘放心，明舒晓得。明舒会跟着林大娘，不会乱跑。”明舒一下子听出何氏的言外之意。

对于她的领悟力，何氏很满意，又道：“恐怕还得委屈你一下，这几日不能如在家时那样打扮自己了。”

“没问题。”明舒一口应下。

何氏点点头，吩咐林大娘：“给她找一套书童的衣裳换上吧。”

林大娘应下，带着明舒离开。

这厢何氏还拉着陆徜说话：“好孩子，你可是帮了我的大忙。对了，你这妹妹今年多大了？”

“十八了。”陆徜道。

“正值婚龄，可许了人家？”何氏温和地问道。

“不曾。”陆徜话一出口，马上意识到自己说错了话，抬眼望去——

果然，师娘两眼放光。

松灵书院的师娘，除了照管书院内务外，还有一个最大的爱好——给人做媒。

“甚好甚好。”何氏笑得无比慈祥。

陆徜忽然想抽自己一个嘴巴。

那边忽然传来一声清脆的声音。

“阿兄，师娘。”有人从廊下飞奔而来，很快跑到陆徜身边。

陆徜定睛望去，明舒已换作书童打扮，简便的碧色束腰交领衣裳，头发全都梳成发髻藏进头巾中，清爽的模样叫人眼前一亮。

其实……这打扮并没掩盖她的美貌，反而衬出了别样味道来。

明舒在书院担任书童一职，是第二天的事。头一天何师娘虽然定下她，但她还是回了趟胜民坊，把事情交代清楚，翌日一早才又赶回书院，换上衣裳正式跟着林大娘熟悉书院环境。

她先前来时，都是直奔陆徜房间，并没真正逛过松灵书院，实际上松灵书院很大，依山而建，环境清幽，是让人潜心读书的好地方。东面是传道授业的教学区与孔圣庙，教学区分了三处院落，三处院落所司之教责皆不相同，一众学子的寝屋则在南面的玉松馆里，大多是二人或四人一屋，不过即将赴试的举子不在其中，他们住在单独开辟出的寝屋区，因被翠竹环绕，故唤作竹林境。除此之外，书院西面有藏书阁与客舍，北面则是饭堂、内务处和院内诸杂役的居住地。

余下的地方，就是依山而建的园林景观，其中不乏各种亭台楼阁，平时大多都开放着以供学子读书之用。

林大娘替何氏管着书院里的大半杂务，譬如饭堂食材采买、院中各处耗材补充、院中学子寝屋里生活必需品的分发等，每天忙得不行，在松灵书院东西南北各处跑，明舒跟着她跑了一下午，才堪堪摸清松灵书院的地形。

“丫头，你在纸上写写画画了些什么？”跑了大半天，林大娘累得坐在路边石头上歇脚，看着明舒一路写写画画，觉得稀罕。

“画的书院布局图。”明舒将小本子往林大娘眼前一摊。

看图还成，看那密密麻麻的蝇头小字，林大娘可吃不消，当下把小本子一推：“你画这做啥？”

“书院这么大，规矩也多，我又不像大娘这般对书院各处了若指掌，闭着眼都识路，这不是怕自己走错了路吗？耽搁事情不说，万一跑到什么不能去的地方，岂不坏事？我可记着林大娘的教诲呢，教学区没有吩咐不能进入，玉松馆和竹林境我是万万不能进的！再说了，过几日三殿下和陆大人要来，我也不能拖书院的后腿，万一殿下要个茶，我却送错地方，那就糟了。”明舒笑着道。竹林境她作为陆徜妹妹的时候进过，但现在既然成了书院小书童，就不能再进了。

这半解释半恭维的话让林大娘一听就笑开了：“你这丫头，吃过仙丹？小嘴可真能说，跟你那阿兄可太不一样了。”

明舒"嘿嘿"一笑，扶林大娘站起，往最后一个目的地走去。

因为明舒识字懂数，第一天林大娘便安排她给新到的一批文房四宝入库做清点，这些事对别人来说可能有点儿困难，但对明舒而言却是轻松活儿，不到半个时辰，所有笔墨纸砚就清点妥当，造册完毕，逐一存入书院库房中，喜得林大娘又把明舒一通夸。

头一天就这么过去，明舒既没见着陆徜，也没遇上谢熙。

不过，她不急。

白天一切顺利，到了夜里却不顺了。

给明舒安排的房间，是与灶上的马大娘一个屋。马大娘人倒是没什么，就是有个让明舒头疼的毛病——夜里睡觉打鼾。

书院四周又格外清静，越发显得那鼾声打雷一样，明舒在床上翻来覆去地难以入眠，看来自己要适应这里的生活，恐怕还得费些工夫了。

就这么翻来覆去折腾了半宿，她才迷迷糊糊睡了一会儿，就又被马大娘起身的动静吵醒。

马大娘管着灶，寅时末就得起来给全院人做饭。

明舒又躺了半个时辰，再难入睡，索性也起身洗漱更衣。等她伸着懒腰出门时，天色已经微亮。一夜未得好眠，她本困倦，但叫山间晨风一吹，又清醒几分。这时辰书院还很安静，只有饭堂的厨房升起袅袅炊烟，明舒无处可去，就去了灶间。

马大娘知道自己的臭毛病，见她这么早出现在这里，料想是昨晚被自己吵到了，于是给她打了满满一碗刚煮好的粥，又拿了个新蒸出的鲜笋包子。

明舒道谢接下，用粥焐着手出了饭堂，走了几步到饭堂附近的松石坐下，一边小口啜饮热粥，一边欣赏天光熹微的书院。

只是一个包子还没吃完，附近就响起一阵脚步声，这脚步声由远及近，很快到了离明舒最近的卵石道上。

明舒放下手上的东西，纳闷儿地朝前走了两步——这大清早的谁在这里跑步?

还没等她记起书院有晨跑的规矩，熹微的晨光中已经跑出一行十来个少年。

明舒惊愕地站在原地，连嘴里咬的那口包子都忘了吞下。

她活了十多年，从没见过这阵仗。

十多个年岁相当的少年穿着一色的薄劲装，迎风跑来，脚步声中还混着喘息、说笑、抱怨等各种声音，像清晨的这束阳光，充满活力。

明舒惊愕过后，很快往后藏去——这要是撞见，怕不是要尴尬死。

所幸她本就站在卵石道旁的树下，并不显眼，少年们看到是个书童，也没注意她的模样，嘻嘻哈哈地跑了过去，只有原本领跑的那人突然间慢下速度，倒退了几步，停在撞见明舒的地方。

宋清沼抹着额上的汗，觉得自己产生了幻觉。

陆徜的妹妹不是前日已经离开书院，为何大清早却会出现在此，还作书童的打扮?

明舒差点儿被包子噎死，和宋清沼大眼瞪小眼对视了片刻，宋清沼率先回神，道：“陆娘子？真是你？你……”

明舒咽下包子，目光冰冷，偏开头，鼻中似乎还哼了一声。

宋清沼被她的态度弄得困惑非常，头两次见面她尚有笑颜，这回再见，她就跟看到仇人似的，莫非……那日他态度过激，惹怒了她?

明舒已经往来路走，边走边在心里哭。

答应了阿兄离宋清沼远点儿，她说到做到，这表现应该过得了阿兄那关了吧?

队伍已经跑远，明舒也走得不见身影，宋清沼满腹疑问地转回身。

身后，有双虎视眈眈的眼。

陆徜就站在他背后。

第十七章 离他远一点

经历了早晨尴尬且危险的偶遇，明舒白天都乖乖跟着林大娘，哪里也不敢乱跑。

离三殿下和尚书令到书院的时间只剩四天，林大娘要忙的事情非常多，明舒就给她打下手，登记造册和跑腿找人之类的杂活儿她都做。对明舒来说，反正只要不是下厨和绣花，其他杂务她都能做得很好。林大娘见她人伶俐又勤快，心里越发喜欢，话也渐渐多起来。

“大娘，喝点儿水喘口气。”见林大娘步伐匆匆地走进屋，明舒忙斟了杯茶递到她手里。

林大娘将手中账册“啪”的一声扔在桌上，接过茶灌了两口，方开口道：“可算是喝着水了，我这嗓子眼儿都要冒烟了。”说话间她又一屁股坐到圈椅上，恼道，“累死我了，外头刚送了一批盆栽过来，结果数目与账册对不上，现在东西都堆在小雪园外没法儿入库，又得我过去清查，我这儿还一堆事催债似的跟在屁股后面，真真烦死人。”

明舒便拿起账册翻开，见里头夹着几张采买的单子与清点的单子，上头列了十来种盆栽名称，什么罗汉松、南天竹、杜鹃等，后面都跟着数量，明舒在心里飞快默算。

林大娘抱怨了几句，捶着腰歇了一会儿，又准备起身去小雪园。明舒开了口：“林大娘，花木盆栽的总数是对的，错的是这两种盆栽的数目，您瞧瞧……可能是誊抄账册的时候，把这两种盆栽名写反了。”她指着账册上两种盆栽，比对着采买单与清点单指给林大娘看。

林大娘看了一会儿，才喜道：“还真是！好孩子，多亏有你，省了我不少力气。”她一边收起账册，一边又抱怨起来，“唐离那孩子也不知怎么了，最近做事老是出错。这么粗浅的错误也犯。”

明舒一听忙问：“唐离？是……山长收养的孩子？”

“你认识他？”林大娘抱着账册又匆匆往外走，边走边转头看她，疑惑道。

“此前来探望阿兄的时候曾经遇上过一次。”明舒信口胡编道。

“可不就是山长收养的孩子？六岁抱回来的，都在松灵书院待了有将近十年了。那孩子也机灵，偷偷趴在窗户上看书院里的先生们授课，竟然也学去不少。山长见他有些悟性，索性让他跟着院里的学子们一起学习。你何师娘经常让他帮忙做些笔头上的活儿，这登记造册就是他负责的。”

“十六岁了，也该参加过童试，去岁的秋闱，没让他试试手？”明舒又好奇道。

“参加不了，他家里……”林大娘说着摇了摇头，没继续说下去，“山长和何师娘的意思是让他学些处世之道，日后能在书院谋个书吏的差事。”语毕她又打趣明舒，“小丫头，你打听唐离作甚？莫不是……”

明舒头微垂，故作羞涩，口中道：“随口问问，林大娘莫要取笑人家。”心里想的却是唐离不能科举之事。大安朝的科举并非人人都可参加，比如妓女、戏子、罪犯之后，是不被允许参加科举的，就是不知这唐离属于哪种。

“你随口问问可以，那唐离……非你良配。”林大娘点了一句。

“大娘，我真是随口问问。”明舒嗔道，又试探道，“我见他与永庆侯世子走得挺近，原以为二人家世相当，不想他竟然……”

“永庆侯世子为人端方温和，结交甚广，与咱们书院诸多学子都有来往，并不单唐离一人。不过他确实与唐离较旁人更亲厚一点，这两人也认识了近十年，不足为奇。”林大娘已经在书院待了二十多年，没什么事是她不知道的。

“认识了近十年？”明舒咋舌，那岂不是……和认识闻安的时间差不多？

她还想再问些什么，可二人已经到了小雪园，林大娘没工夫再同她闲聊，快步走到一堆盆栽前，敞开嗓门道：“来来，辛苦诸位再按这单子上的明细最后核对一遍，若是无误也不必入库，直接帮我拉到明礼堂去。”

大人物要来书院，书院得布置起来，这批盆栽就是送到书院各处的，其中以教学区域为主，明礼堂就是其中之一。

林大娘正吆喝着下人再点一遍盆栽，那边有个书童急匆匆跑来找她，气喘吁吁道：“林大娘，我的瓦工木匠到了，正等你过去。”

林大娘跺脚：“这事要么不来，要来扎堆来。”

松灵书院百余年历史，房舍都已建成多年，各处皆有损破，这批瓦工木匠就是请来修缮各处房舍的。

“明舒，你替我看着这里，一会儿清点完毕，带他们来明礼堂找我。”林大娘实在分身乏术，只能将这里托付给明舒。

“好嘞。”明舒干脆应下。

林大娘火急火燎地走了，明舒招呼众人清点盆栽后再将盆栽装车，有条不紊地处理好所有事，她才带着人拉着两大车盆栽，往明礼堂去了。

昨天刚认的路，幸亏她记在了小本子上，今天才走得毫不费力。

走了约一刻钟，明舒带着两车盆栽抵达明礼堂外，林大娘正在带匠人看要修缮的地方，一时半会儿还顾不上她这边，明舒就站在明礼堂外等着。

恰逢午时钟响，学子们上午的课程结束，不多时明礼堂内就传出谈笑声，放课的学子三三两两从堂中走出来。

除了备考的学子在明礼堂外，今日有部分没有参加会试的学子也在这明礼堂内听课，人很多，但散得也快。明舒瞧见自家阿兄垂头走下石阶，想叫他又怕引人注目，便在旁边草丛里摸了几颗小石头，离得远远的拿石头一颗颗丢他。

陆徜走了两步，脑袋被小石头砸了下，抬头便看到前边两轮车旁站着的人，唇角微微一扬，正要上前，后面却传来一连串急唤：“杨兄，杨兄，等等我，等等我。”

陆徜回头看了眼，那姓杨的学子脚步停在明礼堂的匾额之下，旁边还有几个学子正从堂内出来。

明舒正要朝陆徜挥手，却忽见陆徜顷刻间变了脸色，折身返回明礼堂。

她正纳闷儿之时，就听到陆徜一声疾喝："让开！"

明礼堂正门上挂的匾额，轰然落下。

陆徜刚巧飞奔到匾额之下，明舒看得分明，当下吓得把什么规矩都抛到脑后，满眼只剩下陆徜一个人，一边急喊"阿兄"，一边把手上的石头扔掉，飞身冲上石阶。

轰——

地面一震，巨大的匾额砸落，无数声尖叫响起，陆徜飞身上前或推或扑，匾下站的几人要么被陆徜推开，要么被他扑倒，堪堪避过一劫。匾额落地，断成两截，裂碎的木块却被弹起，四下飞散。

"小心！"有人急吼一声，将冲到一半的明舒往回拉了两步。

飞起的木块擦着明舒的手臂过去，并没伤到她。明舒定定神，看了眼危急之中拉了自己一把的人。

宋清沼想说些什么，明舒却只匆匆道了句"谢谢"，就又往石阶上跑。倒地的人都哀号着慢慢坐起，万幸的是并没有人被匾额砸中，只是受了些轻伤。四周的学子此时也都渐渐围拢过来，将门口围得严严实实。

"阿兄！"明舒冲到陆徜身边急急唤道。

"你怎么过来了？有没有受伤？"陆徜见到她第一眼就先问道。

"你还管我伤没伤，你看看你自己吧。"明舒急死了，只觉得魂魄差点儿收不回来。

陆徜看看自己的手，掌上有些擦伤，流了点儿血，是救人时扑在地上造成的，并不严重。但见明舒这般紧张，他心头大暖，便道："不碍事，擦伤而已，你别担心。"一边说着，一边撑地而起，又顺手去扶身边那个姓杨的学子。

那姓杨的学子已被吓成木头人一般，适才如果没有陆徜赶到，他或许已经被匾额砸得血溅当场。

明舒见状知道陆徜无事，放下心来，也转身去扶另一侧的人，那人适才正好经过这里，也被陆徜推开救了一命。

"你没事吧？"明舒弯腰扶人。

那人借着明舒的力慢慢起身，可脚才刚踩到地面，他忽然又发出声痛呼，人朝明舒这边歪倒，半身倚到明舒手臂上。情急之下明舒伸手扶了他的腰一把，他却猛地推开明舒，自己失去重心又跌回地面。

明舒疑惑地盯着这人——她是个女孩子，被他一个大男人倚到手臂上都没说啥呢，他激动什么？

“唐离！”有人急匆匆推开围观者，冲到那人身边。

明舒看到来人，又听到这个名字，耳朵和眼睛同时绷紧。

“谢兄，我没事，只是扭伤了脚。”唐离的声音清脆，接近于孩子，却有些雌雄莫辨。他看到来的人是谢熙时，明显神情一松。

谢熙一边伸手一边道：“我扶你。”

明舒念叨了这么久的“唐离”，此刻才算见到真人——唐离的个子要比她高一些，生得唇红齿白很是秀气，观他言行举止，与一般男子无异，而谢熙对他则十分关切，对旁边的人却视若无睹般，一味只关心唐离伤势。

另一头也有人赶来，冲姓杨的学子道：“真是吓死人。杨兄，你可还好？”

“我无碍，多亏陆兄出手相救。”这位姓杨的学子已经站定，朝陆徜拱手道谢，可目光却越过陆徜肩头，望向已经被谢熙扶走的唐离。

书院的管事与杂役们闻讯赶来，林大娘更是带着一群泥水木匠匆匆过来，听完事发经过，林大娘抚着胸道：“阿弥陀佛，谢天谢地。这匾额早就已经报修，本来去岁末就要修，因着寒冬雨雪耽搁下来，差点儿酿成大祸，万幸没事。”她一边说着一边指挥木匠清理匾额，一边又遣散众人，让人扶着伤者去看院中坐镇的大夫。

陆徜与明舒相偕走下石阶，两人忽都有些沉默。

陆徜回头仰望空荡荡的门楣，明舒却是怔怔地看自己的手。

不应该啊！是她的错觉？

陆徜的伤不严重，便没去就医，明舒向林大娘告了一会儿假，拿着伤药找地方替他上药。明舒不能再进竹林境，陆徜也不便去明舒的屋子，兄妹二人就找了个偏僻的亭子坐着。

“你看看你这手，旧伤没好齐全吧，又添新伤。”明舒拉着陆徜的手，一边给他上药，一边念叨。他的手，手心手背都是伤，之前在山上遇山贼时受伤落下的疤痕都没淡，就又添新伤，叫人看着心疼。

陆徜没吱声，她的念叨让人心情愉悦，似乎受再多伤都能被她三言两语抚平，疼痛都不算什么了。

明舒垂着头认真上药，涂好药膏又捧着他的手吹气，吹了两口后问：“疼吗？”

“不疼。”陆徜摇摇头。

“不疼才怪。”她一边嗔怪，一边又笑起来，“不过我阿兄救了人，是英雄！厉害得很！”

抱怨完，她开始不遗余力地夸。

在她面前，陆徜没有丝毫谦逊，将她的夸奖照单全收。他一翻手掌，将她的手攥在手心。

“你的手很冰，衣裳穿薄了？”他蹙眉道。

“跟着林大娘跑来跑去的，穿多了热，这会儿坐下不动才有些发凉，没事。”明舒说归说，还是把另一只手也塞进他掌中汲取热度。

阿兄的手，很温暖。

“待在书院可还习惯？”陆徜边给她焐手边问。

“习惯。”明舒只要不闲着就觉得都好，说完她又凑到陆徜耳边悄悄道，“不过就是马大娘晚上睡觉打鼾，打雷似的，吵得我睡不着觉。”

“我找师娘说说，看可否……”

陆徜的话被明舒打断：“阿兄，不用了。横竖只有几天时间，我忍一忍就好。”

本来让明舒留在书院就是挺难办的事，虽然是因为三殿下和尚书令要来需要人手，但多少也卖了陆徜的面子，况且何师娘和林大娘对她都十分照顾，她本就不想因为这些小事为难他人，更何况还要陆徜低声下气去求人，她更加不愿意。

陆徜还在思忖，明舒不依道：“我就是同你闲聊几句罢了，你要去提了，我以后再不同你说心里话！”

自家人，没什么不能说的。明舒想啥就说啥，并不遮着藏着，纯闲谈，并没让他出手帮忙的意思。

她最后这句话杀伤力过强，陆徜只能道：“知道了，我不提。不过你若撑不下去记得同我说，别勉强。”

“谢谢阿兄。”明舒甜甜笑开。

陆徜看着她的笑颜，抬起手，迟疑了片刻，终于改成半揽她的肩头。

明舒微微一怔，听他问自己：“还冷吗？”她旋即摇头，回他：“阿兄在，不冷。”

陆徜便环着她的肩，道：“谢熙之事，你查归查，不要靠他们太近。”

“怎么了？”明舒听出他语气中非同往常的严肃。

“没什么，只是有些不太好的预感。”陆徜道。

明舒点点头，又问：“阿兄都不问我为什么要调查谢熙吗？”她只说自己要查谢熙，却没向陆徜交代过为何要查。

“我问了你能说？我要是阻止，你会听我劝？”陆徜反问她。

“不能。”别人的家事，明舒还是要守口如瓶。

“徒劳无功的事，我不做。”陆徜也想能管住她，让她安分守己地留在家里，但事实却是，他管不住她，从小到大都一样，她有自己的想法，心就像天边的小鸟。离她越近，她这天马行空的性子就越看得明显，而若能被他管住，她就不是简明舒了。

陆徜想通了，管不住，就只能护着。

他神情虽似嫌弃，但话里却有妥协的意味，明舒笑得更欢：“阿兄最好了！”

兄妹闲话，时间悄然而逝，两人午间各有要事，也不便多聊，陆徜算了一下时辰，催她去用饭。明舒收拾好东西，起身正打算离开，忽又想起一事，转头向陆徜正色道：“阿兄，你也离唐离远点儿，越远越好！”

陆徜与唐离本就不熟，根本谈不上远离，不过她这么告诫，他还是好奇了：“怎么？你查出眉目了？”

“反正你不许靠近唐离！”明舒搓搓手，那奇怪的触感似乎还黏在手上。

“知道了。”陆徜应下。

陆徜把明舒送到她的寝区附近，才与她道别，回了竹林境。

明舒站在原地目送陆徜走远方转身要回去，不料旁边有人唤了她一声。

“陆娘子。”

明舒转头一看，竟是宋清沼。

宋清沼怎么也想不到，明舒看到他的第一反应，竟是左右张望，仿佛做贼。

还好，阿兄走远了。

明舒确认附近没人后，才朝宋清沼开口：“宋公子，有事寻我？刚才在明礼堂情势危急，我都没顾上向公子好好道谢。多谢公子出手相救。”她说着行了个礼。

宋清沼摆手：“陆娘子客气了，宋某顺手而已。”他不为这事而来。

“那宋公子为何……”明舒虽然与宋清沼说着话，但仍旧眼观六路，耳听八方。

“陆娘子留在书院，是为谢熙之事？可是闻安让你查的？”宋清沼开门见山道。

“宋公子是来劝我放弃？”明舒反问他。

“我只是不懂，娘子也是明理之人，为何要陪着闻安胡闹？”

“一，我受她所托，拿钱办事；二，胡闹只是宋公子的想法，我并不这么认为。”明舒正色道。

宋清沼离她三步之遥，平静道：“那是你不了解闻安。闻安从小性子就拗，行事偏激，她查谢熙便罢，可连找烟花女子塞入谢熙怀中这般出格的事都做得出来，这在三家间已非秘密，谢家对此已有微词。这次她又把主意打到书院来，是不是非得无中生有查出些什么把柄她才死心？陆娘子觉得我没替闻安着想，可你又替闻安想过没有，她的肆意妄为会给她自己带来什么后果？”

本来就已经有个手段了得、工于心计的名声，又在婚前做出这样的事，若传出去，外人如何看待不提，谢家又如何看她？往后若真有什么矛盾，世人都站谢熙这边，对她又有何好处？嫁人，哪里是嫁一个人那么简单？

未雨绸缪可以，但过犹不及。

“我懂宋公子的为难之处，也明白你的顾虑。”明舒闻言开口道。

她懂宋清沼的为难，一边是表妹，一边是结交数年的挚友，他站哪边都不好，况且查来查去，闻安也没查出个所以然来。设身处地去想，如果今日有人告诉她陆徜有问题，她也定觉得对方在胡说八道。至于宋清沼的顾虑就更不必说了，不管闻安嫁不嫁入永庆侯府，日后总归要出嫁，名声坏了对她一点儿好处都没有。

“只不过……宋公子，你、我甚至旁人都明白的事，聪慧如县主，难道她看不明白吗？虽然这样调查自己的未来夫婿确实过分，但我想县主清楚自己在做什么，也比任何人都明白会有怎样的后果。正是因为她看明白了，却还要豁出所有去做，才更证明她不是胡闹。这世间有时并无两全其美的道路，我们做任何一个选择都会得到一个无法更改的后果，好的也罢坏的也罢，都得受着。在县主心中，关于谢熙品行的问题，远远大于你说的那些顾虑，而如果查不出问题，冤枉了谢熙，那她自然也该承担这件事带来的恶果，但现在，她愿意付出这些代价去查，那我就帮她查。这件事在我这里，就如此简单。”

宋清沼本是来说服明舒的，但二人谈了半天，他发现非但没能说服明舒，反而好像要被她说服了……

“可有些事，明明看得到后果，为何还要一意孤行？”宋清沼又挣扎一下。

明舒其实不爱同人说这些大道理，不过因为宋清沼救了她一次，又是让她心脏乱跳的男人，她才长篇大论了一番，听他又问，她叹口气，刚要斟酌如何回答，前边忽然传来脚步声。

和人讲道理的心思也没了，她兔子般缩到旁边的大树后面。宋清沼再一次被她的举动弄蒙了，还没等问出口，一只手从树后伸出，把他也给拽了过去。

有了前几次的经验，陆徜的神出鬼没深深印在明舒心里，就怕他像上次那样杀个回马枪，那就完蛋了。她自己藏还不够，怕陆徜看见宋清沼在这里后想太多，索性把宋清沼也拉了过来。

宋清沼扶着树站定，看着离自己半步之遥的明舒做了个噤声手势，便一语不发。

明舒探出头去，看到走来的是两个陌生人时，才松了口气。耳后传来宋清沼的声音："你很怕你兄长？"

"不是怕，是……"明舒边答边回头，见他眼里满是疑惑，便摆摆手，"跟你说你也不懂，你别问了。"

她起先也纳闷儿陆徜的态度，明明她也与陶以谦结交，调查的是谢熙，这两人都是男子，阿兄虽然不是完全赞同，却也没拦过。但到宋清沼这里就不同了，阿兄的态度毫无转圜余地。她后来仔细琢磨了一下，可能是因为自己说的那句话——"我想嫁给他。"阿兄大概怕她见色起意，和宋清沼发生些什么不清不楚的事，才那般严厉。

想想陆徜也不容易，身为兄长，却操着老父亲的心。

她不能辜负。

"好了，没事了。"见路人走远，明舒拍着双手从树后跳出，"宋公子，话已经说尽。谢熙这事我得查，但我保证不会无中生有，不会冤枉你好友，也不会给闻安带去什么麻烦。就这样吧，我得走了。"

讲道理的心思被路人打断，明舒懒得继续。

宋清沼尚未回应，她想了想，又补充了一句："哦，对了，你以后可千万别来找我。"

宋清沼本来没事也不会来找她，但听她这么说，他下意识地脱口而出："我为什么不能来找你？"

说完，他微愣——这话问得好似他总来找她一般。

"因为很麻烦。总之你别找我，告辞！"明舒拱拱手，溜之大吉。

"……"宋清沼无言以对。

从前，都是女子死缠烂打想接近他，可到了陆明舒这里，仿佛他成了死缠烂打的那个人。

往后几天，因为临近殿下驾临的时间，书院内的活儿一天比一天多，明舒也忙得像个小陀螺，在书院各处转。不过忙归忙，她倒是因此和书院里各处的杂役都熟稔起来，平日里没少借着办差的空隙和人攀谈。

书院的差事稳定，环境又好，在这里干活儿的杂役大多都是待了数年的老人，对书院大事小事极为熟悉，闲谈中不经意透漏的信息，给明舒提供了很大帮助。再加上这些日子她冷眼旁观，发现谢熙待唐离表面上虽与待其他友人没有差别，但细微之处仍可看出些许破绽。而这些无不透着与众不同的亲厚的破绽，也许连谢熙自己都没有发现。

县主没有说错，有时候，在某些事上女人是比男人更细心敏锐，就连陆徜都未曾注意到的东西，她却看出来了。

明舒心中已经隐隐有了结论，然而尚缺实质性证据。她并未声张，只暗中观察，就等着帮何师娘过了三殿下与尚书令莅临这一大关，将手中差事了结，她回到城中再另寻他人打听唐离身份。

十年前被松灵书院山长带回的孤儿，如果要查应该也不难，只不过若是扯出什么必定牵涉书院，少不得她到时再想个办法解决，这些都是后话了。

时间转眼就到了三殿下与尚书令陆文瀚来的前一天，整个书院除了备考的举子之外，所有学生都被集中到一处聆听山长训话。何师娘则带着林大娘等管事在整个书院检查，明舒就跟在她二人身边帮忙，一处一处地察看，从明日殿下与陆大人要祭拜的孔圣庙到教斋，再到他们说话小憩的明心堂，以及他们参观书院路线上的每个地方，都要保证不出错。

检查的过程中仍是发现不少疏漏处，何师娘急忙令人完善，明舒跟随一旁，也忙得午饭都没顾上吃，好不容易挨到夕阳西下，山上光线逐渐暗淡，何师娘才放众人休息。

明舒饿得前胸贴后背，抄小路回饭堂，打算先祭祭自己的五脏庙。

走到饭堂附近的春暖庭时，明舒远远听到一阵叫喊。

“别打了！世子，求你别打了，再打就闹出人命了！”

明舒脚步微顿之后很快循声冲去。春暖庭有人打架，庭中已经聚了不少人，围观的围观，劝架的劝架。明舒止步定睛一看，揍人的正是谢熙。

他眉心拧得死紧，眼里仿佛有怒火喷薄而出，正对着倒地那人挥拳，每一拳都下了狠劲，劈头盖脸地揍。那人被打得抱头蜷缩在地，不住哀号。周围人纷纷相劝，有一人甚至蹲到地上要阻止谢熙的拳头，却也无果，直到有人喊了声："先生来了！"谢熙才放缓了挥拳的速度。

书院负责教管学子品仪的先生匆匆而至，看到这一幕气得胡子都歪了。明日就是殿下驾临的大日子，今天却发生打架斗殴的事，这简直是不把殿下和书院放在眼中，他当下就怒喝二人住手，哪怕动手的人是永庆侯世子，他也没留情面，劈头盖脸一顿骂。

谢熙任由先生骂他，眼睛依旧死死盯着地上的人，先生的问话他一句也没回。

先生无可奈何，又见四周人多，便带谢熙回去训，又让人扶着被打那人先去找驻校的大夫。

地上的人被身边朋友扶起，站都站不稳，却盯着谢熙阴沉沉地笑。

明舒认出他来。

这人便是前几天险些被匾额砸中的学子。

那件事虽已经被书院定为意外，不过也在书院内传得沸沸扬扬，当时差点儿被砸中的学子，除了唐离外，还有另一个叫杨子书的，就是被陆徜扶起的那位。

明舒有印象。

这杨子书的风评不太好。他才来松灵书院一年，虽然过了童试，却没参加秋闱，并非本届举子，与唐离是同窗。此人家中原是江南富户，后来其父找门路疏通捐了个员外郎的虚衔，举家迁入汴京，又费了老大力气把独子杨子书送到松灵书院来。可这杨子书在家里霸道惯了，来了书院虽有所收敛，却本性未改，没事就欺凌院中那些家境不好的学子。

如今也不知为何，他竟将素来以君子著称的谢熙惹到这般田地。

明舒大感疑惑。

两个当事人，一个跟着先生走了，一个被送去就医，春暖庭的这出闹剧落幕，四周看客也渐渐散去。明舒刻意放慢脚步，两个路过身边的学子的对话声清晰入耳。

“你说这谢世子为何下此狠手？他与子书平日并无交集。”

“这你就不懂了吧？杨霸王那人，逮着个弱的就可着劲欺负，好像是得罪了唐离。这下可好，踢到石头了，他活该！”

两人一边交谈一边远去，说话声渐渐小了。

明舒捏捏眉心——这关系，挺烦人的。

翌日，需迎接三皇子赵景然与尚书令陆文瀚莅临。

明舒起了个大早，去找何师娘和林大娘的路上，听说了昨日那场风波的后续。

虽然打人的是谢熙，但斗殴事态恶劣，今日又有贵客驾临，为防意外，二人同罚。杨子书今日被禁足于屋，而谢熙并非书院学子，本来昨日就要驱逐出院，但因时辰已晚，故多留一天，待今日贵客离去后再放下山，故而他也被禁足。

今日可是所有学子都要到场，随三殿下一同祭拜孔圣庙的日子，稍后还有经义诗文等考校，虽说考的多是即将赴试的举子，但其他学子亦有一展所长的机会。若是能得殿下与尚书令青睐，那么日后科举之路，必定更加顺畅，因此这是全书院所有学子都十分期待的日子。

不能参加，对杨子书而言，是巨大的损失。

明舒边听边感慨。

所有杂役都集中到小雪园外待命，院内学子亦正襟危坐于课室之中。何师娘在小雪园外与众人把今日所有流程又对过一遍。

太阳渐渐升起，整个书院春光明媚，皇子仪仗先行，车辇到山下之时，报信之人已经提前赶到书院。山长带着所有书生往正门迎接，何师娘带着明舒等一众杂役在旁随候。

书院的正门大开，两侧皆是迎客盆栽，山长徐严领着书院先生站在最前面，身后排列整齐且统一着装的学子们站在门内，往左侧是静候一旁的何师娘等人，明舒因为要跟着何师娘随时听命，因此站得也颇靠前，稍踮踮脚就能窥得门口一隅。

足足等了半个时辰，明舒的腿都站得有些酸麻，皇子仪仗队的声响方由远及近，众人皆整理衣冠，打起精神来。

仪仗过后，两辆马车一前一后停在书院门外，车上下来二人，山长率先迎出门去。

“松灵书院山长徐严，特率全院上下，在此恭候三殿下与陆大人。”

随着山长一声迎语，众学子齐声道：“学生恭迎三殿下、陆大人。”

所有学子躬身行大揖礼，在旁的女眷则垂头行万福礼。

明舒跟着何师娘屈膝，眼睛却悄悄抬起，朝外望去。因为学子们正行作揖礼，她的视线反而无遮无挡，第一眼就看到被徐严迎进的三皇子赵景然。

嗯，殷淑君这个传说中的夫婿，生得还行——虽不算俊秀，却也眉目清朗，身上又有天家威仪，不怒自威，叫他区别于常人。

这第一眼，明舒觉得尚好，赵景然和她想象中的皇子无甚差别。

她目光又悄悄挪了挪，望见从赵景然身后走出的人。

尚书令陆文瀚。

出乎明舒的意料，她以为能坐到六部尚书令这个位置的人，年纪必定很大，肯定是个头发胡子都花白的老头子，但眼前这位身着绯红官袍的大人，却是刚过不惑之年的模样。

一个长得很是儒雅俊美的中年人，岁月的痕迹带来的并非衰老颓败，而是一股叫人不由自主信服的气度。和赵景然的少年威严不同，他微笑着走进山门，叫人如沐春风。

明舒瞧了瞧，眨眼再看。

这位陆大人不止跟他们一样姓陆，怎么连模样，都和她阿兄有些相似？

又是她的错觉？

第十八章 书院出命案

明舒忍不住揉揉眼，还想再看清楚些，然而行礼的一众学子已经在三皇子赵景然的“免礼”声中直起身子，明舒视线被挡，再也看不清前面的人，只能作罢。这世间长得一模一样的人都有，何况是有几分相似的，也不足为奇。她想了想，也就不再理会。

赵景然与陆文瀚打头，山长与几位大儒相陪，领着一行人浩浩荡荡进了书院，明舒跟着何师娘紧随众学子后面。过了山门，一行人并不休息，先往书院孔圣庙祭拜。香烛祭品已备齐，赵、陆二人执香三拜过后，方是今年赴试的举子鱼贯而入，三人一排行礼，陆徜也在其中，再往后才是书院的其他学子。

待众学子都行完祭拜大礼后，所有人齐聚庙外空庭，聆听三殿下与尚书令的教诲训言。

春闱在即，他们说的无非是些激励学子们的话，三殿下说得慷慨激昂，众学子也听得热血澎湃，换成尚书令赵文瀚，这慷慨激昂又变成和风细雨般的抚慰。

明舒全程都站在外围旁观，她对赵文瀚的好奇远胜赵景然，只是可惜，他站的那个位置逆光，她离得又有些远，瞧不清楚。

一席演说后，众人并未就此散去，徐严又带着赵、陆二人往崇明堂去了。

崇明堂乃是松灵书院最大的讲堂，向来用于举办大型的讲学活动，大堂上悬着“为天地立心，为生民立命，为往圣继绝学，为万世开太平”之书，大堂无门，正对可容百人的中庭。眼下殿下携尚书令已坐进大堂，与山长等人看茶叙话，所有学子都在中庭站着。

明舒等人跟着何师娘从旁进了后堂，各自忙开，生炉烧水沏茶的，准备笔墨纸砚的，整理学子文卷的……每个人手头都没闲着，都在有条不紊地准备着。

赵景然与陆文瀚来这里可不是只为了与山长等人品茶叙话，寒暄过后，就要考校举子们的水平。后堂准备的那些文卷，就是这几日众位举子所作的策论与七言律诗，已先由院中各位大儒品评后择优选出十卷，于今日呈与三皇子与尚书令过目。此外，其余学子各提交七言律诗一首，同样也是择优而取。

现下明舒手中所托之卷，便是被挑出的策论与律诗，不过每份都卷起以红绳缚之，看不出是谁的文章。明舒捧着覆锦托盘站在后堂入大堂的隔门处，正待传唤。何师娘见她一双眼滴溜溜地在卷子上打转，便笑着过来，附耳悄悄道："明舒丫头，想知道你阿兄的文章有没有在这里面？"

明舒点头如捣蒜，何师娘便指着最上面两份卷子的其中一份，道："喏，最上头呢。"

"谢谢师娘！"明舒开心了。

虽然对阿兄有信心，但得到确定的答案，她还是忍不住高兴。

"叫你了，快去吧！"何师娘又是一笑，轻轻推了推她的背。

前面已经传话过来，要献卷了，明舒深吸口气，躬身捧着托盘迈入大堂。她并不能接近殿下与尚书令，只能捧着托盘静立大堂一侧，由内侍过来取卷检查后打开再送呈赵、陆二人。不过站在大堂，哪怕只是侧面一角，她也能瞧见站在中庭的陆徜。

举子三位一排，陆徜站在第一排，虽然都穿同色的衣裳，但陆徜就是生生比旁人醒目了好几分。

她悄悄扬起唇角。陆徜也瞧见了他，递个眼神过来。兄妹两人的目光在半空交会，虽无言却又默契十足。明舒与他对视了片刻，目光又一转，瞧见了他旁边那人。

好吧，醒目的不止陆徜一个人，所谓鸡群立鹤，但中庭里的鹤有两只。

宋清沼也站在第一排正中位置，人如芝兰玉树，也格外夺目。似乎觉察到有人看自己，他眼睛微转，也瞧见了明舒。明舒挑眉瞪眼，冲他做了个怪相。宋清沼不知怎么，有些想笑，于是飞快地收回目光，将那突如其来的笑意忍下。

堂内无人察觉这小小的眉眼官司，内侍已解开第一卷，唱名："汴京举子，宋清沼。"

宋清沼收敛神色出列，朝前默揖。

此卷先呈于赵景然，赵、陆二人推让一番后仍由赵景然先看。内侍又取第二卷，唱名："江宁举子，陆徜。"

陆徜亦出列。

这一卷，便呈给了赵文瀚。

赵景然那厢已经看了大半，边看边赞："清沼不愧是汴京第一大才子，文章果然写得妙哉。"

宋清沼忙拱手谦道："殿下过奖，清沼不才，是书院诸位先生教导之功。"

"你还是这么谦虚！过来与吾说话，不必拘束。"赵景然笑道。

明舒听他语气，想来他与宋清沼已是旧识。毕竟是国公府的嫡孙，与皇室结交，不足为奇。

宋清沼顶着一众学子艳羡的目光站到了三皇子身边，赵景然继续看他的文章和诗作，边看边夸，看到精彩之处，忍不住倾身将文卷摊与陆文瀚，想要与其共同品评，不想陆文瀚刚巧聚精会神读完陆徜全卷，忽然拍案叫绝："好文！"

赵景然却是一怔："吾甚少见陆公如此激动，此文……"

"殿下请过目。"陆文瀚遂将文章递与赵景然。

底下一众学子便见赵、陆二人交头阅文，指点卷文低语讨论，也不知所言为何，只有陆徜泰然自若站着，面上波澜不惊，好像被品头论足的文章并非出自他笔下。

宋清沼微微垂头，不语。

少顷，二人阅完陆徜之文，陆文瀚方抬起头来："哪位是陆徜，上前来。”

陆徜又上前几步，走到大堂中，拱手道：“学生陆徜，见过陆大人。”

不亢不卑的举止让陆文瀚点了点头，正要开口，他却看见陆徜渐渐抬起脸，不由得怔住。

“陆公？”见他失神，赵景然轻声提醒了一句。

陆文瀚回神，盯着陆徜的脸问：“江宁解元陆徜，你今年多大了？”

与文章无关的问题，陆徜也得照常回答：“学生刚行过加冠礼。”

已及冠，便是二十岁了。

陆文瀚又问：“你家中还有何人？”

这问得就更奇怪了，陆徜眉头微蹙：“家中尚有母亲与一个妹妹。”

“你妹妹年几何？”

明舒听到问起自己，也满心诧异，抬头正好对上陆徜望来的目光，那陆文瀚也跟着陆徜望来，一眼就看到了她。

“舍妹年十八。”陆徜回道。

“那你的父亲？”

“家父在学生幼时已经病故。”

“不知令尊名讳是……”

“家父陆远川。”

陆徜声音刚落，旁边的内侍忽斥道：“大胆！”

“不碍事。”陆文瀚微微拱手以谢内侍。

赵景然平静地说道：“远川乃是陆公的字。”

这下陆徜的眉头彻底蹙起，赵景然也觉得古怪，便问陆文瀚：“陆公，可是这学生有什么问题？”

“并无不妥。臣只是见他文章用词老辣，言简意赅又一针见血，没想到他这么年轻，心下好奇，便多问了几句，没想到竟还真有些缘分。”陆文瀚神情仍旧轻松平静，说话间又朗笑几声，目光却从陆徜身上移到静候一旁的明舒身上。

明舒虽是书童打扮，但此装扮男女通穿，只为了行事便宜，且与书院众役统一着装，并不是为了扮成男子，是以一眼就能看出是个娘子。

她被陆文瀚看得莫名其妙，这场考校怎么考着考着，考到自家身上来？

陆文瀚很快收回目光，再度与赵景然说起文章来。

陆徜和宋清沼的文章都写得很好，而同样优秀的两张卷落入阅卷人手中，难免被拿来对比，分个高下。以策论来看，同一命题下宋清沼之文虽言词慷慨，行文流畅，引经据典不在话下，却难以避免受他年纪与身份所限的缺点，多少还带着少年之意。陆徜的就不同了，同样的年龄，他的见识远比宋清沼广博，而行文之时虽用词朴素，却字字落地，针针见血，绝非泛泛空谈之作。

陆文瀚的拍案叫绝，也正是因此——这个年纪的学生，能有此见地，实属难得。

策论方面，无疑陆徜更胜一筹。但在诗赋之上，二人的诗作均为上乘，对仗、押韵等无一不好，只是若论大气磅礴用字之妙，宋清沼的要比陆徜的好。

二人均是一胜一负，表面上看是打了个平手，可大安朝选拔官员提倡务实，更看中人才的实干能力，所以科举也重在考察学子是否真有辅政之能，故而更偏向策论。

是以整体而论，陆徜又比宋清沼强出半分。

赵景然与陆文瀚二人阅完卷子，各自点评后，将二人文章与众人传阅。宋清沼先拿到了陆徜的卷子，逐字逐行细细看过之后，心里原本那点儿不服彻底消失，然少年斗志亦随之被激起。

“陆兄此文，清沼甘拜下风。”宋清沼向他拱手作揖。

陆徜还了一礼，只淡淡道：“过奖了。”

明舒远远看着，就觉得一个不愧是她兄长，另一个不愧是让她心动的男人。

后续内侍又接连呈上其余八卷，然而有陆、宋二人珠玉在前，后面虽也不乏好文，却还是显得火候稍欠。

待得赵景然与陆文瀚点评完所有文章，赵景然方命内侍赏赐，不出意外，陆徜与宋清沼拿的是头一份赏。

“国之栋梁。”赵景然道，“吾十分期待二位在春闱乃至殿试之中的表现。”

他站起身，心情很是愉悦，朗声道：“说了许久，诸位想必都觉得倦怠，走，看看春色去。”

山长立时上前，引三皇子出崇明堂，赵景然点了宋清沼的名：“清沼，随我一起走。”

那边陆文瀚随后，看着陆徜温声道：“你跟我走走吧。”

一行人又鱼贯出了崇明堂。山长在前面带路，按着起先安排好的路线，引领三皇子等人参观书院。

百年书院，出过许多名人，亦留下无数墨宝珍迹与典故，每走到一处，山长就介绍一处，赵景然今日谈兴很高，众人走得很慢，及至环涛馆时，因这处馆阁曾是三十年前一位当世大儒在汴京时做学问的地方，里面留有不少大儒墨宝，是到松灵书院的必观之地，故一行人又停在了环涛馆外。

“奇怪？门窗怎么都关着？”何师娘奇怪道。

参观路线都是一早安排好的，行进路线上所有的阁馆门窗早就敞开，清早检查的时候还好好的，怎么这会却关上了？

“明舒，你去瞧瞧，把门窗都打开。”何师娘看了眼正在听山长介绍四周景观的三皇子，趁着这点时间赶紧让明舒前去开门窗。

明舒忙飞奔而去，到了环涛馆外时，也不知怎的，她先伸手叩了两下门。

里面没有回应声传出。

明舒暗笑自己傻，这几个地方早就清场，怎会有人在里面？

边想着，她边伸手推开门。

一开门，她不禁惊得瞪大双眼——

正对大门的桌案上趴着一个人。

她的心忽然悬起，缓缓迈进馆内。

屋外，三皇子与陆文瀚已经在谈笑间走到了环涛馆前，山长正做了个“请”的手势，邀二人入内参观，可半敞的大门却猛地被人打开，明舒站在大门正中间。

她神情沉重，声音是极力克制后的平静。

“三殿下、陆大人、徐山长……杨子书，死在了里面。”

话说完，她向一侧退开，露出趴在桌案上的那人。

众人俱惊。

松灵书院出了桩命案。

透过敞开的大门，环涛馆主屋一览无余。

这本就是读书习字做学问的书房，格局简单，方方正正，一馆三屋。主屋正中正对大门放着张书案与圈椅，书案后的墙面上挂着幅山水画，画左右各开一扇窗，东西墙则各倚一架月洞多宝格，格中摆满书籍，月洞连着两间内室，东为寝间，西为花厅。

如今从外头就能看到有人趴在书案上。

明舒之言，着实惊人。

陆徜陪着陆文瀚站在最前面，他的反应最快，在四周众人还没回过神时已经数步并作一步，抢先上了石阶，冲到明舒身边，一手抚在她头侧，沉声道：“你没事吧？”

宋清沼跟在他身后亦冲到门前，望了一眼明舒，就冲进了屋里。

明舒脑中嗡嗡的，虽然她竭力保持冷静，但心跳得依旧很快，四周响起无数脚步声，她知道阿兄来了，宋清沼来了，三殿下的内侍也来了……但她仍未从看见尸体的惊吓中回过神来。

那感觉，与害怕不同。若说死人，她也不是没有见过，与山贼对敌那夜就死了许多人，血流得到处都是，她虽然怕死，头脑却很清醒。今日却不同。

她刚才……为了查看杨子书是死是活，绕过满地鲜血走到他身边，伸手探了探他的鼻息。

如此近距离地接触死人，对她来说是头一回。

“明舒？”陆徜不管周围如何混乱，只用手掌一下下轻抚她头侧。

他的拇指顺着她鬓角的发丝捋过，温暖而令人平静。

“阿兄，杨子书死了。”她的情绪渐渐被他安抚。

“怕吗？”他问她。

明舒摇头：“有阿兄在，我不怕。”说完，她笑笑，深吸一口气。

就像暴雪肆虐的那一晚，明明刀光剑影就落在身畔，但有他牵着她就觉得安心。

思绪渐渐清明。

“那还要进去看吗？”陆徜抬头随意看了眼房内，“不想进去我们就离开，想进去我陪你。”

明舒点头：“要进去。”语毕，她毅然转身。

房中已经冲进很多人，有宋清沼，有山长徐严，还有好几个带刀侍卫……都在勘查现场。

屋里并不乱，各处陈设基本和明舒昨天跟着何师娘来检查时一样，唯一不同的是书案。书案上原本放的除了文房四宝外，还有被镇纸压着的一幅大儒墨宝，但眼下大儒墨宝已不见，镇纸被摆到了桌角，书案正中铺了张写着一首七言律诗的宣纸，而杨子书则趴在诗作之上，殷红鲜血染了半张纸。

明舒看他的脸。

他表情狰狞，双眸圆瞪望向门口，一手捂着颈部，一手横于桌面，伸向大门。

侍卫上前检查，已经将他捂着颈部的手放下。

一支比小指还细的袖箭斜插他颈侧，整支箭几乎全部没进肉中，血从伤口中涌出，流得到处都是，令人触目惊心。

百年书院出了命案，又恰恰发生在三殿下与尚书令驾临这一日，不仅如此，人还死在了三皇子的必经之处，这毫无疑问挑战了三皇子的威信。他今年才得圣人器重，被委派了主持会试这样重要的事情，没想到会试之期还没到，就有学子在他眼皮子底下遇害。

三皇子震怒，刚才还愉快温和的神情转眼变得冷肃。他虽年纪不大，但沉下脸时便流露出与生俱来的皇家威仪，不说话都要让底下人心里发毛，更何况如今雷霆震怒？

山长徐严已经吓得满头大汗，自他执掌书院以来，从没出过这样的大事，当下想死的心都有了，好容易才镇定下来，上前请三皇子去崇明堂等候。三皇子却不同意。

“不必！”赵景然冷然道，大有坐镇在此，要亲自审案的气势。

陆文瀚朝内侍使了个眼色，内侍忙令人搬来两张圈椅，让赵景然与陆文瀚坐下。

“殿下，松灵书院位于开封府辖地，此地出了命案，论理需上报开封府尹，臣已遣人前去报案。”陆文瀚远远地望着正在屋内勘查的人，向赵景然道。

“此地距开封府衙路途遥远，一去一回耗时近一日，等他们赶到，天都黑了。”赵景然道，“不必等他们，我们先查，有事吾担着！”

陆文瀚点点头，不再多劝。

不多时，侍卫勘察完案发现场基本情况，前来禀报。

“启禀殿下、陆大人，死者乃是松灵书院学子杨子书，初步判断是谋杀，死于袖箭穿颈。此为凶器，请殿下过目。”侍卫一边呈上用布托在掌中的带血袖箭，一边继续道，“死者尸体温度尚在，肌骨未僵，血液未凝，死亡时间不久，属下推测，尚未超过一炷香时间，但确切时间，还需等仵作来了才能下定论。”

三皇子仔细看了凶器，点点头，侍卫便将凶器收回。

屋内又走出数人，赵景然抬头望向当前那位，问道：“清沼，你也看过现场了？有什么发现？”

宋清沼走到赵景然面前，抱拳道：“殿下，这环涛馆只有前门，前门紧闭，且面朝主路，凶手不可能从此门进入动手。馆内三间屋，四扇窗，只有主屋中的一扇被打开，清沼以为，凶手是躲在那扇敞开的窗户下，向屋内发射暗器谋害杨子书。”

“陆徜，你怎么看？”陆文瀚点了陆徜之名。

陆徜正陪着明舒站在宋清沼身后，闻言亦抱拳道：“学生同意宋兄之言。另外，杨子书若真死于一炷香之内，那他应该是在我们于崇明堂听殿下与陆大人品评文卷到参观书院这段时间内遇害的。今日是殿下与陆大人驾临书院的大日子，书院倾巢相迎，院内所有先生与学子应该已全部到场，其余管事杂役各司其职，都在待命，殿下与大人何不命人查查这段时间内，不在现场又无法证明行踪的人？”

他说完这话，宋清沼便转头看了他一眼。

一语惊醒赵景然，他拍着扶手道：“传吾之令，所有学子即刻原地坐下不准随意走动。清沼，你陪徐山长一起清点学子，查实院内所有人的行踪，但凡行踪可疑者，都带过来问话。”

徐山长的脸色惨白，还是与宋清沼一起应下。

明舒转头看了眼何师娘，何师娘正被林大娘扶着站在廊下，也是一副要晕不敢晕的模样。她叹口气，回过头来，恰逢赵景然道：“陆徜，那你……”

经过刚才一番考校，陆徜之才已入三皇子之眼，他有意考验陆徜能力，可开了口却忽然不知要吩咐他什么。

“殿下，不妨让我们去找找箭筒吧。凶手在这么短的时间内犯案，必然没有时间处理箭筒，也许藏在身上，也许怕人发现随手丢弃了。环涛馆后面不远处，是竹林境的小竹林，凶手既然是从屋后窗户射杀杨子书，那定从后面逃离，有可能将凶器丢弃在小竹林中。”

开口的是明舒，她已从袖中摸出小本子，当时跟着林大娘熟悉书院时所画的布局图，如今派上了用场。

她将本子打开，翻到有环涛馆的这一页，墨迹勾勒的简图上清晰可见四周布局。

“你是刚才第一个进入案发现场的人？”赵景然看着她手里的图问道。

“回殿下，正是民女。民女今日跟着何师娘一起随侍三殿下与陆大人左右，刚才因环涛馆的门紧闭，何师娘命民女前来开馆门，这才瞧见了死者。民女进去之时什么也没碰，已经把第一眼看到的种种都向殿下的侍卫交代清楚了。”明舒道。

她言语条理清晰，不止交代了从刚刚到现在的一切举动，还撇清了自己的杀人嫌疑——何师娘可以证明她案发时不在此地。

很少有女子在凶案现场能有这份冷静，赵景然不免多看了她两眼。陆文瀚却开了口："小娘子，我瞧你年纪也不大，你不害怕吗？"

"怕的呀。大人看，我的手都在发抖呢。"明舒把手臂一抬，手中握的小本子果然正微微颤抖。

陆文瀚闻言却是一笑，似乎被她逗乐，语气越发温和："你既然害怕，为何还要查？"

"可能我好奇心重吧。"明舒老老实实说道。

许是她这老实里透出三分狡黠，让人瞧着有趣，陆文瀚又道："小娘子，你叫什么名字？"

"我叫明舒……陆明舒。"她说话间看向陆徜。

陆徜补充道："殿下，大人，这便是舍妹。这几日书院人手不足，所以让她来给师娘帮忙。她性子好动贪玩，若有什么失礼之处，还望殿下与大人恕罪。"

"原来她就是你妹妹。明舒是吧……来人，给她倒盏温茶。"陆文瀚吩咐完，又朝明舒和颜悦色道，"暖暖手再同你阿兄一道查案吧。"

明舒觉得，这位陆大人看自己的目光中，有一种不明所以的慈祥。

古古怪怪的。

赵景然又接连下了几条命令，除了调查每个人的行踪与不在场证明外，另让人查问杨子书的为人、与他关系密切的人，以及近日他的行踪等等。

宋清沼被派去查证书院人员行踪，徐山长负责清点学子，何师娘则负责清点后勤杂役。

明舒则跟着陆徜带着两个侍卫，一起去了环涛阁后查找线索。

一时间，众人各自行动。

书院学子总共七十三人，人数虽多，却是最快清点结束的，因为今日所有学子都跟着三殿下和陆文瀚，因而所有到场学子不在场的证据都很充分。

而在这七十三人之中，除了死去的杨子书外，唯有唐离称病，没有参加今日的盛事。另有被禁足在松灵书院的谢熙，亦无法提供不在场证明。

很快，这两人就被带到了三殿下跟前。

另外一边，明舒、陆徜与两个侍卫在环涛馆后的林子中细细搜索。

两人一组，弯着腰朝着不同方向搜，明舒边低头找东西，边和不远处的陆徜说话："阿兄，我觉得那陆大人怪怪的。"

"哦？怎么怪？"陆徜也在埋头苦找。

"说不上来，就觉得他看我们的眼神有些奇怪。他和咱们都姓陆，阿兄，你说咱爹会不会有什么不为人知的身世，有个失散的兄弟……话本里都这么写的！咱们会不会有个没见过面的叔伯，自幼离家，成了大官……"

明舒的异想天开让陆徜笑了出来："这你得去问阿娘。"

他对他爹的印象，只有家里供的那个牌位，再无其他。

明舒嘻嘻笑着，忽然发出"哎呀"一声，陆徜转头："怎么了？"

"阿兄，你来看。"明舒蹲在地上，指着草丛中的某样东西道。

陆徜箭步到她身边，也蹲下来："有帕子吗？"

明舒将随身带的素帕递给他，他用帕隔着手，从地上拾起了那样东西。

一个约六寸长的金属箭筒。

第十九章 一心为红颜

陆徜举起箭筒仔细观察，边看边道：“这是袖箭箭筒，六寸长，黄铜制，单发，其箭筒全长应在四寸左右，和我们从杨子书颈部找到的箭筒一致。这种尺寸的袖箭在袖箭中算小的，江湖上常见的袖箭约在八寸长，比这个要再粗一倍。重量……”他掂了掂箭筒，继续道，“这箭筒很轻，机簧打造精巧，不是江湖上能随便买到的。这么小巧又精致的袖箭，一般是内宅女眷防身所用，可缚于手臂上。”

也就是说，这袖箭极可能是女人所用。

“阿兄，你看这里，有字。”明舒蹲在他身边，指向箭筒某处道。

字在箭筒上端，很小，陆徜便捏着箭筒另一头，将箭筒竖起察看。

本就是比蚂蚁还小的字，笔画还非常复杂，两人辨认了一会儿，才看出那个字来。

“谢？”二人异口同声道，转头对视。

这一转头，陆徜的唇差点儿蹭上明舒的脸颊，他这才发现为了察看这只箭筒，明舒挨着他身侧蹲下，与他头凑头地观察。

竹林光影斑驳，恰好有束光线落在她脸上，将她未施脂粉的脸蛋儿照得分明，这么近的距离，他看得到她脸颊上细微的绒毛，与眼帘上微颤的睫毛，以及粉嫩的唇瓣……

脑中轰的一声炸开，陆徜怔住。

明舒觉得靠近陆徜那边的脸颊有些发痒，那痒微微的，还有些烫，她情不自禁地挠了挠脸，看他盯着自己一动不动，不解地叫他：“阿兄？”

陆徜霍地站起，明舒险些被他的动作带倒。

“阿兄！”她恼道。

“对不起。”陆徜转开头不看她，只是向她伸出手。

明舒恨恨地拽着他的手站起来，一边跺两下蹲得发麻的双腿，一边道：“就算发现袖箭可能是谢熙之物，你也不必如此惊诧吧？”

书院中姓谢的，包括学子与杂役在内，只有谢熙一个人，而且这袖箭又打造得如此精巧，没点儿身份背景的人绝拿不到，谢熙永庆侯世子的身份又正好符合。

几乎没跑儿了。

“回去吧。”陆徜心绪未平，无法直视明舒，握起箭筒就想回去。

明舒急忙拖住他：“阿兄，你急什么？我们都搜到这里了，不再多找找线索？凶手既然将凶器抛在此地，必是经过了此地，也许会留下脚印等痕迹……”说着，又向竹林另一头走了几步，“而且前面应该就是你们所住的竹林境……”

从环涛馆出发，若需路经此处，凶手的目的地很有可能是竹林境，凶手极可能是住在竹林境的人，而谢熙在松灵书院时就借住竹林境内，再加上昨日谢熙才与杨子书起了争执，由这些表面线索判断，谢熙的嫌疑确实非常之大。

陆徜暗暗深呼吸，平复被突然扰乱的心神，很快镇定道：“好。分头找。”

语毕，他仍不看明舒，自行朝前搜去，明舒莫名其妙，只好往另一边搜去。

另一头，案发现场已经勘察完毕，被侍卫重重看守起来，赵景然也在陆文瀚的温言劝说下挪去崇明堂等候消息，一众学子也都跟着回了崇明堂，席地坐在中庭里，接受侍卫的盘问。

谢熙和唐离都被带到崇明堂内，不过二人并未打照面就被带入了不同的房间，由宋清沼、山长与三殿下的心腹近侍共同盘查。何师娘与林大娘也已将所有负责后勤的人员都集中到了崇明堂的偏厅内，逐一查问行踪。

调查进展得很快，负责后勤的人员今日大部分也跟着何氏随侍，只有饭堂那头忙于准备膳食，两个厨娘与三个帮厨从早上起就待在厨房忙碌没有离开，彼此可以互相做证。

如此一来，全院上下，完全无法证明自己不在场的人，只有唐离和谢熙。

陆徜与明舒回来之时，宋清沼正向赵景然和陆文瀚禀报谢、唐二人的口供，明舒便与陆徜站在堂外，先听宋清沼的回禀。

根据谢熙口供，他因被禁足在屋，一直到侍卫前去，他都没离开过房间，在屋里看书，没人可以给他做证。而唐离也因为风寒的关系在屋内休养，并没踏出房间，同样没有证人。

说完这些，宋清沼又道："另有一事，唐离虽称病不出，可据我观察，他……并无病征。"

他这话刚落，徐山长就向赵景然长揖道："殿下，让唐离称病乃是在下的意思，他并非书院正式学生，是十年前在下从外头抱回的孤儿，因见他可怜便收留在书院内，不想此子从小好学，于是在下让他于书院内旁听。今日殿下驾临，他身份低微，在下怕他冲撞殿下，所以让他称病留在房中，不要外出。这件事是在下处理不当，还请殿下责罚。"

徐山长一边说，一边抹着额头渗出的汗，赵景然的目光让他不由自主地紧张。

赵景然不语，这个解释只能说明唐离假意称病的原因，却仍无法证明案发时他不在场。

"十年前抱回的孤儿？徐山长，那你可知他的父母是何人，祖籍何地？你又是如何遇到他并将他抱回的？"陆文瀚微笑着问徐严。

明舒便觉得先前可能是自己的错觉，这陆大人的笑，可一点儿也不慈祥，人谓"笑里藏刀"，说的大概就是他现在的样子吧。

徐山长又拭拭额头的汗，斟酌了半天才道："他是在下一位同乡的遗孤，这位同乡夫妻二人在十年前相继病故，临终前将他托付给了在下。"

"既是你的同乡故交，他又怎会身份低微且不能正式入书院读书？"陆文瀚还是笑着的。

明舒突然觉得这陆大人笑眯眯的模样有些可怕了。

徐山长更紧张了，道："因为他父亲犯了事，在牢中病故，他不能参加科举，所以……"

"犯了事？"陆文瀚惊讶地反问了一句，又笑着向赵景然道，"殿下，下官觉得有必要将唐离的身世调查清楚，看是否可疑。您觉得呢？"

"陆公言之有理。那就劳烦山长再说详细些。"赵景然跟着道。

徐山长脸色发白，忽然"扑通"一声跪到地上："殿下，他……他是苏昌华之后。"

赵景然对这个名字很陌生，陆文瀚却有印象："十年前因涉顺安王贪墨案而被罢官抄家的吏部侍郎苏昌华。"

"殿下恕罪，徐某与苏昌华曾同窗六载，确有私交，当初苏家因顺安王一案被查抄，他自知罪孽深重，甘心伏法流放，临走之时将独子托付徐某。徐某虽不耻他之所为，然见幼子无辜，于是动了恻隐之心，便将其收养在书院内。"

陆文瀚笑而不语，赵景然道："书院是圣贤之地，你竟在此私藏罪臣之后？"想了想他又道，"也罢，眼下暂不是追究此事之时，查案要紧，此事容后再议。"

明舒拧紧眉站在堂外，情绪似乎有些不对。陆徜最快注意到她的异常，低声问她："怎么了？"

明舒踮起脚，在他耳边悄声道："阿兄，我可能查到一些关于唐离的事，但不知道要不要说。"

"因为什么？"陆徜没问她发现了什么，只问她犹疑的原因。

"我无法确认此事和这桩案子有没有关系。我怕我说了，既对破案无益，又伤及无辜，我……我会难过。"明舒为难道。

陆徜顺着她的目光望去，她正看着何师娘。

何师娘已经吓坏了，被林大娘死死搀住，双手紧紧攥住胸口衣襟，望向堂内自己的丈夫，眼中满是担忧与焦灼之色。

徐山长在书院私藏罪臣之后本就有过，若再被爆出欺瞒三皇子，那可真是……

明舒在书院待了几天，何师娘待她很好，徐山长亦是好人，她若是揭穿那件事，对山长和师娘的打击恐怕会很大。当初她本想回城悄悄地查后再作打算，可眼下事态发展已经出乎她的预料了，她非常矛盾。

唐离身为女子之事，她到底要不要在此时说出？

“明舒，说与不说都是选择而已，没有对错可言，你不要把别人的罪过背在身上。还有，何为无辜？真正无罪无错才叫无辜，若因你发现的问题而受惩罚，那便不是无辜。情、理、法三者，你得先想清楚在这件事中哪一层最重要，而后再做决定不迟。”陆徜缓缓说道。

明舒咬着唇的牙渐渐松开，似懂非懂地看着陆徜，想问什么却又说不出，正逢三皇子那边又开始查问案情进展，陆徜敲敲她的脑袋：“先听听看吧。”

侍卫继续禀告调查到的信息。

经过一番仔细查问，全院到场的七十位学子和所有杂役都逐一回话后，已经可知杨子书的为人。杨子书在院中的人缘儿极差，同窗不是厌他就是怕他，被他欺凌的学子也不在少数，而与他有过节儿、对他心怀恨意的学子也不少，真真是松灵书院一祸害。

若说杀人动机，恐怕好几人都有嫌疑，不过他们都有不在场证明，最大的嫌疑仍落在谢熙、唐离二人身上，因他二人也都与杨子书有过节儿，却无不在场证明。

且不说前一日谢熙才和杨子书打过架，把那杨子书按在地上往死里打，这事整个书院都已经传开，就是前段时间，杨子书和谢熙、唐离也都分别吵了几次，闹得挺厉害。

“谢熙，永庆侯世子？这个时间他不在官学好好温习功课准备会试，跑到松灵书院做什么？”赵景然听到这些，蹙起眉头道，“他们之间又有什么恩怨？”

侍卫带了两个学子过来，回道：“殿下，经查问，这两个学子与杨子书走得较近，交情尚可。根据他们所述，可知杨子书此人学力平平且不思进取，平时没少挨先生罚，为了逃避惩罚，他常常将同窗所作功课据为己有，尤其是那些气力弱小又无甚背景的学子，唐离就是其中一个。唐离的诗词不错，为人又沉默，独来独往的，杨子书就盯上了唐离，几次三番找他麻烦、逼他代笔，甚至连此番殿下驾临书院考校的诗词，也是他强逼唐离代笔。谢熙与唐离走得较近，二人交情甚笃，与杨子书起争执，应该也是由唐离受欺辱而起，谢熙替其出头。”

那两个学子未被问话，便都垂手战战兢兢地站在旁边。

赵景然扫了这两人一眼，在心中消化这些消息，陆文瀚已然发现在外等候多时的陆徜与明舒二人，冲他二人招手：“陆徜，明舒，你们可查到什么？过来回话。”

陆徜与明舒方并肩走到堂内，一起朝赵景然和陆文瀚行了礼。

“启禀殿下、陆大人，学生在竹林内找到极有可能是凶器的箭筒。”陆徜双手托帕，呈上袖箭箭筒，趁着赵景然与陆文瀚看箭筒之时，他又将先前和明舒说的重复了一遍，最后才道，“这箭筒之上刻有一字。”

赵景然与陆文瀚便将箭筒拿近来看，果然在筒上看到了字。

啪——

赵景然大怒，拍案道：“去把谢熙带过来问话。”

宋清沼站在一旁，盯着那箭筒，眉心紧蹙。

“还有何发现？”陆文瀚继续问。

“此物被丢弃在竹林内，正是从环涛馆往竹林境的途中。殿下，大人，请看。”明舒又打开她的小本子，将地形图指给二人看。

有了书院布局图，一目了然，箭筒位置就在环涛馆与竹林境中间。

“谢熙所住之处，就是竹林境？”陆文瀚道。

“正是。”明舒道，又说起另一发现，“还有一件奇怪的事，我和阿兄及殿下的两位侍卫在竹林中搜寻线索时，并没发现脚印。竹林外围竹林境一侧有片花圃，今晨刚浇过水，泥还未干。如果凶手真的是经过竹林到环涛馆下手，或在环涛馆行凶后经过竹林回竹林境，必然会在湿泥上留下脚印，但我们找过，没有任何脚印。”

这与众人心中谢熙通过竹林走到环涛馆行凶的推测又有矛盾，一时间疑云重重。宋清沼此时开口："殿下，陆大人，请听清沼一言。此案眼下尚有无数谜团，如今我们所解尚不足十分之一也。要杀杨子书，什么时候都可以，凶手为何偏要挑今日动手？又偏要挑在殿下带众人参观书院的路上，在环涛馆下手？如此明目张胆，又把凶器扔在竹林中，这不合常理。"

"学生同意宋兄所言。"陆徜亦开口附和宋清沼。

宋清沼朝他递去感激的目光，陆徜回以颔首。明舒在旁边歪头望去——前几天还不许她接近宋清沼呢，她阿兄这是和宋清沼交好了？

"不仅如此，刚才学生提到，这袖箭一般为女子防身所用，谢熙七尺男儿，手掌宽厚，这袖箭并不趁手，他必定是造来赠人的。"陆徜又道。

明舒心中一动，刚想说话，那边侍卫已将谢熙带到。

行过礼，谢熙静立庭中，脸上并无丝毫慌乱神色，只等问话。

"此物确是谢熙所有。"看到侍卫呈来的箭筒，他想也没想就承认了，又道，"但这件暗器前两天就失踪了，也不知是被人偷去，还是不慎遗失，我找过书院内所有能找的地方，均没找到，不想竟被人用于行凶。"

"是你的随身之物？"陆徜反问他。

"是。"

"不是用来赠人？"

"是用来赠人，不过还未送出。这是要赠予县主之物。"谢熙静道。

明舒倏地攥拳："你撒谎！"她无法忍受谢熙在这个时候将闻安搬出来做挡箭牌，把最无辜的闻安拉进这摊浑水。

谢熙看了她一眼，依旧冷冷道："我与县主自小定亲，送她一两件玩物又有什么可奇怪的？这袖箭本就为女子所造，我不送她又能送谁？这书院中可没我能送之人。"

此言刚落，陆徜就看到明舒咬紧后槽牙的模样。

他想，谢熙把他的大小姐惹怒了。

"有！书院里有你要送之人！唐离，就是女人！"

话音刚落，明舒就听四周一齐响起惊愕的抽气声，远远地，林大娘的低呼亦随之响起，何师娘晕了过去。

明舒闭了闭眼，拳头越攥越紧。

一只温热的手掌忽然覆在她的拳上。

陆徜轻轻抓住了她的小拳头。

陆徜温热的手掌似乎蕴藏了力量般，厚实地包裹着她的拳头，让她渐渐松开了手，放松下来。

明舒想，她终于还是说出来了。

虽然是冲动之下脱口而出，虽然很对不住何师娘和徐山长，但她并不后悔，她心中磊落。唐离已经牵涉到一桩命案中，关于她的点点滴滴，也许都会是案子的转折，她不该在这个时候有所保留。

她这话犹如平地惊雷，别人尚未反应之际，谢熙已经变了脸色，温文尔雅的少年忽然成了凶神恶煞，语气中饱含威胁道："陆娘子，万不要信口开河，胡说八道！"

众人都站在堂中，彼此距离不过三五步，谢熙像要朝明舒扑过来般吓人，陆徜还握着明舒的手，见状又飞快地把她往身后一拉，自己则拦在她身前，抬臂阻止谢熙向她靠近，冷冷道："离她远点儿。"

"放肆！"赵景然再度拍案，"谢熙，退下！"

"殿下，是她信口雌黄，污蔑他人在先！"谢熙不似先前冷静，眸中有了焦急之色。

"是不是她胡说，找人一查便知，何须在殿下面前大呼小叫。"陆文瀚收起笑意，挥手示意侍卫安排。

宋清沼已强拉谢熙，将他按住，道："谢熙，你冷静点儿！"

"放手！你们别去找唐离！"谢熙急道。

"不用查了！"徐山长又扑通跪下，垂首招认，"殿下，是徐严之错！唐离，她是女娃……她是苏昌华的独女，苏棠璃。"

"荒唐！你太荒唐了！"赵景然震怒，又骂谢熙，"还有你，谢熙！你早就知晓此事，不知避嫌，还处处替其遮掩隐藏？你要知道，今天发生的可是一桩命案！"

"她不会杀人！"谢熙被宋清沼半架着，仍执拗道。

“谢熙，你冷静点儿！我们没说凶手是她，现在不是还在查？”宋清沼见好友像变了个人般，又急又怒，恨不得扇他两巴掌，让他清醒点儿。

“将唐离也带上来。”赵景然沉声道。

谢熙挣了挣，无法从宋清沼的钳制中挣脱，便转头朝宋清沼道：“清沼，你我交往数年，你看在我的分儿上，帮帮她。”

宋清沼蹙了眉：“谢熙，你让我帮她什么？今日殿下坐镇在此，定会查明真相，如果凶手不是她，又有何可帮？如果凶手是她，那这世上，又有谁能帮得了她？”语毕，又将谢熙用力一按，“谢熙，你别再说了，再说下去，你我之间最后一点儿交情都留不住。你今日此举，可替闻安想过半分？她才是你未过门的妻子。”

听到闻安之名，谢熙忽然沉默下来。

陆文瀚又将搁在案上的明舒的小本子拿起，朝明舒挥挥手：“小娘子，你过来。”

明舒迈了半步，才发现陆徜仍没松手，她甩甩手，有点儿不好意思道：“阿兄，没事了，你快松手！”

陆徜这才放开她。明舒几步走到陆文瀚身边，道：“大人有何吩咐？”

陆文瀚指着她画的图问：“既然竹林境的花圃没有脚印，也许凶手离开竹林后，往别的方向去了，你看看还有没有别的可能？”

一语惊醒明舒，她往后翻了两页，刺啦一下撕下其中一页，然后拼在竹林境那幅图的旁边。

“松灵书院太大，我这本子太小，一页画不完。”看到陆文瀚微诧的目光，明舒讪笑着解释了一句，又低头指着图道，“竹林境还通两个地方，往南是玉松馆，往北是杂役区，杂役区正在准备今日膳食，人多，凶手刚杀完人不会往那里跑，我猜会去玉松馆。玉松馆是……”

玉松馆是普通学子的居住区，唐离就住在那里，因为她是女扮男装，何师娘安排住屋时，特地给了她一间单房。

明舒说着又望向谢熙。

谢熙此时已从唐离女儿身被揭穿的惊怒中冷静下来，只死咬一件事不放："那又如何？我说过袖箭被我弄丢了，我没给她。她手中既无凶器，又如何伤人？"

"殿下，陆大人，唐离带到。"侍卫带着一个人走到堂中禀道。

众人的目光都聚焦于来人身上。

唐离垂首行礼，她穿一袭宽大的襕衫，头发整齐梳起，举止倒是瞧不出什么破绽，只叫人觉得这是个眉清目秀的年轻书生。她还不知自己身份被揭穿，只觉得满堂人看自己的目光有些古怪，而徐山长则颓然在地，她有些慌了。

"苏娘子，"赵景然挥挥手，让侍卫将箭简与箭筒一起呈到她面前，"你看看，可认得此物？这是你的东西吗？"

唐离一听这称呼就变了神情，慌张地望向谢熙。

谢熙又挣了挣，想脱离宋清沼的钳制冲到她身边，无果。

"殿下在问你话，你看谢熙做什么？"陆文瀚收起笑后显出三分阴沉，盯着唐离问道。

唐离又望徐山长，徐山长道："他们都知道了，你照实说便是。"再无他话。

她只能开口："这……这不是我的东西，我也没见过这东西。"

她一说完，谢熙便闭了闭眼，似乎微松口气。

岂料旁边忽然有人插嘴。

"殿……殿下，这东西我二人见过。"说话的是被侍卫带过来的杨子书友人之一。

这两人一个叫张松，一个叫彭国，正好生得一高一矮、一胖一瘦，眼下说话的是高胖那人，乃彭国。

"是，我们见过。"张松也开了口。

"在何处见过？"赵景然道。

"在……在唐离手里见过。"彭国一开口，就被谢熙瞪得一缩。

"只管说，不必怕，殿下在此，无人敢造次。"陆文瀚道。

彭国连忙点头，道："最近一个月，子书不知为何，总在暗处悄悄盯着唐离，我与张松二人跟着他，也没少盯。谢世子来书院的头一天，我们就瞧见他在竹林里教唐离使用此物，殿下驾临前几日，子书曾带着我二人去寻唐离……逼唐离为他代笔作诗，我们在唐离屋中，也曾见过此物。”

“学生与彭国同时看见的此物。”张松忙开口附和。

“把那幅字拿过来给他们认认。”陆文瀚又道。

侍卫很快将杨子书死时压在头下的那幅字拿来，纸已被血浸透大半，但还有几个字并没被染到，张松与彭国看了两眼，先后道：“就这首，是唐离帮子书写的。”

“你二人还有何要说？这桩案子极可能是唐离不满杨子书所为，以谢世子所赠之箭，在今日暗杀了杨子书。人证、物证、动机，无一不备，还不肯交代清楚？”陆文瀚冷冷道。

“我没有！我没有！谢熙哥哥，救我！”唐离猛地朝后退步，却被身旁侍卫押住。

陆文瀚看了眼暗沉的天色，又道：“殿下，我看开封府尹应该在路上了，这二人满口胡话，没有一句是真的，不如把人交给开封府，用点儿刑，撬开他们的嘴。”

谢熙本来死死瞪着押住唐离的侍卫，目眦欲裂，喊着“放开她！不是她！”，听到陆文瀚之言后，他忽然攥紧双拳，似乎做了什么重大决定般，道：“杨子书是我杀的！和唐离无关！杨子书除了逼唐离给他代笔之外，还识破她是女儿身，处处威逼胁迫，那袖箭是我请人造来给她防身所用。就在昨日，杨子书变本加厉，不仅逼她写今日所呈诗词，甚至还要侮辱她，我气不过，所以打了他一顿出气。后来回去后越想越气，于是今日早上到唐离屋中找她，从她那里拿走袖箭，跟踪杨子书到环涛馆，伺机下了手。这所有一切，均和唐离无关，系我一人所为。”

“谢熙，你是不是疯了！你可知杀人是多大的罪名？”宋清沼只觉得谢熙疯了。

“谢熙哥哥……你……我……”唐离缓缓跪在地上，已双眸通红，满面泪痕，几次张嘴却没敢说话。

“谢熙，你既然说案子是你做的，那你说说，你把这箭筒扔在何地？

行凶之后你怎么回的竹林境？你又是如何杀的人？是藏在左窗户下面，还是右窗户下面？”陆徜开口，缓缓抛出一连串问题。

谢熙被问住，想了片刻后垂首回避陆徜的目光，胡乱道：“箭筒……扔在窗下，我当然是穿过竹林回的房间，窗户……我躲在左窗下……”

众人只听“啪”的一声，是清脆的瓴瓷声。

赵景然怒掷桌案上的青瓷茶盏，青瓷迸裂，茶水四溅，他怒道：“谢熙！你可是堂堂永庆侯世子，未来是要袭爵的人，你不思报效国家、孝敬父母、光耀门楣也就罢了，竟还做出这等枉顾礼法之事，在书院与罪臣之女苟且，与她互相包庇遮掩？这可是桩命案！你一而再再而三地撒谎，不仅罔顾国法为其做伪证，干扰办案，甚至自认凶手，包庇真凶！你这般行为，可对得起你的父母亲族？吾不知永庆侯如何教出你这样的世子来，待吾回京，必定会将此事如实上奏父皇。这永庆侯爵位，你们若是不想要，便归还朝廷！”

谢熙这时方惊醒，自己所为祸及家中，还想再辩解什么，但赵景然已经不想再听到他的声音，挥手令人将二人带下。

等那二人被押下后，陆文瀚才劝道：“殿下息怒，此案容后再审，您在书院快一天了，还粒米未尽，不如先歇息歇息，用些饭食。”

赵景然气还未顺，当下重重坐回椅中。陆文瀚又温言朝陆徜与明舒道：“你二人也辛苦了一整天，去喝口水吃点儿东西吧。”

明舒觉得这陆大人的脸，变得着实快，一会儿和煦如暖春，一会儿阴沉如凛秋。

“殿下，陆大人，可否将箭简与箭筒借学生一观？”陆徜却道。

陆文瀚点了点头，侍卫送上，陆徜拈起箭筒在手中轻轻一转，似乎想到什么，道：“学生想带着袖箭回案发现场看看，还请大人应允。”

“有发现？”陆文瀚好奇问道。

“学生不能确定，但此案不论是唐离还是谢熙所为，都有说不通之处，我想再回去看看。”

“我也去！”明舒马上道。

“你不饿吗？”陆文瀚问明舒。

“饿，不过还能忍。”明舒老实道。

“哈哈，你这孩子倒是实诚。精力充沛，干劲十足，年轻真好……”陆文瀚说着露出几分怅惘神情，很快又回神，道，“去查吧，殿下与本官很期待你们的发现。”

“谢谢陆大人！”兄妹二人异口同声。

陆文瀚看着两人远去的背影，久久未收回目光。

出了崇明堂，看见远方山影已有些模糊，明舒才知已不知不觉已要入夜。

这惊心动魄的一天啊。

“阿兄，你突然带着袖箭要去案发现场，可是发现了什么？”明舒与陆徜并肩而行，好奇地问道。

“你不先去吃点儿东西吗？”陆徜怕她饿着。

明舒的头摇得像拨浪鼓：“我心急，不想浪费时间。”

陆徜盯着她片刻，从衣袖里慢慢掏出了一颗饴糖来：“垫垫。”

明舒眼睛大亮，接过糖问他：“阿兄怎么带着这个？”

陆徜径直朝前走，只道：“你猜。”他不吃糖，早上出门时看到桌上有两颗糖，心里想起她，就鬼使神差地收到了袖里，想着在三殿下跟前侍候，她肯定不能准时进饭食，这糖兴许能派上些用场。

不想，真的用上了。

“阿兄也学人卖关子了？这有何难，你又不嗜甜不爱糖，这定是给我备的呗。”明舒含着糖，含糊道。

瞧她含着糖美滋滋的模样，陆徜扬起嘴角。

他了解她，她又何尝不了解他呢？

二人走了一会儿，就到了环涛馆外。馆门紧闭，门口守着两个侍卫，陆文瀚派了个人陪他们同来，那人与侍卫打过招呼，侍卫就放明舒与陆徜入内。

杨子书的尸首还等着仵作来勘验，现场也等着开封府的捕快勘察，因而一切都还保持原样未动，只有被杨子书压在头下的那幅字已经被收走。

因为众人离开后便关闭环涛馆门窗，屋里的气味让明舒胃里阵阵翻滚，她在门口站了片刻才缓过这劲，与陆徜一起踏入屋内。

一进屋，陆徜就先走到窗边支起窗子，以帕捏着箭筒，将箭筒装回箭筒，再手执箭筒矮身蹲到与下窗框同高的位置，朝着尸体的方向瞄准。

明舒退到一旁静静看他，他左右瞄准了片刻，放下手，闭目歇了歇，这才再抬手重新瞄准。

这一次，他速度很快，抬手，瞄准，按下括簧。

咻——

箭简从箭筒内飞出，但没朝着杨子书的方向飞去，却偏向大门去了。

恰好吱嘎一声，门被人从外推开，押谢熙退下的宋清沼回来后听说他们来环涛馆调查，便也跟过来，不想进门就逢暗箭，顿时惊得不能动作。

明舒霍地站直，叫了声：“小心！”

陆徜也直起了身子。

所幸那箭越过宋清沼，撞在木板上后“咚”的一声落地。

虚惊一场，明舒吓得心头直跳，抱怨陆徜：“阿兄，你要试箭早点儿说，差点儿被你吓掉魂！”

陆徜上前将箭筒捡起，又仔细查看箭镞在木头上留下的痕迹。

明舒见他不说话，只好朝宋清沼道歉：“宋公子，对不住，你没事吧？”

宋清沼进了屋，摇头道：“我没事。我听陆大人说你们来此调查，所以也过来看看。”语毕，他想起前两次和明舒因为谢熙而起的争论，道，“明舒，对不起，我没想过谢熙他糊涂至此，前两日还与你……”

明舒一听他提起前两日，后背就发毛，可不能叫陆徜知道自己私下和宋清沼接触，因而马上道：“过去了就别提了，谁都想不到的事，况且站在你的立场维护自己的好友也没问题，别提了！”

她说着看了眼陆徜，正好对上陆徜微冷的眼神。

陆徜盯她——似乎只有他注意到，宋清沼直接叫了她的名字。

那声“明舒”听起来实在让人不悦。

宋清沼听了明舒的话点点头，不再提前事，只道："我过来是想和你们一起调查的。"他说完似乎想起什么，又解释道，"不是想为谢熙脱罪，只是心中觉得此案尚有许多疑点，不论是谢熙还是唐离所为，都仍有说不通的地方。"

"我懂。"明舒道，她和陆徜也是一样的感觉。

"那我……可以加入你们吗？"宋清沼诚恳道。

啊？加入他们？这就……

当着阿兄的面，明舒可不敢点头，便望向陆徜。陆徜不知何时已经走到尸首旁边，正拿着箭筒比对杨子书颈上伤口，听到这话，他转过头来，看着宋清沼面露微笑："宋兄愿意出力，在下求之不得。"

明舒恍惚间觉得，阿兄这笑，和那位陆大人的笑，似乎有异曲同工之妙？尤其他还凑在尸体的脸旁边，着实有些瘆人。

"陆兄言重了，多谢二位。"宋清沼抱拳致谢，又问，"不知二位有何发现？"

陆徜收起笑，起身道："杨子书颈上的伤口，不是一次造成的，起码扎了有两次以上，伤口比箭镞要大上一些。"

白天发现尸首时人才死去没多久，血还未凝固，伤口被血水泡着，并不明显，现在血液凝固，就很容易比对了。

此话一出，明舒和宋清沼都惊诧非常。

"什么意思？这袖箭不是单发吗？就算不是单发，两次同样射中一个位置，这可能性也十分小。"宋清沼马上道。

"阿兄，按你的推测，杨子书可能不是被人从窗口射进的箭杀害的？"明舒也很快道。

陆徜点点头，举起手中袖箭，又道："你们掂掂这袖箭，它除了比普通袖箭要精巧外，也比普通袖箭要轻，这意味着袖筒内部构件都打造得很轻薄，这么轻薄的组件，势必不会发出太大冲力。我刚才试过这袖箭，它的威力比普通袖箭要小许多。"

他说话间将袖箭交给宋清沼，继续道："袖箭这东西，本就是贴身暗器，对战时近身偷袭使用，一般袖箭射程不过二三十步，这支袖箭还要打个折扣，而越到射程末尾力量越微弱，你看我发出的箭，连木头都扎不进，足以证明此袖箭只是精巧，但威力不足。同样地，如果凶手是在窗口发射，从窗口到杨子书所坐这段距离，袖箭不可能尽根没入他的脖颈，此其一。”

经他一解释，明舒与宋清沼豁然开朗。

陆徜却没停，继续道：“其二，从窗口到杨子书坐的位置可有段距离，要以袖箭射杀杨子书，凶手若非箭术高手，怎么可能做到一箭入颈？这种准头，谢熙可有？”

宋清沼摇头。他们这些世家公子，虽然也从小习武强身，但和真正行伍出身的人，差得可不是一星半点儿。

“那唐离就更不可能了。按照张松、彭国所言，前两天谢熙才教唐离使用此物，因此不会是她，或者说，不会是她躲在窗下射杀杨子书。”明舒明白陆徜的意思了，继续道，“阿兄你刚才说，杨子书脖颈伤口比箭镞要大，所以……你怀疑杨子书不是被人射杀，而是被人入室后从后背偷袭，以手握箭扎入颈中？”

这样也才能解释为何杨子书面目狰狞倒在桌上却一声惊呼都没发出，应该是有人捂住他的口鼻阻止他求救。

而唐离并没这种力气。

“若是如此，竹林内没有留下脚印也说得通了，那箭筒在竹林中被找到，也许并非凶手逃离现场时丢下的，更可能是预先扔在那里的。”宋清沼道。

陆徜点头。

这几点分析，几乎推翻了他们先前所有的推论。

“如果不是通过竹林逃离环涛馆，那还会从哪里走？还有什么路……”明舒边问边思考，忽然间想起什么，又掏出自己的小本子，蹲了下来。

“你做什么？”宋清沼见她一页又一页地从小本子上撕下纸页，不禁奇怪道。

只闻刺啦数声，明舒干脆利落地把自己画的所有布局图全都撕了下来，一张一张拼到一起，很快拼出了松灵书院全貌。

他们的确都忽略了一个地方。

“确实不只竹林境，还有一处地方可去……但那人是怎么办到的？”

明舒喃喃着，陷入沉思。

第二十章 巧计捉真凶

“你在看什么？”陆徜问道。

他与宋清沼已经走到明舒身边，同时俯身往下看，可明舒并不给他们看清楚的机会，又呼啦啦一下子把撕散的纸页收起来。

“我在找有没有别的可能性。”明舒头也不抬道。

“什么可能性？”宋清沼好奇地问道。

明舒起身，把小本子往怀中一揣，笑嘻嘻道：“等我证实后再告诉你们。你们在这儿等会儿。”

她一边说，一边往门外走，陆徜跟了过来，被她反手推开。

“你们别跟着我，在这儿等着。”她兴冲冲地跑出门，又回头道了句，“阿兄很聪明，我是你妹妹，我肯定同你一样聪明，咱们就比比，看谁先找到破绽！”

陆徜激起了明舒的好胜心，她跃跃欲试，想同阿兄较量一番。

陆徜和宋清沼闻言俱是一愣，明舒却已经跑没了影。待二人回过神，屋里已经只剩下他们两个。

少了明舒，陆徜和宋清沼突然陷入莫名的尴尬，彼此似乎都不知道说什么，二人对视片刻，皆收回目光。宋清沼开口打破沉默：“令妹的性子，真是……”他想夸明舒，可开了口竟找不到合适的词语来形容她，想起她平素所为，唇角微微扬起。

陆徜转回身，并未附和宋清沼的话。

关于明舒的话题，他一点儿都不想与宋清沼谈。

陆徜沉默寡言也不是一天两天的事，宋清沼并不在意，同为优秀的人，他对陆徜既有角逐之意，也有惺惺相惜之心，又因为他是明舒的兄长，宋清沼莫名地有种将他视作长辈的错觉。

“也不知她发现了什么。”宋清沼又道。

“不管她发现了什么，我们查我们的。”陆徜又绕回尸首旁边，抬手凌空做了模仿凶手杀人的动作，道，“如果是有人这么将箭简刺入杨子书颈中，连刺两箭，血应该喷溅而出，凶手身上应该沾染了杨子书的血液才是。那血衣去了哪里？”

“派人搜搜唐离与谢熙的房间及附近区域，看看能否发现线索。另外，此地是殿下参观书院的必经之地，一早就定好了，但书院事先并没将路线知会众人。按目前所推测，凶手挑中环涛馆犯案，必不是临时起意，而是早有预谋。虽然我们暂时不知其中缘由，但亦可从此处着手，调查近日负责此地洒扫事宜的杂役，兴许会有发现。”宋清沼思忖道。

陆徜认可他的想法：“言之有理，那么我们分头行动，有劳宋兄前去查问众人，找血衣就交给在下。”

宋清沼点点头，走到门口却想起明舒来，他好奇明舒的发现，想等她回来再去查，人便停在了门口。刚想和陆徜说话，陆徜却道：“天色渐暗，暗了就不好查了。时间紧迫，宋兄速去。”

这话一出，宋清沼不好再耽搁，只能点头道“好”，转身出了环涛馆。走了一小段距离，才后知后觉发现，说好的一起查，他却好像被陆徜支开了。

陆徜目送宋清沼离开，在屋里又走了一圈后停在敞开的窗户前，俯身查看窗户上有没有留下蛛丝马迹，窗外不远处的几丛花草里却忽然发出窸窸窣窣的声音，似乎有活物在其中移动，朝着这扇窗户处逼近。陆徜眉心微蹙，正想探个究竟，一双手猛地按在窗框上，明舒的脑袋倏地出现在窗下，她撑着窗框仰起脸想翻过窗户，险些撞上陆徜。

二人猝然相对，明舒嘻嘻笑着唤了声“阿兄”，陆徜却腾地退了半步。

“拉我一把！”明舒半身已攀过窗户，正一边往下爬，一边向陆徜求助。

陆徜搀着她的手臂，把人扶进了屋里，见她头上身上沾满树叶，人也跑得气喘吁吁，忍不住从她身上一片片往下拈树叶，道：“你这是做贼去了？”话刚出口，他立时想起来一件事。

她从前门出去的，就在他与宋清沼说话的这段时间内，她跑到了环涛馆后面。

明舒有些得意，把手里攥着的一团被揉皱的纸举起，刚要说话，却忽然发现房间里没有宋清沼，于是道：“宋清沼呢？”

“走了。”陆徜道。

“不是说好一起查？他这么没义气？”明舒皱皱眉。

陆徜对此不置一词，问她：“这是什么？”

明舒的心思便由宋清沼转到自己的发现上，将手里的东西展开。

“阿兄，看我找到的东西！”

一幅被揉皱的字。

字迹苍劲有力，是大家之作，然而现下却被血液污染。

“这是环涛馆失踪的那幅字。”明舒得意道。

环涛馆的书案上本来摆着的是大儒的一张手稿真迹，以供三皇子与尚书令来时欣赏，但凶案发生之后，那幅真迹却没了踪影。

“这幅字……你在哪里找到的？”陆徜眼神一凛，明舒找到了非常关键的突破点。

“嘿嘿。”明舒露出小狐狸般得意扬扬的笑来，神道道地冲他招手。

陆徜很配合地附耳过去，温热的气息拂过耳廓，明舒轻细的声音入耳，如丝似网。

很简单的一句话，彻底推翻了他们白日所有的推论。

“这幅字才是真正被凶手遗弃在逃离路线上的证据。从现场来看，杨子书进入此屋不是受人胁迫，他是自愿进来的，可能是因为被禁足在房内不能面见三殿下和陆大人，所以才出此下策，知道殿下必会进环涛馆，便带着由唐离代笔的那首诗悄悄潜进馆内，准备向殿下献诗以博关注。他进来之后，收起原本要给殿下欣赏的这张手稿，转而铺上自己准备的诗，而那张手稿并没被放远，当时应该也还在桌面上。凶手行凶后，手上染血，他又急欲逃离，于是顺手取了这张手稿拭血，而后来不及销毁，才在匆忙间扔在了逃离途中的隐蔽处。”

陆徜顺着明舒的发现往下推导，缓缓道。

“没错。”明舒点头赞同，接着陆徜的话往下说，“而且我猜应该是凶手告诉杨子书环涛馆适合向殿下献诗的，杨子书信了他的话，才踏进这里。一切若早有预谋，凶手必然提前勘察过现场，并且打听到了殿下参观的路线，才能最终确定可在这里作案。近日因为殿下要莅临，何师娘往各个馆阁均派了人仔细打扫，我们不妨去问问这些人，看可否打听出一些线索。”

“宋清沼已经去了。”陆徜极不愿意，但还是说了出来。

明舒双眼扑闪：“他好聪明！”

陆徜立时就有搬起石头砸自己的脚的感觉，便闭嘴不搭话。明舒观他神情，觉得自己似乎说错了话，马上找补：“当然，没有阿兄和我聪明！”

“马屁精！”陆徜轻斥一句。

明舒拉他手臂：“走走走，咱们去找宋清沼，看看他都问出什么来了。”

“你急什么？他查他的，我们要去查别的事，不跟他一处。分头行动比较快。”陆徜面不改色地扯谎，随着明舒出了房间。

“查什么？”明舒道。

“按照我们刚刚所说的逃跑路线，凶手可是有不在场证明的，你要怎么破除他的不在场证明？抑或你要如何证明，他是在众目睽睽之下，到环涛馆杀人的？”

陆徜给明舒出了个大难题。

明舒被他问住，蹙起眉头。

是的，她刚才是从环涛馆的前面，也就是众人行进的这条路，找到两处建筑间的暗巷，再绕到环涛馆后，攀窗入内的。但早上在这条路线上行走的人，可都是集体跟着三殿下的，那人如何能够单独脱身？

“明舒，你后面有人！”陆徜在她思考时突然开口。

明舒吓了一跳，立刻转身。

身后却空无一人。

她抚着胸恼道："阿兄，你吓我做什么？"

陆徜浅笑不语，明舒兀自气恼，见着陆徜的笑，脑中却忽如闪电蹿过。

背后……背后……

"阿兄，若我没记错，书院学子共七十三人，除了唐离和杨子书外，其余七十一人都陪同三殿下和陆大人参观书院，你们是三人为一行，七十一人的话，就是满二十三行还余一人。站在最后那个……"

站在最后那个人，是所有人的盲点。

有了猜想，就等验证。

明舒迫不及待地拉着陆徜去找负责给学子安排站位的管事，很快就拿到一份名单，她再拖着陆徜往学子们所留之地去核对。

所幸因为三皇子坐镇查案的关系，所有人都不敢离开，众学子仍旧按着白日的队形聚集在崇明堂的中庭，席地而坐。折腾了一整天，学子们个个疲惫不堪，都无精打采地坐着，打盹儿的打盹儿，私语的私语。

明舒与陆徜站在廊下，远远地按照名单上的位置，飞快地核对了一遍。

学子们的位置，与名单上的排列无异。

最后那人孤零零坐着，看着地面发呆，四周也无人与他说话。

"是他啊……"明舒喃喃着。

"你们怎么在这里？"二人身后突然传来宋清沼的声音。

明舒转头，见是宋清沼，忙要问他的进展。

"出去说。"陆徜阻止了他们。

三人便一起出了崇明堂，找了个无人之地说话。

夜色已浓，山风灌入胸怀，吹得人发冷，明舒却觉浑身血液沸腾，一双眼倒映着灯火，熠熠生辉。宋清沼这么个冷清的人，眼中竟也泛起几分激动，道："查到了。我问过近日负责这一带洒扫整理的杂役，根据他们的描述，近日所遇的人中，确有一个名字，是重复出现的，那个人是……”

“等等！”明舒打断了他，道，“我们也有发现，已经有了一个怀疑对象。我数三声，我们三个一起说？”

她睁着亮晶晶的眼眸，问宋清沼和陆徜。

这孩子气的举动带着十足的稚气，若搁往常，以陆徜与宋清沼的脾性，必定不愿配合，但今夜不同，她的眼眸、神情与言语都带着让人无法抗拒的感染力。

仿佛在单调枯燥的成人世界中，偶尔像孩子般顽皮一下，是件痛快且惬意的事。

陆徜和宋清沼都没拒绝。

他们不说话，那就是默认，明舒竖起三根手指，倒数道：“三，二，一——”

三个声音，同时响起。

“张松！”

话音落下，明舒跳起，情不自禁地低呼一声。

宋清沼忙问道：“你们是怎么发现的？”

明舒就将先前和陆徜的推测复述了一遍。

因为那只迷惑众人的箭筒的出现，所有人的注意力都被吸引到了竹林中，直觉地认为凶手经过竹林潜入环涛馆，又从竹林逃离，而忽略了其他可能性。然而与此矛盾的是，他们寻遍竹林乃至花圃，都找不到凶手的脚印，因此才把注意力又放到了唐离所在的玉松馆。

可另一方面，即使谢熙和唐离要杀杨子书，他们也有很多更好的时机可以动手，为何偏要选中环涛馆，偏要挑三殿下带着众人参观的时机下手？还要把箭筒扔在竹林中？谢熙与唐离再怎么莽撞愚蠢，也不可能犯如此低级的错误，这背后的原因令人费解。再加上根据陆徜对行凶过程的判断，唐离是凶手的可能性很低，案子到这里似乎陷入僵局。

除非，竹林不是凶手的逃离路线，凶手走了另一条路线，箭筒是预先扔在竹林的，只为嫁祸谢、唐二人。如此一来，那些疑点才能说得通。再者，既然杨子书一早就潜进了环涛馆，这便证明这起凶案并非临时起意，那么凶手挑中环涛馆下手必定有深意。于是明舒将小本子上的布局图撕下拼成大图，比较书院各处，看能否找到凶手挑选环涛馆的原因。

果然，她找到了其中至关重要、但所有人都会自然而然忽略的一环——

凶手行凶，不是在环涛馆后窗处，而是通过环涛馆旁边建筑物间的间隙，从正面悄悄潜入。从崇明堂出来，三殿下的参观路线上，还有另外三间馆阁挨得很近，分别是悲海轩、千书楼与听月阁，这三座建筑虽然挨得很近，但轩楼间仍有容人行走的小暗巷，暗巷被藤萝草木遮挡，从外面很难发现。明舒就在听月阁与千书楼之间的暗巷里，发现了那张手稿。

手稿的出现，虽然可以证明凶手的作案路线，然而又带来了更大的问题。如果凶手是从千书楼和听月阁间的暗巷去往环涛馆，那么凶手是如何做到瞒过外面所有人的眼睛，摸进暗巷，悄悄去环涛馆杀了杨子书的？

陆徜的一个玩笑启发了她。

一个人的背后肯定是视线盲区，而若是一群人排成列前进，前方又有东西吸引注意力的话，很少会有人去留意背后排的人在做什么。尤其是当时所有人都跟在三殿下后面，服侍殿下的后勤都于殿下左右随侍，而学子的队伍又很长，没人去注意队伍末尾的情况。明舒记得非常清楚，参观到千书楼时，三殿下观楼前对联有所感触，即兴出了对子让所有学子发挥，当时众人的注意力应该全在三殿下与对对子的学子身上，根本没人会注意后面，尤其是最后那个单独站一行的人，而那个人就是张松。

从千书楼到环涛馆，其实并没多远，而众人在千书楼前停留的时间，加上殿下进楼参观的时间，完全够张松神不知鬼不觉地跑到环涛馆杀完人再回来，而站在他前面的人不会发觉，即便有所察觉，但张松是在很短时间内回来的，也会给人没有离开过的错觉。

这就是凶手为何选择环涛馆下手的原因，因为只有这样，他才拥有完美的不在场证明。

这也能解释杨子书为何会到环涛馆。这本就是一个圈套，张松是杨子书的朋友，他的提议，杨子书丝毫不会起疑心。

听完明舒解释，宋清沼才恍然大悟。根据他们的推测，再加上那张染着血迹的手稿，还有他刚打听回来的消息，所有证据都指向了同一个人。

不是唐离，亦非谢熙，而是平日跟着杨子书的那个瘦小书生——张松。

“可这些依旧只是推测，我们没有实质性的证据能够定他的罪，还有最重要的一点，陆兄说，杨子书被刺身亡，凶手身上定然染血，可张松身上并没有，血衣去哪里了？那么仓促的情况下，他还有时间换衣服不成？”宋清沼一针见血指出问题所在。

“如果他没有换衣服呢？”陆徜却缓缓道。

二人均是一愣，陆徜便又继续说了一句什么。

明舒瞪大眼：“这样也行？”

宋清沼也觉匪夷所思：“陆兄可确定？万一是误会……”

“我也只是推测而已。”陆徜却道。

明舒却咬了咬唇，双眼一眯，坏笑道：“怕什么，是不是误会，我们试试就知道了。”

说话间她冲二人勾勾手，做贼一般压低声音出了个主意。

宋清沼没忍住，笑了。

陆徜亦然。

夜色渐浓，山中寒气愈重，夜风吹得在中庭席地而坐的学子们瑟瑟发抖。被冻得手脚冰冷的学子们开始低声抱怨，没多久，外头就有侍卫端来无数炭盆。

“今日委屈诸位了，只是案情尚未明朗，还得请诸位再留一会儿。殿下知道山间寒凉，特命人送了炭盆过来给诸位取暖，另外还备下热饭食，请诸位先填填肚子。”赵景然的侍卫统领站在中庭前朗声道，抬手吩咐侍卫摆放炭盆，挨个儿给学子们送上饭食。

十多个炭盆被鱼贯送进中庭，在中庭四周摆开，靠近门口处放得格外多，炭火已经烧得很旺，十几个炭盆一起发力，中庭内的温度很快就升了上去，尤其靠近门口的地方，要比别处更热。

热腾腾的饭食也送了进来，被侍卫打好一碗碗送到学子们手里，竟是加了干姜、胡椒、肉桂等辛辣物的胡辣汤。

许是饿了一天，学子们被折腾得筋疲力尽，看到胡辣汤眼都发绿了，三下五除二就喝进肚子，须臾间已有人大喊痛快，甚至要求再添。在炭盆与胡辣汤的双重作用下，很快就有人嚷热，一边抹着头上冒出的汗珠，一边扯松衣襟用手猛扇。

在这所有人之中，只有一个人如泰山般稳坐不动，连侍卫送来的胡辣汤也不碰，明明额上颈间出了许多汗，却碰也不碰衣襟，仿佛老僧入定。

这人便是张松，杨子书在书院的朋友之一，人长得瘦瘦小小，其貌不扬，独自坐在人群最后，不与人交谈，也没人来搭理他。

“你怎么不喝呢？这胡辣汤够劲儿，喝了舒坦呢。”一个清脆的声音响起。

张松转头一看，却见身边蹲着陆徜的妹妹。

她也捧着碗胡辣汤慢慢啜着，边啜边和他说话：“一天没吃东西，垫垫肚子呀。”说话间她抬手抹抹额头上的汗珠，眨着眼看他。

“喝不惯胡辣汤。”张松忙解释道。

“那可真是可惜了。”明舒遗憾道，把碗里最后一口汤汁喝完，舒服地呼口气，拿着空碗起身，可她起得太急了，一不小心踢到了张松身边那碗满满的胡辣汤。

汤水立刻洒了满地，有一部分还直接洒到了张松压在地面的衣裳上，他当即跳了起来，可臀到大腿那处已经湿了一大块。

“哎呀，对不起，对不起！”明舒慌忙道歉，似乎是想了想又道，“衣裳都脏了，要不我找找侍卫大哥，让他陪你去换一身衣裳？”

“不用，不用。就脏了一点儿，无碍。”他马上拒绝，又远离明舒几步，不顾脏湿的衣裳，再度坐到干净的地方，仿佛脚下生根般。

明舒满含歉意般走了，刚一转身，就朝远处的陆徜和宋清沼露出得逞的笑容来。

又过了约一盏茶的工夫，开封府的人终于赶到，全面接手杨子书的案子。

闲坐中庭的学子们又等了片刻，终于等到三皇子允许自行离去的命令，所有人均大大松口气，从地上爬起，三三两两散去。

很快，崇明馆外的路上已不见人影。这时却有道瘦小的身影蹿过，猫进了屋檐下的树丛阴影之中，避过人群往千书楼走去，不多时就拐入千书楼与听月阁间的暗巷中。

暗巷窄小，地上全是乱石杂草，他蹲下身摸黑找东西。忽然间，前方出现一点儿光亮。

“在找什么？要不要我给你打灯？”少女含笑的清脆声音响起，渐明的灯火中，一张如花笑靥的脸慢慢清晰起来。

明舒提着灯缓缓行来，身后跟着陆徜。

蹲着的那人见势不妙，扭头要跑，可背后也有人提灯而至。

“张松，要去哪里？”宋清沼冷冷道。

两头堵截，张松逃无可逃，只能站直了身体。

“你在找这个吗？”明舒抬起手，手中是被揉皱后展平的那张手稿。

张松面色顿变，却强自镇定道：“不知道你们在说什么，我只是想抄近道回去而已。”

“是吗？”陆徜越过明舒，与宋清沼一同逼近张松。

“你们……你们想做什么？”张松惊惧地贴墙而立。

“明舒，转过去。”陆徜冷冷一语。

“哦。”明舒乖乖转过身去。

哀号声伴着殴打的声音在她身后响起，她闭了闭眼，心里好奇得紧。很快，除了哀号外，殴打的声音消失了，明舒咬咬唇，悄悄转过了身。

一转身，她就撞进陆徜胸怀，视线被遮个彻底。

“不许偷看！”陆徜道。

明舒不甘心地跺跺脚——有个太了解自己的阿兄，一点儿都不好。

陆徜的背后，是剥去外袍与中衣、只留里衣、又被宋清沼反剪双手押在地上的张松。

里衣之上，满是血迹。

巷子外，无数灯火亮起，赵景然的侍卫与开封府的捕快，全都围堵在外。

张松被抓个正着。

第二十一章 落花如有意

崇明堂灯火通明，三皇子赵景然、尚书令陆文瀚连同刚到松灵书院的开封府尹，三人同时夜审张松，陆徜、宋清沼与明舒三人同堂回话。

人赃俱获的张松无可抵赖，颓然地倒在地上，因为身上被剥得只剩下一件薄薄的染血里衣，他冻得双手环胸瑟瑟发抖，牙关打着战回答堂上的审问。

大致的犯案过程与陆徜三人所推测的差不多。张松先以给三皇子献诗为由诓骗杨子书，杨子书果然上当，同意他的计谋。在今日天未亮时，杨子书趁着无人潜入环涛馆，并将门窗关闭，藏在馆中等待，而张松则去与众人一起去山门前迎接三皇子等人，直到三皇子从崇明堂出来，带着众书生走到千书楼外，他的杀人时机到了。

“大家停在千书楼外，注意力都在三殿下身上。我先假装腹痛，走到楼外的石块上坐下，以此造成前面人的错觉，让他们觉得我在，只是没有站在正后方，而是坐在附近。我再趁他们不注意的时候，偷偷溜进千书楼和听月阁间的暗巷。”张松眼神木然地说着经过。

他进入暗巷就开始脱衣，将外袍与中衣全都脱下后藏在窗外，而后开窗翻进环涛馆，拿着预先偷到的袖箭下手。

“袖箭是前一天夜里，我和彭国跟着杨子书去找唐离时，趁着他们争执之际悄悄偷到手的。我把箭筒与箭简分离，预先把箭筒扔在竹林里，造成凶手从竹林逃离案发现场的假象，嫁祸谢熙，而我则用箭简扎在杨子书的颈间……一下……两下……血喷了一身。”张松说着说着，眼神变得阴郁疯狂，仿佛身上干涸的血染到了眼里，手也抬起又落下，仿佛身在环涛馆内，他一手捂着杨子书的嘴，把人按在桌上，一手把箭往杨子书脖颈处狠狠扎下。他的力气从没那么大过，他心里也从没那么痛快过。

杀完人，他顺手抓起书案旁边的手稿擦拭手上脸上的血迹，而后小心翼翼翻出窗户，一边套上脱下的衣裳，一边飞快按原路跑回千书楼外。

早春薄寒，他特意穿得比别人都厚实，两件夹棉中衣一件厚外袍，而山中风大，透出的一点儿血腥味，被风吹吹就散了，他又站在最后，其他人都不搭理他，没人注意到他的异常，他回到千书楼的时候，前面的人甚至没发现他消失过。

“他们都不理我……因为我是杨子书的狗腿子……帮着杨子书欺凌他们，但我也不想这样，是杨子书逼我的。”张松说着说着呜咽起来。

他本只是松灵书院的普通学生，家境平平，父母砸锅卖铁供他读书，所幸他颇为争气，苦读数年考入了松灵书院，本以为苦尽甘来，再等两年也可顺利通过秋闱春闱殿试，金榜题名，他也能出人头地，却不幸遇上杨子书。杨子书为人嚣张，在书院中横行霸道，尤其喜欢挑家境差的学子下手，张松被他打过、骂过、辱过，一开始众人还同情张松，可是后来，为了逃避杨子书的欺凌，张松选择成为杨子书的狗腿子，以换取平安。

可即便这样，杨子书平日里也没少打骂他，而书院里的其他学子又因为此事，对他的同情渐渐变成憎恨，全部疏远了他，他孤立无援，饱受痛苦。

恨意，就在这样的日子里逐渐滋生。

交代完一切后，张松掩面伏地而泣。

“他既然如此作恶，你们何不向书院师长们陈情？”待张松情绪稍缓，陆文瀚方开口问道。

“我们说过了，但是没用，杨子书家里有钱，买通了平时管教我们的几位先生，先生们对他的恶行睁只眼，闭只眼。我们出身寒微，靠着书院的资助在这里学习，又怎敢得罪他们？”张松垂头道。

松灵书院并非官学，能考进来的学生多凭本事，很多都出身寒门，像宋清沼这样世家出身却也凭真才实学考入的，少之又少。

赵景然听完因果后，沉默良久，方道：“此案吾会如实上奏父皇，包括书院内结私贪腐之事，一并彻查。百年松灵，为国培育良才，本该是一方净土，却成地狱。还有你，张松，虽说你有千般苦衷，但这也不是你杀人栽赃的理由。家有家规，国有国法，法不容情，不论杀人抑或栽赃，皆触国法。各位，望引以为戒。”

他说完结语，挥袖出了崇明堂，将余事交给开封府。

明舒听完张松所言心内百味杂陈，正想喊陆徜一起离开，却听陆徜忽然开口：“张松，你不是第一次下手杀杨子书吧？”

张松缓缓抬头，露出一丝迷惑。

“明礼堂。”陆徜提醒道。

他迷惑的目光方透出了然：“是啊，明礼堂本可借那块匾额神不知鬼不觉地砸死杨子书，可惜，被你破坏了。”

明舒诧异地睁大眼眸望向陆徜。

陆徜便向她解释：“那天杨子书经过匾额时，被他叫住了。”这是他最初就怀疑张松的直接原因。

“原来如此。”明舒恍然大悟，又随口问张松，“可你又是怎么知道匾额要掉落的？”

张松却闭上嘴，眼里现出三分迷茫，很快竟笑了：“无意间……听人说的。”

那个“人”字他说得古怪。

明舒下意识问他：“是谁？”

“忘了。”张松这次却想也没想就回答，紧跟着闭上了眼，拒绝再回答他们的问题。

明舒蹙起眉来，总觉得哪里有些说不出的古怪，但开封府的捕快却已将人押下，而陆徜也催她离开。

“我想单独见见谢熙与唐离，可以吗？”明舒望向宋清沼，他和三皇子熟，也许能帮上忙。

但宋清沼还没回答，和开封府尹并肩出来的陆文瀚却开口了：“你见他们作甚？”

“陆大人，民女想替人问他们几句话，和这桩案子无关。”明舒道。

唐离为罪臣之女，谢熙因做伪证，如今都被单独收押在崇明堂的房间中。

陆文瀚似乎对她特别宽容温和，也没细究原因，朝开封府尹说了两句话，便有衙役前来带明舒去见二人。陆徜知道她要做什么，便在崇明堂上等着，被陆文瀚抓着说话。

明舒先见谢熙。

他被关在小小的静室内，室中无榻，只有简单的桌椅，桌上点着盏灯，他坐在桌前发怔。

明舒向开门的守卫道过谢，这才进屋。

听到声音，谢熙已经知道来人是谁，他已经冷静下来，也听说陆徜、宋清沼与陆明舒三人抓到真凶，替他与唐离洗清了嫌疑。

“谢谢。”他平静地说道。

明舒发现，只要不牵涉唐离，他就仍能表现得像个谦谦君子。

“不必言谢，我不是为了帮你才查的案子。”明舒站在门前，并不往房内走。

“都一样，终究是为我和阿璃洗刷嫌疑。”谢熙起身，面无表情地作揖，“多谢。”

明舒随他行礼，直接问道：“你喜欢唐离？”

谢熙顿了顿，目光落在桌面的光斑上。

“是。”

终于可以不必藏着掖着了。

“我与阿璃很小就认识了，如果苏家没有倒，与我定亲的女子，应该是阿璃。苏家被抄，阿璃被官牙发卖，我本以为此生再也见不到她，谁曾想竟在松灵书院遇上了。”谢熙缓缓道。

作为罪臣女儿，苏棠璃被判官牙发卖，因苏父与徐山长私交甚好，流放前曾恳求徐山长救女，徐山长便让人暗地里将苏棠璃买下，又怕人发现后诟病，就命苏棠璃改作男装，当成男孩收养在膝下。

山长与师娘曾经有过一个儿子，六岁左右不幸早夭，后来便再没有过孩子，师娘见了女扮男装的小棠璃，恻隐之心大动，幼时棠璃又乖巧可爱，十分讨师娘喜欢，因此夫妇二人才瞒过众人，把苏棠璃放在身边教养十年，也给了谢熙与她重逢的机会。

“我第一眼就认出她了。因为她的身世，我替她瞒着众人，偶尔她遇到难处，我能帮就帮，就这么和她熟识了。”

最初，也只是朋友那般相处，抵不住时光悠悠，谢熙自己也不知道是什么时候动心的，意识到的时候已经晚了。

“可你和县主也很早就定亲了。”明舒说。

“我知道。我和阿璃不可能，我们之间清清白白，能和她像朋友这般相处下去，对我来说就够了。”

“清清白白？朋友？”明舒微笑，含嘲带讽，“你心已越轨，谈何清白？况且你真分得清朋友与情人间那条线吗？”

以友为名，行情爱之举，哪里清白了？

“那你想要我如何？我会娶闻安，一辈子尊她、敬她，还不够吗？这桩婚事两家长辈安排，我与闻安并无感情，有些东西，我控制不了。”谢熙道。

“你不只对县主没有感情，恐怕你连最基本的尊她、敬她，也做不到。但凡你心中为闻安、为你的父母家人想过半分，你都做不出替唐离顶罪的荒唐事来，如今却还说会一辈子尊她、敬她？”

明舒慢条斯理道，每个字都清晰地落入他耳中。

谢熙无言以对。当时顶罪确实冲动，那日早晨他与唐离并未见过面，但由于此前和杨子书发生的种种矛盾，再加上那只袖箭，他也怀疑是唐离下的手，又听陆大人提议动刑，这才失去理智。

“谢熙，你心中明白，县主愿意嫁你，并非只因父母之命，她也喜欢了你十年。你既不能快刀斩乱麻断去你与唐离的情意，又无法排除万难去争取你与唐离的婚事，只能践踏县主的情意，拿着所谓尊她、敬她的可笑谎言，毁她一世幸福。我瞧不起你！”

明舒言尽于此，转身离去。

她来见谢熙，是想替县主最后再问谢熙一次，问他可有苦衷，然而，什么都没有。

关唐离的房间就在谢熙对面，同样是一桌一椅一盏灯。

灯火微弱，照着桌前清秀的脸庞。

明舒进来时，唐离也正看着灯发呆，双眉微蹙，看起来满心愁绪。

“唐……苏娘子。”明舒刚开口就想起她的真名，马上换了称呼。

“叫我唐离吧，这名字听了十年，我习惯了。”唐离转过头，仍是男子的举止，除了面对谢熙，她似乎很少露出女儿姿态。

明舒对她的第一印象，是内向寡言且小心翼翼的少年。

“你可知谢熙已与县主定亲？”明舒问道。

“我知道。”唐离点点头，又苦笑着解释，“我与世子之间，并无私情，你们误会了。”

“可全书院的人都看到谢熙为你顶罪，这叫没有私情？他为了你动手殴打杨子书，这叫没有私情？你别告诉我你心中什么都不知道。”明舒道。

唐离沉默了，良久才道：“有情如何，无情又如何？我与世子终究不能在一起，说这些又有何意义？”

语毕，她抬起头，眼眶通红，泪水将落，真真可怜至极。

明舒蹙蹙眉——她并没为难唐离的打算，只是想替闻安会会她。

以闻安县主的脾气，恐怕她会很想知道自己的情敌到底是个怎样的人，但从今晚来看，这唐离似乎只是个胆小懦弱的女人。

明舒刚刚和谢熙说了一番话，心里正烦，不愿再费唇舌，便摇着头打算离开。

转身之际，她忽然想起刚才陆徜问张松的问题。

匾额损坏之事，是谁告诉张松的？张松没回答。

林大娘提过，匾额去岁已经报修，却因岁末冬寒而迟迟没有工匠来修，按说如果匾额有掉落的风险，那么即便一时半会儿修不了，也该将匾额取下，以防万一，但是松灵书院并没有这么做。

这是何故？

只有一种可能，就是报修的登记出了问题。

明舒记得，唐离帮师娘做些文书登记誊抄的活计，她是可以接触到书院破损物品的报修记录的，匾额掉下时，她亦在旁边……

思及此，明舒眉头皱起，霍然转身。

身后，唐离正半垂头对着桌案上的烛台，伸出食指与拇指捏烛上火苗。她并没直接掐灭火苗，捏完松开，再捏，如此反复着，屋里火光便明明暗暗，照得她的脸也虚虚实实。

那张脸上没有表情，但看得出她很轻松，与先前楚楚可怜的模样判若两人。

“匾额之事，是你告诉张松的？”明舒因自己突如其来的想法而震惊。

“你说什么？我不懂。”唐离听到她的声音抬起头，唇角勾起一丝弧度，带着些微挑衅，像轻吐舌芯的毒蛇。

明舒却顺着这思路往下推，又道：“袖箭……是不是你故意让张松盗走的？”

唐离的笑又明显了一些，露出几颗洁白的牙：“有证据吗？有证据你可以告诉三殿下。”

“你也不爱谢熙，对吗？”明舒却继续问道。

按这个思路推下去，唐离早已知道凶手是谁，可在堂上面对谢熙的顶罪时却什么也没说，只利用他逃避刑罚，她根本不爱谢熙。

这太可怕了。

“我不知道你想说什么，如果你一定要问我对世子的感情，我当然是钟情于他的。”唐离一反常态地放松，仿佛在逗着明舒。

“苏棠璃，你到底想做什么？”明舒走近她，冷冷道。

如果只是与杨子书有仇，想借刀杀人，那说得通，但似乎她的目的并非如此简单。

“这话应该是我问陆娘子才对，你到底想要我承认什么？”唐离反问。

明舒攥攥拳——一切只是她的猜测，一点儿证据都没有，连她也不知道想要唐离承认什么。

看唐离的反应，再问下去也没意义，明舒转身就走，只是临出门之时，唐离陡然掐灭烛火，室内陷入黑暗，她整个人也遁入其中。

只有她的声音，从黑暗中幽幽传来："陆娘子，你可尝过家破人亡的滋味？如果你被害得家破人亡，你报不报仇呢？"

"家破人亡"四个字，仿如一杆长箭，陡然穿过明舒的心胸。

明舒只觉胸口一痛，似乎被说中了什么，脑中乍然空白，木然踏出门去。

唐离最后那句话，她没听到——

"我们，京城再见吧。"

陆徜正在外边等明舒，一边等一边回答陆文瀚源源不绝的问题，宋清沼也没走，正借故留在崇明堂，也不知道自己在等什么。

明舒出来时，陆文瀚新的问题刚刚出口，陆徜还来不及作答，就见明舒木木地出来，与进去时大不相同。他蹙眉看了两眼，连陆文瀚的问题都忘了回答。

"罢了，也折腾了整日，带你妹妹回去休息。"陆文瀚见他失神并没怪罪，反挥手让他离开。

陆徜告罪后快步走到明舒身边，那边宋清沼也跟了过来，想和她打个招呼。

明舒没理会二人，失魂落魄地走出崇明堂。

陆徜觉得不对劲，拉住明舒道："明舒？发生何事了？"

明舒这才停步，神色恍惚地望向陆徜，道："阿兄，刚才唐离问我，如果我被人害得家破人亡会怎样？不知道为什么……我好难过……"

话音刚落，陆徜和宋清沼就瞧见她眸中毫无知觉般滚落了两行泪。

陆徜大震，也顾不上宋清沼就在旁边，抬手就抹她脸颊上的泪水，而后用掌心贴着她的脸颊，道："明舒，别难过，我在。"

明舒用力呼吸，以平复突如其来的痛苦，双拳却仍紧紧攥着，用异常冷静的声音道："阿兄，如果有人害得我家破人亡，我发誓……我定会不计代价，手刃仇人！”

“明舒！”陆徜大喝一声。

沉如雷霆的声音，终于震得明舒回魂，收回乱糟糟的思绪，陆徜温热的掌心与急切的目光让她意识到自己刚刚说了什么，她忙抹抹自己的脸——竟然哭了？

“阿兄，我……”明舒找不到哭的原因，难不成就因为唐离几句话？

“可能是今日劳心过度，伤了心神，以至被唐离三言两语迷惑。我那里有宁神的药丸，回头送两丸过去给你。”宋清沼这时才开口。适才见她落泪，他不知为何心头跟着抽疼，不过碍于她兄长在场，他也不便安慰，便忍到此时。

“多谢宋兄。”陆徜替她道谢，又道，“我先送她回去，晚些寻宋兄拿药，就不劳宋兄再跑一趟。”

宋清沼只能点头：“也好。”

二人便同宋清沼告辞离去。

夜已深沉，山风飕飕地直往人怀中灌，明舒脸上的泪痕很快就被吹干。

她闷闷地跟着陆徜走路，有些不好意思——竟然当着陆徜和宋清沼的面哭了，真有些丢脸。

“别胡思乱想。”见她有别于平日的沉默，陆徜沉声道，“你今天一天都没吃什么东西，一会儿先吃点东西，夜里好好睡个觉。”

“嗯。”她乖乖答应了。

二人走到饭堂附近，因今日特殊，饭堂并没收工，还有没用饭的学子从饭堂里打了饭食出来。陆徜让她在避风的亭子里等着，他则小跑去了饭堂，借了碗筷托盘，打了两碗面条，上头还各压了颗荷包蛋，匆匆回到亭中。

明舒正靠着柱子眯着，她并没睡着，听到动静揉着眼坐直，迷迷糊糊地看陆徜。

灯火遥遥，星月浅浅，陆徜的眉目在淡淡的光线中显得格外温柔。

“今天累着了？”他把面端给明舒，又揉揉她的脑袋。

“嗯。”明舒打个哈欠，端起面与陆徜并排坐着吃起来。

陆徜脑中仍徘徊着刚才明舒落泪时说过的话，心中余震未消，仍觉得沉沉的痛，食不知味地吃了两口面，缓缓道：“明舒，刚才唐离说的话，你别放在心上……”

这话，他说得没有底气。

谁都没有料到唐离无心之语，会戳中简家之事。明舒就连失忆了都受影响，可想而知若有朝一日她恢复记忆，会有多痛苦。

陆徜不敢多想。

他只觉得，自己有必要在她记忆恢复前，把简家的仇……先报了。

明舒没有回应他。

“明舒？”陆徜又唤了一声。

回应他的却是肩头地一沉。

他转头一看，明舒那碗面才吃了三分之一不到就被放到旁边，人已经困得靠在他肩头睡着了。

他侧头看她，昏暗的光线下，明舒的脸庞只剩下轮廓，眼睛闭着，秀挺的鼻子均匀地呼吸着，双唇轻轻抿着……他失了神，待回神，他的指尖已经顺着她的眉眼鼻子轻抚而下，落在了她的唇瓣上。

陆徜陡然一惊，倏地收回手。

亭外山风入耳，呼啸声叫人清醒。

明舒睡了个很沉的觉，翌日醒来时，天已近午。屋里静悄悄的，阳光穿过窗户洒了一地。

昨晚是怎么睡过去的，又是怎么回来的，她毫无印象，只知道自己就这么踏踏实实地和衣睡了整夜。

三皇子赵景然、尚书令陆文瀚与开封府尹都已经离开书院回城，张松、唐离与谢熙等一干人都被押往城中，就连徐山长夫妻也一起跟着去了。

书院的事情了结，她也查到了想要查的东西，是时候离开了。

明舒匆匆收拾好东西，换回自己的衣裳，将书童的衣裳叠好送还林大娘。林大娘接衣之时，只回她一声长叹。她本想见见何师娘，但师娘跟着殿下去了京城，也见不着面，她只能作罢。

交接完成，她拎着自己的小包袱往书院外走去。陆徜已经替她雇好马车，正在外等着她。

“阿兄！”隔得老远，她就冲他招手。

过了一夜，她似乎恢复了平时的精气神，陆徜稍稍放心，接过她的包袱放入车中，朝她道：“回去好好歇息，别再应些乱七八糟的差事。我过两天就回家，应该会在家中待到春闱。”

“啊?！”明舒大惊。

“怎么？不想我回家？”陆徜敲她额头。

“哪有？阿兄回家，我和阿娘求之不得。只是你不用读书吗？”

“春闱已近，不必再留于书院，况且书院出了命案，闹得沸沸扬扬，院内学子多少都受到了影响，不如在家中清静。”陆徜解释道。

明舒“哦”了声，又问：“阿兄，你该不会是为了回来看着我吧？”

“你说呢？”陆徜没好气地反问。

明舒“嘿嘿”直笑，陆徜便催她：“快出发吧，免得回到家天晚了。”

“嗯。”明舒边点头边踏上马车，正要掀帘进车，忽闻远处传来清朗的声音。

“明舒！”

山门外的青松下快步走来一人，踩过满地阳光碎影，朝她而来。

明舒又有些恍惚。

来的正是宋清沼。

“陆兄。”他向陆徜打了声招呼，才朝明舒递出一只瓷瓶，“这是昨天说的安神药丸，拿着吧。”他们昨日没来拿，他又不便去找明舒，今早听闻她要走，于是匆匆赶来，赠药并相送。

明舒看了看他，又看看陆徜，没有拒绝宋清沼的好意，接下瓷瓶，笑道：“多谢宋公子。那我回去了，告辞！”

她说着退进车内，马车缓缓而动，宋清沼瞧着再也看不到人的马车，有些怅然若失。不料车窗里又钻出个脑袋，明舒伸长了手臂冲他们挥手：“阿兄，宋清沼，再见！”

宋清沼不自觉地笑了。

陆徜只默默望着渐行渐远的马车，眉心微拧。

第二十二章 流水亦无情

汴京，胜民坊。

夕阳微沉，余晖落满长巷，明舒拎着包袱从马车上下来，由巷口往家里走。

靠近家门处的墙根下站着几个妇人，手里拿着把花生，正一边吃着一边看对面门里的人，闲谈的声音传到明舒耳朵里。

“瞧瞧，听说是个寡妇！”

“这才搬来多久，就已经勾搭上了……”

接下去便是几声窃笑，伴着“咔吧咔吧”嚼花生的声音，仿佛代替人的言语描绘着没被说出口的种种不堪。

对面的老房子大门敞着，里面正好有人一前一后走出。先走出的是位四旬美妇，穿着寻常衣裳，乌黑发髻间包着素色头巾，生得却着实貌美，眼下正挂着笑容和后面出来的男人说话。

男人是这条街上的生面孔，个头儿很高，足足比美妇高出一个多头。早春微凉，他却只穿着件单薄的劲衫，外头罩件皮甲，一身风尘气息，年纪与美妇差不多，模样生得端正，眉眼蓄威，不过眼下正微笑着同美妇说话，倒也显得没那么肃杀。

明舒瞧在眼里，那美妇正是自己的娘亲。

“不必客气，远亲不如近邻，能帮一把是一把。就是李老太眼下这身体状况，还得身边有个人照顾才好。”曾氏迈出门槛，转头又朝身后男人道。

男人叹口气，沉声道：“我本也找了两个人照顾老太太，但她病得神志不清，脾气也不大好，照顾她的人都被气跑了，新的人手还没接上，不想就出事了。这次多亏有你，不然老太太病倒在床，也没人给送口热饭。”他说着取下坠在腰间的锦袋，奉与曾氏，“这两日劳烦你了，我这里有些银两，你……”

“这可不能，我帮李老太只是顺手，况且上回你也帮过我一次，我都还没好好谢你。这钱我不能收，你快拿回去。”曾氏忙推却。

男人还想劝她收钱，可又不善言辞，捧着银袋的手僵在半空，正有些尴尬，对面墙下忽然传来一阵哗啦响动。

嚼舌根的妇人们手里的花生被人打翻在地，少女清脆的声音响起：“窃窃私语多没劲，要不大声点儿说出来，让我也听听你们还能说出什么烂肠烂心的恶心话！”

曾氏一转头，看到明舒站在墙根下，手里的包袱扔在地上，正挽起袖管，一副要与人打架的凶神恶煞模样。她对面站着几个这巷子里最长舌的妇人，因为被明舒拍撒了花生，又被她一骂，正扯起嗓子要骂人，难听的话刚从嘴里冒个头，那边就传来男人沉如雷霆的喝声：“住嘴！”

他生得本就孔武有力，板起脸时，身上自然流露的威势与杀气，吓得几个妇人不敢造次。

“别跑呀，来，我们大战三百回合！”明舒看着骂骂咧咧远去的妇人们叫嚣。对付不讲道理的人，直接上手最痛快。

“明舒！”曾氏急得跺脚，把她拉到身边，将她袖子一寸寸放下，“你和她们计较什么？”

“谁让她们说阿娘坏话！”明舒回了一声，又望向男人，“阿娘，这位是……”

“在下魏卓。”男人抱拳报上名姓。

“他是咱家隔壁李老太儿子的同袍，尽同袍之谊，来看望老太太的。”曾氏解释道。

他们家隔壁这个李老太，老伴儿早逝，儿子前些年在战场上殉国，儿媳妇同人私奔，她就一个老人家独居，脾气有些古怪，不太和人打交道。因为只隔了道墙，曾氏偶尔看到她就会上前搭把手帮个忙，明舒也帮着给她送过两次饭——是个脾气不太好的老太太，但没什么坏心。

明舒打量着魏卓。原来是上过战场的人，难怪身上有股肃杀之气。

“魏叔，您好，我是阿娘的小女儿，明舒。”明舒扬起笑脸打招呼。

魏卓也笑了笑，道：“刚才那些妇人说的话，你可别放在心里，我与你母亲之间，并无什么。”许是怕刚才那些长舌妇说的话让明舒误会曾氏，魏卓小心翼翼解释道。

“我才不放在心上，我母亲什么样的人，难道我不清楚？她一个人拉扯我与阿兄长大吃了多少苦，要是真如那些人说的那样，这些年又怎会过得这么苦？”明舒挽着曾氏的手回道。

曾氏大感欣慰，拉着明舒的手不松，朝魏卓道：“你放心吧，我平时会多来瞧瞧李老太的。”

“那就有劳你了，我会尽快再物色新的丫鬟送过来。”魏卓抱拳谢道。

一时间两人说完话，曾氏急着和明舒回家说话，匆匆与魏卓告辞。母女二人走出几步，明舒回头，发现那魏卓还站在李老太家门外目送她们，见她转头，朝她微笑颔首。

明舒便回过头朝曾氏道：“阿娘，我刚才听您说，魏叔也帮了您，您是遇上什么难事了？”

曾氏脸一红，支支吾吾道：“没什么，就一点儿小忙。”

明舒蹙蹙眉，直觉事情并不简单：“阿娘要是不肯说，我就回去问魏叔了。”

“别。”曾氏忙拽住她，道，“就是……去交绣活儿的路上，遇上几个泼皮无赖要……要……”

“要调戏您?！”明舒一听，心头火起，转身就要找人去算账，“阿娘，是谁?！”

“明舒！”曾氏忙拉住她，“那些人已经被魏卓教训一顿跑了，你可别再招惹是非。”

“要是阿兄知道了……”明舒又道。

“你可千万别同他说！”曾氏立刻就想捂她的嘴，“你阿兄要是知道了，这事不能善了。”

她了解自己的儿子，陆徜那人，脾气看着冷静温和，狠起来的时候，做事不计后果。

“知道了。”明舒挑挑眉，和曾氏迈进家门，忽又凑到母亲耳畔，笑嘻嘻道，“阿娘，那些长舌妇虽然讨厌，但有件事倒也没说错……您也一个人好多年了，有没有考虑过……”

“死丫头，你在胡说八道什么？”曾氏一掌拍在明舒脑袋上。

明舒抱头鼠窜，一边逃一边说：“阿娘，我说真的！你要是有看上什么人，若合得来，也别藏着，牌坊当不得饭吃，我是赞成您再嫁，想来阿兄也同我一样……”

“还说！看我不撕了你的嘴！”曾氏几步冲过来，和明舒闹成一团。

明舒在家中老老实实陪了曾氏一天，第三天才给闻安县主递了信。

过午时分，闻安便派人来接明舒，往汴河边小酒馆一聚。

酒馆很小，以竹作屋，临水而建，靠水那一侧垂缦挂帘，十分雅致。明舒到时，酒馆已被闻安包下，殷淑君也已到了。红泥炉上温着酒，席上摆着刚钓起的鲈鱼片的鱼脍，那两人正席地而坐，面对面小酌，闻安的小脸喝得微红，眼里闪着光，看不出有什么不高兴。

“随便坐吧，今儿没人打扰我们。”闻安朝明舒挥挥手。

明舒在二人身边坐下，自己拈了空杯倒酒，先满饮一杯，才道：“好痛快！”

闻安笑道：“瞧不出你还是个酒鬼。殷娘不中用，半杯就倒，正好，你陪我多喝两杯。”

“恭敬不如从命。”明舒夹了一筷子鱼脍，蘸了芥辣一起送入口中，顿时芥辣味冲鼻，好不畅快。

殷淑君哼了哼，倒没反驳闻安，执壶替二人倒酒。

就这般饮过三杯，闻安星眸蒙眬，方开了口：“昨儿夜里，永庆侯家就来人了。侯爷和侯夫人亲自来的，说找我父亲商量要事。我听说，昨夜我父亲把永庆侯夫妇骂了个狗血淋头，明舒……他们商量的事是不是和你要同我说的，是一件事？”

明舒想，应该是同一件没跑儿。

谢熙被三殿下押回京城，应该是关在开封府大牢中。三殿下要参谢家一本，替罪臣之女顶罪、做伪证，干扰办案，已触犯国法，就算不按律法治罪，也难逃天家责罚。永庆侯应该是得到风声，赶往郡府，求郡王出面保住谢熙。

毕竟谢熙与闻安有婚约，若是谢熙出事，闻安将来嫁过去也不好过。

“县主……”明舒思忖片刻，斟酌措辞后方开口，将松灵书院中发生的事，一一交代。

殷淑君像听说书般听得眼珠都不带转的，闻及命案发生，惊得失手砸了手中酒盅也不理会。

待明舒讲完，席间无人再开口，各自沉默，只有明舒说得口干舌燥，连灌了几杯酒下去润喉，直到那壶酒见了底。

汴河的风吹入酒馆，也送来河上画舫里女子的歌声，咿咿呀呀绕梁不绝，很是惬意的时刻，然而却无人展颜。

沉默了良久，闻安方道：“我与谢熙，亦是十年感情……明舒，你觉得这桩婚事，可还能挽回？”

“县主，明舒不能给你这个建议。”明舒道。

“那你就告诉我，如果是你遇到这样的事，你会选择继续吗？”闻安又问。

明舒想了想，回她：“如果是我，我会不惜代价，退掉这门亲。任他高飞，予己自由，不好吗？”

十年倾心换不回一颗真心，又何必强求？

闻安唇角的笑意渐渐深了，忽仰头饮尽杯中酒，将酒盅狠狠地砸在地上。

瓷碎声落，她道：“好一句‘任他高飞，予己自由’，我喜欢你这洒脱。这婚我会退，但谢熙……我绝不任他高飞。十年光阴，我要他百倍奉还。”

“闻安，你想做什么？”殷淑君怔怔地盯着闻安。

闻安抬手拂了拂发丝，眉娇目媚地看着两个好友，笑得像个不谙世事的少女：“他不是想同唐离在一起吗？我成全他们。”

说罢，她笑出声来，神色却既恨且痛。

“什么？闻安你疯了吗？这对狗男女如此不要脸，你怎么还成全他们？”殷淑君急得站起身来。

“你坐下！”明舒把殷淑君拉下，“县主不是这个意思。”

这憨货，真是一根筋得要命。

“我就是要让全汴京城都知道他们不要脸，我要他谢熙身！败！名！裂！”

闻安一字一字咬牙说道，她可不是殷淑君，对付人时，她绝不手软。

“那你要小心唐……苏棠璃，这个人不简单。”明舒忽然想起什么，提醒闻安道。

闻安勾唇嘲道：“能女扮男装在书院混了十年也没被发现，还能勾搭上堂堂永庆侯世子，能是什么简单货色？我晓得，多谢你。”

明舒点点头，那边殷淑君又道：“闻安，你都不难过吗？我记得你从前……很喜欢谢熙的。”

闻安闻言不语，垂头把玩起手中新取的玉盅，明舒夹了筷子鱼脍塞进殷淑君嘴里。

“快别说了。”

真是哪壶不开提哪壶，又不是铁打的心，十年错付哪能不难过？无非泪往肚子里流罢了。

“你这憨货，要真嫁进了皇家，怕是被人吃得连骨头都不剩。”闻安嘲笑殷淑君。

殷淑君刚想反驳，明舒便道：“说起皇家……我见着三殿下了……”

“他怎样？”殷淑君眼一亮，脸颊红扑扑的，也不知是饮酒的关系还是羞的。

“他啊，”明舒促狭地捏她脸蛋，“挺好，若为君，当是明君。”

若为夫……那就不知道了……

后宫三千雨露均沾，自古明君多无情。

因着谢熙那破事，明舒和殷淑君都陪着闻安饮酒，嘻嘻哈哈地闹到夜幕落下。酒是果酒，虽说不烈，但喝多了也上头。

殷淑君就不必说了，喝到一半便趴倒，明舒也没撑过去，陪闻安喝得酩酊大醉，最后被郡王府的人送回家去。

马车在巷口停下，老嬷嬷陪着明舒回家，一边叫着“娘子，小心脚下”，一边要扶她，明舒却甩开她的手，笑嘻嘻道：“我没事。”

她摇摇晃晃往家走去，回家的路倒还认得，没多久就走到家门前。

灯火已点，门外站着个着青衫的人，修长挺拔的身姿，被屋里的光芒笼罩，越发显得人如修竹。明舒止步，站在数步开外的地方歪着头，怔怔看着——脑海里又是无数支离破碎的画面闪过，抓不住摸不着，她想不起他是谁，只是心脏又不可遏制地“扑通扑通”直跳。

“怎么喝成这样？”那人转身看到她，眉头紧蹙，箭步走到她身边。

明舒醉眼像蒙了层纱，看不清眼前这人的模样，只直勾勾看着。旁边的老嬷嬷和他交代了几句话后转身离去，把人交给他。

“陆明舒?！”他有点儿生气，冲她吼道。

明舒咬唇伸手，却是一把掐在他脸上，狠狠捏起他脸颊上的肉，嘀咕：“让你模糊，让你不让我看清楚！呔，还不给本娘子现出原形。”

陆徜的脸颊肉眼可见地被她掐红，他深吸三口气，把火气压下，弯腰一扛，把人扛到肩头，怒冲冲迈进家门，把曾氏给吓了一大跳。

“阿娘，劳烦您给她煮碗醒酒汤。”陆徜交代了一声，扛着人上楼，把她送回房中。

明舒倒在床上，天旋地转，眼前一片金星乱飞。

陆徜脱去她的鞋子，将她身体摆正，又扯过被子，刚要盖上，一动不动的人忽然展臂而来，圈住了他的脖子，把他往下一拉。

明舒半睁开眼，醉眼惺忪，双颊晕红，道：“我知道了，你是……宋清沼……”

“……”陆徜脑中“轰”的一声，炸了。

明舒的手，虽纤细却有力，吊在他脖子上迟迟不肯松，陆徜被拽得几乎要贴到她脸上，少女的馨香夹杂着酒气，宛如醉人佳酿，世间最烈的酒，也抵不过她此刻的妩媚。然而她嘴里吐出的名字，却又惹得人心里怒火滔天。

陆徜正在经历冰火两重天的折磨，他既要抵御明舒的美色当前，又要控制马上要冲破胸口的怒火，着实是对他理智的极度考验。

他双手撑在明舒脑袋两侧，避免自己被拽到她身上，拳头却是攥得死紧。

“陆明舒，你再说一遍，我是谁？”陆徜发誓，如果再从她嘴里听到那个名字，哪怕只是个姓，他也会想办法堵住她的嘴。

“你是谁？我哪知道你是谁？你烦死了，每次出现都模模糊糊，你……”明舒梦呓般开口，说着说着，她也生起气来，跟他较上了劲，双手又重重把他往下扯。

陆徜没防备，力道一松，竟被她拽下去，头贴着她的脸颊砸在她枕边，整个人都蒙了。

“你凑近点儿，让我瞧瞧你到底是谁。”明舒侧了身，捧着陆徜的脸瞎摸。

陆徜的脸白了又红，红了又白，最后彻底转红，索性半倚在她枕边侧身躺了，从自己脸上把她的手抓下来，道：“那你瞧清楚了吗？”

“瞧不清楚啊！”明舒委屈地摇头，然后又挣开他的大掌，双臂一圈，搂着陆徜的脖子把人给捞在怀里，“不管了，你就留这儿陪我。”

反正是场梦，可以为所欲为。

陆徜险些窒息。

他艰难地扳正明舒的脸，道：“陆明舒，你给我听清楚，我是陆徜。”

“陆徜啊……陆徜……”明舒迷迷糊糊地嚼着他的名字。

“是的，陆徜。”陆徜强调。

明舒本迷茫着，被他一强调，忽然“啊”地怪叫一声，按着他的脸把人狠狠往外推，然后扯起被子一蒙头，含糊不清的声音透过被子传出：“陆徜……是阿兄……阿兄不能……下去下去，快下去！”

好可怕，好吓人的噩梦！

她不要。

陆徜一时怔住，心里的感受用爆炸已经无法形容了。

合着在她梦里，宋清沼可以，他就不行了？

如果他没理解错，她是这个意思？

陆徜霍地直起身子，伸手扯她的被子，要和她把话说清楚，门旁却忽然传来两声清咳。

他一转头，自家亲娘站在门口，手里捧着醒酒汤，正眼光幽幽地盯着他。

“出去，别趁你妹妹喝醉了欺负她！”曾氏盯着他。

“……”陆徜重重攥拳后又松开，转身离去。

曾氏摇了摇头，上前扶明舒起来喝醒酒汤。

一夜，就在陆徜的辗转反侧与明舒的不省人事中过去。

翌日醒时，明舒扶着额起来。

她总觉得昨夜做了个奇怪的梦，但仔细回忆时，那梦就跟一团会跑的线球般，怎么都抓不着。

喝酒误事啊！

楼下静悄悄的，连招宝都没动静，明舒打着哈欠往楼下走。一个哈欠没打完，她就瞧见了坐在厅内的人，那哈欠打到一半，另一半吞回了肚子里。

陆徜回来了。

他什么时候回来的？

明舒全无印象，应该是她去找闻安时回来的吧。那么她醉醺醺地回来，岂不是被他发现了？

这么一想，明舒顿感不妙，连下楼的脚步都不敢迈得太重。

“阿兄，”走到楼下，她先打了个招呼，“你回来啦！昨儿下午到家的？”

“嗯。”陆徜抬头看了她一眼，很平静。

太平静了……平静得让她心发慌。

明舒干笑两声，溜去厨房找曾氏。曾氏正在烧饭，见她进来道：“一会儿帮我把饭送去隔壁李老太家。”

“好。”明舒想也没想就应下，又看了眼厅里，挨着曾氏小声问，“我昨日醉酒，我阿兄他……”

“他把你背上楼的。”曾氏回得很简洁。

“那他……我昨晚有没做什么……”明舒苦着脸问道。她想不起自己昨晚做了什么事。

曾氏这才回头，瞧她这脸皱得像苦瓜，不禁笑道：“你把你哥按在床上教训。”

“……”明舒傻眼——醉后的她，胆子这么大？

“逗你玩的，什么也没发生，别瞎想。”曾氏拍了一下她的脑袋，又交代她，“会试临近，你阿兄这段时间会留在家里温书，你最近别吵他，让他安生点儿过了会试。”

“晓得了。”明舒又看了眼厅中坐的人，郑重点头。

离会试还有二十多日，这二十多日，她定不能影响阿兄。

明舒说到做到，用过早饭，帮着曾氏给李老太送完饭，回来就蹑手蹑脚地上了楼，把自己的被子一卷，抱到曾氏屋里，给陆徜换了床新被，又把自己留在他屋里的东西都收拾到一起，搬到了曾氏屋中。

一边收拾，她一边想，自己手里这些银子能做什么？

殷家给的银子再加上闻安县主给的酬银，她已经有两百多银子的积蓄，全家最有钱的人如今就是她，她想着要做点儿什么。

屋子肯定是要换，现下这处住得太紧凑，不过陆徜如今要忙温书应试，不宜搬家，再加上倘若他高中，朝廷是会安排宅邸的，比起他们自己去赁去买的都要好些，所以她暂时不急屋子，倒想着给曾氏物色两个丫鬟帮衬家事，再给阿兄配个书童，余下的银子她再想想能不能开间铺子。

“在做什么？”陆徜声音响起。

明舒回神，发现陆徜已经上楼了。

“我把东西收拾到阿娘那边了，屋子给你腾出来，你搬上来吧。马上要考试，清静点儿好温书，夜里也得休息好，才有精神。以后一日三餐，我给你端上来，你就安心在屋里温书，我绝不给你找麻烦。”明舒让出道来。

陆徜看看收拾一空的房间，又看看满面堆笑的明舒，这会儿她和昨晚那个把他折磨得牙根发痒的酒鬼可不一样，甜甜地笑着，是个十足贴心的妹妹。

陆徜头疼“兄妹”这词，很快撇开这念头，道：“委屈你了。”

他声音淡淡的，听不出喜怒，明舒还是觉着不对劲：“阿兄，你是不是生我气了？我知道我不该醉酒，可昨日闻安听了谢熙的事难过，所以我才陪她多饮了几杯。”

“嗯。”陆徜还是淡淡的，也不骂她。

明舒越发觉得不对，但也不能开口问他为什么不骂自己，显得她多欠骂一样，于是蔫头耷脑地抱着东西走了。

陆徜进了屋，屋里虽然收拾得干净，但仍旧萦绕着一股淡淡的香，和昨夜他凑在她枕侧闻到的一模一样。思及昨夜，他心内又开始翻腾，于是急步走到窗边，将窗子一把推开，坐在窗前看起书来，力争静下心来。

明舒果然没来吵他，只在晚饭时把饭送到他屋里，走路也没声音，送完饭人就离开，把屋门带上。

陆徜的心慢慢就静了。

只是这静，仿佛初冬水面薄冰，被轻轻一碰就会碎，仍旧露出底下翻涌的波澜来。

夜里他褪衣上榻，床上换了被子却没换褥子，他一躺到枕头上，就又闻到那股香气，萦绕不去，如她躺在身边一般。陆徜睁着眼对着黑漆漆的房间看了许久，终于翻身坐起。

烫，体内像有火在肆虐，他睡不着。

这火发作不出，只能靠意志克制，他定定坐了片刻，掀被下床，披上衣裳出屋下楼，到厨房里拿瓜瓢舀了两瓢冷水，尽数泼在脸上，这才平静些许。

但那房间，他是绝不肯再回去睡了。

翌日，明舒心里惦记着给陆徜送早饭，她起了个大早，揉着眼下楼，正想唤曾氏，却见陆徜已然坐在厅里看书。

“阿兄？”她奇道，“你怎么不在屋里温书？”

陆徜头也没回，只是随口“嗯”了声，明舒打他身边走过，看了他两眼。

是她的错觉吗？阿兄眼底怎么有些发青？莫不是整夜未睡在这儿温书？

这未免也太勤奋了，她要去买点儿补品让阿娘给他炖上。

日子一天天过去，陆徜留在家中专心温书，明舒也收起心思哪儿也不去，就在家待着。

她怕她要是跑出去，又害陆徜分心，索性连闻安和殷淑君的邀约都给推了，心想着等阿兄过了会试，她再琢磨别的事。

在这样平静的日子里，松灵书院的凶案却在汴京渐渐传开了，就连明舒所住的这平民百姓聚居的胜民坊里，近日也都在纷纷谈论着这桩凶案，连带永庆侯世子也被人言淹没，他与唐离那事没能瞒住。

明舒听说因为谢熙与唐离之事，闻安县主伤心病重，几乎下不来床，坊间都同情这位可怜的县主，而谢熙刚从牢狱中脱身回府，就被永庆侯五花大绑亲自押到郡王府外求郡王与县主谅解。可即便谢熙在府外挨了父亲一顿鞭子，父子二人也没能进去郡王府，最后还是病恹恹的县主扶着丫鬟的手出来，满面泪水地告诉谢熙，愿意成全他与唐离，愿意退了这门婚事。

一时之间，京中无人不同情这位所遇非人的闻安县主，又深深佩服她的为人，与她相较，谢熙君子假面被戳破，坊间咒骂不绝。而郡王这回倒终于做了件老父亲该做的事，他入宫面圣，向圣人陈情闻安之伤，又求圣人主持公道，再加上此前三皇子与尚书令的上书，一道圣旨降下，闻安与谢熙奉旨退婚，谁也无法指摘，这也彻底断了谢家借郡王保住谢熙的路。

又过了几日，圣旨降到谢家，谢熙因其种种所为，品性恶劣德不配位，念其父亲有功于国，没有削其家族爵位，但革去谢熙本人世子之位，贬作庶民，并永久革其参加科举的资格。

明舒听到这些传言时，手里正拿着闻安送来的信，那个传说中病得下不来床的县主，在信中甚是猖狂。

这手段，果然和殷淑君不在一个层次。

春日风大，花絮纷纷，惹得隔壁李老太这两日咳嗽连连，病情加重。魏卓找了两个丫鬟过来照料，无须曾氏日日照应，但她隔三岔五还是会上门问候几声，这日带着明舒过去送点心时，正好碰见魏卓过来瞧老太太，三人便一起进了门。

老太太已经不大认得人了，正坐在床上喝药，见曾氏与魏卓一起进屋，浑浊的眼睛立即一亮，直勾勾看着曾氏和魏卓。两人上前各问了声老太太好，李老太却忽然哭出声来，一把拉住魏卓和曾氏，哽咽道："你们……你们可算回来看我这老太婆了……"

众人都是一怔，只见李老太将魏卓的手放到曾氏手背上，抹着眼道："儿子，媳妇儿，回来就好，回来就好。"一边说着，一边哭得更加伤心。

众人听明白了，李老太将魏卓和曾氏错认成死去的儿子与离开的儿媳了。

这就尴尬了，曾氏面上见红，那手收也不是，不收也不是，魏卓也不自在起来，小丫鬟见了刚想解释，却又被曾氏拦下。

曾氏慢慢抽回手，挨着老太太坐下，温声劝解，魏卓也明白她的意思，索性收起尴尬，也扮起李老太的儿子宽慰老人。

老太太哭了良久才渐渐平静，瞅着众人直笑。明舒杵在旁边，一会儿看看曾氏，一会儿看看魏卓，不知怎得看出点儿趣味来。待老太太被安抚妥当，重新躺回床上，几人这才从老太太屋里退出。

因着老太太的错认，曾氏和魏卓出来后重新尴尬起来，曾氏被明舒挽着手慢慢走在前面，魏卓跟在后头，出了李家。

"曾娘子，"魏卓叫住曾氏，"刚才，谢谢你。"

大夫说过李老太已经病入膏肓，熬不过这个春天，临了能圆她一个心愿，对老人来说，也算是这辈子的安慰了。

"客气了。"曾氏不大敢看他，只还了个礼便告辞离去。

明舒与她走出两步，她又忽然停下脚步，四下张望。

“阿娘，怎么了？”明舒问道。

“不知何故，我近日出门，总觉得附近有人跟着。”曾氏左右看了几眼，并没发现什么异常，“可能是我多心了。”

她语罢，又拉着明舒走了。

魏卓站在原地，他耳力极佳，将曾氏的话听入耳中，目光一转，便锁定对面巷口处站着的男人。那男人与他对视一眼后，仿佛做贼心虚般避开他的目光，退到街上。他几个箭步冲过去，伸手猛拽那人后领，拽入巷中，将人掀翻在地，毫不客气地抬脚踩上。

“何方宵小，在此窥视良家女子？”

那人并没武功，半点儿反抗不了，“哎哟”痛呼了几声，抱住魏卓的脚踝叫嚣：“快……把脚拿开。爷……爷是尚书令府中家丁。”

“尚书令？陆文瀚？”魏卓蹙眉道。

“大胆，我家大人的名讳，你也敢直呼？”那人啐骂道。

“呵。”魏卓冷笑，“我就叫了又如何？”

地上那人刚要骂他，抬眼望去，却见魏卓眼底肃杀一片。

战场上杀回来的人，手里染的血，全都埋在眼里。

小巷幽暗，街上人来人往，也无人往巷中多看一眼。

魏卓脚下力道再度加重，地上的人痛哼一声，只听他又问：“闲话少说，陆文瀚派你来此有何目的？”

“你……”

那人还要挣扎，魏卓又用力一踩，那人肋骨几乎要被踩断，痛得满头冷汗，当即就风了，只得断断续续道：“大……大人派我来……查查这户人家的底细。”

魏卓闻言蹙眉：“不过是户普通人家，有什么好查的？”

“我……我也不知道，大人吩咐的，我只是听命行事。”那人便又答道。

魏卓略做思忖后松开脚，那人一骨碌爬起，连衣上的灰也顾不上拍，就蹿出几步远，寻思着魏卓追不上了，又恶狠狠回头冲他叫嚣："我家大人的事，你也敢管，我看你是活得不耐烦了！有本事报上名来！"

魏卓反笑了笑："那你就告诉你家大人，这户人家的事，魏卓管定了。"

"魏卓？魏……卓?！"那人先是疑惑地嚼了嚼他的名字，重复第二遍时忽然变了脸色，"你你"了半天也没说出个所以然来，最后满脸惊惧连滚带爬地跑了。

魏卓抖抖衣袍，转身朝巷尾道："小娘子，出来吧。"

巷尾人家的门里拐出个少女，笑眯眯地道："魏叔威武！"

不是别人，正是把母亲扶进屋后又跑出来的明舒。她跑出来倒不是因为发现有人跟踪，而是为了找魏卓，想问他几句话，偏就凑巧撞见了魏卓教训人这一幕。

"这户人家的事，魏卓管定了。"

这话听起来真是太威武，明舒对魏卓的好感度噌噌上涨。

魏卓被她逗笑，对敌时的肃杀威势消失，又变成内敛温和的模样。

"明舒，你家近日是有得罪什么人吗？"笑完，他又正色问道。

明舒仔细回忆——最近并没发生什么事，不过要说得罪人，那她得罪的人可就多了，殷家的那位殷良君，松灵书院的唐离和谢熙以及谢熙那一大家子，真要算起来，恐怕都得记恨上她了，但要对付他们家，应该也不至于暗中窥探。

想了半天，明舒摇头："魏叔，可知道对方来历？"她来时晚了一些，并没听到对方自报家门，只知道是什么大人。

"尚书令陆文瀚。你们可得罪过他？"魏卓道。

明舒大为诧异："没有，不止没有，我与阿兄在松灵书院还帮过他呢。"

说完，她就将松灵书院发生的事简单说与魏卓。

两人说了半天话，明舒站得腿酸，已经在旁边的石阶上拣了块干净地方坐下，魏卓便也跟着坐下，他听完明舒的话沉吟不语，这事确实有点儿古怪，他猜不透陆文瀚的想法。

"无妨，你不必太担心，有事就来北郊军营找魏叔，魏叔在战场二十多年，也混得一官半职，还是可以帮上忙的。"魏卓说道。

“那就多谢魏叔了。”明舒抱拳言谢，又道，“魏叔，您也认识陆大人？”

瞧刚才那下人听完魏叔名讳的神情，她感觉应该是认识的。

“打过一两次交道，但不熟，他们这些文人，哪里看得起行武之人。”魏卓淡道。

“行武之人怎么了？要是没有你们，那些文弱书生提着笔上战场杀敌吗，还是要用唾沫淹死敌人？”明舒道。

魏卓愣了愣，继而朗笑出声，明舒倒被他笑得不好意思了，觉得自个儿说得有些夸张，便又换了话题：“魏叔，我有些问题……想请教您。”

“但说无妨。”

“就是……”明舒犹豫片刻，还是直接说了，“魏叔，您可有家室？”

这才是她追出来的真正目的。

魏卓没想到是这样的问题，不免疑惑地望着她，嘴里仍是回答了：“出征之前，家中给魏某娶过一位妻子。”

明舒眼中便浮起一丝失望，不过很快释然，像魏卓这个年纪又品行端正的男人，怎么可能没有妻室？

“可惜魏某娶妻不足百日就奉旨出征，在外征战数年，我的妻子在此期间不幸染病离世。”说起原配，魏卓眼中浮起愧疚，相处时间短暂虽不足生情，但妻子在家代他尽孝，成全他大义，可他尚未回报，伊人已逝。

明舒顿时收起笑，微垂了头：“对不起，魏叔……”她不该问的。

“没事，已经过去十多年了。她去之后，魏某并未再娶，一半是愧对妻子，一半是觉得自己征战在外顾及不到家室，就不要耽误别家娘子。”魏卓也不知自己为何会对着一个年纪这么轻的小娘子说些平时从不对人提及的事，也许是她合了他的眼缘，又或者是她与她母亲让他觉得有个家是件幸福的事。他无妻无妾无子嗣，孑然一人过了半辈子，偶尔也羡慕别人家的热闹。

闻及此语，明舒对魏卓不由得肃然起敬，他为国征战归来，本该享受荣华富贵，要娶妻纳妾并非难事，可半生匆匆已过，他仍守着对旧人的敬重孑然一人，这样的品行，太少见了。

“魏叔，明舒敬佩您。”明舒冲他抱拳。

她原本是存着替自家娘亲物色的心思，但听完魏卓的话，却觉得自己的心思有些亵渎他的为人，便不再想这事。姻缘之事，还是顺其自然吧，若是有缘，自然能成一家人。

“小丫头。”魏卓又笑了，指指她家，“快回去吧，再不回去，你娘要出来找你了。”

“是！”明舒站起，向他挥手告辞，“魏叔再见。”

魏卓坐在石阶上，笑望着她离去，想着自己若有个女儿，如今也该与她一般大小了。

明舒一到家中就和曾氏谈起魏卓来，把魏卓一通夸，听得曾氏想拿瓜瓢堵住她的嘴。

“你再这么叨叨，我就把你的嘴堵上！”曾氏哪能猜不透明舒心里的小算盘，没好气地骂她道。

明舒正给她打下手，拿个盘子、装个菜啥的，偶尔偷吃一两口。近日她赚了些银子，给了曾氏一些，让她买些好菜回来，所以家中伙食日渐变好，曾氏烧菜的手艺也渐渐凸显出来。

“把我嘴堵上，就没人给你逗乐儿了。”明舒笑着回答曾氏，一点儿也不担心母亲真动手。

曾氏拿她没办法，又爱又恨。

“对了，还有件事。”明舒说完魏卓，又想起陆文瀚来，“阿娘不是说最近总觉得有人在附近窥视？这并非你的错觉，确实有人在打探咱们家，刚刚被魏叔逮个正着。”

曾氏一听就紧张了：“是什么人？为什么要打探咱们家？”

“不知道原因，那人是尚书令派来的。”明舒道。

“尚书令？”曾氏皱皱眉头，“这是几品的官？”

“好像是二品？”明舒也不大清楚，但她知道尚书令再往上，便是宰相，而能坐到尚书令这个位置，基本就是为宰相做准备了。

“二品?！二品大员为何……”曾氏想不通。

“阿娘，您……或者咱家和这位尚书令可有牵连？这位尚书令大人，亦姓陆，名文瀚，字远川。”

明舒一语刚落，只听“砰”的一声，曾氏手中葫芦瓢失手落地，她神情陡然僵住，脸色亦瞬间转白。

“明……明舒，你再说一遍，他叫什么？”曾氏声音微颤道。

“陆文瀚，字远川，和阿爹一样。”明舒又说了一遍，心中疑窦丛生。

“就是那位在松灵书院与你们打过照面的尚书令？”曾氏又问。

明舒点头，小声问她：“阿娘，你怎么了？咱们家与这位陆大人可有渊源？”

曾氏却连退三步，直到撞到灶台，方以手撑在灶上稳住身体，喃喃道：“二品尚书令……”

明舒担心地上前住扶住她：“阿娘？到底怎么了？”

“没事，没事。”曾氏定定心神，反按住明舒的手安慰她，又道，“这件事，你先不要告诉你阿兄，待会试结束再说。至于那尚书令，你不必担心，他应该没有恶意。你且记住，咱家没做亏心事，没有对不起他们，随他探去就是，咱们该如何就如何，不必避让，亦无须躲藏。”

明舒虽然不解其中缘故，但还是点点头。

陆徜这几日专心备考，两耳不闻窗外事。明舒很少打扰他，平时就给他端个饭、送个水，走路也蹑手蹑脚，生恐吵到他，偶尔隔着门缝看两眼，陆徜都坐在临窗位置看书，神色平静，既无紧张，亦无忧色。

她阿兄这人给她的感觉，就只有一个字——

稳。

这天夜深，曾氏照例给兄妹两人煮了点心——砂糖绿豆配烤笋。明舒装好后先给陆徜送上楼。

陆徜房门虚掩，烛火透过门缝在地上落下一束亮光，明舒在门口敲了两下，没听到回应，便将门推开几分，轻声道：“阿兄，我给你送点心，进来了哦。”

门敞五分，屋中灯火晃了晃，陆徜仍是坐在窗前，只是眼下斜倚椅背，手肘搁在扶手上，双眸紧闭，眉心微蹙，手上的书随意放在膝上，似乎睡着了。窗户敞着，夜风入屋拂动陆徜发丝与身旁火苗，也吹得人倍觉凉爽。

明舒蹑手蹑脚地进屋，瞧他这模样，心想读书耗神，她心疼，便将手中之物轻轻放下，先探身将窗合上，再走到床畔，拿着陆徜的外袍过来，打算拿走他手中的书，给他盖上外袍。

他的手掌还盖在书上，明舒只能先抬他的手，不想才刚握着他的手腕要抬，陆徜却忽然惊醒，像做了什么梦般双眉紧蹙，反手就扣住她的手腕，将人往怀中一扯。

明舒轻呼一声，扑在他胸前，手里的衣裳和他膝上的书均都落到地上。

“阿兄，是我。”她以掌撑在他前胸，立刻道。

陆徜眼眸半睁，越发显得狭长迷离，平日显得清冷的俊美中倒添了三分艳丽。他没因为明舒的话而松手，反而扣得更紧，神情迷茫地盯着她。

“阿兄，你做噩梦了？”她见他眉头紧拧，神情不大对，抬头问他。

陆徜定定地看了她两眼，猛地又一惊，彻底清醒过来。方才对着一豆灯火看书看得眼睛酸涩，他便闭眸小憩，不想真的睡了过去，还做了个梦。

梦非好梦，是明舒记忆恢复后与他划清界限，说的仍是分离那日她说过的话，掷地有声。

“君有远志，妾无留意，以茶代酒敬君，此别再不相逢，祝君余岁如竹，节节高升，年年顺遂。”他心跳得很快，慌乱且害怕，而后惊醒。

“对不起。”陆徜松开手。

明舒转转手腕，俯身抱起衣裳与书册，对他道：“阿兄，你没事吧？瞧你脸色不太好，是不是近日太用功伤了心神？其实科考不过是十年磨一剑，你已有那十年积攒，又何必争这朝夕之功？还是多休息，保持精力才好。”

“我知道。”陆徜道。

明舒见他抬手狠捏眉心，直将眉心捏红，便拉下他的手来：“阿兄头疼？吹风了吧？我给你捏捏头或者捶捶肩？”

“不用。”陆徜摇了摇头。

“那你吃儿点东西？我陪你说会儿话？”明舒把衣裳书册放到床上，将砂糖绿豆端来。

陆徜端起碗，搅了几下，并没胃口，问她：“明舒，在京城的日子可有不适？”

“没有呀。阿娘和阿兄都疼我，汴京又繁华，多少人梦寐以求的日子，我觉得可好了。”明舒倚着书桌站着，脸上的笑在烛火映照下显得格外明丽，“阿兄怎么突然问我这个？”

“没什么，只是觉得这样的苦日子委屈了你。等我高中，必能让你……”

他话没说完就被明舒打断：“阿兄，我不觉得苦。阿娘开明，你也疼我，我在外头胡闹，你们也没拦着我，还处处帮我。这世间有几个女子，能做自己想做的事？我不想像淑君那样，等着家里安排亲事，也不想像闻安那样，每日疲于内宅争斗。因为有你和阿娘，我觉得我可以走一条不那么循规蹈矩的路，我很开心。”

陆徜直起身来，静静地望着她。他原以为，她从云端跌落，失去锦衣玉食的富贵，是件痛苦的事，他也极力想让她过回从前的生活，但对她来说，京城的日子，可能是走出樊笼后的另一种人生。

她内心自有天地，并不愿过按部就班的日子。

而家人的支持，是她展翅的力量。

从前她是掌中明珠，而今也许会是皎皎明月。

“我懂了。”陆徜缓缓开口，“明舒，做你想做的事，去成为你想成为的人，陆徜，会在你背后撑着你。”

明舒有些诧异，他并没以兄长自称，但她仍旧无比开心。

阿兄认同了她的想法，这对她而言，非常非常重要。

他的肯定，胜过所有人的夸奖。

“那我也一样，我会一直陪着你，不论你是平步青云，扶摇直上，还是如现在这般粗茶淡饭，清贫平凡，我都陪你。”

她眼眸清亮，神色虔诚，像起誓般开口。

陆徜微微眯眼，将她看得更清晰。

“是一直吗？”

“嗯，一直。”明舒点头。

“好！”陆徜回得简单而郑重。

明舒甜甜地笑了，陆徜唇畔也浮起笑意，心情大悦。

“啊，”明舒却忽然站直，道，“我想起来了，宋清沼送的那瓶宁神静心的药丸，好像能治头疼之症。我去给你拿过来，你晚上吃了好好睡一觉！”

刚刚还满溢的柔情，瞬间因为“宋清沼”这三个字，消失得无影无踪。

三月，春盛，会试期至。